当燃

周宏翔 著

献给

琳琅、飞灿和茄子

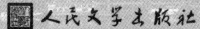

图书在版编目（CIP）数据

当燃 / 周宏翔著． -- 北京：人民文学出版社，2024
ISBN 978－7－02－018633－4

Ⅰ.①当… Ⅱ.①周… Ⅲ.①长篇小说－中国－当代 Ⅳ.①I247.5

中国国家版本馆 CIP 数据核字(2024)第 077704 号

责任编辑　秦雪莹
责任印制　王重艺

出版发行　**人民文学出版社**
社　　址　北京市朝内大街166号
邮政编码　100705

印　　刷　三河市宏盛印务有限公司
经　　销　全国新华书店等

字　　数　281千字
开　　本　850毫米×1168毫米　1/32
印　　张　14.5　插页2
版　　次　2024年4月北京第1版
印　　次　2024年4月第1次印刷

书　　号　978-7-02-018633-4
定　　价　52.00元

如有印装质量问题，请与本社图书销售中心调换。电话：010-65233595

此刻与未来

周宏翔

《当燃》原本不是一本小说。一开始的时候，是因为三位交好的女性朋友去参观我的新家，在她们交谈的间隙，我将她们深夜对话的场景写成了一条微博，谁料读者留言想看她们的故事。但我依旧不打算写成小说，至少在那个时刻，她们的故事不具备小说开始的动力，所以我承诺用帖子的形式代替，时不时更新一点关于她们的生活，更像是一则又一则的故事。名字也很随意，开始想叫《女朋友们》，后来发现这个名字有朋友用过了，我便打下了"当然的她们"这五个字，很 chill 也很随意，我觉得这是她们那天晚上在我家里的一种状态。小说与生活要有一定的距离感，那个时刻，距离太近，简直像是对她们当下生活的一场回顾，写到中间，我索性停了笔，因为我无法写她们尚未开始的生活，那会造成一种我自己都无法相信的虚假感。虚构的距离拿捏不好的情况下，我是不会随便写小说的，这是我创作的准则。就像是日常中有很多朋友会和我讲一些他们的情况，顺道问我是否算作提供素材，实则我也只能听听，因为大多数的（即使有趣）的日常都很难被当作小说素材。

自从专职写作之后，每年的下半年都是我的创作期，一年一本书的计划至今还没有被打破过。2021年的秋天，疫情仍旧肆虐，尚且还不是能随便走动时期，所以在取材上就遇到了困难。特别是我前一年刚刚写完一本关于广告行业的职场小说之后，下一本该写什么，让我陷入了静默的思考。这个时候，朋友看完了网上的帖子来找我聊天，问为何故事没有继续下去，她们后来怎么样了，他感到好奇。我说，不知道，因为生活还在继续。他问我是否考虑写一个虚构的小说，以她们的原型为基础，不要写现在，写尚未发生的另一种可能。这句话深深地留在了我的脑海里。几天后的某个夜里，朋友史里芬的一条探索重庆的视频火了，一栋对于重庆人来说稀疏平常的大楼在他的镜头下产生了魔幻现实的味道，伴随着他"闯入者"的视角以及精彩的解说，这条视频引起了诸多关注。那条视频我看了好几遍，大楼就在我重庆的家附近，因为太过熟悉，我从来没有思考过它的特殊性。在我创作的小说里，几乎没有任何一篇小说以重庆为背景，即使有，那都不算真实的重庆，仅仅只是一个地理名词。如果故事的开场，就以视频里的这栋楼开始，那么原本生活中的她们三人就不再是她们，她们的言行模样也在我的脑海中发生了变化，小说就在这样的情况下找到了"气口"。

对于任何一个作家来说，当下都是最难写的，因为没有经过历史的萃取、时间的检验，你的任何词句和描写都可能迅速过时。同样的，任何一个作家又绝不能因为这个原因而放弃对当下的叙述，而讨巧地去只捡取经过时间"审核"过的过往，带有历史性厚重感甚至更容易虚构的那些素材。当我决定小说的城市落地在我的家乡重庆之后，我想要去尝试写一写当下的故事，那些虽然可能很"轻"但却仍旧有着社会意义的世情人事。

在小说创作的乐趣上，我向来喜欢写群像、人物及人物关系。大概是深受《红楼梦》的影响，我是一个在语言上极少使用试验性创作的人，而更倾向于传统叙事，就一些同行朋友来说，大概是少了几分文学性的。对我自己而言，人物语言和画面向来是共为一体的，年少学画，后来自学设计，包括写小说，从来不是科班出身，我仅有自己成长岁月中的一些思考和总结，审美也有一定的固式，能把人物写活，故事有趣，且对生活哲学有所关照，是我写作的初心。

《当燃》是一本好读的小说，但却并不是一本好写的小说。当选取重庆为背景之后，最能直接表现重庆的元素，当然是方言。方言的选择是有一定的危险的，这件事我和笛安还讨论过，读者要如何理解地域方言，作者要如何选取精准的俚语，等于是架一座"特殊"的桥。金宇澄老师的《繁花》作出了很好的范本，用方言而非写方言，什么时候用，何处用，用的量度标尺，决定之后，才能动笔。除开语言选取之外，人物众多，细节繁琐，城市空间的铺开，对我来说造成了一定程度上的困难。要让每一章都鲜活精彩，人物逐章登场，哪些重写，哪些轻写，都是问题。比如开场与刘女士相亲的李叔叔，万芳芳的妈妈钟志娟，程斐然的继母王孃孃，甚至周雪的男朋友沈劼，都是具有极大发挥空间的配角。他们什么时候出场，什么时候下场，后续是否有必要再次登场，都需要再三思量。最让我纠结的，还是人物命运的走向，现实生活中的她们尚且还没有活出一个"结果"，但我必须在小说中给出这样的"结果"来。虽然我一再自我暗示这已经是与她们无关的小说，我可以对人物命运有任何创造的可能，但还是会在一些地方束手束脚。所以，大家最终能看到的这个故事，是在许多的考量下完成的"好读"。

那时候我和故事中的三位主角年龄相仿，刚刚度过三十岁的生日，准备迎接人生的下一个十年，不想兵荒马乱，度过了异常糟糕的三年时间。我们时常在记忆中模糊它们的时序，像是人生中横腰拦截的一个断档，又像是真空压缩，不同于日常质地。沸腾的山城也因为疫情而短暂停摆过，这和故事中的三位女主角生活暗合呼应，形成了两条明暗交织的线索。我想把这个特殊时期记录下来，因为这是我们的公共记忆。

《当燃》是有别于我之前的大部分创作的，我甚至故意避开了一些类型小说的写法。但另一方面，它又与我众多小说的价值取向保持一致，当我被反复问到为什么总要采用女性的视角来写作时，我想说的是，这个世上总要有一些理解女性的男性存在吧，至少我希望自己是带着一颗想要理解的心去创作的。在我从小生活的环境里，女性占据了大量的生活角色，在她们的身上我看到了一些独特的生活视角。同样的，《当燃》这部小说里的三位女主角也让我看到了新时代女性的一种力量感，这种力量感不单单是因为她们是女性，更重要的是城市对她们的影响。我想写的，就是这样的人。为此我专门找了几位女性朋友来试读文本，在其中一个朋友看完初稿之后，用了"虚构的真实"这五个字来评价，深得我心。她知道这个故事中的三位女主角并不存在，却又完全存在于她生活中的方方面面，她说这是她读完后最大的感受。

直至今日，我依旧觉得《当燃》是一本我人生必写的书，从最初完稿的36万字，到后来一步步精修重写到当下出版的26万字，也是我第一次做如此大规模的修订删改。拿掉的那10万字多少有些可惜，但作为我创作中一部重要的小说，它需要被更认真地对待，那么拖沓与错误就应该尽量少地被允许存在。就像我前面所说，我并不是一个学中文出身的小说家，我的整个路途都一直在学习当中。特别荣幸能与优秀的出版社合作，谢谢赵萍老师，还有我的责编秦雪莹女士。

同时还要感谢程永新老师，"当燃"这个书名是在《收获》杂志上发表的时候，由他敲定下来的。一开始我想破了脑袋也没有想好到底用什么名字最能代表这个故事，直到他说，保留"当燃"两个字就很好，简洁、大气，有余韵。这个书名得到了大家的一致赞赏。特别感谢一路上陪伴这部小说并提出诸多宝贵意见的吴越女士。

"此刻与未来"原本是批评家赵依老师为《当燃》写评论时最初打算使用的标题，最后遗憾未用，我觉得放在这篇序作为标题也极为合适。

最后，希望你们能喜欢这个故事，也希望笔下的她们真的带给你们生活的勇气。

2024 年春　于北京

第一章

1

隔间虚掩着门，不朝内看，光远远听到便知里面在做什么，轰隆作响的洗牌声有一种"未见其人，先闻其声"的气派感，谁能想到这间茶馆夹在二十七楼的夹层里。茶馆外，招牌胡乱横着，一字排开，又是剪头发的，又是卖红油抄手的，上上下下什么店铺都有。左拐往里，女人在做美甲；右拐往里，是泰式按摩。楼下楼层信息牌上周刚更新，又搬进来两家外贸公司和一家律师事务所，市区一栋三十来层的楼，整一个"大杂烩"。

日光灯把地板瓷砖照得通亮，光线里烟雾缭绕，一到退暑天，老板娘张孃为节约钱，多半都不开空调，只开壁扇，茶馆里麻将桌上的女人各个穿得花枝招展的，抵着吹风，就难免叫嚷几句："冷死了，转一下嘛。"旁边的人随即伸手拉一把，风又转起来了，几个女人一边捋耳边发，一边擦汗。茶馆内热火朝天的都是聊天声，重庆人打牌最爱吹牛聊天，摆龙门阵道东家长西家短，好奇事都是从牌桌上听到的。

过了中午十二点，满屋总是热闹得很，隔壁屋的麻辣小面香味飘荡过来，张嬢又拿支笔问："中午哪些吃面？哪些吃饭？"报叫声此起彼伏，这时总有一个声音蹿出来："张嬢嬢，老规矩二两，我多要点海椒，多放几片菜。"张嬢记也不记，只说一声："晓得了。"又总有几个人循着声音望过去，顶头日光灯打在程斐然的脸上，白得耀眼，细长的脸配着微微烫卷的长发，头发丝丝鉴亮，不施粉黛也立体可人，通身水蓝色的连衣裙，一双似醒非醒丹凤眼，跶一双黑皮小高跟，和旁边的市井大妈彻底区分开来，也不管其他人眼色，伸手一个五筒打出去，看右首顿了下，叫道："碰嘛，碰了打给我。"

坐右首的花姐看牌慢，托着下巴犹豫道："哎呀，我考虑一下，不要急嘛。"伸手又调换了自己面前的牌，最后还是碰了，打了一张三万。

"等一下，三万，我走了。"坐对家的姓杨，和花姐年龄差不多，今天第一天来。杨嬢嬢打牌快，但是嘴碎，看花姐皱眉，晓得她放炮不开心，瞧程斐然一眼，注意到她光白嫩净的手上空无一物，转移话题道："小程皮肤好好哦，不像我们这些，结婚有了娃儿过后，一夜老十岁。以前看港剧，当妈的总不喜欢自己娃儿喊自己妈，要喊姐姐。当时觉得矫情，这几年才意识到，单位上个个小年轻晚婚不婚，听说你结婚有娃儿，直接退避三尺，牛都不和你吹，我朋友圈里晒娃都不敢晒，只能分组。还是像你们这种没结婚的好。"

程斐然摸牌，一扣，笑道："自摸！"她转手包里摸了电子烟，抽了一口,说道:"哪个说我没结婚?早离了,我娃儿五岁了,马上都要上小学了。"

"你才几岁哦?都有娃儿了。"同桌三人都惊叹地叫了一声。坐左首的大妹妹也不敢相信,"姐姐,真的啊?"这个大妹妹也是第二次来这里,对程斐然并不熟。

"前两天那个是你男朋友的嘛,看起来比你还小,我以为你们两个都才大学毕业没好久,想不到你都有娃儿了。"花姐一边摸牌,一边说道。

"花姐也是说笑,哪个大学生天天跑到这里来打麻将嘛。"程斐然那张脸,着实一点不像快要三十岁的样子。人前常讲,不操心嘛,就老得慢啊,和养不养娃儿有啥子关系嘛。

花姐转头又点了个炮,大妹妹也和了牌,花姐连忙气道:"哎呀,不打了不打了,都输完了!"

这时张孃把午饭送过来,喊了一声"吃饭了",随即中场休息。程斐然拿双筷子,捋了捋头发,一边跷着脚,一边吃面。杨孃孃靠着程斐然坐,忍不住抬头问:"你怕是开玩笑哦?"程斐然伸手摸出手机来,点亮,一手推给杨孃孃,咕哝一声:"嗯,看嘛,我娃儿。"手机壁纸上是她和孩子前段时间的合影,看起来如同姐弟。花姐凑过来看了一眼,问:"那娃儿呢?跟哪个?"程斐然喝了一口汤,擦了擦嘴,说:"共同抚养啊,娃儿这么小。"花姐又问:"哪个在带啊?"程斐然不以为意地说:"有时候前夫带,有时候男朋友带,有时候他们一起带。"

"啥子啊?一起带?"花姐和杨孃孃一起惊叫道,怕是自己听错了。

"哎呀,大惊小怪。我要打牌啊,哪里有时间带嘛。"

"啥子前夫男朋友哦,我看你是找了两个男保姆哦,妹儿,得行①哦。"杨孃孃带有几分嫉妒,想着自己一把屎一把尿带孩子,难得有空才腾出手来打几把麻将,"他们还可以一起带啊,年轻人,搞不懂。"程斐然只听不说,把面前的碗收了,端到门口,花姐问:"吃了再来啊。"

程斐然摆了摆手,说:"不打了,我下午还有事。"花姐输了钱,哪肯放人:"啥子事情嘛,非要下午去吗?"杨孃孃应和道:"再来一圈嘛。"程斐然伸手拎了小牛皮的包,笑道:"真不来了,我要陪我妈去相亲,我不去,她不相,我也觉得烦的嘛。"

"啥子啊?"花姐和杨孃孃又以为自己听错了,程斐然也不理会,露齿一笑,和张孃打了声招呼,走了。

程斐然上电梯,没有直下底楼,而是按了半中半腰的十二楼。这层楼和楼上完全两个世界,有一间画廊和两个咖啡厅,还有个中古奢侈品店。走廊尽头,一片光,有个大露台,刚好可以看见滨江路对岸的高楼,错落有致的水泥房建在山上,穿行的轻轨从其中划过。旁边有家不知道做什么的工作室,一直在放周杰伦的新歌,程斐然

---

① 得行:重庆方言,厉害、能干的意思。

居然一句也不会唱。

她穿过露台，绕到背后半面楼，看着 logo 墙上刚换新的"渝城啤酒"四个字，敲了敲玻璃门。前台出来，问程斐然找哪个，程斐然才注意到前台小姑娘换了，只对她说找钟盼扬。没一会儿，跟着前台走出来一个高挑的女生，和程斐然比起来，脸要圆润许多，有点婴儿肥，浓眉大眼，显得不易亲近，一身职业装，推门出来，问："今天你恁个① 早就下桌了？"

程斐然说："先不说这个，你帮我搞两箱渝城老啤酒，记账上，回头给你。"

钟盼扬疑惑道："你不是只喝红酒吗？换口味了啊？"

程斐然说："我妈啊，最近看上一个叔叔，就喜欢你们家的啤酒，喝了几十年了，改了口味包装后，他喝不惯。那天念叨了一句，我就记下来了，老啤酒现在外面彻底买不到，我晓得你们有存货，才问你的。今天陪我妈去跟那个叔叔吃饭，干脆带过去算了。"

钟盼扬挑眉看了程斐然一眼，"你妈每次搞不定男人都要找你，我有时候都在想，到底哪个是女儿，哪个是妈？"她边说边拿手机查了下仓库数据，"我去仓库给你找一下，你自己搬得动啊？"

"不是有侯一帆嘛。"程斐然从小包里拿出一支口红，对着玻璃门旁边的铜板照着涂了涂，钟盼扬突然扯了扯她，说："欸，去露台

---

① 恁个：重庆方言，这么。

那边，给你说个事。"

"去露台做啥，重庆这个天，热死了，我墨镜也忘带了。旁边不是有个咖啡店吗，去里面说嘛。"程斐然指了指走廊尽头那家生意一般的咖啡店。钟盼扬说也行，让她等下，进去和前台交代了几句，出来说："库房还有几箱，等下侯一帆来一起拖走吧。"程斐然说："要得，但是我送礼还是一次一次送，我妈也好和那个叔叔多接触几次。"

两人进店，要了两杯冰美式，刚坐下，钟盼扬便开口说："最近陈松出了点事。"陈松是钟盼扬的前夫，程斐然原本就来往得少，当初他们俩结婚的时候，程斐然就觉得他们不是一路人，后来果真应了她的想法，陈松出去找小姐的转账记录被钟盼扬抓包，第二天钟盼扬就让他净身出户了。只听钟盼扬继续讲："本来他现在的事情和我也没啥关系了，说起也觉得很扯。"见钟盼扬欲言又止，程斐然说："不想说就不说嘛，我也没有很想听。"钟盼扬还是忍不住道："他本来要结婚了，结果发现那个女的是小三。"程斐然突然有了兴趣，问："啷个①回事啊？"

钟盼扬搅了搅咖啡，用一种客观的语调说："陈松这个人你晓得的，花头多，心又不安分。离婚过后，听说他和一个大学生在一起，比别个大了七八岁，耍得开心。谈的时候又对一个少妇有想法，好像是手机交友认识的。总之踏两条船，后来应付不过来，他就和大

---

① 啷个：重庆方言，怎么。

学生分手了，和少妇也就偶尔来往。钟头和他走得近，这些都是钟头悄悄和我说的。"钟头全名钟同，日常都当"钟头"来叫，是两人婚后的共友。"最近这一个很离奇，说是在健身房遇到的女教练，身材很好，人也有趣，和他特别聊得来。有一天晚上，陈松在家准备睡觉，突然有人敲门，他以为是外卖，结果打开门，是女教练站在门口，大冬天的，一身长款羽绒服，脸冻僵了。陈松问她啷个来了，她二话不说，就拉开羽绒服拉链。你猜怎么的？里面一丝不挂。"

"哎哟，这女的厉害。"程斐然笑着也喝了一口咖啡。

"我也是这么说。钟头讲，女教练非要进屋，说家里钥匙忘带了，陈松就让她进去了。原本想睡觉，结果陈松被这么一刺激，反而清醒了，想到大部分时候都是他去勾搭别人，突然有人主动出击，他反倒是蒙了。那女的说陈松家里冷，想去洗个热水澡，陈松给她开了水，找了条毛巾，结果那个女教练去洗澡的时候，陈松站在门口紧张得不行，实在不晓得她啥动机啊，害怕。然后等女教练洗到一半，说水不热了，让陈松进去看看，结果叫了半天没人，出来看，陈松不在了。"

"他去哪儿了？"

"吓跑了啊。"说完，两个人哈哈大笑起来，钟盼扬接着说道，"过了一个多小时，陈松回来了，想着女教练知趣肯定走了，结果你猜又怎么的？"

"莫卖关子啊。"程斐然一下起劲儿了，连着拍了拍钟盼扬的手臂。

"那个女教练又叫了一个女朋友过来,两个人坐在沙发上聊天,等陈松。"

"吓死了。"程斐然笑癫了,"这个女的也太牛×了。"

"看着陈松这么正经,女教练也不卖弄风骚了,说是女朋友来接她,过去借宿,感谢陈松这么晚收留她。刚要走吧,陈松又舍不得她走了,但是当着第三者的面又不好说,只能摸着头说不客气。后来女教练真走了,陈松彻底没了睡意,还是忍不住给那女教练发信息了。"

"这个简直可以写进都市男女求偶教程里。"程斐然看了看手机时间,连忙问,"后来呢?"

"陈松这是第一次遇到对手了,越是拿捏不准的,他越是深陷其中。后来女教练就和他交往了啊,没多久就带她去见了家长。一切看起来顺理成章吧?结果这女教练偏偏不承认他们的男女朋友关系,更别说谈婚论嫁了,就这样吊着。开始是陈松想见她了给她发信息,她过来。后来变成了她想见陈松,给陈松发信息,陈松过去。她要没空,十天半个月不理陈松的。结果陈松更急了啊,心里想说,要不然就再结一次婚吧。想法说给对方听了,对方只是笑,谁管你啊,一口一个小弟弟叫得陈松一点面子没有。"钟盼扬喘了口气,接着说,"前几天,陈松喝多了,说要见她,她没回信息,陈松就直接去她家找她了。谁晓得,开门的是个男的,比陈松起码大二十岁吧,裸着半身穿着短裤。陈松一下知道怎么回事了啊,转身就走。结果女教练立马打电话过来,说不是他想的那样,哭天抢地要解释。陈松不听,女教练当场吞了一瓶安眠药。结果那个情夫给陈松打电话,陈松又急急忙忙跑过去,跟那男的一起把女教练送医院去,滑稽不滑稽?急救车上,两个男的,大眼瞪小眼,谁也不说话,医生问道谁是家属,结果两个也都不敢搭话,你说荒谬不?"

"所以那女的是小三?"

"那女的是小三,陈松就成了小三的小三。等女教练醒了,和陈松说,她和那个有妇之夫在一起七八年了,舍不得的。见到陈松了嘛,也是舍不得的。都是舍不得,都喜欢。"钟盼扬边说边翻了个白眼,程斐然笑道:"现在有些大城市流行这种三口之家,陈松不是一直想去上海吗,他应该能接受这种吧?"

"我只想说,他也有今天。大半夜的,给我发了七八百字的信息,说怎么也想不到自己会遇到这种荒唐事,也不知道和谁说,就只能告诉我,我一句也没回。"

"当然不回!不过话说回来,男人嘛就是这样,只能接受自己三妻四妾,就不许女的有三夫六婿,霸道得要死。每天呼吁什么男女平等,都是假的,自己真的吃了亏,都不会感同身受觉得女人委屈,只觉得女人坏,不反省自己蠢。"这时,侯一帆电话打过来,程斐然想着说他估计到楼下了。钟盼扬说去拿库房钥匙,让程斐然他俩去库房等她。

程斐然跂着高跟鞋啪嗒啪嗒下楼，侯一帆的车已经等在那里了。程斐然刚要走过去，突然一下被抱起来，吓得她差点大叫，转过头来，看见侯一帆贴着她的脸笑，程斐然拿起皮包一下拍了上去，"神经啊，吓死我了，是不是想死？"

侯一帆嘟着嘴，说："那你可以不要穿这么好看啊。"程斐然站定，甩了下头发，说："莫和我打哈哈，我让你帮我带的东西你带过来了没？"侯一帆问："啥子东西啊？"程斐然假装凶狠地说："莫给我装，快点哦。"

侯一帆开车门，把一块上海牌的老怀表递给程斐然，程斐然打开盒子，对着手机里的照片对比了下，对了对时间，又听了下声响，喜笑颜开，说："还是你靠谱。"说着，她在侯一帆的脸上捏了一把。侯一帆不解道："现在哪有人还要戴上海牌手表啊。"程斐然说："是怀表，哎呀，他们60年代的人有情怀，你又不懂。"程斐然记得老妈喜欢的那个叔叔说自己家里的怀表坏了，是他刚上班的时候第一次评职称，领导送他的，有纪念价值。正巧侯一帆最近去上海出差，程斐然让他去找找，真的是把上海都翻遍了，后来找了个当地爷叔，四处问，才问到还有当时库存的一些。

程斐然拉着侯一帆上仓库，钟盼扬交代，一共五箱，也没有多的了。侯一帆看了一眼程斐然，问："这么多啊？"程斐然说："哪里多啊，物以稀为贵，本来就没多少库存了。"侯一帆心里无语，嘴上调侃道："又不是茅台。"程斐然轻推了他一下："废话多。"侯一帆脱了上衣，就显得单薄了，但毕竟年轻，上下三四次，不怎么喘气。钟盼扬见侯一帆得劲搬运，碰碰程斐然手肘，说："他最近还在打游戏啊？"程斐然点头，说："好像要代表重庆队去比赛，我搞不懂，打游戏现在也可以赚钱了。"钟盼扬说："还是可以，至少涛涛和他合得来，他对涛涛也好。"程斐然摇头，"就是太合得来了，我才怕涛涛从小就被带着打游戏，娃儿还是少打点游戏好。"钟盼扬说："小侯有分寸。"程斐然说："不见得，他还是小，我现在相当于带两个娃儿。"钟盼扬揶揄一句："明明是大娃儿带小娃儿，管你啥子事？"程斐然笑着说："哎呀，你不管我嘛。"钟盼扬忍不住问了句："琛哥啊，最近怎么样？"程斐然顿了顿，"他啊……"

　　来不及多说，程斐然和钟盼扬的手机同时响了，摸出一看，群里方晓棠发来一条语音："你们俩哪个在国际楼啊？烦死了，遇到个麻烦客人，神经病一样的，现在警察都来了。"两人面面相觑，侯一帆刚好上楼搬最后一箱，程斐然说："我们上楼有点事，你好了在车里等我下。"

2

　　国际楼二十三层，其中三间是方晓棠开的民宿。楼下还有四间，分别在七、九、十二和二十楼。全部看江景，吹江风，落地玻璃窗，外面高楼林立，照片打上四个字——重庆森林。有电影感，用港式滤镜，学王家卫，网红最爱打卡地。重庆旅游旺季，几乎爆满。本地人看不上，外地人却特别喜欢，国际楼这种鱼龙混杂的地方，一般人不见得上来。当初方晓棠看到商机，用最便宜的价格租了这七间，花了点钱装修，欧式、法式、日式、地中海、性冷淡，全部做成高端模样，大多时间预约不到。

程斐然和钟盼扬刚出电梯，就有两个警察站在门口，远远听见一个女人在叫嚣，走过去，方晓棠站在大门口一脸惆怅，女人喊："啷个不可以调监控啊，现在是人口失踪，你们管不管嘛？"

见两人来，方晓棠如见救星。只见方晓棠头发裹成丸子头，戴着黑框大眼镜，衣服松垮，水洗牛仔裤，但也得体不突兀。

程斐然问怎么回事，方晓棠绕过来，说："她老公前两天订了这间房，结果他老婆说他失踪了，找不到人，不晓得怎么有我电话，要我开门。我当然要保护顾客隐私吧，不肯，她就报警了，叫警察来开门，一大早把我喊醒，神经病吧。"程斐然看那女人气势汹汹，不像好惹的，又问一句："那人找到了吗？"方晓棠摇头，"找不到啊，开了门，发现里面空空如也，一个人都没有，见鬼了。"钟盼扬说："那和你有啥关系啊，没人就说明不在呗。"

这时那女的又闹起来，指着警察说："调监控啊，我老公无故失踪，我没资格调查？"

"女同志，你还是要冷静一点，这个房子太老了，不是每层楼都有监控哦，而且，你这个属于家事，我们也没有权力来管。一般没有发生重大事件，我们也不能擅自调监控。"其中一位稍胖的警察说道。

"我现在报失踪，你管不管嘛，不要和我说这些哦。"女人死皮赖脸指着警察吼，转身又冲着方晓棠说，"你也是，喊你开门也拖拖拉拉的，鬼晓得你是不是故意的，我都怀疑你和我老公有问题。"

这下把方晓棠激怒了，说："关我什么事啊，自己管不住老公，还要怪到别个身上。我打开门做生意，未必还要把每个客人祖坟挖一遍调查清楚唛？"

钟盼扬站出来，横在中间，冷静地说："楼道监控查不到，电梯监控总有，你也不要在这里闹，报失踪，必须满足24小时，从你老公住进来到现在都没有超过一天，你报也报不上。你心情我可以理解，但是你诽谤我们一样可以告的，警察同志不一定要应和你无礼的要求，但是正好可以给我们当人证，大不了法庭上见呗。"

钟盼扬倒是把女人威慑住了，她一下转了口风，开始哭闹："哎呀，我不管，我现在就要找人，我未必担心我老公也有错嘛，找不到人，我反正不得走。"

程斐然伸手拿起手机，对着女人录视频，女人一慌，跳起来，说："你在录啥子？给我关了！"程斐然才不理会，自顾自地录，说："录下来发网上大家帮你一起找老公啊，好可怜嘛。"女人过来抢手机，彻底撒泼，指着喊："你们欺负我嘛，我就是不走了！"

方晓棠也不管她，说："你不走哪个得行啊，你老公只订了一个晚上，我下午还要找嬢嬢过来做清洁，晚上还有其他客人来，哪个管你哦。"

双方僵持，警察为难，后来高个儿警察说还是去调监控嘛，然后带着女人去，查了半天，才在模糊影像里找到一个人头，她说是她老公。只是身边跟的倒不是别的女人，是个男的，女人又仔细看了看，是她老公新带的徒弟，进了电梯，后来就没看见出了。第二天一大早，两人下楼去了，再没有回来过。女人的脸红了又白，白了又黑，最后电话打通了，老公接的。女人破口大骂，老公在那头又挂了，挂前最后一句，说是心烦，工作压力大，家里压力也大，索性关机一天，找徒弟娃儿来喝酒，不问世事。女人不信，男人说，爱信不信。最后女人大哭收场。

忙活完，三人进屋，方晓棠忍不住吐槽一句："现在真的啥子人都有。"她一边检查房间里的东西，一边对着二人说："不过，这还算好，我遇到过更奇葩的客人，退房走后，家具全部给我移了位置，床单被套扯得乱七八糟，像在做法，后来喊孃孃全部给我换了，花了不少钱。"

"喊你开这么多家，累吧。"程斐然吸了一口电子烟，看了下手表时间，说，"我也要走了，侯一帆还在下面等到的。"方晓棠问："又去哪儿约会嘛？"程斐然说："约个鬼，我妈相亲啊，五十多了要追求真爱，我不去，又要哭天抢地的，见过这种妈不嘛？"方晓棠立马笑了："孃孃真的是，好羡慕哦，真想和她一样五十岁了还能相信爱情。"

从江北往渝中走，过了渝澳大桥往上清寺拐，老城区，路不好走，程斐然偏要自己开车，原本是要先去接老妈，突然换了主意，侯一帆看风景不对，问："往哪儿开哦？"这时儿子涛涛打视频过来，程斐然把手机丢给侯一帆，侯一帆接通视频，把手机镜头调转到程斐然那边，程斐然不看镜头说："妈妈在开车，你先和一帆叔叔聊。"侯一帆笑着接话："干啥子啊涛涛，吃饭没有嘛？"涛涛把脸贴在镜头上，问："妈妈，我要的那个乐高，你帮我买了没有嘛？"程斐然看红灯，说："买了买了，回头我喊你爸爸给你带过来，或者这周你过来的时候给你。"涛涛笑了，说："妈妈最好了，奶奶喊我睡午觉了，我不和你说了。"

挂了电话，侯一帆盯了程斐然一眼，问："你啥时候给涛涛买的？"程斐然面色平静，"我现在就是开车去买啊。"侯一帆不信，"你这个临时抱佛脚也是厉害。"程斐然踩了油门，往右一拐，上坡，左转，一下停了，然后说："我妈那天闻到我身上味道，死活要我这瓶香水，叫我今天给她拿过去，那瓶是限量版的，我怎么可能给她，进去买瓶差不多味道的得了。顺道把乐高买了。"侯一帆下车，嘟哝了一句："看来你儿子还是没你妈重要。"

"谁说的，都重要，但是都不如我自己重要。"程斐然锁了车，径直走了进去。

服务员拿了两瓶香水，一瓶240，一瓶380，程斐然左右闻了下，

240的味道更像，但还是买了380的。侯一帆搞不懂，程斐然说："香水还是买贵一点的好，便宜的，像是工业酒精兑的，吸到鼻子里不好。"

　　付完款，程斐然让侯一帆拎着，刚走两步，要往乐高店去，突然刹了脚，一把拉过侯一帆往电梯那边躲。侯一帆问："又嘟个了嘛？"程斐然指了指对面那家日料店，说："那不是李叔叔的嘛。"侯一帆看过去，确实是程斐然妈妈喜欢的那个李叔叔，只是他旁边多了一个女人，看起来比斐然妈年轻不止十岁，挽着李叔叔的手在聊天。侯一帆问："是不是李叔叔的女儿回来了？"程斐然反驳道："他没得女儿，只有一个儿。"程斐然也不敢妄下定论，伸手要用手机拍下来，那女人就贴到了李叔叔身上，刚好拍下这一幕。侯一帆问："等下还要去和他吃饭，好尴尬。"说着李叔叔又要朝他们这边走过来，侯一帆和程斐然只好立马背过身去，手里的香水晃荡了两下，服务员正好从柜台拿着单据过来，叫了两人一声，好在李叔叔注意力全在那个女人身上，没有看到他们，才躲过一劫。

　　"你打算怎么办啊？"回程的路上换了侯一帆开车，程斐然望着那瓶香水沉思了半天，想到还专程让侯一帆跑去上海买那块怀表，简直亏到唐家沱。但是直接和老妈说，她会听吗？这女人是典型的不疯魔不成活，可能知道了小三的存在，更是要奋发图强把李叔叔抢过来。

　　十年前，父母离婚，老妈不服气，声声冲着老爸说，看到嘛，和你分开了,我才会越来越精彩!为了和老爸赌气,十年来,见人,相亲,谈朋友,攀高枝,就算分手,也非要占个上风。在保养这件事上,用钱越来越多,像是要让那些放弃了她的男人个个后悔,但话说回来,以老妈的年龄和手段,不指定能压对方一筹,说不定到最后赔了夫人又折兵。这事,不能直说,但又不能不说,总不能吃了哑巴亏,把自己妈往火坑里推,到时候东窗事发,老妈那颗玻璃心,指不定又一哭二闹三上吊了。之前有两次被分手,她就这样闹过,最后警车、救护车、消防车都来了,就差新闻头条没有她刘女士的脸了。

思来想去,找不到办法,眼看车就要开到老妈楼下了,程斐然打开手机,把那张照片发到了闺蜜群里。钟盼扬冷静,方晓棠勇猛,只能托她们出出主意。程斐然长话短说,大致讲了情况,群里却沉默不语,不知道两个人是不是现在手头正有事。

"上去吗?"侯一帆一停车,已经到老妈楼下了。

程斐然看着群里还是死水一摊,无奈道:"走嘛。"她只好拎着那瓶香水往楼上去,刚开门,就见刘女士一身金黄,头发刚刚烫过了,还故意没有烫中年妇女的那种翻卷,只有前额和发尾做了处理,看起来十足年轻。眉毛修得美,口红也是淡雅的颜色,别致,不夸张,要是和女儿站在镜子前一比,确实像姐妹。

看见程斐然和侯一帆站在门口,她却先招呼了侯一帆,声音嘤嘤呀呀,不像一般的重庆女人说话,"小侯来了啊!"程斐然瞥了老妈一眼,老妈却像没看到似的,只顾着给侯一帆拿拖鞋。侯一帆冲着程斐然露出一个得意笑容，接过那双鞋。程斐然只得自己开了柜子，从里面拿了一双穿上，走进去，把纸袋递给老妈，老妈才像是回过神来注意到女儿来了，问了句："买的啥子啊？"程斐然说："香水。"老妈坐在沙发上拆了盒子，随便喷了两下，轻轻嗅了嗅，微微皱眉道："不是上次你那个味的嘛？"

程斐然指示侯一帆坐过去一点，然后说："这个贵些。"

"好多钱啊？"老妈问。

"680一瓶。"程斐然在老妈面前说谎说惯了，眼睛也不眨一下。

"你那瓶啊？"老妈一边左右看了看包装，一边问道。

"我那瓶没得卖的了啊，断货了。"

"那是好多钱嘛？不说，肯定比这瓶贵啊，你把你那瓶给我就是了啊，还要单独买一瓶，浪费钱。"老妈扭扭捏捏地起来，把香水拿到卧室去，出来的时候，对着侯一帆笑了笑，然后假装生气地指着程斐然说："看嘛，小气得很，我养她，从小到大花了好多钱哦，老了讨瓶香水都讨不到。"侯一帆不好说啥，程斐然却有点不耐烦了："我那瓶要用完了啊，给你你又要嫌弃，反正正反都是你说。"

老妈不理会，对着镜子稍微整理了下衣服，说："走嘛，你李叔叔刚刚都发了两道信息来了。"程斐然正要开口，手机突然震动起来，群里钟盼扬先是发了个省略号，再然后单独把挽着李叔叔手的那个女的放大截图下来，说："这个女的我认得到啊。"程斐然怕老妈看见，起身说："我上个厕所。"老妈忍不住牢骚："尽是这样，出门前过场多。"

程斐然躲进洗手间，快速打字，"你认识？"很快钟盼扬就回道："她就是那个女教练啊！"程斐然一惊，方晓棠也像"活过来"一样，追问了一句："啥子女教练，你们在讲啥子哦？"钟盼扬来不及和方晓棠赘述陈松的那段香艳情事，只说："是她，你等下。"

说着，一张照片发过来，陈松和那个女人的合照，跟李叔叔这位果然是同一个人。

程斐然一方面不得不感叹世界之小，一方面又忍不住吐槽这些一丘之貉的男人，最后全都化为了对女教练的佩服。程斐然忍不住问："陈松那天撞见的，不会就是李叔叔吧？"钟盼扬说："不晓得啊。"程斐然不觉脑补了那天晚上发生的那出大戏，大概是各色人物都找到了具体的形象，一下子比钟盼扬讲述的时候更震撼了一些。

方晓棠才理顺人物关系，惊叹道："这李叔叔身体好嘛，这个岁数了还要去健身，今夜不设防啊！那你打算告诉嬢嬢不啊？"

程斐然瞬间心里有了主意，收起手机，按键冲水，开门出去。两人不知道在说什么笑话，逗得侯一帆哈哈大笑。老妈也跟着捂嘴笑起来，瞧见程斐然出来了，轻轻拍了下侯一帆，说："走了走了，上个厕所上这么久，少喝点水嘛。"程斐然心想，这个时候了，你还笑得出来，到时候看你哭都来不及，但终究一句话都没说。口袋里的手机还在震动，程斐然按着不动，跟着老妈下楼。侯一帆自觉坐到驾驶位，老妈偏偏把程斐然坐的副驾驶抢了，还直说："大小姐你坐后排嘛，让你妈我兜兜风感受一下。"程斐然不好说什么，只能往后排坐下。

车开起来，老妈把车窗降下来，然后朝着侯一帆笑道："刚刚说到哪里了啊？"侯一帆想了想，说："说到那个外卖小哥要加你微信。"老妈笑盈盈接道："对头，那个外卖小哥说我长得像他姐姐。那个死娃儿，我说我女儿都比他大了，怎么可能像他姐姐。他说，真的啊，简直就是他姐姐，后来说要请我吃饭，我啷个可能和他吃饭啊，简直不像话。"程斐然不觉插了一句："现在这种诈骗犯最喜欢瞄准你这种孤寡空房老太太了，你最好小心点。"老妈假装没听见，继续说："最后你们肯定都想不到，他说了啥子。"

侯一帆好奇地问："说了啥子？"

老妈欲盖弥彰地笑了笑，说："他说看到我点了份麻婆豆腐，平时最喜欢吃，特别是这家。我听他这么一说，立马把门关了，回头给了他一个差评。大小姐你以为我不懂啊，麻婆豆腐是用老豆腐做的。怎么，老豆腐也是他能吃的啊。"

老妈说完，侯一帆立马笑癫了，程斐然只觉害臊，老妈过了今年就五十五了，一点当妈子的样子都没有，平时她怎么疯也就算了，在女儿男朋友面前也一点不收敛。

3

李叔叔在珮姐老火锅订了个包厢。进门口一阵喷香，上下飘着油烟气，到处坐的人吆喝连天，人挤人，汗流浃背，像是空调一点作用不起，只有开冰啤酒降温。老妈挽着程斐然的手，高跟鞋一顿一顿的，生怕弄脏。侯一帆在后面拎了几瓶啤酒，刚上楼，李叔叔已经在那里等了。程斐然注意到，他还专程回去换了一身衣服，恐怕是担心老妈鼻子灵，闻到另外女人的味道。如此一来，更像是此地无银了。

老妈低眉顺眼朝李叔叔笑了笑，像是熟人又像不熟，招呼介绍道："我女儿，程斐然，你见过的。这是她对象，小侯。"李叔叔礼貌地点点头，说："坐坐坐，你们看看点点啥子，我刚刚叫了毛肚和鸭肠，腰花要不要？"老妈娇滴滴地说："我不吃内脏的嘛。"李叔叔立马道："对啊，看我这记性，要一盘鲜牛肉嘛。"程斐然看着李叔叔，实属道貌岸然。上楼前侯一帆按程斐然说的，不必拿一箱了，给几瓶算了，肚子里全是气。果不其然，李叔叔看到那几瓶老渝城啤酒，像是看到自己当年的老同学一样亲，"哎呀，哪里搞的啊？没得卖的了的嘛？"

程斐然看了老妈一眼，笑道："我妈和我说你喜欢喝老渝城，专门喊我找朋友买的。"

"哎呀，小刘，用心了。"李叔叔带着90年代老干部的关照口吻，一个"小"字就叫得老妈心花怒放的，"哎呀，哪里嘛，你喜欢喝的嘛。"刘女士在桌下拍着女儿的手，面露桃花地说，紧着瞄了程斐然一眼。她当然懂是什么意思，那块怀表是刘女士特地叮嘱她买的，但想到下午那一幕，她又实在不想把表拿出来了。凭什么啊？老妈又在桌下轻轻踢了她一脚,眼看母女俩沉默,李叔叔问:"啷个啊,不好吃吗?"程斐然摆摆手,说:"不是不是,我妈其实今天给叔叔带了一份礼物,又不好意思给你。"刘女士戳戳她手肘,说:"去拿嚯。"李叔叔反倒说:"先吃嘛,先吃。"刘女士不高兴,责备道:"在和你说话啊。"程斐然心想,你要找对象,什么都要托我,自己怎么不想办法,但到底什么都没说,只起身道:"我现在去拿。"

程斐然翻了个白眼,下楼把表拿上来,递给刘女士。刘女士在桌下简单打开看了看,成色好,不便宜,一下喜笑颜开,拿上桌面,给李叔叔。"你看看,喜不喜欢?"李叔叔接过来,打开,上海牌老怀表,不好找,和老渝城啤酒一样有诚意,心花怒放,笑得合不拢嘴。

程斐然心有不爽,打开手机,群里已经偃旗息鼓,信息却有上百条,程斐然翻开陈松那张照片,灵机一动,左右叹气。刘女士问:"又啷个了嘛?"程斐然扬起手机,凑到老妈面前,说:"陈松啊,扬扬的前夫,最近勾搭了个女教练,我不晓得现在这些男的喜欢她啥子,丰乳肥臀吗?"刘女士脸色不好看,说:"当着叔叔面说些啥子话?"程斐然说:"哎呀,失礼了,但是我真的不晓得啊,她长得也不好看,就是前凸后翘一点,叔叔,同为男人,你来评价一下嘛。"程斐然把手机拿到李叔叔面前,李叔叔原本还在琢磨那块怀表,面前突然出现一张照片,心一紧,嘴一撇,眉头紧锁,一下慌乱,咕咚一声,怀表没拿稳,落进红汤里,溅起一阵油星子,全部溅在刘女士的新衣服上。

"哎呀！"刘女士先叫了出来，赶紧扯两张纸擦衣服。接着李叔叔才反应过来，也跟着叫："遭了，表啊！服务员！服务员！"伸手拿起漏勺开始捞怀表，又一阵慌乱。侯一帆和程斐然纷纷起身，服务员急着赶过来，李叔叔说："我表落进去了！"他手又抖，死活捞不起来。刘女士只咂嘴，这件衣服是她昨天才买的，真丝，不好洗，起身往洗手间跑。服务员左捞右捞，终于捞起来了，李叔叔赶紧拿纸巾擦，打开表盖，油已经浸进去了，李叔叔心疼得不行。程斐然看他惊慌失措，心里却在窃喜，嘴上还是说："哎呀，没事，叔叔，一块表而已。"李叔叔不说话，拎着表摇了摇，看看还能不能滴出油来。侯一帆朝程斐然望一眼，程斐然不接，说："我去看下我妈。"

衣服是洗不干净了，表也基本等于废了，这场火锅吃得所有人都不安逸。李叔叔悻悻然结了账，一路和刘女士道歉："小刘啊，不好意思，你衣服弄脏了，我回头买一件新的给你送过来。"刘女士也不好矫情，说："不用了不用了，只是那块表浪费了。"李叔叔本来说送他们多走一段路，当下实属狼狈，刘女士连忙说，车就在前面，不送了嘛。

上了车，老妈坐在后座，憋了一肚子气，半句话不说。程斐然不看她，只顾开自己的车。侯一帆感受到强大的低气压，程斐然伸手拍了拍侯一帆手背，说："你先回去等我。"侯一帆朝程斐然看了一眼，程斐然也不看他，侯一帆只好点点头。路上靠边，把他放下，程斐然顺道嘱咐了句:"帮我买桶方便面,刚刚没吃饱。"侯一帆才走,刘女士立马开腔,直直骂道:"程斐然,你今天啥子意思?"程斐然假装听不懂,问:"我又啷个了嘛?"

刘女士气愤地把外套丢到一边,说:"你少给我装,刚刚你以为我看不出来你是故意的啊?"

"我又故意啥子了嘛?你这人说话尽是不清不楚的,我好心给你买表,给你扛啤酒,你怎么不说我一声好啊?"程斐然一脚踩下油门,车往前面冲了一截。刘女士差点撞到头。

"你想把我甩出去是不是?!"刘女士扯着喉咙讲,"好好吃个饭,你说啥子陈松,啥子女教练。喊你准备礼物,也是催三叫四才去拿,你是对哪个有意见嘛?你是不是和你那个死鬼老汉一样,就是想看到我出丑,孤独终老嘛!"

"哪个又想你孤独终老了嘛!"

"程斐然,有些账我没和你算,你自己心里有点数。你不要以为我不晓得,你现在肯听我话,帮我办事,根本是你问心有愧,要不是因为张琛骗了我几十万走,你能管你妈死活,我才不信!"

"哪个骗你了?!"程斐然终于忍不住了,"我就晓得你心里一直惦记这件事,平常见到我,正眼都不看我一眼。张琛家里做生意,拉投资,是你自己屁颠屁颠地跑过去要投钱,七十万。我都和你说了不要投,你自己不信,后来打水漂,全部怪到我头上。你喊我和他假离婚,先把财产保住,假离婚,假离婚,离到后来,真离了,你开心了嚯？好不容易保了套房子回来，你还要我卖了把钱还给你，有你这样当妈的吗？"

刘女士冷笑道："呵，是，是我做错了，我当初投资是为了啥子哦，你在你婆家分到半点好处没有吗？我要不投资给你占点股份，你以为你在张琛家里有啥子话语权，每天还不是被当成保姆打整！"

"你这会儿又说是为了我好了，张琛家厂子倒的时候，你怎么不过来说为我好啊？每天急匆匆给我打电话，喊我找张琛要钱，上班打，下班打，晚上睡觉也打，你说你精神崩溃了，怎么不考虑下你女儿我当时的感受啊，个个欠债的跑到家里来要钱，我睡觉都在做噩梦，你安慰过我一句没有吗？"

刘女士不说话了，程斐然也收声了。深夜的道路上，来往车辆呼啸而过，末了，刘女士叹了口气，说："算了嘛，你前面靠边把我放下来，手表好多钱，回头我转给你。"

程斐然在前面的拐道停了车，刘女士开门下去，转了2000块给程斐然。程斐然望着她，说："我要你的钱干啥子嘛！"刘女士根本不想多看程斐然一眼，讲："从小你给我说，你的钱是你的钱，我的钱是我的钱，不得要你半分！"说完，刘女士朝前走，伸手招了一辆出租车，开门坐了进去。

程斐然只觉得太阳穴往上牵着整个头痛，她拿出电子烟，深深地吸了口气。九八年还是九九年，程斐然生日，家里请客，饭吃到一半，刘女士让程斐然给叔叔孃孃表演一段电子琴。程斐然不想去，刘女士觉得没面子，叔叔孃孃都说算了，但刘女士非要，把电子琴抬出来，插上电，说她刚学会贝多芬。碍于刘女士面子，程斐然随便弹了一小段。刘女士一直边笑边说，哎呀，昨天她自己弹还弹得好些，今天当着你们面又害羞弹不好了。程斐然的爸爸走出来，说，不要弹了嘛，饭都冷了，娃儿生日的嘛。刘女士白了眼，不高兴，电子琴也不收，说程斐然最近要去学画画，老师说她有天赋。程斐然不理会，自己埋头吃饭。同事叔叔说，好啊，琴棋书画都来一遍，以后是个人才。

吃完饭，爸爸把蛋糕拿出来，刘女士翻了两下，突然说，蜡烛找不到了，要不然就不点了吧，小娃儿过生日，就是个过场。叔叔孃孃不好说话的，斐然爸爸说，还是要点，去楼下再买一盒上来就是，二话不说下楼了。刘女士拍拍程斐然，让她跟着爸爸去。

当时，程斐然站在门口，躲在门缝后面往里看，刘女士进屋拿了四百块钱出来，塞回给叔叔孃孃，说："陈哥，邓姐，钱你们拿回去，家里头也不缺什么，娃儿过生哪里要得到这么多钱嘛。"陈叔叔和邓孃孃说："拿到嘛，给娃儿买点玩具啊吃的啊。"刘女士说："真的不用，我这次评职称还要你们多多帮忙的嘛。"程斐然站在门口生气，蜡烛也不想要了，冲进屋里来，一把把钱抓过来，说："这是我的钱！"刘女士吓到，问："你不是和爸爸去买蜡烛了的嘛。"她伸手要把钱抢过来，程斐然死死拽着。叔叔孃孃看到好笑，说："哎呀，给娃儿嘛。"刘女士气也来了，说："小娃儿拿钱做啥子哦！"说完又朝叔叔孃孃赔笑道:"哎呀,死不懂事。"母女俩一抢一拽,钱一下撕烂了,整个屋子瞬间鸦雀无声。程斐然朝着刘女士叫道:"这是我的钱,又不是你的钱!"说完哇哇大哭,刘女士一脸尴尬,赶紧把撕烂的钱捡起来,和陈叔叔、邓孃孃赔不是。

斐然爸爸回来的时候,叔叔孃孃已经走了,程斐然自己关在屋子里不出来。刘女士坐在沙发上面哭,她用胶把钱粘好,但还是能看出明显的缝隙。斐然爸看着问:"又啷个了啊?"刘女士立马起身,冲着女儿房间嚷:"你身上的肉都是我给你的,你现在给我说啥子你的我的!"程斐然不出来,刘女士回头瞪了斐然爸爸手里蜡烛一眼:"生日?过啥子生日?她啷个不想想,她的生日还是她妈我的母难日啊!点个屁蜡烛,不过了!"说着,刘女士把蛋糕直接扔进了垃圾桶里。

最后,蜡烛没吹成,蛋糕也没吃成,撕破又粘好的人民币就像是她和刘女士长期以来的关系,即使看起来再完好无缺,却始终带着裂痕。

程斐然下了车,打开后备厢,从里面拿出一瓶渝城啤酒,伸手在旁边的花坛柱子上拍开盖子,然后坐在后车盖上,喝了一口。重庆的晚风拂在程斐然的脸上,身上还残留着刚刚火锅油腻的味道,程斐然又想起外婆还在的时候,时常说:"吵嘛,吵嘛,母女两个硬是上辈子的仇人,我看你们这一辈子还要吵好久!"后来外婆走了,程斐然突然偃旗息鼓了，不吵也不烦了。大概是长大了，心宽了，也可能是刘女士老了，精力少了。

程斐然和张琛早恋那会儿，刘女士还专门跑到学校去找张琛谈心，说从小到大管不了程斐然，她爱喜欢哪个喜欢哪个，但是张琛必须要晓得一点，只要程斐然被欺负了，张琛绝对吃不了兜着走。张琛把这句原话告诉程斐然的时候，程斐然只觉得是张琛为了缓和她们母女关系自己编的。事实在多年后，程斐然更相信那句话是张琛为了哄她开心编出来的，特别是当她第一次把侯一帆带回家的时候，刘女士对侯一帆的喜欢程度远远超过了自己，还时常揶揄："小侯怎么看得上你的啊，离婚还有娃儿，他想不通啊？"程斐然已经不想和她吵了，只说："他怎么看上我的，我不晓得，反正你是没机会了，不仅离婚了，有娃儿，娃儿还有娃儿了，你自求多福嘛。"后来刘女士就把程斐然撵了出去。

两瓶啤酒喝完，程斐然给刘女士发了条信息问到家了吗，刘女士过了很久才回，到了。程斐然看看表，转眼又是深夜十一点了，她正准备叫代驾，突然看到张琛发来一条信息问，你和你妈又吵架了啊？程斐然还奇怪他怎么知道，顺手打电话过去，问："涛涛睡了吗？"张琛"嗯"了一声，说："啷个又吵架？"程斐然问："哪个和你说的啊？"张琛说："猴子给我说的。"他一贯叫侯一帆猴子。程斐然说："没事了。"张琛像嗅到什么，问："你又喝酒了啊？"明明隔着那么远，程斐然一句话，张琛就能听出她喝没喝酒。她昂了昂头，尽量让自己不要多想，张琛又说："要不要我过来送你回去嘛？"程斐然说："不了，我自己回去就是，又不远。"张琛接着说："这个时间点，你喝了酒，不安全。"程斐然想说什么，"张琛……"但话到嘴边她又咽回去了，最后说："最近有叔叔音讯没得啊？"张琛没说话，程斐然大概了解了，想挂电话，张琛突然说："斐然，你好好照顾自己嘛，不要管我了。"

程斐然突然觉得眼睛有点胀，张琛再多说一句她都不能听了。挂了电话，程斐然盯着车牌看了很久，ZC259，提车的那天，张琛说："你看我选的车牌，读读看。"程斐然说："啥子嘛？"张琛说："张琛爱我久啊！"程斐然只笑道："土不土嘛！"说完两个人笑了很久。

程斐然擦了擦眼角，不知道自己什么时候莫名其妙地哭了。车里的音响连了歌，轻轻地唱：也不是无影踪，只是想你太浓，怎么会无时无刻把你梦……

第二章

1

自从在李叔的饭局上和刘女士闹翻过后,程斐然也好些日子没去打麻将了。张孃发信息来问她怎么不去,她只说最近有点不舒服,其实是怕心情影响手气,得不偿失。

某日早上起来,程斐然发现刘女士之前送来的那盆茉莉花毫无迹象地变成了"光杆司令",叶子都落光了,土也干得起裂。都说枯花枯草要影响风水,她立马把花盆端到走廊去扔了,打算开车去渝高花卉市场再选一盆茉莉回来,省得下次刘女士来了又冷嘲热讽,说她养个花都养不好。程斐然刚上车屁股还没坐热,方晓棠一个电话打过来,匆匆忙忙地问:"你在哪里?"程斐然说:"屋头啊,正准备去买花。"只听见方晓棠那边火急火燎地说:"哎呀,你先陪我吃个午饭,我有事情和你说!"

程斐然开往观音桥,方晓棠已经在面馆等她了。走进去,方晓棠指指说:"你看下你吃啥子啊。"程斐然瞄了下菜单,转身说:"老板,我要碗抄手面,多放点海椒。"

程斐然瞧方晓棠一眼，直问道："啥子事情啊？"方晓棠努了努嘴，缓了口气，说："昨天接了个订单，一次性要在我这里住一周，我一想，大生意。刚付了钱，对方开始和我说他的要求，七七八八讲了一堆。看到他给钱的分上，我也没多说，本想喊做清洁的孃孃把东西给他拿过去，结果孃孃正好没空，只好自己跑一趟。哪晓得，刚上楼，我就撞到鬼了。"

"神经病，白天说啥子鬼！"这时候老板把面端了上来。方晓棠起手和了和，接着说："你猜我碰到哪个？我撞到朱丞了！"

程斐然也是一惊，忙问道："你怎么撞到他了啊，他不是消失好多年了的嘛！"程斐然直觉背后一麻，又听着方晓棠说："那不是！关键是，他就是订了我民宿的那个住客，神不神嘛？！"程斐然已经脑补出了方晓棠提着大包小包日用品上楼撞见自己前任的情景。这个朱丞简直是方晓棠的命中克星，在方晓棠爱得最死去活来的时候突然失踪了，全家人一夜消失，隔壁邻居都不晓得他们去哪里了。要不是遇到了现在的老公魏达，方晓棠不晓得好久才能从那段悲伤的感情中走出来。

"然后呢，他见到你说了啥子？"

方晓棠支支吾吾，程斐然就知道背后情绪复杂了。方晓棠结婚过后，魏达为了多赚钱一直在外地跑，一年到头回来不了几次，算是异地夫妻。好在魏达实在，方晓棠用心，夫妻俩一直没出什么问题，莫不是紧要关头，半路杀出个程咬金。程斐然一算，这不结婚整整七年，是要痒了啊。

方晓棠说："啥子也没说，他半天才认出我，我倒是一眼就看清了他。他见我一直盯着他看，才有点惊讶地喊了我一声。那一瞬间，我心都麻了。我帮他把东西弄好，假装没事说要走了，他就'嗯'了一声。我心想，这么多年了，你解释一句要死嘛，结果他硬是啥子都不说，烦不烦嘛！"

程斐然一收筷子，说："行了，我了解了，说这么多，就是你还放不下他。你那会儿陷得深，爬都爬不起来，我说他失踪算是给自己积德，你烧香拜佛都来不及。你该给他说你结婚了啊，让他死心。"

"都用不着我说，我帮他拿东西的时候，他一眼盯到我手上的戒指，当场就戏谑一样问我说，结婚了啊？我想说，他这么在意哦，看哪点不看，偏偏看手上。"

"这是有经验的男人，那些年轻崽儿懂不懂嘛！没经验的男人看女人，往往看脸看身材，只有他这种，先看家室背景。方晓棠，我和你说，你还是离他远点！"

"我疯了啊！我们也就是生意往来，我是老板，他是顾客，只是他这突然出现，我就是心慌，才找你。"

"你简直是少女心作祟！"不过程斐然也不能怪方晓棠，那朱丞是长了一副人见人爱的好皮囊，笑起来痞痞的，不笑又酷到不行，窄脸高鼻，浓眉桃花眼，眉骨高，眼窝深，一眨一灵气，外号江北陈冠希，一点不夸张。

程斐然说:"这样,你也别急,先把他放一边,看下他到底想干什么?随机应变,要是他真的有死灰复燃的心,第一时间打电话给我。"

方晓棠点头答应,但总归有点心神不宁,一夜失眠,打算回去再补个回笼觉。方晓棠一走,程斐然想不如去趟国际楼,先给钟盼扬说一声。钟盼扬在那里上班,要是上下楼撞到朱丞,也正好当面警告他一番,免得他不识抬举,只是念及方晓棠的事,去渝高花市买茉莉的事却全忘了。

这事摆到钟盼扬面前一讲,就听她理智地说:"无事不登三宝殿,还说没认出来,我看他说不定就是故意来的。"程斐然说:"好会撩嘛!"钟盼扬讲:"几楼嘛?不如我们先上去堵他?"程斐然回:"我还真忘记问了,她现在回去睡觉估计睡死了,也不好问了。"钟盼扬说句不好听的:"我一直说方晓棠和魏达这种异地夫妻长期下去还是不行,但又没办法。当初晓棠好喜欢朱丞嘛,简直像是瞌睡遇到枕头。"

钟盼扬看了看表,午休还有半小时,"先不说朱丞了,你和孃孃和好没有啊?"

程斐然喝了一口水,讲:"我妈那个脾气,不晓得要气好久。"钟盼扬想了想说:"那明天万芳芳结婚,孃孃还不是要去啊?"程斐然猛然想起这桩事来,叫了声:"哎呀,你不说我都搞忘了,她妈肯定喊了我妈啊,死活要撞到了,我妈收到请柬的时候还专门说喊我一路。"

钟盼扬不经意间翻了个白眼,"万芳芳她妈现在得意得很。"程斐然知道钟盼扬说的啥,"等东等西,终于等到个洋女婿,好开心嘛。你看到那个请柬上写的噻,万芳芳女士,Louis 先生,还故意要用英文名字,也只有她做得出来。"

"那个男的啥子来头哦?"程斐然忍不住问了嘴。

"我也是听说的,好像是万芳芳去瑞士耍,然后住在朋友家,认识了那个 Louis。万芳芳好会的嘛,肯定手到擒来。"

程斐然想到万芳芳娇滴滴说话的样子,就浑身发麻,"我倒是一点不想去,但是不去怕是又要遭她妈在外面说东说西,她那个妈比我这个妈还要惹不得。"想到万芳芳她妈妈常年妖精十八怪地穿衣服,还仗着芳芳老汉是个小领导,简直每天提着鱼雷出门一样,哪个惹她就把别个炸得白泡翻天的,讲,我们老万也不是啥子很大的官,但好歹和市长吃过饭嘛——言外之意,反正你得罪不起。

2

方晓棠睡醒已是黄昏,她翻身起来,饥肠辘辘,正想在冰箱里搜摸点吃的,突然看到朱丞打来的电话,一个激灵,手在冰箱门边上划了条口子。慌乱之下,她一边找创可贴,一边还是接了起来。朱丞说:"晓棠宝贝,水不热啊?"方晓棠哽了一下,即使是魏达,也没有这么肉麻地叫过她。方晓棠说:"不可能哦。"

朱丞说:"我刚刚回来打算洗个澡啊,水不热,你要不要过来看一下?"

她深吸了一口气,暗示自己要冷静,然后说:"我又不是水管工,我来看有什么用,你等到,我喊物业来给你看一下。"

朱丞在电话那头"呵呵"笑了两声,说:"怎么,你怕我把你吃了啊?"

方晓棠只觉内心像被猫爪子挠得发痒,却还是假装冷静地说:"我怕你啥子啊!"朱丞却反而不催了,说:"那你喊物业来看一下嘛,我冷死了。"

方晓棠挂了电话,立马给国际楼的物业说了一声,然后从冰箱里拿出一瓶冰水,猛地喝下去一大口,水喝了,心静了,人也清醒了。看着昨天又重新"变成活人"的朱丞的头像,她还是忍不住多看了一眼,随即,冲进卫生间,简单洗漱,化了淡妆,特地挑了一条碎花连衣裙,喷了香水,出了门。

半小时后,方晓棠出现在朱丞的面前。朱丞刚刚洗完澡,裹着浴巾,上身赤裸,湿着头发看着方晓棠笑,开门的瞬间,他像是早就预料到这一幕的发生,一把把方晓棠拉了进来,关上了门。

方晓棠神色紧张,背过身去,只听着朱丞说:"真的不热啊,师傅也没来,害我洗的冷水澡。"方晓棠向左扳动淋浴把手,哗的一声,淅淅沥沥的水声打乱了她内心的节奏,朱丞走过来,站在她的身后,两手越过她，几乎把她抱在怀里，伸手摸了摸花洒的水，说："好像又热了。"方晓棠转过身来，刚好和朱丞四目相对，花洒啪的一下落在地上，只一瞬间，方晓棠内心和自己说："完了。"

好在门铃骤响，朱丞的手还悬在那里，方晓棠惊觉，迅速把他推开，跑过去开门。物业师傅拎着包站在门口问，哪里坏了？方晓棠才注意到自己的袜子都湿了，裙子上还有水渍，又不好意思地和师傅说，不修了，又好了。师傅有点生气地说："你以为我很空吗，下次检查好了再打电话嘛！"

朱丞已经换了衣服出来了，方晓棠说："没事的话，我先走了。"朱丞说："不忙走，喝杯酒摆下龙门阵嘛，好久没见了，我有话和你说。"

朱丞伸手试探性摸了方晓棠一把，方晓棠抽回自己的手，说："你晓得我结婚了。"朱丞说："我晓得啊。"手却依旧放在刚才的位置，他接着说："现在男女的婚姻不能说明什么，我们这代人结婚和恋爱本质没什么区别了。何况，你结婚之后人更美了，一般男人肯定不敢当着你面这么说。"方晓棠有点疑惑："什么意思？"朱丞托着下颌说："我的意思是，成年人有一种男女关系相当刺激，何况，婚后的女人更有韵味。"

朱丞这么一说，方晓棠瞬间懂了，还以为是金风玉露一相逢，全怪她过于纯情了。朱丞给方晓棠倒了一杯酒，说："今晚上不回去了嘛，你肯定有很多话想和我说。况且，明天之后，对你我来说，很多事情都不一样了。"方晓棠不理会，一口干完了那杯酒，讲："我还真没得啥子话要说,我要走了。"

刚起身,朱丞从后面一下把她抱住,说:"熟人熟事的,非要装生疏。"方晓棠看着朱丞的脸,突然想到自己长久哭泣的那个夏天,跟疯女人一样颓唐的日子。紧接着脑海里闪现出魏达憨厚的样子,方晓棠瞬间清醒了,往后一退,恰好踩到朱丞的脚,干脆用力碾了碾,痛得朱丞龇牙咧嘴,方晓棠说:"我要回去了,我老公下班了还在等我做饭。"说完头也不回地冲出了门。

方晓棠站在电梯间里猛吸了两口气,用力按了几次电梯按钮,又怕撞到下班的钟盼扬或者打完麻将的程斐然,索性走了楼梯,弯弯拐拐下了九层楼。脚走酸了,脸上的红晕也散了,方晓棠又看了一眼朱丞微信头像,自言自语道:"我简直像个神经病,朱丞是啥子人嘛,差点又上当!呸!"伸手一点,趁着清醒,彻底拉黑。

次日早晨,程斐然早早洗漱化妆,铃声一响,看到手机上"妈妈"那两个字,眉毛都画歪了,按了免提,只听到刘女士在那边抱怨般说:"现在是我不给你打电话,你就不管你妈死活了是不是?"程斐然实在不想一大早就没了好心情,用纸擦了擦画歪的部分,服软道:"我怕你生气不接啊,想等你气消了去看你的嘛。"

刘女士见程斐然也没犯冲,语气软下来,说:"今天万芳芳结婚,你等下来接我,我在屋头等你。"程斐然自然知道是这个原因。刘女士虽然再和她有矛盾,也要在外人面前表现得和自己女儿亲密无间,从小到大这种戏码真是上演了一轮又一轮。

　　再见到刘女士，两母女像是找不到开腔的切口，好在遇到楼下大妈打招呼："刘孃孃，你女儿又开车接你出去耍啊？"刘女士笑盈盈地说："是啊，出去吃席。"大妈又打量程斐然两眼，说："还是女儿乖，我那个儿哦，一年到头看不见人影。"程斐然只是笑，刘女士也跟着笑。车开出一公里远，刘女士拿出个红包，说："等下礼金我来给，你就不要给了，我包了400，差不多了。"程斐然回头看了刘女士一眼，说："400？难听不嘛？何况两个人吃席，包一个红包，得不得不好哦？"刘女士咂咂嘴，哼了一声，道："我刘红英嫁女儿的时候，她钟志娟一家三口来才给我包了200块，我回礼回400算仁至义尽了，看她一天耀武扬威的都烦。难听怎么难听，她还不是只有听到起。"刘女士一吐槽，程斐然倒想笑了，一笑，好像两母女又近了。刘女士瞧程斐然一眼，说："怎么嘛，又笑你妈，帮你节约点钱啊，你现在又没工作，每天耍耍哒哒的，打麻将打一辈子啊？"程斐然不说了，刘女士也噤了声。

　　万芳芳这场婚礼在喜来登摆了近三十桌，门口又是花篮又是花环，一路金粉落地，闪闪发亮。别人结婚都是新娘新郎的人像立牌，万芳芳和她老公直接做了两尊石像立在门口。程斐然望着石像发了会儿呆，又浮夸又好笑，只是那个新郎横看竖看不像是个外国人。回头，一对新人迎面走来，程斐然定眼一看，瞠目结舌，刘女士小声问:"看着不是洋人的嘛?"程斐然心想说,何止不是洋人,这黄皮肤黑眼睛简直就是如假包换的中国人。程斐然露生怕自己认错了,什么 Louis,这不就是那个挨千刀的朱丞吗?

没等她想清楚,不远处钟盼扬和方晓棠纷纷从出租车上下来,没走两步,都和程斐然露出如出一辙的表情,特别是方晓棠,一整个愣在那里,程斐然就知道自己想对了。万芳芳赶紧朝方晓棠跑过去,紧着叫:"晓棠,晓棠,快点过来,给你介绍一下。"钟盼扬和程斐然想看方晓棠到底什么反应,结果她只是扶了扶自己鼻梁上的墨镜,大步流星朝着新娘新郎走去。

万芳芳一把拉过方晓棠,介绍说:"晓棠算是我远房表姐,Louis,快打个招呼。"方晓棠取下墨镜,目不转睛地把朱丞盯着,朱丞却真跟没事人一样,伸手问了一声:"Hello, elder female cousin."装腔作势说些倒土不洋的英文,方晓棠没接那只手,淡淡说:"都在国内办婚礼了,还说英文,好见外哦。我和万芳芳也只是中学同学,远方也不晓得远去哪里了。"朱丞像听不懂中文似的,只顾微笑。万芳芳如鲠在喉,实属尴尬,只好岔开话题,又把钟盼扬和程斐然依次介绍了一遍。

眼看他们几个在门口寒暄,万芳芳她妈顷刻从大厅走出来,一身富贵装扮,大红色旗袍,上面绣一只金凤凰,远远地就叫喊道:"芳芳你同学来了,怎么不喊他们进去啊?"再转眼,眼神落在方晓棠身上,"晓棠也到了啊,你妈老汉说来不了,真的是忙哦。"方晓棠却也不客气地说:"我结婚的时候,你们也没来嘛,好歹我们家今天还有我这个代表嘞。"

钟志娟也不好多说,只顾笑,再转头,看见刘女士,换了更亲热的语气:"哎哟,红英的嘛。欸,这是斐然啊,几年不见,好像瘦了。"刘女士却没有虚与委蛇地假热情,只伸手把红包拍在钟志娟手上,说:"恭喜恭喜,钟志娟,你女儿终于嫁了啊。"这话一说,钟孃孃的笑容就减了一大半,一边收起红包说谢谢,一边笑道:"红英你说些啥子哦,我们芳芳结婚嘛是晚了点,但千挑万选好歹找了个好男人,我也心安了嘞。"刘女士只是一阵冷笑,钟盼扬和程斐然彼此交换了个眼神。

陆续有宾客过来,众人也不想一直在门口逗留,刚要进去,刘女士却被万芳芳她妈反手拉住,往外走,指着洋女婿说:"等下,给你们介绍一下啊,我女婿,叫路易斯,现在在瑞士做金融,刚回国准备开个投资公司。"刘女士眨了眨眼说:"介绍过了,你女儿都说了一遍了。"钟孃孃不理会,拉着刘女士继续往外走,指着停在路边的那辆玛瑙色保时捷说:"红英,你不要说这些,你看,我女婿给我买的。我喊他不买,好浪费钱嘛,他非要说送我个礼物。正好,我刚拿了驾照,最近随时带你去兜风。"

刘女士跟着笑,说:"你都会开车了啊?稳不稳哦,两个老太婆到时候翻车了才好笑。"

"看你说的哦,昨天我们老万还坐了我的车,一直夸我开得好,不信你等下问他嘛。"说完,钟孃孃瞧了程斐然一眼:"你们斐然现在在做啥子啊?哎呀,张家的事情我也听说了,把你们牵连惨了哦。我当时就和你讲,娃儿不要太早结婚了,多挑挑多选选,女儿只有一个的嘛。"

刘女士也不黑脸,粲然一笑,回应道:"我确实不如你想得周到啊,挑肥拣瘦,挑三拣四,我哪有这么多闲时间哦。说牵连也算不上,张琛那娃儿虽然不如你们这个路易斯,但是分也分得仁义,给了两套房子给我们斐然,娃儿的抚养费也照常出。我嘛,虽然不如你有钱,但是我们程斐然想要啥子想做啥子,我从来支持。她不上班我也可以养她啊,女娃儿这辈子本来不容易,我看她健康开心就好。"

刘女士说到这个份上了,钟孃孃也不好继续说了,连忙赔笑说:"哎呀,红英,过逾了啊,走嘛,进去坐到。"程斐然看着刘女士,笑容里多了一丝沧桑,伸手上去挽住她,刘女士却毫不在意,大摇大摆地往里面走。

进了场,下了座,又见万芳芳她妈满场子飞,刘女士一句话不说,面色严肃。程斐然晓得她全听心里去了,还来不及照顾刘女士的情绪,又听方晓棠跷着脚轻嘲道:"万芳芳嫁给朱丞,我不晓得是该恭喜她还是同情她,那个死人,昨天晚上还想我去他那边陪他过夜。"程斐然和钟盼扬心一紧,连忙问道:"你没犯傻吧?"方晓棠冷言道:"我疯了,就算不晓得他今天要结婚,我也不会去踩那一摊雷。"程斐然松了口气,钟盼扬忍不住说:"这个男人真的很贱,新婚前夜还要撩拨旧女友,作呕。"刘女士在旁边听得似懂非懂,只问:"你们在说那个洋人啊?你们认得到啊?"程斐然小声说:"他是个屁的洋人,完全就是重庆人,我也不晓得万芳芳是真的不晓得,还是装着不晓得。"刘女士听后,翻了个白眼说:"我就是说,横看竖看都不像是外国人,就以钟志娟那副德行,晓得了也要装不晓得,招牌都打出去了的嘛。而且,说不定就是她要自己女婿假扮的!"说完,三人都咯咯笑了。只是方晓棠始终有点不开心,觉得像是衣服上面沾了屎。

程斐然看着醒目的T台、拱门、花篮、星光,再回头看刘女士的神色,恍然想起当初和张琛结婚的时候。现在想来,二十二岁,就踏上台子在万众瞩目下说誓言,换戒指,泪流满面,是一切都进行得太快了。人生像是翻书,偏偏高潮翻在了前头,余下的故事自然每况愈下。

那时候刘女士也是这样坐在台下,目不转睛地看着自己被程爸爸牵着手交到张琛手里,说了一堆主持人惯例照提的话,程斐然注意台下刘女士的表情,严肃又饱含深情,再回头,就看不见了。

程斐然已经不记得当时张琛念了一首什么诗,说了什么长篇大论的爱情誓言,只记得那天刘女士消失的十来分钟里,她恐慌而忐忑。她甚至不知道刘女士当时在想什么,担心刘女士就此离场,让一切无法收场。当张琛抱着她深情一吻,她才回过神来。而后请双方父母上台,刘女士才缓缓出现,比起在台下时,更精神了些,那种不知名的挑剔和严肃在那一刻消失了。她牵着程斐然的一只手,手心里还有汗,像是做好了十足的准备,才走到这一步的样子。程斐然不知道那一刻到底是被什么触动,泪腺在一瞬间爆破。而刘女士却始终面带笑容,像已经定然的蜡像,一动不动地站在她旁边。而此刻,万芳芳和朱丞也上台了,奏着同样的《结婚进行曲》,在众目睽睽之下步入人生的新篇章。

正值两位新人互说誓言,却不知谁家小孩儿从哪儿摸到个鞭炮,悄悄躲在花环拱门旁边,点燃了往台上扔,啪的一声,炸到了花童小孩的手上。花童妈妈连忙跑上去,指着放炮小孩大骂:"哪来的野娃儿,发疯啊,哪家的也不管管。"伸手一巴掌拍上去,又回头哄自己孩子。刘女士旁边那位家长突然站起来,怒气冲冲走上去,吼:"哪个喊你打他的?!你是哪个鬼婆娘嘛!"伸手一推,花童和他妈妈一个趔趄,压在万芳芳裙子上。

紧接着台上一片混乱,两个大人大打出手,台下的人纷纷沸腾起来。万芳芳刚刚站稳,朱丞还没牵好她,钟志娟立马跐着屁股跑上来,"哪个又在发疯!哪个敢破坏我女儿的好事!"高跟鞋一下踩空,崴了一下。刚说完,星光璀璨的大堂突然咔的一声巨响,灯全灭了,几个娃儿鬼模鬼样地尖叫起来,一问才说好像是隔壁施工电压过高,跳闸了。

黑暗中,人挤人,人拉人,人推人。台子上万芳芳像尊佛一样站在那里,不管旁边动乱成什么样,她都始终坚挺直立。主持人拿着话筒在黑黢黢的环境里试图维持秩序，无奈话筒没声，只好干吼。接着娃儿的哭闹声、尖叫声、大人的辱骂声、推嚷声，像一盘乱炖煮沸了。刘女士害怕被挤着，一下拉住程斐然的手，尽量往边边站。钟盼扬突然发现身边的方晓棠此刻不见了。

趁着黑，方晓棠穿行向前，到了台上。朱丞正好在另一边被推挤，方晓棠轻轻拉了他一下。朱丞回头，模糊中看清楚脸庞，微微一笑。方晓棠小声说："嘘，你过来下啊。"说着她把朱丞拉到一边角落，一手落在朱丞腹前，伸手去解朱丞的皮带。朱丞捂住方晓棠的手，说："你……要不得哦。"方晓棠不理，笑道："你不是最喜欢刺激了吗，来啊。"一说，扯开朱丞的手放在自己腰上，朱丞还望着万芳芳那边，方晓棠手也是快，一下拉掉了他的皮带，解开了他西裤上的纽扣，扯下拉链。朱丞欲拒还迎，又不好意思地说："要不得要不得。"只是他还没反应过来，方晓棠两手一抢，已经扯掉了他的西裤，只露出他的四角内裤来。眼看着她蹲下来，朱丞露出了微妙的表情，只身想往里面再走点，可方晓棠却拿着皮带，往后退着消失了。朱丞正在迷糊中寻找着方晓棠，这时候有个女的大吼："哪个龟儿摸我屁股！"

刹那间，电来了，灯亮了，只听见一个小女孩说："妈妈，新郎的裤子掉了！"众人纷纷望去，才看见朱丞红着脸一手拎着西裤往上提，一脚踩到裤腿，西裤扯脱了线，他只得狼狈地捂着自己的花内裤。整个场子爆笑起来，万芳芳依旧目不转睛地看着前方，仿佛什么都看不见，什么也听不见，唯独涨红了脸。刘女士突然轻轻地鼓了鼓掌，然后笑了笑说："继续嘛，新娘新郎该交换戒指了。"

3

是日傍晚，三人坐在国际楼的小酒馆里狂笑。钟盼扬说："确实精彩，不枉费我那500块钱入场费。本来早上还有点心痛，现在觉得物超所值了。"

程斐然拍了下方晓棠说："那你以后见到朱丞怎么办啊？你们家和万芳芳家好歹也是远房亲戚的嘛。"方晓棠咂嘴道："我还怕他朱丞吗，他敢再来招惹我，我让他死得更惨。"眼见方晓棠吃了秤砣铁了心，程斐然不禁笑道："有些人前两天还不是这个语气哦，我看万芳芳这个婚倒是结对了！"

正说着，刘女士一个电话打来，问方晓棠在不在她旁边，程斐然"嗯"了声，便听到刘女士在头说："你快和晓棠说一声，你三舅公那边打电话来讲，他隔壁那家村屋打算卖了，上次晓棠不是想盘过来做民宿吗，你问她还想要不？"程斐然把刘女士的话复述了一遍，方晓棠立马拍手叫道："要啊，肯定要啊，我上次就说那里好的嘛！你喊孃孃快点打电话帮我留到！"说罢和刘女士讲个时间，回头再去南山上看一下，方晓棠又叫了一瓶雷司令，兴奋地说："今天运气真的好，手刃了渣男，房子也等到了。"钟盼扬问："是上次那套吗？"

大概年初开春的时候，三人开车上南山春游，正巧路过程斐然三舅公的家，说进去看望一下。三舅公家旁有片湖泊，隔壁是间旧村屋，里三层外三层，居高临下，俯瞰山水。方晓棠立马看上，说稍微打造一下，就是网红民宿，无奈常年闲置无人，三舅公也找不到隔壁邻居的联系方式，只好作罢。

方晓棠说："说是空了三年的嘛，这会儿又突然回来了，命中注定和我有点缘分。"

正式到出行当天，程斐然洗漱完毕，准备出门，突然电梯响，只见刘女士一身紫罗兰短袖摇曳而出，头上戴了个遮阳帽，拎小包，冲程斐然笑。程斐然惊了下，问："妈，你怎么来了？"刘女士说："怎么妈妈不能来啊？不是去看三舅公旁边那套房子的嘛？"程斐然内心摇脑壳："我们又不是去耍啊！"刘女士不管，直言道："那我也想上南山看看啊，你们看你们的，我耍我的，不过坐你的顺风车去都不行啊。"

程斐然知道再说下去，老妈又要吹胡子瞪眼了，于是四人上车，刘女士坐前排，钟盼扬和方晓棠坐后排，一整车女子突击队，有说有笑，反倒无视了当日的阴雨天气。刘女士说："还是怪啊，七八月份落小雨，少见。"程斐然说："见惯不怪，这年头怪事多了去了。"方晓棠又插嘴讲笑话缓和气氛，钟盼扬赔笑，两母女又不说话了，刘女士只往窗外看，接着山重水复疑无路，轻车已过万重山。

行驶至三舅公家门前，众人开门下车，听到三舅公打招呼，恰好站在村屋前的几个人回过头来，彼此一看，万芳芳和她妈拉着朱丞也站在那里，旁边多出来的一个男的穿着紫色制服，像是中介。看见她们几个，钟嬢嬢先开口："红英的嘛！又碰到起了哦。"刘女士只想说，哪点都有你，真的是阴魂不散。朱丞望过来，表情和前一日大不相同，笑还是笑，只是明眼人也看得出其中带着情绪。方晓棠直接不看他，对着钟嬢嬢说："嬢嬢你们也来爬山啊？"钟志娟拍了拍手上的灰，说："来看房子的嘛，顺道逛下山，你们呢？"刘女士直接怼回去说："好巧嘛，我们也是来看房子，落雨兮兮的，未必还真有人专门来看风景唛？"

说话间，一个穿着青布衫的老头开着摩托车缓缓过来，三舅公迎上去，指着刘女士她们说："徐哥，这就是我和你说的我外甥女和她女儿，之前就是她们想问你这个房子。"眼见三舅公搭桥，中介也紧跟着说："徐伯伯，钟嬢嬢也想看下你们的房子。"刘女士忍不住翻了个白眼，小声吐槽道："别个不要她不要，跟到别个屁股后头追。"钟嬢嬢立马说："徐老哥哟，等你等了好久哦，中介说你这套最好了，我们打算买来改了修别墅。"

徐伯没开腔，从包里掏了钥匙，一伙人跟着他往梯坎下面走，钟嬢嬢急噔噔地走在刘女士前面，生怕房子被抢了。

虽然这村屋久未照料，但本身三层楼的格局还可以，加上有个大院子，恰好在山阴处，不热。只是整个房子属于八十年代农村民房修建，笨重又土气，需要大刀阔斧地重新修葺。院子外面，湖泊在夏季看起来更清亮了些，周围灌木丛生，湖边架有半截木制小桥，等于一个钓鱼台，老桩枯木反倒变成装点，小雨落在湖面上，让人心旷神怡。

钟嬢嬢拉着万芳芳对着房子指手画脚，刘女士不安逸地说："显摆啥子嘛，像是只有她一个人有钱一样。"

徐伯点了根烟，开口说："我儿子在成都那边成家了，把我和老太婆也接过去了，这边大概率是不回来了。我这个人也很实在，你们要盖这样盖那样，我都无所谓，只是房子我有感情，不想随随便便就卖了。这个地还是我名下的，所以我卖就只能卖这套房子，地契我肯定是不转的，就看你们哪样想法。"

钟嬢嬢转了两下眼睛，立马开口说："光是房没有地啊，那以后拆迁收地怎么办，到时候我们不是亏了哦。钱对我们来说不是问题，但至少要有个保障噻。"

对于方晓棠来说，倒没想着靠地升值分地赚钱，所以也没想多，就说："徐伯伯，不转地契我可以答应，但是时间要有个期限，不然到时候你突然要收回地，我肯定也吃亏。"

眼见两边态度，徐伯说："你们打算开好多钱嘛？"

钟嬢嬢看了朱丞一眼，手一直拽着万芳芳，思来想去，报了个十万，徐伯白了一眼，说："姐们儿，你要是诚心，不至于开这个价。"

钟孃孃不服气地说:"你这个地又不转让,我肯定只能出这么多啊。"刘女士忽而笑道:"钟志娟,你不是不差钱的嘛。"钟孃孃呵了一声,说:"不差钱是不差钱,但是我也不得花冤枉钱噻,刘红英,你今天对我啷个就阴阳怪气的啊?"刘女士叉着手说:"我又啷个阴阳怪气了嘛?你才好笑哦,我看你这里要放沙发,那里要放茶几,结果才给别个出十万块钱。"钟孃孃一下气上来了,却也按下不发,转而对方晓棠说:"晓棠,今天这个到底是你要买还是你们刘孃孃要买哦,我看她的意见比你还多。"方晓棠还不及开口,刘女士立马说:"哪个买都是买,你这个也要管。"

听到钟志娟和刘红英吵来吵去,徐伯耳朵都要炸了,即刻打断她们:"哎呀,不要吵了,十万肯定少了。"方晓棠插过来说:"徐伯伯,你说个价。"徐老头想了想,伸手一个巴掌比了个五,说:"至少也是这个数吧。"钟孃孃一皱眉,说:"五十?也是有点狮子大开口哦。"方晓棠二话不说立马应道:"五十我可以。"眼看徐伯就要开口答应,中介顺势给钟孃孃递了个眼神,钟孃孃赶紧抢白道:"五十嘛五十,那我也要签个地契时间,不说一百年嘛,至少和商品房时间性质差不多嘛,五十年打底。"方晓棠抢过话来,"徐伯伯,我出六十,房子产权我只要四十年。"钟孃孃一下急了,一手把方晓棠拉到一边说:"你这个娃儿哦,你在这里和我抢啥子嘛,自己人和自己人在这里争。"方晓棠才不在乎钟志娟,只说:"钟孃孃你又不缺钱,南山上有这么多好的别墅,你就买现成的嘛。"

朱丞在旁边清了清喉咙，装模作样用普通话说："徐伯伯，我出七十，就不要二价了，四十年产权也没问题，我只想给我岳母找一个养老的地方，这里山清水秀，我很喜欢。"徐伯听到他说普通话，呛道："还有外地人嗦，七十就七十了嘛。"

眼见徐伯答应下来，钟孃孃也有点急，觉得女婿回价回太快了，方晓棠盘算着再往上涨也不划算了，全压在这里也不理智，谁料刘女士一下说："我们出八十五，徐老哥，你也不要再想了，他们不可能出得比我们更高了。"程斐然愣生生看着自己妈，也不知道她哪来的口气。方晓棠也愣了，哪能想刘孃孃突然杀出来。

钟志娟瞪了刘红英一眼，朱丞二话不说加到一百，死死盯着方晓棠，谁料这眼神偏偏都看在万芳芳眼里，万芳芳有点不高兴，说："一百你也是疯了，就这么个破地方！"徐伯马上吼了一声："啥子破地方，嘿，妹儿你说话还好笑欸，破地方你们就不要来抢，你们不要就各人走，走走走！"

万芳芳背过身去，二话不说往外面走，眼看朱丞还要再开口，钟志娟立马制止道："哎呀，让给她们，这么个破房子，晓得争来抢来干啥子啊？简直钱多了，疯尿了。"刘女士笑着看着灰溜溜的钟孃孃说："都说越有钱的人越抠欸，真的是这样。志娟，慢慢走哈。"

眼见钟孃孃拉着万芳芳走了，程斐然才和刘女士嘀咕道："你在干啥子哦，别个晓棠自己都没说话。"刘女士见钟孃孃走远了，才和徐伯说："徐老哥，我三舅和你这么多年邻居了，你好歹还是给我们便宜点嘛，都是熟人熟事的，做事也便当。"徐老头想了想，价格都抬上去了，又要他收手，多少有点不舒服，看钟志娟那边也不回头了，最后说："恁个嘛，我也不要多了，收你们六十，产权我只转让三十年，之后可以再续，你觉得如何嘛？"

见方晓棠还在犹豫，刘女士却直言道："晓棠，孃孃我帮你出二十万，当作我的投资，算我一个股东，你这两年做民宿做得好，我相信你，肯定两年内帮我赚回来。"程斐然有点尴尬地说："你啷个又自作主张，也不事先和我说一下？"刘女士突然心气高地说："现在不是当着你面说了嘛，还商量啥子呀，最关键是刚刚看到钟志娟灰溜溜地走，压了她一头，我心头好高兴嘛！"

方晓棠当然想拿下这个地方，可是对于刘女士突然给出的二十万，她却真不知道接还是不接。刘女士信誓旦旦地说投资，但她这个人，方晓棠从小都清楚，赚钱了还好说，要是真的赔了，只怕利益关系扯不清楚要出大问题。大概看出方晓棠心思，刘女士当着程斐然说："晓棠，你也不要担心，这个钱，名字不写我的，写程斐然的，算作我给她投钱，也当你们姊妹伙一起做点事，赚了赔了都不用担心我。"刘女士说完，程斐然更是沉默了，方晓棠朝程斐然看了一眼，更觉为难，钟盼扬插进来开了口："这样好了，我也拿五万出来，孃孃就少拿点，既然入股，总不能不算我吧？"见钟盼扬出来解围，程斐然也不好多说什么了，支了支方晓棠，说："拿到吧，既然你这么看好这里，我也对你有信心。"方晓棠也不矫情了，只说：

"要的嘛,就姊妹伙一起赚钱!"随着答应下来,与徐伯定了签约时间。

程斐然随后开车带她们在周围又逛了一下,回程的车上,刘女士捋了捋耳发,突然盯着程斐然说:"过两天你带我去驾校,我也要考驾照!"程斐然想着她妈好不容易正常了几分钟,这会儿又开始发疯了,只问:"你考来干啥子?"刘女士略有不服气,说:"怎么嘛,就许她钟志娟开个钵钵车到处转,我刘红英未必不如她吗?"程斐然赶紧找了个借口说:"哎呀,我过两天没得空,最近事情很多。"刘女士斜眼看了女儿一眼,说:"你又有啥子事嘛,我看你是和尚做道士,我每次喊你陪我一下,你就有事。"随后两手一叉,不理程斐然了。

程斐然抿了抿嘴,立即找了个借口说:"扬扬啊,我帮扬扬介绍了个客户,最近说要约个饭,在等别人时间。"程斐然从后视镜里给钟盼扬递了个眼神,钟盼扬立马接话道:"哦,对头,孃孃,我今年的 KPI 都要靠斐然了。"

眼看她们一唱一和,刘女士也不好再多说什么,突然像反应过来什么似的,冲着程斐然说:"欸,你身上这件衣服怎么像是我的啊?我找了好久没找到。"程斐然翻了个白眼,说:"这是我才买的,啷个又是你的了?"刘女士伸手扯了扯,理直气壮地说:"就是我那件的嘛!等下回去脱下来还我啊。"程斐然"啧啧"了两声,说:"哎呀,我在开车,莫乱动嘛。给你给你,等下就给你。"刘女士才满意地笑笑,说:"本来就是我的。"

累了一天，刘女士说想先回去休息了，余了她们三人，看表已过了晚饭时间，周围香气扑鼻，钟盼扬说："看到这些街边大爷涮串串，有点想吃火锅，要不然去吃老火锅嘛。"方晓棠说："好想吃黄泥磅上品抬陆门口那家烧烤，好久好久没吃了。"程斐然说："你们一说我也想吃烤脑花了。"三人彼此看了看，程斐然扑哧一下笑出来，说："要不然都吃嘛。"钟盼扬说："就怕眼睛大肚皮小，点了又吃不完。"方晓棠说："那有啥子嘛，今天应该庆祝一下啊，这下不算我一个人的事情了哦，虽然你们出钱少，还是要出点力哦。"钟盼扬立马接道："不然呢，我那五万块钱你以为我是做慈善啊？"

程斐然仰头呼了口气，整个人这才松弛下来，对着汽车天窗，说："扬扬，今天还是要谢谢你。"钟盼扬说："谢啥子，我觉得倒是要谢晓棠给我们机会赚钱。"方晓棠立马像是摆开阵来，正襟危坐，说："以我的经验，这次绝对可以赚钱，但是有一点，必须事先声明。"其他两人望着她，只听她道："赚钱了，我们分红。赔钱了，当我问你们借的。"程斐然和钟盼扬立马齐声惊叫道："不得行哦！"方晓棠拉着她们俩的手，说："我认真的，你们也不要反驳我了。第一是我不想以后因为钱的事情闹不开心；二来我晓得今天刘孃孃的意图，也晓得扬扬你当时的想法。总之，你们听我的！"程斐然和钟盼扬始终不想去占这个便宜，却奈何不了方晓棠，只能随机应变，方晓棠嚷嚷说："好了好了，我们去吃饭嘛，好饿哦！"

约莫九点，三人坐在火锅店大门口，红油在九宫格里沸腾，油碟蒜蓉都蘸散了，三碗冰粉已下肚，一整个杯盘狼藉，还抵挡不住她们空虚的胃，三双筷子在锅里来回夹菜，嘴上吃得辣嘘辣嘘的。眼见吃得差不多，程斐然说："留点肚皮，我过去烤烧烤。"说着起身，拎着小包朝前走了几步，黄泥磅边上弯弯拐拐，好吃的不少，绕过几棵黄桷树，再下个坡，已经听到烧烤嘶啦作响的油炸声了。

程斐然走过去，周围围了好些人，只见烧烤师傅闷头刷油、刷佐料，忙得不行。程斐然挑挑拣拣了几样菜色，师傅递过来一个缸钵，让她扔里面。程斐然选好，抽手机打算付钱，一下愣住，对方见她迟疑在那里，正要问，却在抬头瞬间也悬住了手。天黑得不成样子，烧烤摊上悬挂的白炽灯把两个人的脸都照得有点可怖。一个大哥突然叫道："师傅，我那两串茄子多要点葱。"这才缓过神来，两人却也没说话，对方只是简单笑了下，照旧把缸钵接过去，算了下菜品，说："四十二。"程斐然才像如梦初醒一样反应过来，"哦"了一声，拿手机扫了下挂在灯下的二维码。

张琛从没和她说过他现在在烤烧烤，自从离婚之后，程斐然甚至没有资格认真去关心他的生活，每当她把孩子送回到张琛妈那里去的时候，两人也只是简单打下照面。张琛说他在上班了，具体没说什么，现在基本看来，为了他爸那笔债，应该是早上一份工，晚上一份工，难怪常常看到他深夜还没睡觉。两个人就这样默默地站在烧烤摊的两端，像是从不认识的顾客和卖家，旁边的喧嚣吞掉了他们之间的沉默。张琛很认真地烤着,直到老师傅过来,说:"我来嘛,你去那边收下盘子。"张琛才放下油刷,点头弯腰去做事。

程斐然倚在树边上,抽了两口电子烟,瞥了一眼摊位,只觉天地全非,乌泱泱的黄桷树把张琛的身子彻底遮蔽了。这会儿,老师傅吼:"苕皮剪不剪?"程斐然才猛然迎上去,说:"不剪,多要点海椒。"张琛已经收拾好了,然后钻进旁边的小黑屋去洗手,老师傅麻溜地把烤好的菜品放进一次性饭盒里,问:"这里吃,还是带起走?"程斐然说:"带走。"再抬头看,张琛还在那个黑黢黢的地方,周围的人越来越多了,她拿了烧烤,退了两步往回走,就此没有再回头。

回到饭桌,程斐然把烧烤摊开,钟盼扬和方晓棠立马动手吃起来,程斐然却有点愣,钟盼扬问:"你哪个了啊?"程斐然摇头,打开和张琛的聊天窗口,想说点什么,最终还是没说了。她开了瓶雪碧,喝了一口,汽水刺啦在舌头打转,半晌才说:"我刚刚去烤烧烤的时候碰到张琛了。"

方晓棠惊叹:"这么巧啊?哪个没喊琛哥过来一起吃啊?"程斐然说:"他在跟烧烤师傅当学徒。"程斐然一说,两人却不好接什么了,她又接着说:"我还以为我看错了,但是想了下,他还能做啥子啊?他老汉把他这辈子都拖垮了,工厂欠的债务都落在他的头上,七八百万,自己倒跑了,死活只有张琛帮他还,征信有问题,哪儿哪儿都不要。"钟盼扬叹气,"哎,琛哥这么好的人。"方晓棠说:"那他还在负担涛涛的生活费,也太惨了。"程斐然说:"不说了,快点吃。"

程斐然对于张琛的情感总是复杂而难以言表的，在遇到侯一帆之前，程斐然也以为离婚是短暂的，不过是两人兵荒马乱生活中的缓兵之计。随着时间的拉长，债务问题的发酵和升温，永远填补不了的黑洞和张琛每况愈下的状态让她陷入了某种怀疑。程斐然终究知道两个人是回不到从前了。

当时已经分居两处的他们，在陪涛涛过完五岁生日的那个晚上，程斐然第一次拒绝了张琛的拥抱。她知道眼前这个男人从始至终没有变过心，但是自己却已经很难找回两人的感觉了。他们俩牵着孩子的手，走了很长一段路，其间张琛一直在给儿子讲笑话，后来在张琛带涛涛去上洗手间的时候，程斐然站在大街上猛然大哭。因为债主的纠缠和骚扰，她还是丢掉了工作，甚至丢掉了生活。当她看到张琛抱着涛涛回来叫她的时候，她的心在那一瞬间彻底空了。

夜宵散场，行车回家，程斐然突然有点怆然。红灯前，她趴在车窗上发了一小会儿呆，想起在去万芳芳婚礼路上刘女士的那番话——你现在又没工作，每天耍耍哒哒的，打麻将打一辈子啊？她当然知道刘女士大方拿出那二十万是什么意思，只是她不想让刘女士总是为自己那么操心和为难。

她重新发动了车，径直往刘女士家开。拿出钥匙开门进去，轻轻推开了母亲房间，然后缓缓地抱住刘女士。母亲的睡眠很浅，但很安静，程斐然把头靠在刘女士的肩后，突然觉得很踏实。刘女士翻身,被程斐然弄醒了,差点吓了一跳,只听见程斐然疲惫地说:"是我。"刘女士才定下神来,嫌弃地问了句:"你怎么睡到我这边来了?"程斐然假装睡着了,一句话不说,刘女士无奈,轻轻拍了拍她。

第二天一大早,刘女士买好豆浆油条回来,把程斐然从床上赶了起来。程斐然睡眼惺忪地拿着手机走进洗手间,定睛看到屏幕上有好几通钟盼扬的来电。程斐然坐在马桶上,正打算发信息问怎么回事,侯一帆却先发信息过来,问她去哪儿了。程斐然看着马桶对面的镜子,稍稍清醒了一点,回了一句在妈家里。侯一帆随即发了一张照片,程斐然点开看,是她扔在楼道间的那盆茉莉又发芽了。

侯一帆说:"你好聪明哦,这两天下雨又把它带活了。"她匆匆起身洗漱,一边刷牙,一边点开闺蜜群。群里已经热闹翻了,钟盼扬发了好几条信息,讲陈松被派出所抓了,她现在正在赶去的路上,如果方晓棠和程斐然谁先醒了,快过来找她。

耳边刘女士再三催促,手机又开始震动了起来,程斐然望向窗外,一片阳光泄了进来,明晃晃的,让程斐然睁不开眼。

第三章

1

夏末秋初，气温滚热，程斐然开车到派出所门口的时候，钟盼扬已经在那里等了，眼见程斐然要下车，又推她上去，自己坐到副驾驶上，讲："这个天真是热死了，快让我吹吹风。"

钟盼扬把风调大，像是活过来，程斐然才问："你还要管他啊？"钟盼扬说："他骗警察说我是他老婆，喊我来赎人。做了丢人的事，肯定不想他妈老汉晓得啊，只晓得拿我当挡箭牌。"程斐然拍了钟盼扬一下，说："那你还来！管他死活哦，大热天往这边跑。"钟盼扬说："你以为我来帮忙啊？我来看热闹。"说完钟盼扬两腿一伸，继续讲："我开始以为是嫖娼，结果是诈骗。"程斐然皱了下眉，说："他还学会诈骗了啊？"

钟盼扬伸手调了下空调温度，说："不是他诈骗，是他被骗了。"自从那个女教练不和陈松来往过后，他就开始上起了那种交友网站，先交换照片，说下彼此需求，陈松就贸贸然把自己照片发过去了。结果对方用他照片注册了小号，开始去到处诈骗。陈松也是笨，信息被盗用了也不晓得，被卖了还帮人数钱。别人从聊天里旁敲侧击打听他的日常信息，他也是像中毒了一样，一下子就说出去了，等于偷梁换柱变成了他，结果惹到一个富婆，立马报了警。

钟盼扬紧接着说："次次上当，一点都不长记性。上次团建也是……"程斐然又好奇了，问："啥子事欸？"

八卦一扯，女人之间总是兴奋。只讲三亚团建时候，钟头和陈松同屋，夜晚小卡片，做得精致，陈松嘛，动了念，非要钟头去电问价，说要了解下市场行情。钟头信以为真，真打过去，对方才说价格因人而异，酒店大堂休息区可现场选人。陈松这人对这种香艳事件尤为好奇，钟头担心同事多话，陈松非不听，于是约在大堂旁边小隔间，够私密。结果后面便精彩了，妈妈桑真带了人过来，却个个人老珠黄，艳脂俗粉。钟头要走了，妈妈桑说，不急啊，还有呢。而后又来几个人，精神萎靡，陈松也看不上。钟头说真要走了，妈妈桑说，好，一共六百四。钟头和陈松一下愣了，问啥子六百四？妈妈桑说，筛选费啊，看一个人八十块钱，刚刚看了八个，刚好六百四，要是里面有选上的，看人费就免了。陈松晓得被骗了，拉着钟头想走，结果同事正巧下楼，怕被撞见，只能认栽付钱。陈松耐死耐活选了一个稍微看得过去的，妈妈桑一口价，快餐两千，过夜三千。陈松讲价，妈妈桑说，全三亚都这个价格，童叟无欺，要是陈松不给钱，就直接闹到酒店前台去，举报他们。陈松奇葩到让钟头摊了一半的钱，两个人都没有兴致，但又不想浪费钱。结果陈松说，要不然转让给隔壁好色同事，给他打个折。

讲到这里,程斐然已经笑到肚子痛了,警察来敲窗,说可以登记了。

填了表,签了字,领了陈松出来,拘留了三天,整个人瘦了一圈,胡子邋遢不成样子,眼神迷离,不像是被关,倒像纵欲过度。警察盯了陈松一眼,把手机还给他,然后说:"事情是查清楚了,但是你以后还是少上一些不健康的网站,恁个乖生生①的一个老婆,少搞点事情嘛。"钟盼扬对警察说:"我不是他老婆,我是他前妻,警察同志,要搞清楚。"钟盼扬这么一说,警察立马问:"那你不算家属哦。"陈松马上撒谎道:"在闹离婚,还没离。"钟盼扬懒得解释了,领了人,出了门,陈松死皮赖脸地说:"扬扬,你还是要管我。"钟盼扬转身喊陈松停到,然后拿起手机"咔"一下拍了张照,笑了笑,说:"首先,我不是管你,一来,给你拍下来,自己记到自己狼狈的样子。二来,这是你陈松欠我的一个人情。陈松,三十岁了,好得意哦!关到派出所好耍不嘛?"听到钟盼扬教育,陈松反而乖得像个小学生,申诉道:"我是被陷害了啊!"钟盼扬说:"为啥子不陷害别个呀?可能全世界就你最好骗。我看你那副德行还要好久才改得到!"陈松自认理亏,又听钟盼扬说:"还有,我们已经离婚了,没得关系了,不要一天在外面打胡乱说我是你老婆。"

---

① 乖生生:重庆话,漂亮。

两人就这样把陈松甩在了派出所门口，钟盼扬长长呼了口气，陈松的德行她早就看穿了，想到陈松被她发现偷腥，最后跪在地上道歉的样子，钟盼扬就晓得，这婚姻，没得救了。

车开了几分钟后，钟盼扬说："你以为我真的是气陈松管不住自己下半身啊？我是气他对我不坦诚！"程斐然望了钟盼扬一眼，"出轨还能怎么坦诚？"钟盼扬说："说句不好听的，他要真的坦诚和我说他想去嫖娼，我还敬他三分。"程斐然嗤笑道："我看你也就是说说。"

钟盼扬说："我说真的啊，我这个人看得很开啊，男人要在外面找新鲜感，女人未必不可以嘛，你以为还是我们妈老汉那个年代啊。为啥子都说婚姻是爱情的坟墓，本质上就是婚姻压抑了人的天性，陈松这种人，管得住一次管得住一辈子啊？我完全是气他搞这些事情全都不把我放在眼里，我还要从外人那里听到他的事情，这才是真的背叛。"

程斐然像是今天第一次认识钟盼扬，钟盼扬说："婚姻开不开放是另说，但根本的尊重要有吧，要么你做到滴水不漏，一点儿都不要被发现，那也是一种尊重。要么你就索性大大方方地摊牌出来讲清楚，也是一种尊重。偷偷摸摸，又蠢又笨，哪里配得上我。"

程斐然不说话了，转个话题说先去加个油，准备找个馆子把午饭解决了，钟盼扬说："饭不吃了，你送我去新光天地嘛，我姨妈给我安排了个相亲。"程斐然好奇："你姨妈也是有点好耍，先在家里捅祸，现在又来献殷勤，你也是，还要领情。"

当初陈松和钟盼扬离婚，姨妈就是背地里嚼烂舌根的那个，钟盼扬说："我才懒得领她的情，每次相亲等于看戏，我小姨介绍那些男的，一个比一个奇葩，真的只有看到相亲那些男的，你才能坚定对自己说，单身绝对是最好的选择。"

程斐然笑着问："有没得照片啊？给我看一眼。"钟盼扬说："没得，我都不找我小姨要，每次像开盲盒，好耍得很。这次只晓得以前是当老师的，老师最好耍，看起外在为人师表，背地里花花肠子也多。欸，对头，你要不然和我一起嘛。"

程斐然问钟盼扬："我去干啥子啊，万一到时候把我看起了，那才尴尬。"钟盼扬说："尴尬啥子嘛，未必我还会认真吗？我就想拉你一起看看热闹。"程斐然开玩笑说："是不是要热闹嘛？那不如把晓棠喊起一路，三个女的够不够热闹嘛！"钟盼扬说："要得要得，我现在就给晓棠打电话！"程斐然立马笑道："你还真的打啊？"钟盼扬说："想想就好耍，我也想看到底最后我们哪个被看上啊！"

2

接近三点，方晓棠姗姗来迟，钟盼扬让她特地盛装打扮，扎了头发，化了妆，程斐然才说："只有我一身黑，我都想去商场买件衣服来换了。"方晓棠一并坐下，点了杯冰拿铁，扯着程斐然说："你可以了，未必还真的想被看上嘛？"程斐然想想也是，又不服气地说：

"那你啷个偏偏要化妆欸!"方晓棠说:"是扬扬喊我化的!"

正说着,只见前面款款走来一位男士,远远看去,一副金属框架的眼镜显得人特别斯文,一件藏青色Polo搭了一条香烟灰挺缝线清晰的西裤,像个老师模样。三人彼此望了一眼,不敢确定来者是不是相亲对象。只见那短发男人东张西望了一番,然后慢慢走来,在三人面前坐下,方才定神看清对方长相。国字脸,下垂眼,皮肤黝黑,看起来比她们仨岁数都大一点,但不沧桑也不颓唐,样貌在同年龄的男性里也是相当出众。程斐然稍稍多看了一眼,觉得眼熟,钟盼扬也觉得面善,对方轻言细语地问了声"下午好",方晓棠却突然咋呼道:"孔老师的嘛!"

方晓棠一喊,程斐然和钟盼扬立马惊了,钟盼扬手里的咖啡差点泼洒了,只见对方浅浅一笑,"方晓棠,钟盼扬,程斐然。"一一念出了她们的名字。

定睛一看,果然没有认错,眼前这个人确实是她们仨高中的数学老师孔唯。当年他师范毕业就来接了她们这一届高三,那时候已是许多女生私下暗恋的对象,在一帮子老学究里面,有这么一个出挑的年轻人,确实让不少女生春心荡漾。只是钟盼扬怎么想没想到,今天的相亲对象竟是他。原本还打算一起捉弄一下对方,这下程斐然和方晓棠一下都乖得不得了,钟盼扬也一改刚刚居高临下的姿态,问:"孔老师,你喝啥子,我去给你点。"

孔唯看她们一个个拘谨得不行,一下笑了,"不用管我,我等下过去点。你们放松点,我早就不是老师了。即使是,我又大你们不多,当年上课还和我疯扯开玩笑,现在越大反而越放不开了哦。"

方晓棠立马说:"那不是,我们啷个晓得扬扬的相亲对象是你呀,这么多年了,你还没结婚啊?"方晓棠向来直言不讳,这个问题一问,程斐然差点呛到了,钟盼扬轻轻咳了一下。

孔唯却说:"结了,又离了,家里人觉得我单着不是办法,喊我再看看。本来我也没那个心思,那天正巧拿到钟盼扬的照片过来,我开始听着耳熟,后来看照片,才发现不就是她,说着来看看也好。"孔唯左右相望,"你们三个从小黏到大,关系还是恁个好,相亲都要一路来。"

钟盼扬一下有点脸红,当年上学的时候,她就有点喜欢孔老师,是那种由下而上的仰慕,没想捅破这层纸。顾及方晓棠总是一惊一乍的,也只和程斐然讲过。

程斐然喝了口咖啡,试探性地问道:"孔老师现在不当老师了,在做啥子啊?"

"你们毕业之后,我又带了一届,始终觉得在学校一辈子也不是办法。当时正巧有个机会去深圳,我就辞职去经商了,摸索了几年,后来又回重庆搞了两个工程项目。"孔唯讲得彬彬有礼,和当初上课的样子一模一样。

"那等于是说有钱了,发达了。"方晓棠一语点破,又嘻嘻笑起来,"这么久不见了,那孔老师请我们吃饭嘛!"孔唯连忙说:"发达谈不上，但肯定比当时教书要好。你们想吃啥子？要不然就去吃江湖菜，旁边有家麻麻鱼好吃，看你们喜不喜欢？"三人合意，愉快答应。

水煮麻麻鱼，生意确实好，五点不到已经坐满了，孔老师把菜单递给方晓棠，说："你们看下啊，除了招牌鱼和炒黄鳝，看看还有啥子要吃？"方晓棠接过菜单，又要了辣子鸡丁、烧白和两个小菜，交予服务员，突然听到背后有人叫："孔老师！"众人回头，只见陈松慢慢走过来，拉住孔唯握手，钟盼扬的脸一下沉下去，像是落进水井里的月亮，冰冷无光。孔唯一时没认出对方是谁，陈松立马说："我陈松啊，只记得到女同学嗦。"孔唯想起原来带的班上确实有个调皮捣蛋的男生叫陈松，但比起上学的时候，眼前的陈松憔悴了不少，也世故了不少，细看却也看得出。

钟盼扬不太高兴地说："你啷个来了啊？"陈松也没有不好意思，就着孔唯旁边坐下，说："孔老师今天请吃饭啊？我正好在这边办点事，一眼看到你。"孔唯不晓得钟盼扬和陈松的关系，钟盼扬也不再是刚刚那副和颜悦色了，说："你是跟屁虫吗？你办啥子事办到这里来了？"孔唯立马听出其中微妙的情绪，陈松也是不给面子地说："是不是我耽误你相亲了嘛！"这句话一说，桌上的人瞬间都静了下来，周围人声鼎沸，只看到钟盼扬站起来说："陈松你是不是有病？"陈松轻笑道："是是是，我有病，老师和学生来相亲，我就是想来凑个热闹，可以不吗？"

这时服务员端了麻麻鱼过来准备上桌，钟盼扬一手端过来就朝陈松泼去，陈松吓得往后退了三步。饭店里一下像炸开了锅，邻桌的人全都站了起来，陈松颤着声指着钟盼扬说："你疯了啊！"油汤滴水在地上漫开，鱼片撒了一地，红海椒、绿花椒铺得到处都是。老板站在台子那儿大吼一声："在搞啥子！"孔老师一下愣了，程斐然和方晓棠也立马起了身，方晓棠指着陈松骂道："别个相亲管你屁事啊，你们都离婚了！"

钟盼扬和孔唯说了声"不好意思"，场面实在太丢脸了，她转身就往外走。

程斐然和方晓棠追了一段路，才看到钟盼扬坐在一辆破摩托上刷手机，还不等她们俩开口，钟盼扬便说："也没让你们两个白来，好歹看了出好戏。"方晓棠宽慰道："陈松是哪个来的哦，莫名其妙。"程斐然才长话短说早上和钟盼扬去赎人的事情，方晓棠越听越生气，说："把他放出来了，反而跑过来闹事，啥子人哦，我要回去骂他！"程斐然一把拉住方晓棠说："算了，你还嫌事情闹得不够大。"

方晓棠只好偃旗息鼓，碰了碰钟盼扬说："怎么办啊，孔唯可能刚刚都遭你吓到了。"钟盼扬坦然说："吓到就吓到吧，本来也没打算发生什么。我累了，想回去了。"这时钟盼扬叫的车到了，说先走了，然后关了车门，扬长而去。

随后几天，钟盼扬还在情绪里面，也暂时没见程斐然她们，一来觉得丢脸，二来实在发了脾气。只是没想到孔唯还会打电话来，说上次那顿饭没吃好，等下班了单独请她吃顿好的。钟盼扬原本以为那天闹成那个样子，和孔唯大致不会联系了，没想到孔唯又去找了她的电话，实属用心。

下了班，出了国际楼，孔唯的车已经在歪歪拐拐的地方等她了，钟盼扬向来不是那种扭扭捏捏的人，也就大大方方地应了孔唯的约。

孔唯找了家像模像样的餐厅，刚好玻璃窗外是嘉陵江的夜景，孔唯要了两份牛排，下了单，和钟盼扬说："其实我今天主要来和你说声谢谢。"钟盼扬好奇，"谢我？"孔唯点点头，"我最近刚好在攒一个商场项目，但是下半年现金流回款慢，差点没拿下来。当时急着集资，我才放出去一部分，你小姨投了点钱进来，说有部分还是你给的，相当支持，我觉得有必要当场和你道个谢。"

钟盼扬这才听明白，小姨前段时间是跑去她妈老汉那边借钱，当时钟盼扬本来不待见小姨，但小姨口口声声说把车抵押给他们，就是急着要去投资，还想拉她老汉入伙。钟盼扬晓得妈老汉都是豆腐心，禁不得说，先断了小姨拉帮入伙的念头，自己拿了五万块借给她。现在看来小姨跟着搞那个项目是孔唯的，心里又稍微踏实了点，但想到孔唯找自己竟是这个理由，不免又有些失落，倒了酒，说："你今天不跟我讲，我也不晓得项目原来是你的，不过也就五万块钱，对于你们这种大项目来说无非杯水车薪。"

孔唯和她碰了杯，说："话倒不是这么说，可能恰恰少了那五万，这个地就盘不下来了，这次回款很快，你姑妈投资眼光还是不错，可以赚不少。"钟盼扬对投资倒不是很感兴趣，只说："孔老师才是真的能干，我姨妈也就是蹭个便宜。"

孔唯抬头悄悄看了钟盼扬一眼，又低头笑了笑，忍不住问："我还是想问你一句，作为相亲对象，你觉得我怎么样啊？"钟盼扬一个不留神，呛了口水。孔唯立马起身，帮她拍后背，喊她慢点。待钟盼扬平静下来，才说："我也就随口问下，我想你应该是不想再结婚了。"钟盼扬却看向孔唯，"孔老师怎么知道？"孔唯说："说实话，我也不想结婚啊，这些年做生意，人情冷暖看多了，常常得不到信任，婚姻等于是另一种信任，谈到钱，大家就要多想三分，所以那天小姨说你二话不说拿出五万来支持的时候，我还是多少有些感动。"

钟盼扬不说话，孔唯继续讲："当时看到你照片的时候，我还在想缘分这件事。几年前，南山那边有个师父算命，说我几年后，遇到故人，要把握机会，可能是人生的另一个转折点，我想着自己还有啥子故人，直到看到你的照片，起了一身鸡皮疙瘩。一般情况下，我也不相亲的，但是这次还是来了。"钟盼扬听着，嘴上一句话没回，心里还是觉得有些温暖，和陈松相比，孔唯成熟、稳重、善解人意，确实是适合交往的不二人选，但钟盼扬心思紊乱，又不想往这方面去多想什么。

吃过饭，孔唯说送钟盼扬回去，钟盼扬拒绝了，一来不想发展这么快，二来钟盼扬还是决定冷静下来好好想清楚。刚到家，方晓棠打电话喊钟盼扬出去喝一杯，顺道把民宿合同签了，钟盼扬晓得那天确实不该给方晓棠她们甩脸色,实际是生自己的气,看方晓棠给台阶,立马下了,说洗个澡就出来。

3

方晓棠定好地方,已是后半夜,国际楼上露台酒吧,因钟盼扬是供应商,啤酒向来对折,钟盼扬径直上二十楼,酒客四座,热闹非凡。程斐然和方晓棠假装那天的事情没有发生,什么也没提,方晓棠拿出三份合同,递给程斐然和钟盼扬,说:"虽然熟人熟事的,但是合同还是要签一下,先说断,后不乱。"程斐然匆匆看了一眼,就签了字,说:"密密麻麻的,懒得看,未必我还不信你吗?"钟盼扬倒是认真看了一遍,果不其然,查出两个错别字,立马纠正,方晓棠说:"扬扬从小到大做啥子事情都这么认真。"钟盼扬笑,"我还不是怕你吃亏,你做事情向来迷糊。"

方晓棠打了哈哈,一下抱住钟盼扬的手臂,脸贴在她胳膊上,说:"晓得你好!我老公都经常说,要不是有扬扬和斐然在我身边,不晓得要吃好多亏。"钟盼扬才想起,问:"对了,魏达好久回来啊?"方晓棠干了半杯啤酒,说:"要回来了,昨天还给我打电话,说回来帮我联系装修队,装修这种事情一向是他管的嘛。"程斐然咂了咂嘴,"全世界都晓得你老公宠你。"方晓棠放开手,说:"只有我老公宠我啊?侯一帆不宠你?只晓得说空话。"钟盼扬干了一杯,说:"你有老公宠，她有男朋友宠，你们都是世界上最幸福的女人。"程斐然和方晓棠互看了一眼，怕又说错话了，钟盼扬又立马补道："但我有你们，我是另一种幸福。"说完三人举酒碰杯，预祝民宿生意兴隆，门庭若市。

　　干完了一整箱啤酒，个个面色绯红，方晓棠说想去唱歌，钟盼扬看了看时间，说："半夜三更的，走哪点去唱嘛？你未必还要去九街和那些年轻娃儿挤地方啊？"方晓棠一手拉住程斐然，说："你想不想唱？"程斐然也有些醉醺醺的，笑着说："楼下那种电话亭的小包间啊？只有两个座位的嘛。"方晓棠咧开嘴笑，说："未必唱歌非要去 KTV 啊？"程斐然疑惑，"那走哪点唱嘛？"

　　说着方晓棠拉两个人坐电梯上楼，国际楼二十三层，大走廊边上有个天台，种了不少花花草草，说是露台，其实椅子、桌子、花坛景观都修得不错。方晓棠一下站在花坛上，望下去是繁华胜地观音桥，方晓棠说："唱周杰伦，我先来，你总是开不了口让她知道……"程斐然也一下站到花坛上面去，说："那我唱蔡依林，终于看开爱回不来，而你总是太晚明白……"越唱声音越高，两个人疯扯扯地挽着手吼，钟盼扬坐在椅子上看她们两个表演。

　　方晓棠一手拉着程斐然，一手拉着钟盼扬，望着天上的星星，说："时间过得好快嘛，再过几个月，我们都要三十岁了。"程斐然说："三十岁又啷个嘛，四十岁我们还不是恁个活。"钟盼扬说："我最近打算去看一下养老院。"程斐然惊觉，"你爸妈还没退休的嘛！"钟盼扬说："我是帮自己看，以后老了，我肯定是住养老院啊，又不比你们两个。"方晓棠说:"就许你一个人住啊?我还不是要住。你好久去看?我也要去。"程斐然笑了,说:"老了一起住别墅嘛,住啥子养老院?"钟盼扬说:"别墅没有人照顾你啊,到时候都是七八十岁老太婆了,又不能互相照顾了,端个水都要打泼,总要找个保姆。"方晓棠说:"要找男保姆!小鲜肉那种,二十岁上下,我付双倍工资。"三人又插科打诨说了些有的没的,直到快一点才散场。

侯一帆坐在车里等,三个女人像是吃了含笑半步癫,一路走一路笑,整个国际楼的车库回荡着她们三个的声音。侯一帆正在如火如荼地关注手机里的游戏,结果三个人站在车面前,他都没注意,抬头像是看见三个鬼,吓得侯一帆手机都落了。眼看着要打赢的一场,战败,游戏那头语音呼叫,啷个回事啊,每次关键时候掉链子!侯一帆拿起来,清了清喉咙说:"滴滴司机接单了,你们自己耍。"接着三人上车,已是花枝乱颤,脸上的绯红褪去,头发凌乱,方晓棠口红都花了,程斐然笑得眼线糊了,只有钟盼扬正常点,只是衣服上沾了点花泥。

侯一帆依次把钟盼扬和方晓棠送回家,程斐然此刻酒醒了,看了侯一帆一眼,问:"涛涛睡了啊?"侯一帆"嗯"了一声,说:"你还是少喝点酒。"程斐然不以为意,从车门下面拿了瓶水,喝了一口,说:"你像个男妈妈一样。"侯一帆浅浅笑了笑,说:"我妈喊我这周带你回去吃个饭,我想把涛涛带着一起去。"

程斐然侧脸看了侯一帆一眼,问:"为啥子要带涛涛啊?"侯一帆说:"既然和我妈说了我们暂时不结婚,那至少有涛涛这个孙子在,她也心安一点嘛。"程斐然否定道:"好怪嘛,涛涛又不是我们两个的娃儿,又算你妈妈哪门子孙子嘛?"侯一帆瞬间沉默了,程斐然意识到自己说话没过脑,低头想了会儿,说:"说来说去,你还是想催我结婚。"侯一帆立马辩解:"我没有啊,我尊重你的想法啊,不结就不结嘛,一辈子谈恋爱对我来说也不是什么难事,两个人彼此也轻松点,不带就不带嘛。"

程斐然点开了音乐,试图找点声音缓和下气氛。当时和侯一帆在一起的时候,结不结婚这个问题,反而是刘女士先问的,程斐然始终认为非不得已,不再随便踏入下一个人的家庭了,何况对涛涛也不好。刘女士倒是不相信似的说:"你不想结婚,未必别个也不想啊?小侯别个是头婚的嘛,他屋头同意才怪了。"

"不同意就算了啊,本来我就结过婚,又不是黄花大闺女了。"这个顾虑,程斐然很早就和侯一帆提过,在知道程斐然和张琛的事情后,侯一帆也特别明白她的想法。

程斐然第一次去侯一帆家里见家长的时候,侯妈妈还是很认可程斐然,结不结婚的事情倒没有提。后来又去了两次之后,彼此熟络,程斐然还是不自觉地感受到侯一帆父母希望他们组建家庭的渴望。自那之后,程斐然就有点抗拒去侯一帆家里吃饭,好几次家宴她都找借口推掉了。

"你妈为啥子想见涛涛啊?"程斐然还是忍不住问了一句。侯一帆打了两圈方向盘,说:"我妈这周五十岁生日,我也是想让她开心一下,带涛涛过去也热闹热闹。"

程斐然叹了口气,说:"你妈生日你不早说!那明天找个时间给嬢嬢买个礼物啊。"侯一帆看了程斐然一眼,朝她做了个鬼脸,说:"女人变脸比翻书还快,在你身上我真的看懂了。"程斐然一手打过去,说:"就晓得对嘴①!"

过两天,侯一帆携程斐然去吃饭,最终还是把涛涛带起。程斐然一路上叮嘱了涛涛两次,见人要喊爷爷奶奶,还要记得祝寿。涛涛低着头看平板上的托马斯,迎头答应,随后问:"妈妈你好紧张哦,我第一次看到你这个样子。"程斐然一下被说中心事,拍了下涛涛的头。侯一帆忍不住在旁边偷笑,程斐然瞪了侯一帆一眼,提着大包小包,准备上楼。

侯一帆爸爸开门,虽然已不是第一次见,还是有些不知所措。和侯一帆不同,叔叔是一个稍显臃肿的中年男人。侯一帆更像妈妈,高挑清瘦,儿像妈,有福。侯一帆常说程斐然就是那个福,程斐然不以为然。

程斐然递过去东西,说是礼物,侯一帆爸爸客气说:"来吃个便饭,还要带东西。"程斐然连忙说:"嬢嬢生日,买了点小东西,应该的。"

---

① 对嘴:重庆方言,顶嘴,持不同看法。

此时，家里已经有了客人，侯一帆的表姐、表姐夫还有姑妈、姑父悉数在场，侯一帆的奶奶跟着从卧室走出来，八十多的老人了，看见侯一帆还像看见小娃儿一样，要上去摸摸脸，捏捏鼻子，毕竟独孙一个。表姐夫妇也把孩子带来了，大涛涛一岁，是个女孩，叫冉冉。除了侯一帆父母和奶奶，其他人，程斐然也是第一次见到。

程斐然放下东西，还是礼貌地到厨房去问侯一帆妈妈有没有需要帮忙的，看到程斐然来了，只笑着说："不用不用，你难得来一次，过去坐嘛。"这时涛涛跟着侯一帆过来，侯一帆说："妈，涛涛来了。"涛涛乖乖地叫了一声"奶奶"，侯一帆妈妈立马笑开了花，甩下锅铲过去拍了拍涛涛的脸。程斐然又领涛涛过来给其他大人打招呼，大方礼貌，不拘泥，个个喜欢。相反，冉冉就不大爱说话，表姐喊她给程斐然打招呼，她也只对着侯一帆喊了一声"舅舅"，然后就跑开了。表姐吵了冉冉一句，说她一点都没得礼貌，冉冉不理，表姐只说："还是你们涛涛乖。"

涛涛看电视柜上有一些汽车模型，走过去仔细看了看，侯一帆爸爸过来，蹲下身问："你认得到这些车啊？"涛涛点点头，说："左边这个是奥迪，第二个是奔驰，后面这个是大众，还有一个是保时捷。"侯一帆爸爸最喜欢车，见涛涛全都说出来，开心得不行，说："娃娃厉害哦，个个都认得到。"涛涛也有些得意，说："我爸爸教我的，所有的车我都认得到。"说完，侯一帆爸爸又收了收笑，摸了摸他的头。程斐然一把拉过涛涛，和侯一帆爸爸抱歉地笑了笑，侯一帆过来打圆场:"涛涛你喜欢哪辆,等下拿起走。"涛涛说:"我喜欢保时捷!"侯一帆和他爸爸都笑了,说:"人不大,看车还是看得准。"

侯一帆妈妈做菜相当丰盛,水煮鱼、宫保鸡丁、毛血旺、回锅肉、豌豆片炒腊肉,又是几个小菜,还有一大钵老鸭汤,程斐然说:"孃孃手艺好,就是生日还要辛苦下厨。"侯妈妈说:"做了几十年了,不在乎多做这一天,你们吃,看看咸淡。"

人人动筷子,表姐夫看程斐然一眼,说:"弟妹要不要喝点酒哦?"侯一帆挡了下,说:"我陪姐夫喝嘛,我记得我上次来带了瓶茅台。"侯一帆拿酒出来,给爸爸、姑父、表姐夫都倒了一杯,侯一帆妈妈说:"今天我也抿一口嘛。"侯一帆爸爸突然说:"女人家家的,喝啥酒嘛!"这话一说,气氛冷了些,程斐然赶紧接上说:"既然高兴,我也喝点嘛。"才帮忙给侯一帆妈妈倒了一小杯,说:"我陪孃孃喝一口。"

众人举杯,给侯一帆妈妈庆生。程斐然向来不管涛涛,让他自己动筷子吃,表姐就不行,一直给冉冉夹菜,然后还瞅涛涛说:"你看别个弟弟自己吃饭,好能干。"冉冉筷子在饭里捣腾,不服气,对着表姐说:"妈妈,我要吃鱼。"表姐顺手给她夹了一块,大人简单闲聊,表姐忍不住问了程斐然:"弟妹现在在做啥子啊?"程斐然说:"我最近没有上班。"

表姐略有所思地点点头,笑道:"在家带娃儿啊?"程斐然不好说,没回,这时侯一帆奶奶突然说:"带带娃儿也好,以后帆帆的仔仔生了,弟弟也有个伴儿。"奶奶一开口,程斐然更是不知说什么好,涛涛吃着吃着突然抬头问："哪个弟弟？"好在侯一帆妈妈善解人意，打断了说话，讲："难得今天人这么齐，我还是说两句……"话刚开口，冉冉嘎地叫一声，说是刺卡住了，侯一帆奶奶立马心疼地指责表姐道："哎呀，小芹你怎么不帮娃儿看到起啊！"表姐表姐夫纷纷起身，冉冉卡得大哭，姑妈赶紧和侯妈妈进去找醋，让冉冉猛喝一口，还是卡住，表姐夫说："吞饭，大口吞饭！"冉冉只顾哇哇哭，饭也吃不下去，一桌人顿时乱成一锅粥，又是奶奶的叹息，又是表姐夫妇的手忙脚乱，又是冉冉的啼哭，唯独侯一帆和程斐然像是看客，不知说什么。表姐夫说："要不然就去医院吧，娃儿哭起不是办法。"这会儿，冉冉突然停了下来，呜咽道："好像吞下去了。"大人们才松了一口气。涛涛看到这一幕，忍不住笑了一声，冉冉收了眼泪，瞪了涛涛一眼，程斐然轻轻拉了涛涛一把，小声说："不礼貌哦。"涛涛才又低头吃饭。侯妈妈说："没事就好，吃饭吃饭。"原本想说的话也就忍着没说了。

吃完饭，侯一帆和表姐夫还有他爸坐着聊天，表姐轻轻碰了下程斐然，小声问："你和帆帆打算好久结婚啊？"程斐然看了侯一帆一眼，说："还没想好。"表姐笑，说："我也就是当你自己人才说，你现在这个岁数生二胎正好，再晚点，就有点麻烦了。反正女人啊，上了岁数就各种麻烦，我是过来人。"

程斐然正想说她不打算再生，突然就听到里屋冉冉哇哇哭起来。表姐立马跑进去，只见涛涛拿着游戏机，冉冉倒在地上，表姐也不管了,朝着客厅喊:"侯一帆,你过来下!"程斐然听表姐语气,跟着侯一帆过去,看见冉冉一边大哭指着涛涛说:"野娃儿!野娃儿!你又不是我们家的,你是野娃儿!"涛涛看着程斐然,程斐然一把把他护过来,侯一帆立马责骂道:"冉冉,哪个准你这么说的?"表姐不理,只顾说:"是涛涛把冉冉推倒在地上的,还不准冉冉耍游戏机,我刚刚进来看到了。"

程斐然看着涛涛手上的游戏机,蹲下身来,看着涛涛问:"好好和妈妈说,怎么回事?"涛涛瘪着嘴不说话,程斐然依旧看着他,见涛涛还是没有反应,一下把游戏机抢过来,说:"拿给姐姐。"涛涛不服气地说:"我才不是野娃儿!游戏机又不是她的。"

这时奶奶闻声进来,看冉冉哭得稀里哗啦,又看着涛涛不出声倔强的表情,说:"啷个搞的嘛,来,孙孙儿,过来祖祖抱,不哭了。"说着伸手去抱冉冉。程斐然觉得尴尬,带了涛涛出去,侯一帆看了自己表姐一眼,也不管表姐埋怨什么,听到程斐然和侯一帆妈妈告别的声音,连忙追了出去。

"啷个要走啊,才吃了饭。"侯一帆妈妈还没搞清楚怎么回事,只听到奶奶说:"让他们走嘛,帆帆留下来陪奶奶。"程斐然听到这句话,终于绷不住了,蹲下身给涛涛穿鞋,侯一帆妈妈出来说:"哎呀,小娃儿扯皮很正常,耍一会儿就耍到一起去了。你们大人也是太紧张了。"

程斐然只说不好意思,一手护住涛涛,才听到他说了一声"痛",

挽开袖子,右手臂上是一个咬出血的牙印。程斐然瞬间就明白了,她轻轻拍了拍涛涛的头,说:"乖,我们回去了。"侯一帆立马拿车钥匙准备跟她一起走,程斐然说:"你留下吧,我送涛涛回去就行。"侯一帆不听,穿了鞋拉着她一起走了,下了楼,程斐然才说:"你下来干啥子嘛,还嫌事情不够大。"侯一帆说:"我管得他们哦。"一手抱着涛涛,侧脸就看到了那个牙印,不是一般的深,他气愤地说:"老子!我要上去找陈小芹说清楚,她是养了条狗吗?"

程斐然看他这么护着涛涛,气一下没了,拉了侯一帆一把,说:"算了,我去买点碘酒给他擦一下。"侯一帆看着涛涛强忍住没哭,才说:"你啷个不哭啊?"涛涛嘟了嘟嘴,说:"爸爸说男儿有泪不轻弹。"程斐然却突然湿了眼眶,轻轻推了侯一帆一把,说:"你还是上去吧,毕竟是孃孃过生,不然奶奶以后更觉得我是狐狸精了。"侯一帆懒得理,说:"生过完了嘛,她们这么心疼那个曾孙女,就让她们疼嘛。"然后逗着涛涛笑,一边说:"下回儿不来了。"边往附近药店走了,程斐然走在后面,一时间内心五味杂陈。

程斐然第二天打牌前,本想把前一天的事情说给她们俩听,结果两人都忙,只能作罢。钟盼扬倒不是找借口,确实真的忙,两只脚一整天没落地,刚刚打开电脑,手机又响了,电话号码没见过,她还是接了起来,电话那边孔唯小声地问:"你现在方便不?我有点事情想和你说。"钟盼扬十分钟后本来有个会,想着找个理由翘掉了,叫孔唯在观音桥附近找个地方，她马上下去。

即使是工作日，观音桥步行街的人依旧很多，不时车辆上上下下，络绎不绝。钟盼扬出来下了坡，急匆匆地往边上走，国际楼的另一侧，原本明晃晃的阳光被遮住了，天一下阴了下来，孔唯坐在咖啡厅角落的位置，钟盼扬推门进去，和他打了个招呼。和往常不一样，孔唯脸上的笑容看起来有点僵，钟盼扬在他对面桌下，注意力落在了他旁边那个黑色包包上面。

孔唯问钟盼扬要喝点什么不，钟盼扬说等下还要回去上班，问孔唯到底什么事情。孔唯看了钟盼扬一眼，说："我想你帮我保管下这包东西。"孔唯一手把他旁边那个黑色的包提过来，放在钟盼扬面前，轻轻拉开了拉链的一角，钟盼扬单单看到那个缝，已经倒吸了一口凉气，孔唯立马拉上了拉链，说："具体原因，我一时半会儿说不清楚，只要你愿意帮我这个忙，我孔唯肯定记住你这份人情。"说着他把包推到钟盼扬这边，又补了一句："当然，你不帮也理所当然，毕竟我们两个也没得啥子关系。"

钟盼扬的眼睛从头到尾没有离开过那个包，就像是孔唯现在提起一包炸药站在她面前，和她说要去炸五角大楼一样。钟盼扬的心是慌的，孔唯的眼睛也一刻没离开过她，像是每一秒钟都在关注她神情的变化。半晌，钟盼扬才回过神来，忍不住问了句："啷个想到找我啊？"孔唯苦笑道："我也不晓得，就第一时间觉得这件事找你最可靠。"

钟盼扬摩挲着手指，心怦怦直跳，浑身神经都高度紧张，孔唯说："主要是我最近要离开一段时间。"钟盼扬问："那你好久回来？"孔唯说："我那边的事情忙完就立马回来。"钟盼扬又看了一眼那个包，说："但是我要上班的嘛。"孔唯讲："就是因为你要上班，我才觉得安全。"

钟盼扬叹了口气，二十分钟后，她就这样提着那袋装了一百多万现金的袋子回了国际楼。到了公司，她把那个包包放在了自己脚下，小心翼翼地坐在座位上，就像是只要一个不小心就会拉爆的炸弹。直到下班，她都没有离开过自己的座位。夜里，钟盼扬在淘宝上下单了一个保险柜，想把这袋钱和关于她帮孔唯的这个秘密一起锁进那个保险柜里。

第二天一大早，钟盼扬是被手机闹醒的，方晓棠已经在群里炸毛半小时了，原本这一天该是方晓棠去南山交钱签合同的日子，但却突然出了状况——方晓棠醒来就接到工商局的电话，说有人投诉她非法经营民宿，问她有没有去工商局登记，有没得营业执照，交税没有。方晓棠听也没听完，还以为又是啥子诈骗电话，二话不说就挂了。

方晓棠正在洗漱打算出门，看到房客打来的电话才晓得真的出事了。工商局的人真的跑到她那几户民宿敲门询问了情况，不管不顾就把房客赶了出去，就地查封。隔壁发廊的老板专程给方晓棠拍了两张照片过来，白晃晃的封条在门上贴起的，三四个房客气得冒火，在走廊上接连不断给方晓棠打电话，喊她退钱，还要赔偿精神损失费。她三下五除二换了衣服，叫了车就往国际楼赶，南山那套房子今天是签不成了，方晓棠只想非要把这个鬼抓出来不可！

钟盼扬拿起手机，迷迷糊糊听到程斐然在问："你啷个抓得出来嘛？"

方晓棠说："我未必还得罪了哪个嘛？我真的是闭到眼睛都想得到是哪个龟儿在害我！"方晓棠一边说，一边催促司机再开快一点，结果急急嚷嚷的，司机一个不留神，前面的迈巴赫来了个急刹，啪的一声，追尾了。

第四章

1

重庆的天气怪，昨天明明还像扑人的秋老虎，一夜之间下场雨，瞬间冷到穿棉衣了，往往一降温，又潮又寒，冷得僵脚，一下又要见年头到底了。程斐然翻箱倒柜找暖手器，不晓得搬家的时候放到哪里去了，屋里实在太冷，点的毛血旺又一直没送上来。饥寒交迫，她心疼自己三分，想到不如网购个油汀算了。刚打开手机，看到刘女士发了条信息过来，点开看是房屋出售信息，程斐然没仔细看，以为刘女士又闲来没事到处看房子耍，马上刘女士便问："这个不是小侯的那套房子吗？"程斐然才缓过神来，定睛一看，果然是侯一帆在人和的那套一室一厅的房子。

刘女士见程斐然半天没反应，一个电话打过来："是小侯缺钱了，还是你缺钱了，怎么卖起房子来了？"程斐然好奇，忍不住问："你都没去过，你啷个晓得是侯一帆的房子啊？！"刘女士讲："嘿，我是没去过，但小侯发过朋友圈的嘛，我未必眼瞎吗？"程斐然想这刘女士眼睛确实太尖了，平时肯定没少偷窥她的生活，却又问："你在哪里看到这个卖房子的哦?"刘女士说:"中介发在朋友圈的,我正好看到,里面摆设好眼熟嘛,怎么,你都不晓得他要卖房子啊?"程斐然没说话,刘女士立马就换了一副嘲讽的语气:"你还是多留个心眼哦,到时候小侯跑了,看你哭都来不及。"程斐然冷笑:"我看你比我还紧张,跑了就跑了嘛,你对你女儿才是点都没有信心。"刘女士说:"你几岁了嘛,娃儿过两年都要上小学了,还小嘛?你以为找男人还这么好找?"程斐然懒得和刘女士争辩,挂了电话,正打算把售房信息发过去问侯一帆怎么回事,但是想了下,还是忍住了,反而给张琛打了个电话,问他在哪儿。

和侯一帆在一起之后,程斐然很少单独去见张琛,有时候见面也是三个人,程斐然不知道怎么,好像侯一帆在,她和张琛反而没有那么尴尬。

半小时后,程斐然下楼,左右没走两步,正前方见那个穿黄衣服的外卖员取了头盔,程斐然走过去,才看清楚张琛模样。张琛手机提示又有新的外卖订单,但是他没理,问程斐然吃过饭没有,程斐然说吃了。张琛又问要不旁边找个地方喝点东西,这时手机又提示有新的订单,张琛索性把手机关了。程斐然说:"你要忙就先忙嘛,其实我没得啥子事。"张琛说:"不忙,你讲嘛。"程斐然低着头,想着两人在路边这里站起,不好看,说:"你没吃的话,我陪你吃点嘛。"张琛说:"那你上车嘛,走旁边吃个米粉。"

程斐然跨上张琛的外卖摩托,没有和他靠得太近,张琛便故意开慢了点。下桥的时候,程斐然问:"你好久学会的摩托哦?"张琛笑道:"有段时间了。"看不到张琛的正面,听他说话却是云淡风轻。靠了边,在路边米粉店找了板凳坐,程斐然不看张琛,张琛就自顾自地点了三两麻辣米粉,过来的时候,端了一小盘泡萝卜干。张琛说:"不吃米粉吃点萝卜干嘛。"程斐然心一下揪住了,张琛还是记得她最喜欢吃米粉店的萝卜干,又看他已经带着皱纹的眼角,一笑,就把她心捏紧了。"

张琛一边递筷子给程斐然,一边问:"是遇到啥事情了吗?不然你也不会给我打电话。"程斐然接过筷子,说:"你晓得侯一帆最近有啥子事情不?"这时老板喊张琛进去端米粉,张琛再出来,摇了摇头,说:"他最近也没怎么和我联系,上次送涛涛回来的时候,还和我有说有笑的,不像有什么心事啊。"

程斐然回想前一天晚上,侯一帆还在沙发上组队打游戏,完全不像遇到什么困难的人。张琛又问了一句:"你啷个突然这么问?"程斐然把刘女士发信息给她的事情转述给了张琛,张琛想了想说:"要不你就直接问他吧……"张琛话没说完,想着怕说错了,兀自吃了两口米粉。程斐然见张琛不像骗她,便说:"算了。"她哽了一下,说:"如果你手头紧张,娃儿的钱不用那么急,我这边还有,你先顾你自己吧。"张琛一边嚼着米粉,一边嘟哝道:"唔,那不得行,手头再紧张,不能亏待娃儿啊,当时我们离婚的时候,我就说过了。你不用担心我,我现在一个月白天跑这个还是能跑不少钱,晚上去烧烤师傅那里学点手艺,以后自己出来做,也是生意嘛。"

程斐然看张琛,说:"你自己看你瘦了好多。"张琛咽下米粉,笑道:"正好减肥了欸。"程斐然苦笑,张琛又说:"有时候我还是多羡慕侯一帆的,你好关心他嘛。"程斐然晓得不能让他继续说了,只说:"快点吃嘛,这个天冷得快。"

吃过米粉,程斐然喊张琛先走,张琛说不急,要送她,她想也不好去国际楼打牌,只说想回家。回程的路上,程斐然坐在摩托车后座,看着张琛疾驰在马路上,有点惘然。当时从重大毕业的时候,张琛不止一次和她描绘过两个人的未来蓝图,申请海外学校,计划在太平洋彼岸生活,可事与愿违,人生就是喜欢上演这种啼笑皆非的桥段,让人在幸福的时刻失控,又被现实打倒之后清醒过来。

张琛把程斐然放在家门口,临走时和她说:"侯一帆的事情,我想你也不要太担心了,虽然他平时看起来点都没长大,但做事有分寸,你应该相信他。"程斐然应了一声,不好再说,只嘱咐一句:"你个人也注意身体。"关心的话不好说太多,说多了就变味,张琛只顾点头,发动摩托车,挥手告别。

2

程斐然上楼,开门正准备换拖鞋,抬头看见刘女士叉着手不声不响地坐在沙发上,吓她一大跳。程斐然拍着胸口说:"你每次过来也不提前说一声,吓死个人。"刘女士盯了程斐然一眼,显然不高兴,说:"卖房子这么大的事情,你一点都不晓得,你是点都不着急哦?你想过他房子卖了过后的情况没得欸,是打算彻底住到你这边了吗,还是打算把钱用到哪里去啊?到底和你多少有关系啊!"程斐然坦然道:"可能他有他的安排啊,我着啥子急嘛,就算他真的卖了要住过来,只要彼此还喜欢,他想住多久住多久。我也就实话实说,我和侯一帆,只是恋爱,又不是结婚,男女朋友不比两夫妻,也有自己的隐私和空间,毕竟还没有成一家人,我又哪里管得到他的全部事情嘛。"

刘女士看程斐然总是给自己找借口的样子,又说:"你现在晓得你管不到他了啊?那你为啥子不结婚啊,长期谈恋爱可能不嘛?半年一年说是恋爱,这都两三年了,你们这个叫啥子?彼此耽误!你要实在不想和别个小侯在一起,就另外单找一个嘛。那种离过婚有过娃儿的,要么有钱有点地位,彼此不用考虑再生儿育女的事情,再凑合,就算过日子了,偏偏你要去找个比你小的,又没结过婚,吊起别个不给个说法,你不尴尬,我都替你尴尬。"程斐然不好说刘女士思想传统又禁锢,怕再引火上身,只说:"我也没有吊起他啊,恋爱本身就是一种自由关系,喜欢就继续在一起,要分手也没什么问题,没有家庭财产纠葛,只有感情来往,比啥子关系都轻松。"

刘女士还想说点啥子,只听到开门声,侯一帆回来了,见到程斐然两母女站在门道口,也是诧异。刘女士立马收了刚刚紧绷的脸色,笑道:"哟,小侯回来了。"侯一帆笑着打招呼说:"孃孃来了啊?"顺势朝程斐然看了一眼,想说是不是有什么事,程斐然却避开了他的眼神,只问:"怎么这么早就回来了?"侯一帆说:"明天要出差,下午没什么事就回来了,正好收下东西。"侯一帆进了屋,刘女士趁机给程斐然递了个眼神,低声说:"你要不方便问,我帮你问。"程斐然一把拖住刘女士,小声说:"你不要管了嘛。"刘女士一时觉得女儿懦弱,像她老汉,遇到事不敢不出声色,又是生气,但还是给程斐然留足面子,突然转向侯一帆说:"小侯,正好你回来了,孃孃有件事正好想你来帮忙评评理。"程斐然望了老妈一眼,不知道她又葫芦里卖什么药。

　　侯一帆脱了外套,走到客厅来坐,笑着问:"又有啥子事了?"刘女士就侯一帆旁边坐下,说"刚刚大小姐和我说起你们这一代年轻人婚恋关系,说我有代沟,就说你们习惯自由恋爱了,只要两个人彼此喜欢,感情稳固,最后其实有没有那个本本也无所谓,你怎么看?"侯一帆一下知道刘女士是在给他挖坑,笑着说:"最后有没有那个本本,是不是无所谓,我不晓得,毕竟我也没结过婚,但我觉得,两个人之间的事情最终肯定还是这两个人自己来决定。"

　　刘女士冷冷一笑,说:"所以说你们还是年轻,怎么会真的以为只是有没有那个本本的区别啊。结婚等于是一个良性束缚,作为过来人,看多了荒腔走板的自由关系,说句老实话,感情最好的时候,就是彼此束缚。你每每想起要做一点什么事情的时候,这种束缚就会提醒你，你还有一份责任，也要考虑考虑你另一半的感受，因为对方已经不是可有可无的存在，甚至帮你规范自己，朝更好的方向走过去。我说这些，小侯应该懂。"

侯一帆摸了摸头，说："孃孃说得都有理，只是我和程斐然肯定想要的不是这种束缚的感觉，婚姻也不是只有一种形态吧，我觉得恋爱也是。"侯一帆这么说，程斐然倒笑了，刘女士不好继续劝什么，只能自己心里较劲。程斐然说："我妈是怕我吃亏，偏偏要讲一堆大道理。"程斐然一下点破，侯一帆立马接着说："那孃孃也是为了我们好，我巴不得现在就把你娶了。"两个人故意说开，气氛反而缓和不少，刘女士见他们俩打情骂俏，想说的话一句都说不出了，只说时间不早要回去了。程斐然心里总算松了口气，送她下楼。

走到小区门口，刘女士还是不屈不挠地说："程斐然，不要怪你妈没提醒你，侯一帆他妈老汉不催你们结婚，未必是好事，越是不催，说明心头越有顾虑，想到他们侯一帆还年轻，你却老大不小了，说不定正好骑驴看马，再等看有没得更合适的人选。"程斐然不说话，刘女士这种小人之心时常有之，更不想去和她辩解。她和侯一帆在一起刚半年的时候，侯家软磨硬泡不止一次催过婚，到后来侯一帆奶奶见一次说一次，程斐然都只能躲。相比之下，侯一帆为了她，去说服自己妈老汉，直到他们最终放手不管，这个过程，程斐然比刘女士更清楚。对于刘女士无中生有的猜测，她只能说，到底是刘女士急了。

送走了刘女士，程斐然回到家，侯一帆一下过来抱住她，脸贴过来，说："嘟个又和刘孃孃吵架了啊？"程斐然拍了拍侯一帆的脸说："还不是因为你，刘孃孃说你要把你那套房子卖了。"程斐然也不知道为何，就这样轻而易举地把这句话问出来了。

侯一帆有点吃惊地看着程斐然问："啊，我没有要卖啊？"程斐然看侯一帆不像是说谎，松开了他的手，把手机里的图片翻给他看，侯一帆一下骂了句脏话："靠，肯定是我妈！"程斐然还没搞懂，问："嘟个回事？"侯一帆说："那天她过完生日没多久，把我喊过去，叫我把我那套小房子卖了，拿去当首付，他们再给我补点钱，买套新的，把我和你的名字都写上去，然后去公证处做个公证。就算不结婚，至少有套两个人名字的房子，也不至于散了。这个事情一说，我就和我妈吵了一架。理论上来说，买套大房子，写我们俩的名字，我没有意见，但是另一面，完全是变相施压。这事情，我要说我不同意，对你说不过去，我要说我同意，对你更说不过去。"

侯一帆说得坦诚，程斐然也相信。这个时候如果真照侯妈妈说的那样做了，程斐然确实压力不小，平白无故去占别人半套房子，还要因此招人口舌。但就如侯一帆说的那样，真正两难的反而是他。这事要真摆到台面上，旧房卖了，新房不买，他侯一帆里外不是人，上下一说，是他有私心；新房买了，程斐然里外不是人，左右一扯，是程斐然占了便宜。怎么一看，简直都是一摊浑水，洗不清白了。

程斐然看侯一帆，说："好了好了，我晓得了，你看你，紧张得哟。"侯一帆反而一脸认真地说："不是紧张，只是我不想让这些事来烦你。"程斐然立马岔开话题，说："你这次走几天啊，我去帮你把内裤收下来，袜子记得带。"侯一帆看程斐然不再提，也不接着说了，反讲："我先给我妈打个电话，喊她把房子撤下来！"

夜里，程斐然和钟盼扬跟方晓棠说起这个事，加上上次吃饭那场风波，不免又让她们俩对侯一帆多了几分好感。方晓棠说："要不是孃孃看到起，说不定那个房子真的就卖了哦，小猴子他妈老汉这次做得确实有点不道德。"钟盼扬却说："也不能说不道德吧，毕竟也是为了自己儿子着想。"程斐然想着又要聊回尴尬话题，转口问方晓棠："不说我了，国际楼民宿还不能开啊？"方晓棠气愤道："还在办手续，杂七杂八的，流程慢，办事的人动作也慢。"程斐然问："查到是哪个举报没有嘛？"方晓棠说："还能是哪个嘛，肯定是朱丞！那天我还想去找他理论，现在电话直接把我拉黑了，还不是做贼心虚，想搞个死无对证。"

国际楼的民宿，关一天，亏三千，眼下过去快一个月了，方晓棠是真真亏到唐家沱。还好，南山那边合同落定，开始装修，分散了方晓棠一部分注意力。另一边，上周方晓棠的老公魏达回来了，暂时不走，小别胜新婚，两个人又腻歪了一阵，不开心的情绪散了不少。照方晓棠的说法，这次魏达回来，准备把业务往重庆扩展，搭上成都，来回方便，也就不跑远门了，算是好事。最近有空，方晓棠还是拉程斐然和钟盼扬一起看民宿装修方案，方晓棠把杭州、上海的网红民宿案例一个个找过来，摆在桌上和她们开会分析。其余时间，魏达陪方晓棠实地监工，转眼又过去半个月。

眼见快要年底，公司员工个个盼过年，早就没了心思工作，对于业绩都变得得过且过。钟盼扬也没心思，主要还是心里有事，自从孔老师把那袋子钱交给她过后，就彻底失踪，联系不上。周末和父母上山郊游去拜佛，钟盼扬才小心翼翼把自己苦恼说给佛祖听，希望佛祖听见她的心声可以疏导，问题还是在于孔唯的下落。

下山的时候，突然听到老妈提起程斐然老汉，原本还在走神的她一下缓过神来。钟盼扬疑惑问："啥子事？"老妈也有点疑惑道："斐然都没和你说啊？"老妈才解释道下周要去坐席，喝程斐然弟弟的满月酒。钟盼扬还以为自己听错了，程斐然哪会儿多了个弟弟？！

也就是前天半夜，程斐然洗漱完准备喊侯一帆睡觉，刚擦完脸，电话就响了，看到是自己老汉打过来的，半夜三更，必是要紧事。程斐然又套了睡衣出了卧室，到阳台上接听起来，老汉向来不主动打电话，刚开口，声音就有点浓重。程斐然问："啥子事？"程爸爸在那边吞吐了一会儿，说："有个事还是要和你商量。"程斐然伸手拿了电子烟，抽了一口，说："嗯。"老汉肚子里腹稿不晓得打了好几遍，最后才说："你孃孃上个月生了，是个弟弟，我没好和你说。"

程斐然咬着烟嘴，心里嗡嗡响了很久，一时间不晓得怎么接话，只勉强说了句："恭喜哦。"老汉那边有点难为情，过了年五十七了，突然老来得子，比自己外孙还小，要叫程斐然姐姐，说来就好笑。程斐然的语气不好，程爸爸完全听得出，但这事也不可能绕开程斐然不说，只听到电话那边又讲："过几天打算摆满月酒，你还是来嘛。"

程斐然看了一眼里屋，侯一帆穿着短裤出来刷牙，和她对视了一眼，程斐然说："我去好不方便嘛，你们自己办就是了嘛。"心里五味杂陈，嘴上却还是给老汉留足面子，程爸爸叹了口气："你孃孃年龄也大了，打掉可能有危险，我也不想。"程斐然轻笑了一声，说："有啥子想不想嘛，现在你也是儿女双全了噻，应该高兴。"程爸爸说："我晓得你在想啥子，念到你不喜欢你孃孃，平时我也不啷个叫你过来，这次毕竟不一样。"程斐然笑着问："啷个又不一样了？是他出生的时候多了块肉，还是含了块玉嘛？"程爸爸一下沉默了，半晌，才说："那到时候看你嘛，我也不勉强你，但还是想你来。"

对于这个继母，程斐然当然是不满意的，除了她市侩自私小气的一面外，更多的是，她在有意疏离程斐然父女之间的关系。

最早的时候，程斐然去看望父亲的频率是远高于刘女士的，从内心天平来说，程斐然确实和老汉更亲近一些。但是随着几次看望，程斐然明显感觉到继母对自己的态度虚与委蛇，明里暗里挑程斐然的刺儿，又常常在老汉面前装出一副被程斐然刻薄过的表情，说自己做得不好，惹程斐然生气了。程斐然实在听不得这些，但碍于父亲面子，也不想当面去戳破，后来和张琛结婚，有了自己的小家，便也就更少到父亲那边了。

时至第二天，刘女士一个电话打过来，说："你老汉和那个女人生娃儿了，你晓得不！"程斐然说晓得了，刘女士便不折不挠地继续讲："说是要摆满月酒啊，你老汉也和你说了？"程斐然"嗯"了一声，显然不想提这个事情，刘女士说："呵，有意思哈，五六十岁了，也不怕脏板子①，到处吆喝，还要办酒，他程国梁现在是脸也不要了，皮也不要了。"

程斐然早饭还没吃安逸，就听到刘女士噼里啪啦一顿讽刺，心里更不是滋味，再啷个说，那也是她老汉嘛！刘女士顺口问："他总不得要喊你去嘛？"程斐然说："喊我了，我不得去。"刘女士说："他真的说得出来！嘿，我真的想当场把他脸撕烂。"程斐然讲："你说这些干啥子嘛，清早八晨的，精神好得很，又关你啥子事嘛！"刘女士听到又是一顿火，"你只晓得偏心你那个爹，我就说他两句，你又要给我揉脸了。你老汉把我身边的人都邀请遍了，偏偏不敢请我。嘿，他不请，我反而偏要去，我倒想看他那张脸往哪儿搁。"

程斐然心里一紧，晓得刘女士又要闹事了，赶紧说："你去干啥子嘛，神了啊，各人在屋头睡觉不好啊。"刘女士听程斐然紧张，说：

---

① 脏板子：重庆方言，丢面子。

"那个女的欺负你的时候欸，那口气我现在都没咽下去，凭啥子我刘红英的女儿要受其他人的气啊？她现在耀武扬威得意了，我要她晓得，没得这么容易。"程斐然实在不想搞些乱七八糟的事情来，只顾劝说："算了嘛，有啥子意思，到头来，自己也不开心，就是整到哪个了，最后自己也下不来台。"刘女士这次是认真了，厉声道："你妈在你眼里就是这么没本事是不是嘛，程大小姐，我给你说，这次我还真的去定了。"

刘女士挂了电话，程斐然立马急了，这下，就算她不想去喝那满月酒也不行了，随即在群里把事情和钟、方两人说了一遍。钟盼扬说："那你怎么想，孃孃要去的话，估计是拉不住哦。你要不要先给叔叔说一声哦？"程斐然一定神，还是钟盼扬比较理性，只说："我等下就给我老汉打电话，但是我妈估计是去定了。我就想，你们俩要不和我一起去吧，至少多个人，多把手，到时候我妈真的冲动起来，也有人和我一起劝。"钟盼扬和方晓棠都说"要得"。

程斐然心里依旧不踏实，虽然她不喜欢老汉新找这个孃孃，但是她也并不想去打扰他们的生活。程斐然晓得，这一切都是刘女士心里的一根刺，说到底，两个字——嫉妒。刘女士嫉妒程爸爸比她先开始了自己的生活，也嫉妒那个女人就这样轻而易举地霸占了属于程斐然的财产。更重要的一点是，刘女士在程斐然老汉那里的存在感彻底消失了。原本说了不去，再给老汉打电话说要去，也很奇怪，再拨过去，响了两声，刚接起来，程斐然就说："满月酒的事情……"

开口到一半，听到那头不是程爸爸，而是孃孃，只道："斐然啊，你爸爸在上厕所，有啥子事情？"还是那种装腔作势的腔调，程斐然突然就不想说了，只说没什么，随即挂了电话。

钟盼扬回完信息，被叫去开会，最近啤酒生意不好了，市场大换血，竞争对手多，要做分析报告。钟盼扬心想，公司吃老本，原本没意思，好不容易推新，却不做营销，照常旧渠道卖，客群不同，马失前蹄。老板心想，喝啤酒的人，是喝个兴致，从来不是真的喝酒，烧烤摊、KTV、火锅店，朋友聚会，讲究气氛，酒就是那个气氛。理念不同，但从来没人真的提出异议。

这天开会，老生常谈，大家该汇报汇报，该检讨检讨，说完，散会，老板把钟盼扬留住，说："小钟啊，有个事，我和你说下。"等人走完了，老板把门关上，轻声说："最近小陈思想有包袱，工作效率不高，来和我说辞职。我觉得，现在招人也不好招，就想着给她换个岗位，你看，分到你那边，要得不？"钟盼扬心领神会，不是小陈有包袱，是老板有包袱。明眼人都能看出他们关系不简单了，换个岗位，实则掩人耳目。最近风言风语多，好几个人盯着小陈了，又是冷嘲热讽，又是故意排挤，晓得钟盼扬不好欺负，小陈跟到她，等于有把保护伞。钟盼扬说："我倒无所谓，就怕小陈觉得累，销售嘛，事情多。"老板讲："这个我和小陈说一句就好，那就当你答应了。"钟盼扬心里不想当那个挡箭牌，但也看不惯公司的人欺负一个女娃儿。

午间吃饭，几个同事叫着一起，到楼下吃串串，刚坐下，摆起龙门阵，说到最近老板出差都安排小陈跟着，就听到一向大嘴巴的薛飞飞说："哎呀，你们以为啥子嘛，小陈纯属捡漏。这次出差，李总本来是喊我去的，但是我一口拒绝了，次次出差，我完全照顾不好他，反倒他来照顾我。我一个员工，尽被照顾，哪好意思嘛。我才和他说，小陈会照顾人，喊了小陈。"

钟盼扬白眼已经翻上天，同组的老乌也不遮掩地说："等于说你拱手把李总让给小陈了哦？"老乌一开口，饭桌都安静了，串串在锅里扑哧扑哧翻腾，薛飞飞冷笑一声，说："不是让，是照顾老板，老乌你说话也是难听得很。"说着她又自顾自哈哈笑了，老乌朝其他人递了个眼神。

吃过饭，准备上楼，钟盼扬去上洗手间，同组的小骆跟过来，洗手的时候，低声说："薛姐真的会装，你晓得她为啥子把老板让给小陈不？"钟盼扬只顾对着镜子整理妆容，没理会，小骆说："薛姐最近傍上更大的老板了，当然就不稀罕李总了，你以为啊？我听说是跟老板出差的时候认识的，姓孔还是姓龚哦，反正还是薛姐厉害。"钟盼扬一下有点走神，也不晓得是不是敏感，听到姓孔就有点紧张，但很快平静问了句："你哪个晓得的欸？"小骆说："有天薛飞飞打电话遭我听到了，晓得她是不是故意显摆哦，你懂嚓。"钟盼扬看了看日历，孔唯失联已经有个小半月了，确实一点音讯也无，不免又多了几分想法。

下班之后，钟盼扬爸妈家吃饭，假装不经意地问："小姨最近没来啊？"老妈说："昨天还来了，怎么，你平时不是最不待见她的嘛，今天怎么想起来问候她？"钟盼扬说："我就是说，平常感觉想躲都躲不开，结果最近竟然都没怎么看见她。"老妈说："哦对，她还把钱还了，说赚了钱，开心惨了！我等下正好拿给你。"钟盼扬"啊"了一声，筷子差点拿落，老妈看了钟盼扬一眼，"啷个？"钟盼扬连说没什么，又问："她这次有没有说啥子其他事情啊？"老妈疑惑地看了看钟盼扬，说："没有啊，她不说事反而是好事，我都怕了她了。"

钟盼扬"嗯"了一声，想着也弄不清楚什么了。她夹了片小菜，说："哦，对了，斐然爸爸那个满月酒，我跟你们一起去。"老妈说："欸，我还以为你不想去。"钟盼扬说本来是不想去了，又把刘女士和程斐然那段事情讲了一遍，老妈"哦"了一声，说："哎，刘姐还是想不开，是我，我才懒得去。"钟盼扬握了握老妈的手，说："家家都有本难念的经的嘛。"

3

正值满月酒当天，程斐然一大早就开车到了刘女士楼下，生怕她先走一步，结果上楼的时候，刘女士还在化妆打扮，嘴上哼着小曲。程斐然看她这么轻松，像是暴风雨前的宁静，反倒更紧张，坐到刘女士旁边又劝一句："要不然就不去了嘛。"

刘女士瞥了程斐然一眼，两手还在绾自己的头发，说："你在怕啥子？你觉得你妈我就是去闹事的吗？"程斐然说："你未必还是去道贺的嘛？"刘女士绾好头发，拍好脸，说："嘿，我今天还真的就是去道贺的。"

刘女士起身，对着镜子照了照自己选的衣服，雪青色呢子大衣，怎么看都气派。刘女士转过身来，看着程斐然，说："当年生你的时候，你奶奶提了一只鸡，走到医院，听到说生的是女儿，把鸡扔地上就走了，这件事，我现在都记得。现在好了啊，程国梁终于生了个儿了，你奶奶应该也泉下有知，高兴了嚜。"程斐然说："人都走了，你还念到起，也是小气。"刘女士"嘿"了一声，说："我好小气嘛，跟你老汉吃苦的时候，捞到啥子好处没得嘛。呵，满月酒，你满月的时候都没摆啥子满月酒，最多就是一家人在屋头吃了顿好的，今天，我倒要看下他们要办出个啥子花来。"

刘女士收拾好，准备下楼，程斐然也不好再劝了。上了车，刘女士说："等下见了你老汉，不管我说啥子，你都不要开腔，晓得不？"程斐然一脸愁云地开着车，没有理，刘女士转头来又提醒一句："听到没有？"程斐然不情愿地说了句："晓得了。"

车子开到饭店，亲戚朋友来了一大堆。虽说满月酒不比结婚，程斐然还是老远看到自己老汉和后妈在那里忙里忙外地招待客人，刘女士不快不慢地往前走，每走一步，程斐然心里就咯噔一下，总觉得刘女士那个小拎包里随时要掏出一把左轮，把不顺眼的人都干了。

程斐然挽起刘女士的手,走到老汉面前,程爸爸才是一下愣住了。倒是后妈活泛,一下拉住刘女士,说:"哎呀,刘姐,稀客,难得看到你哦。"和刘女士的气质比起来,后妈怎么都像乡下村姑,哪怕今天再精心打扮,都始终少几分正房太太的气势。刘女士咧嘴笑了笑,说:"我看你是怕看到我哦。"后妈用手捅了捅程斐然老汉,说:"刘姐要来你啷个也不提前给我知会一声欸,搞得我慌慌张张的,好丢人嘛。"程爸爸看了程斐然一眼,说:"我还以为你不来了。"程斐然没开口,话又被她老妈抢去:"你可能巴不得女儿不来哦,不来嘛,你们两口子也不得尴尬噻。但是哪个叫我们女儿有孝心啊,说好歹嘛是亲老汉的喜事,不得不给面子。"刘女士说完,程爸爸脸色有点僵,后妈说:"哎呀,刘姐,看你说的哦,啥子面子不面子嘛,以前是你帮程哥过生活,现在交接给了我,说来说去,都是一家人。"

刘女士怎么听怎么刺耳,笑道:"你姓王,我姓刘,八竿子打不到的关系,我倒不晓得这哪门子算一家人了。我们今天来欸,纯属是来凑个热闹,想看下老来得子的满月酒有好香。"

刘女士和王孃孃争得火热,这时保姆把奶娃儿抱出来,王孃孃一把抢过来,说怕娃儿招了风。刘女士斜眼看了下,和程国梁有几分相似,又阴阳怪气地说:"正脸看下,像是程国梁的娃儿哈。"后妈王孃孃一听,脸色变了,说:"刘姐,我最近觉得自己老了,眼神是有点不好,但是好歹也不至于昏花到乱说话噻,所以说,人要服老是真的。"

程斐然晓得王嬢嬢戳到刘女士的脊梁骨了，再说下去要爆炸，结果程爸爸立马阻止："晓静，你也少说一句，今天好歹是娃儿满月的嘛。"刘女士瞪了程爸爸一眼，王嬢嬢就立马发嗲了，说："哎呀，我和刘姐开个玩笑，她恁个大度的人，未必还要放在心上唛。"说着就拍拍孩子，换了一副笑嗲嗲的模样。刘女士说："玩不玩笑啊，我不晓得，就看哪些人在笑，哪些人没笑嘛，说玩笑，说完最后自己在笑，那还不是级别差了点，王妹儿你说是不是？"王嬢嬢心里堵，又想再说点啥子，结果又来了一些客人，大部分是程斐然老汉以前的同事，看到刘女士站在门口，纷纷打招呼，随后又逗了下王嬢嬢抱起的奶娃儿，说说笑笑，结果是误认为王嬢嬢是帮忙带娃儿的保姆。另一个同事才打断说，别个是娃儿的妈！

一下弄得气氛尴尬，王嬢嬢的脸彻底垮了，刘女士一下哈哈笑起来，说："哎呀，吃席吃席，程国梁你倒是带个路噻，让我和你女儿在这里干站起啊？"程爸爸立马说："走走走，我带你们。"随后把王嬢嬢丢在饭店大门口，气不打一处来。

进门过走廊，程爸爸才开腔说："红英，你又是做啥子嘛，非要把事情搞成这个样子。"刘女士叉着手往前走，边走边说："程国梁，不兴得我说你，办喜事都不敢给我打声招呼，我在你心头是毒辣妇人，要把你娃儿拐起走嘛？"程爸爸说："当到女儿面，你又讲些啥子哦。"程斐然也不想老汉下不来台，拽了老妈一下，说："哎呀，我们进去坐嘛，你说要来吃席，结果尽在门口吹牛。"

说着程斐然便拉刘女士往里面走，饭店二楼，天字号包厢，摆三桌，地字号包厢也是三桌，里面的人龙门阵摆得热火朝天。程爸爸安排她们在天字号包厢坐，开门看，都是程斐然老汉这边的亲戚，大姑妈、二姑妈、幺爸，还有王孃孃那边的几个亲戚。程斐然想着自己和刘女士坐进去，横竖都显得突兀。尽管大姑妈一直朝着程斐然喊，叫她坐到一桌去，程斐然还是借口先拉刘女士去上洗手间，走到半路，程斐然说："我都不晓得今天我们来是图个啥子嘛，该讽刺的你也讽刺了，该嘲笑的你也嘲笑了，差不多就走了嘛。"刘女士不以为意："我啷个要走啊，未必我刘红英连来吃一顿程国梁的酒席都吃不得了嘛，就算我刘红英和他程国梁一点关系都没得了嘛，那你程斐然好歹还是他的女儿嘛。你听到刚刚王晓静说的话，你妈我到现在这个岁数还争个啥子嘛，说来说去，最后还不是争那一口气。"程斐然实在劝不住。

回头，看到钟盼扬和她爸妈也上楼来了，刘女士走过去打招呼，两边家长也是好久没见，紧跟着方晓棠也拽起她妈妈的手上来了，过道一下比包厢还热闹。钟妈妈说："刘姐你最近气色好哦。"方妈妈跟着说："我都以为你不得来欸。"刘女士朝楼下望了一眼，说："我倒是不想来，程国梁非要喊斐然来的嘛，她又不好意思，就硬拽起我一路了噻。"程斐然只得苦笑。程爸爸和王孃孃也跟着上楼了，看到个个在走廊站起，连忙说："哎呀，啷个都在门口站起，进去坐啊。"

方妈妈看到王孃孃抱起的娃儿，说："哎呀，小崽崽都睡着了。"

随后，大家一起进包厢，程斐然和刘女士还是坐在了大姑妈旁边。开席之后，程爸爸说了两句感谢大家的话，随后就开始敬酒。桌上的吃的菜色倒是一般，虽是大菜，却无灵魂，接着推杯换盏，觥筹交错。一开始，程爸爸碍于程斐然在场，还有点放不开，去了地字号包厢，才彻底喝多了。王孃孃也是难得高兴，跟着就喝了起来。刘女士看到那两口子夫唱妇随，脸又垮了一半，特别是几个当时还算要好的程斐然老汉的同事，现在都喊王孃孃喊嫂子的时候，刘女士直接低头吃饭，一句话都不说了。奶娃儿睡着了，还是好几个人去揭开襁褓看，嬉嬉笑笑恭维说："还是乖。"刘女士"啧"了一声，只顾对着程斐然低声说："恁个丑，还乖。"程斐然伸手拉了刘女士一把，旁边坐的都是别个王孃孃的亲戚。

刘女士吃到一半，起身说想到走廊站会儿，顺道去找方妈妈钟妈妈她们吹两句，刚拉开包厢门，正好和王孃孃撞个满怀，王孃孃笑着说："刘姐也喝醉了嗦？"刘女士懒得理，没想多说，结果王孃孃这会儿上头了，兴致来了，说："我晓得刘姐是嫉妒，女人嘛，那点心思哪个不懂欸，生了儿啊，说话都要抖擞些。"刘女士冷笑一声，说："我倒是没想到，现在还有想要在男人面前争表现的女人哦。哎，只是怪你生晚了二十年，程国梁的好处，我刘红英都享受完了，现在根本都不用去争也不用去抢了，剩汤剩水，你还当个宝。"王孃孃一下气到了，嘴却像是被封住，刘女士又跩，程斐然看到苗头不对，赶紧起身过来。

不晓得是太闹了,还是饿醒了,奶娃儿突然哇哇啼哭起来。保姆赶紧抱过来,想着是要喂奶了,结果不知是哪里洒了酒,地上滑得不得了,保姆一个没踩稳,脚一溜,娃儿一下脱了手。

王孃孃那边看到惊叫了一声,满屋的人一下停了下来,只听到"哗啦"一声巨响,桌上的盘子碗筷都打翻到了地上,包厢里面一下炸开了,人人起身。

程斐然一下愣住,大叫了一声"妈",所有人才定了神,看到刘女士整个人扑在地上,眼疾手快,稳稳把娃儿护住了。只是她头撞到了桌子脚,自己两只脚扭到了一起。刚刚卡在椅子脚下面。

大姑妈和程斐然赶紧上去把刘女士扶起来,刘女士都来不及顾脚上的痛,说:"哎哟,快点看下娃儿摔到没有。"王孃孃差点哭出来,一下抱住奶娃儿,看到没事,眼泪一下子涌出来,才赶紧说:"哎呀刘姐,谢谢谢谢,多亏有你啊,真的吓死我了!"保姆连连在旁边道歉,所有人心都捏紧了一把。程斐然老汉闻声过来,看到刘女士撇在地上,一群人帮她扶到椅子上,刘女士歪过头,看到娃儿安全无恙,伸手要抱,突然也跟着笑了。程国梁赶紧说:"斐然,送你妈妈去医院看下,有没有摔到。"王孃孃才反应过来,说:"对头,刘姐,我陪你去医院看下,摔得恼火不哦?"刘女士看自己大腿都青了,但好歹还能走,说:"看啥子嘛,不看了,娃儿哭了的嘛,先给他喂奶。"

动乱平定,程斐然急得都要冒火了:"你刚才真的是吓死我了,我还是带你去医院看下嘛。"刘女士揉了揉大腿，说："我回去贴两张膏药就好了。"程爸爸这会儿吓得酒醒了，走过来，说："楼下有沙发，我扶你下去坐一下嘛。"刘女士看着前夫那张脸，点了点头。程爸爸一下扶着刘女士，程斐然怕她老汉还在晕酒，万一下楼踩滑了，更是不可设想，说："老汉，还是我来嘛。"程爸爸执意说："我来，你去帮你妈妈把包包拿起。"

程斐然站在后面，看着自己父母互相搀扶的模样，有些心酸，又有些感动。钟盼扬和方晓棠这会儿站在她身后，说："看起叔叔孃孃像还是和以前一样好。"程斐然轻轻用手擦了擦略有湿润的眼角，松了口气，说："应该闹不起来了。"

程斐然让刘女士先在沙发上休息，然后准备带她回去，老汉却突然叫住了她，说："斐然，你过来我和你说两句。"程斐然把包递给刘女士，然后走到边上，程爸爸轻轻拍了下程斐然的肩膀，说："你今天来，爸爸还是高兴。"程斐然有些鼻酸，笑道："其实是我妈想来。"程爸爸叹了口气，说："爸爸老了，你也大了。"程爸爸突然有些哽咽，转头说："涛涛最近还好吗？"程斐然点头，程爸爸"嗯"了一声，又说："其实我一直想和你说，张琛这娃儿其实不错，你们分开，我一直觉得可惜，毕竟涛涛还小，还有你工作的事情……"程斐然立马打断程爸爸的话，说："你就不要管我了嘛，就像你说的，我都大了，我自己有分寸。"

这时，王孃孃在楼上喊程爸爸上去，程斐然推了老汉一把，说："孃孃在喊了，你去嘛，我也要带妈妈回去了。"程爸爸朝楼上应了声，说："如果有可能，我还是想你们两个和好，爸爸是过来人。"程爸爸又吸了吸鼻子，说："好了，你好好照顾妈妈，有啥子事情给我打电话。"程斐然点头，说晓得了。程斐然走过去，扶刘女士上车，刘女士说："你老汉又在给你讲啥子小话？"程斐然说："哎呀，他在说你好话。"刘女士一瘸一拐地笑了下，说："哼，他难得说我两句好话哦。"

4

过两日，方晓棠邀约程斐然去南山，好歹开始装修了，另说，南山边上蜡梅开了，前一晚还飘了点雪，难得美景，应该去看下。两人相约各自出发，正要出门，门铃却响了，想着谁这时候会来找她，开门一看，侯一帆的妈妈站在门口。程斐然有些惊讶，问："孃孃你啷个来了啊？小侯今天不在我这里。"侯妈妈不好意思地说："啊，我是来找你的。你现在方便吗？"程斐然说："方便方便，你快进来。"

侯妈妈亲自上门，程斐然大致能猜测到找她什么事，只倒了杯水端过去，问："孃孃今天不忙啊？"侯妈妈笑着接过水，说："不太忙。"她喝了一小口，然后看着程斐然，像是想了很久，才说："房子的事情，帆帆和我说了，怪我，太冲动。"侯妈妈开口，程斐然听语气不对，不像是来逼婚，又觉得有点奇怪了，只听她继续说："侯一帆从小到大就很倔，我向来劝不动他，但是这件事上，我还多羡慕你。"侯妈妈一边说，一边微微叹气，程斐然说："孃孃不要开玩笑，我怕你怪我。"侯妈妈摆摆手，说："其实是误会了。"

程斐然心有诧异，侯妈妈继续讲："今天找你，纯属和你谈心。说来好笑，五十来岁的人了，身边居然没什么朋友，平常围着侯一帆和他爸爸转，等于生活社交完全丧失，最近心里憋得慌，想找个人说说话，思来想去，就走到你这里来了。"侯妈妈讲三句，眼角便有点湿润，程斐然想她是有心事，不像是假装来劝说的，只说："孃孃慢慢讲。"侯妈妈讲："就说房子的事情，前两天侯一帆跑回来和我大吵了一架，我简直郁闷，哪能是你们想那样，真的要用房子来套牢你，我纯属是觉得你们感情好。其实你顾虑的事情，我都懂，喊他换房子，是觉得他到底是男方，应该要为你考虑考虑，最后倒变成我里外不是人了。同样是女人，婚后是啥子样子，心里怎么会没数。"

程斐然看侯妈妈眼神，问："孃孃心里有事？"

侯妈妈只顾叹气，说："我和侯一帆爸爸过得不开心。"这还是程斐然第一次听侯妈妈讲他们家里的事情，"实话和你说，其实好几次我都想离婚，侯一帆不理解，但也支持。这些事情，他可能不会和你说，大概你都想不到，结婚三十多年，我和他爸爸的钱至今各管各，他赚多少，花多少，我一概不知，加上侯一帆奶奶在家，大多时候我也不敢多说。十六岁那年认识侯一帆他爸爸，帆帆外婆就让我退学结婚了，当时年轻，觉得有个男人有依靠，纯属老一辈思想了。事实上，真正结了婚，全然不一样。不过，这么多年磨合磨合也就过来了。前几天，侯一帆奶奶在家里和我有点小矛盾，侯一帆爸爸就直接和我吵了起来，之后一个星期不肯和我说话，夫妻做到这个份儿上，钱分开花，情绪上得不到关怀，有啥意思？看到你和帆帆，他第一次跑回来和我们说，就认准你了，不结婚也没啥，我心里又是震撼又是触动。他爸爸开始不同意，闹了两次，我心里也矛盾，只能跟着他爸爸劝，但侯一帆雷打不动，最后反而是他爸爸妥协了。那一刻，我才真正感受到年轻人爱情的力量，说着有点矫情呵，但我就是这么想的。我晓得你们俩花钱早就不分彼此了，是真感情。对我来说，是羡慕也是嫉妒。我就想啊，趁我还有点积蓄，总归是要留给侯一帆的，房子卖了，换套新的，你住进来，结不结婚都不重要，我想着多少以我的立场支持你们。"讲到此刻，程斐然内心触动，"那天我生日，侯一帆跟你走了，家里乱成一锅粥。我当时在厨房，侯一帆奶奶脾气不好，说话也难听，我听着更难受。其实那天你们走了，我反而轻松，我自己也不晓得为啥。"

程斐然一下握着侯妈妈的手，说："孃孃，我替侯一帆和你道歉。"侯妈妈笑了笑，抹了抹眼角，说："哎，说出来就舒服多了。其实侯一帆不晓得，我退休过后就只有三千不到的退休金，所以每天还在外面做事。还好我不算笨，现在做消防监督员，一个月多赚三千多，一方面给自己留点钱，一方面给儿子留点钱。我现在就是打算再去考个碳排放师的证件，以后工作还可以有更多选择。五十岁了，还是不想服老，当初没有为自己争取到读书的机会，现在还是想为自己多想想。"说到这儿，侯妈妈才彻底松了口气，说："哎呀，一下讲了这么多，不晓得你听起烦不烦。"

程斐然摇摇头，一时感触良多，反倒不知用什么话语去安慰对方，只说："不烦，其实我都想不到，孃孃和我说这些，我以为……"侯妈妈笑，说："以为我要来责问你房子的事情？"程斐然也跟着笑了笑，侯妈妈拍了拍程斐然的手，说："其实对于父母来说，只要自己娃儿开心，已经是最大的宽慰了。"喝了茶，侯妈妈叮嘱："我和你说这些，就当我们俩的秘密，也不要和侯一帆说了。"程斐然点头。

侯妈妈走后，程斐然心情复杂，仿佛无数情绪积压起来，膨胀难受。开着车晃晃悠悠上了南山，程斐然望着略微萧条的景色，愣神了好一阵，突然一阵暗香扑鼻。她上了一个大坡，再拐弯，便看见了她们合伙买下的那个村屋，蜡梅在角落成片成片地开了。方晓棠说的雪应该已经化了，她踩着湿漉漉的土地，慢慢往前走了几步，站在百废待兴的路旁，轰然一刻，阳光明媚，她觑眯着眼睛，朝着豁然开朗的前方笑了笑。

第五章

1

重庆进入寒潮雨季后,基本十天半月见不到太阳,有时候气温室内外出现逆差,坐在家里倒不如走在外头。最近程斐然的日常变得规律,早上睡到自然醒,依旧去国际楼里摸两圈麻将,然后开车去南山和方晓棠一起盯一下装修。下雨天,工人和马路一样拖泥带水,不督促,来年不晓得多久才完工。

民宿往内,腻子已经刮完,拆墙建墙也搞得差不多,大致雏形倒是出来了。二楼外扩出来的露台变成了一楼的屋顶,铺上木地板,对外敞开,放上铸铁桌椅,摆上成盆绿植,做东南亚风格的室外咖啡走廊。二楼的房间,彻底打掉了外墙,每一间都是全落地玻璃窗的阳光房。顶上小阁楼,做了斜顶天窗,正好一楼的黄桷树又高又大,遮盖了整栋楼的南面,从窗户望出去,仿佛可以想象夏天一眼万年的葱郁。一楼大堂内部留了足够大的接待空间,同时预留了吧台的位置。这段时间上上下下盯装修让方晓棠累到不行,但看到成果时,心里还是兴奋又满足。

这天下午，程斐然照常上山，拐进村屋旁边道路，远远看见方晓棠和一个妹妹站在里面摆龙门阵。见到程斐然过来，妹妹喊了一声"斐然姐"，程斐然一下没反应过来，方晓棠连忙说："周雪的嘛，认不出来了？"程斐然才想起，是方晓棠的表妹，好多年不见了。以前小时候还经常跟到方晓棠屁股后面追，乍一看，完全是成熟大姑娘了，眉眼清秀，身材丰腴，七八度的天气，还穿条牛仔短裤，看起都冷。但定睛一看，全身价格不菲，手上还配块百达翡丽的表。

程斐然应着叫了声："是好久没见，完全认不出来了。"周雪笑了一下，然后说要走了，程斐然说："啷个我一来你就要走哦？"周雪说："本来下午就有事，表姐喊我来看下你们这个民宿。"程斐然说："哦，那你去忙嘛。"

周雪刚走，程斐然忍不住问："周雪现在是发达了吗？全身行头不便宜哦。"方晓棠说："哎，一言难尽。"程斐然看方晓棠一眼，问："有故事？"方晓棠压低声直说："她现在在给别个当小三。"程斐然吃了一惊，说"她给你讲的啊？"方晓棠"嗯"了一声："她自己又不觉得有啥子问题的嘛。之前我以为她只是图新鲜，你想嘛，她职高毕业，工作也不好找，找关系进了保险公司，实在没见过啥子世面，结果就遇到了那个男的，有钱有势，三言两语就把她迷惑了。一开始是不晓得，后来晓得了，又分不开。我想说这种见不得光的感情，一年差不多了，结果那个男的还真的对她用心了，先是给她买了辆路虎，然后又在中央公园给她买了套大平层，舍得花钱。现在搞得，我倒有些不好意思了。"

程斐然托着手，说："她就是上山来和你说这个啊？"方晓棠摆摆手，说："这些事情我早晓得了，她今天上来，是找我帮忙。这周我舅舅家搬家，搞乔迁宴，她想把那个男人带回来，见下她妈老汉，让我帮忙盯着点，就怕到时候喝多了，露出啥子马脚来。你说嘛，尽是把这种烫手的山芋交到我手头。"程斐然听着不开腔，无法评判，又听方晓棠说："主要是怀起了。"

"怀起了？那感觉是揣了个定时炸弹哦。"程斐然转念一想，又说，"不过各人有各人的活法，你也不必杞人忧天。"方晓棠说："我只是想不通，那个男人和家里老婆肯定分不开的，却又像是真的爱她。那男的还出钱给她开了个超市。以前我们小时候开玩笑说傍大款，周雪才是真正实现了这个'人生理想'，彻底麻雀变凤凰，专车接送，坐头等舱，刚刚你看她穿的那一身。"

程斐然一笑，说："哎，我怎么就遇不到大老板包养我？"方晓棠说："你少来了，你爸爸不是还给你介绍过一个煤老板的嘛，你自己不要。"程斐然说："我也就讲讲，那个煤老板比我老汉还要老，我要和他好了，涛涛怕不是要喊他外公。"两人大笑。

程斐然紧着问："但是话说回来，要是那男人老婆发现了，这些东西她一样都留不下来哦，全部要遭追回去。"方晓棠道："你以为她不晓得啊，她觉得那个男人都会处理好，完全失去智商和理性。"

程斐然想了想，问："你说这些男人在外面鬼混，是什么长期借口可以支撑这样的生活,他老婆是傻的吗?"方晓棠说:"魏达和我讲,很多男人大部分有兄弟做担保。兄弟说喊他出去喝酒,实际上是幌子。有时候是真喝,喝到一半就找借口离开,说是回家,其实是去另一个地方。有时候索性根本没去喝,和兄弟打好招呼,留了电话给老婆,有人收拾残局。"程斐然笑:"所以说,男人为啥子总说兄弟如手足,想想就明白了。"

程斐然想起正事,问方晓棠:"对头,跨年那天晚上你和魏达有安排没得啊?"方晓棠说:"还没想这个事情欸,你有啥子打算?"

程斐然说:"我妈昨天喊我和你跟扬扬说,跨年那天去她那里吃饭,她亲自下厨。"方晓棠笑道:"孃孃这么郑重其事,我反而有点怕。"程斐然说:"她啊,是最近又认识了一个叔叔,说是跨完年,那个叔叔要带她去泰国旅游,行程都安排好了,打算过年也在那边了。"方晓棠说:"欸,孃孃真的有点得行欸。要得,反正我和魏达跨年也没什么安排,就去孃孃那里吃饭。"程斐然说:"我晚点和扬扬也说一声。"

接连又下了两天的雨,直至周日才放晴半天,方晓棠挽着魏达的手,说到商场给舅舅舅妈买乔迁礼。关于周雪的事情,她倒是半句都没有和魏达提过,一来嫌弃魏达头脑不灵泛,容易说错话。二来觉得周雪差不多把她当树洞,并不希望有回声。

到了大竹林,魏达找到停车位停好车,跟在方晓棠后面往里走,毕竟新小区,看起来就是不一样。魏达看到小区气派的大门和里面珍贵少见的绿植，不禁问："舅舅他们最近是中彩票了哦，小区看起不便宜的嘛。"方晓棠说："哎呀，周雪帮他们出了一大半的钱。"魏达诧异："现在开超市的这么赚钱啊？"方晓棠怕说漏嘴，赶紧道："你以为啊，吃喝住行，哪有不去超市的嘛。"魏达想了想说："那倒是，要不然我们也去投资一个超市算了。"方晓棠立马打消了他这个念头，进了电梯上了楼，咚咚敲了两下门。

开门的瞬间，出来的是一个四十来岁的中年男人，方晓棠还以为自己走错了，抬头盯了下上面的门牌号，忽而听到魏达在身后惊诧道："欸，沈总？你啷个在这里哦？"眼见那个被叫沈总的男人也愣在那里，周雪才趿着拖鞋跑出来了，说："哎呀，表姐，姐夫！"然后她朝厨房吼了一声："妈，表姐和姐夫他们到了。"方晓棠大致猜到这个所谓的"沈总"是谁，一下四个人站在门口，稍显尴尬。周雪蹲下身拿拖鞋，然后扯了下沈总的手，说："喊表姐他们进来啊。"然后起身挽起沈劼的手，说："我来给你们介绍一下，这是我未婚夫，沈劼。"魏达和沈劼沉默不语，周雪立马在他身后捏了一把，沈总的表情一下才平和下来，僵笑了一下，说："你们好。"

方晓棠把买的碗具提到舅舅那里说："舅舅，乔迁快乐。"舅舅看了眼，说："喊你们来吃便饭欸，买啥子东西嘛。"舅妈围着围裙出来说："别个晓棠一片心意，你又在那里虚伪了，快点拆开洗了，正好盘子和碗不够用。对头，晓棠你妈老汉欸，没跟你们一路啊？"方晓棠说："他们应该也在路上了，我本来说去接他们一起，老汉说他们小区早上有个太极晨会，每天都要去，喊我们先过来。"舅舅笑道："你老汉才叫养生哦。"说着从口袋里拿出一根烟，递给魏达，魏达说："谢谢舅舅，我最近都戒了。"舅舅一边叼了一根，一边说："欸，一家人都养生嗦。"

舅妈出来立马截了舅舅那根烟，说："昨天才和你说了不准在屋头抽了的嘛！"舅舅才反应过来周雪怀孕了，立马收起来，说："哎呀，搞忘了，搞忘了。"舅妈顺着朝沈劼笑道："小沈，你吃点水果，晓棠你们两口子随便啊，马上饭就好了。"沈劼点点头，也没有多说话。

方晓棠注意到魏达时不时朝沈劼那边望一眼，欲言又止，便假装到洗手间，叫了魏达一声说："老公，你过来下欸。"魏达赶过去，问："啷个了？"方晓棠立马扯了他进去，低声说："不管你认不认得到那个沈总，等下一句话都不要说，听到没有？"魏达朝客厅外面看了一眼，靠近方晓棠，郑重其事道："老婆，我给你说个秘密，那个沈总，他家里有老婆，周雪得不得是被骗了哦？"这时外面门响了，方晓棠爸妈声音传进来，方晓棠来不及多解释了，只多叮嘱了一句："反正你就当不晓得就行了。"说完，她便迎了出去。

方晓棠进厨房帮舅妈端菜，舅妈轻声对方晓棠说："晓棠，你过来，我和你说。"她看了看外面沈劼，然后继续道："雪儿有了。"方晓棠还是假装吃惊地问："啊，真的啊？怎个快啊？"舅妈说："检查过了，确认了的。我想啊，今天既然他都来了，等下上桌的时候，你就帮我们问一句，他们结婚的事情准备怎么办？当妈老汉的，这个时候，毕竟不好说得,你来问比较合适。"

方晓棠微微一怔,一下不晓得怎么说。左边是周雪的拜托,右边是舅妈的嘱咐,今天本来是来帮周雪打圆场的,舅妈这边又有想法,她只好苦笑应了声,等下随机应变了。这会儿老妈跟着走进厨房来,对着舅妈轻轻指了指外面,问:"那就是雪儿男朋友啊?有点稳重哦。"舅妈说:"是啊,进来之后一直没怎么说话,搞得我都有点紧张。"

随即,饭菜纷纷上桌,众人围了过来,方爸爸开了一瓶剑南春,给舅舅、魏达还有沈劼都倒了一杯,周雪说她也想喝,舅妈厉声一训,说想得出来!方晓棠坐在中间,左右都不敢看,只想快点吃了饭早点散,却不料周雪自己先开口道:"哎呀,对头,我怀孕了的嘛!"

周雪一说,全场都冷静了。方爸爸抬到一半的杯子悬在那里。魏达朝自己老婆看了一眼,方晓棠嘴里的菜还没咽下去,差点一下呛出来。方妈妈和舅妈对视了一眼,就着说:"雪儿有了啊?"这时魏达帮方晓棠用力拍背,方晓棠才缓过来,余光注意着那个沈劼的表情,说是开心也不是,难过也不是,总之有几分一言难尽。舅妈才顺着这茬说:"对头,才检查了,刚怀起。"

方妈妈趁热打铁说:"那要加紧时间办了哦,到时候肚皮大了不好看噻。"舅妈眉眼在沈劼和周雪身上游离了几秒,像是在等谁先开口。

魏达起身打破了僵局,说:"那我们来喝一个嘛!庆祝舅舅舅妈乔迁之喜。"方晓棠坐回座位,举起果汁,也碰了碰杯,眼神却没有从周雪身上移开过。

沈劼碰了杯，"嗯"了一声，然后说："其实我和小雪打算到泰国海边搞个婚礼，等三月开春，到时候通知大家。"一中午不说话的沈劼突然开口，更像是投了个重磅级的炸弹，好在，引爆了，没有伤亡，却极具震撼。

周雪突然凝重了表情，像是事先根本不知道一样看了沈劼一眼。舅妈和舅舅互相对视，仿佛松了一口气。魏达更是迷惑了，方晓棠说："哎呀，好啊，那我们都可以去旅游一趟，机酒也全包哦。"沈劼笑道："那肯定。"方晓棠说："开玩笑开玩笑，来嘛，我们再来喝一个。"

舅妈腼腆笑了下，说："晓棠，你看别个雪儿都有了，你和魏达真的就准备一辈子过二人世界啊？晚了哪个帮你们带？"方晓棠实在想不到，战火突然引到了自己身上，方晓棠说："我现在不想要啊，魏达又忙，我还有这么多店要管，哪有时间嘛。"周雪看方晓棠有难，立马跟上一句："哎呀，妈，你话多得很，别个表姐是事业性女性，哪里像我这种无业游民这么着急嘛。"

方晓棠回头看了老妈一眼，晓得她早就按捺不住了。魏达插话说："舅妈就不要为我们操心了，就算生了，我们也不好让爸妈辛苦，请保姆就是了。"方妈妈这下脸色更不好看了，说："要不要是他们的事情，就算要了，我和她老汉都还没退休，也没得时间帮她带。"

方晓棠最怕就是碰到这个雷区，果然还是没躲过。和魏达结婚这几年，老妈已经不止一次催过他们要娃儿的事情了，方晓棠也明确和妈老汉说过,她没有做好要娃儿的准备。这个准备,既是心理上的,也是经济上的。在魏达面前,方晓棠永远像个长不大的丫头,她很享受这种被宠爱的感觉。她也和魏达商量过,如果有娃儿,她希望娃儿能用上最好的,吃上最好的,进最好的学校。但是现在,她和魏达自顾不暇,哪有心思想生娃的事情。

眼看气氛一下紧张了起来,周雪立马说:"姑姑回头给我讲下怀孕期间的注意事项嘛,我妈惶得很,啥子都不晓得。"舅妈知晓周雪是在打圆场,也跟着说:"那是,你姑姑心细,不像我,粗手粗脚的。"周雪说:"我没说啊,是你自己说的啊。"

随后几个男人聊了下经济形势,又聊了几句政治,方晓棠觉得无趣,也不好转头去看方妈妈,心里还没完全踏实。她侧身瞧了眼魏达,是喝多了,转而听到魏达突然说:"沈总,你没得意思。"方晓棠吓了一跳,抢过魏达的酒杯,说:"你喝多了,别喝了。"魏达迷迷糊糊,说:"我没醉啊,我只是想和沈总说两句。"沈劼面色倒还平和,说:"生意上的事情,私下再讲。"周雪脸色也不好看了,只听到舅妈问:"你们认得到啊?"魏达笑眯眯讲:"长期客户,一直来往,嘿嘿,今天也是遇巧了。"

方晓棠听着不对劲,周雪脸色已经全变了,沈劼说:"亲上加亲,以后生意更好做。"魏达挥挥手,说:"不不,一码归一码,你没得意思,你恁个搞起有啥子意思嘛。"方晓棠用力在魏达大腿上掐了一把,魏达立马跳起来,清醒了大半,说:"哎呀!"所有人望着他,他一手搓着腿,一边说:"我喝多了,我喝多了,我想进去躺一下。"方晓棠的心才勉强沉下来,舅舅说:"你去我那个屋躺一下嘛,还是喝不得。"

方晓棠赶紧扶着他往里走。安顿好魏达,方晓棠舒了口气,走出来,舅舅和方爸爸也喝得差不多了。沈劼说下午还有事,准备先走。周雪说送他,顺道拉上方晓棠,说:"表姐和我一路嘛,正好吃了饭,我想在楼下小区转一下。"方晓棠跟着周雪送沈劼下楼,电梯里,周雪忍不住抱怨了句:"啥子时候决定去泰国的啊?你啷个都没和我说?"沈劼拍了拍西裤的褶皱,说:"刚刚我看你爸妈急着确认这个事情,就想着说先安抚下他们。"方晓棠看着电梯金属壁里的沈劼,俨然一副老奸巨猾的商人形象,实在不喜欢。周雪又问:"那真的去泰国办啊?"沈劼说:"再讲吧,总归让老人先安心。"此刻电梯到了,两人送沈劼到车库取车,沈劼走的时候又亲了亲周雪的脸颊说:"最近喊保姆嬢嬢煮点鸡汤给你喝,超市你能不去就先不去了嘛,找个人看着就是。"周雪点点头。

眼看沈劼上车,周雪挽着方晓棠的手,问:"姐夫是不是已经晓得了?"方晓棠说:"我没和他说,但是他认识那个沈劼,晓得他有家室,还担心你被骗了。"周雪笑了下,说:"姐夫人好好哦,刚刚完全像是要为我打抱不平。"方晓棠说:"还好他没有说胡话,我刚刚心都要跳出来了。"周雪看向方晓棠,左右仔细端详两眼,方晓棠说:"啷个呀,我脸上有麻子啊?"周雪说:"不是,羡慕你。"方晓棠说:

"羡慕啥子，这还不是你自己的选择，之前我就和你说了不要耍火，你偏不听。"周雪讲："小娃儿哪个不喜欢耍火嘛。何况，你也看到了，他对我不算差。"方晓棠问："那你打算一辈子就这样啊？也没得名分，娃儿以后大了，见不到自己老汉，啷个办欸？"

周雪叹口气，说："我没想这么多。不说我了，你呢，真的不要娃儿啊？就算你不想，姐夫还不想啊？"方晓棠说："都讲了，我没准备好，实话实说，现在我们两个都在上升期，完全没时间想这个事情，我自己都没长大，啷个带嘛？"

周雪说："你和姐夫结婚都几年了？"方晓棠说："马上五年了。"周雪说："那不是，你们总不能一辈子就是这种小两口的状态吧，总有一天会没有激情的。就说沈劼，你以为他就真的一直对我好啊，主要是我离不开。但你晓得我的位置，最尴尬，又卑微，多要一点东西都会遭人讨厌。所以我才故意要怀孕，有了娃儿，男人对你又是另一番认识。"

方晓棠轻笑了一声："我不觉得，按你这么说，女人也太懦弱了，非要依靠生儿育女才能抓住男人，这是啥子落后思想哦。"周雪不以为意，讲："我没有你书读得多，我也就是个职高毕业。对我来说，不管啥子落后不落后，重点是有效。现在你和姐夫可能是幸福，但是两个人之间总少了一点血脉上的勾连，我见过太多相互扶持的夫妻走到后面劳燕分飞的了。"方晓棠始终不认同周雪的观念，但回想起魏达，又有了一丝动摇。确实，从头到尾，她从来没有真正询问过魏达的意见，也不知道他对于要孩子是个什么看法。

上楼的时候，方晓棠正儿八经地问了周雪一句："如果有一天，你和沈劼的事情被发现了，你有没有想过你所有的东西都可能要被拿走？"周雪说："我老早想过了。正因为有了这个娃儿，以后我哪怕一无所有，娃儿再怎么也能分他沈家一碗羹。"

2

第二天，方晓棠和程斐然看完装修，下山正好找钟盼扬吃饭。三人在火锅店坐定，方晓棠便把前一天的事情悉数说了一遍，钟盼扬讲："周雪现在这么厉害啊？有点得行哦。"

方晓棠说："我倒是觉得危险。"

钟盼扬从锅里搛了块牛肉，讲："不过，我是真的好奇，为啥子有女娃儿愿意当三儿嘛，何必欸？"方晓棠吃着东西，嘟哝着说："因为爱情吧。"

钟盼扬讲："我没有要怪哪个的意思，我只是为当小三的妹儿不值。凭什么女娃儿就要委曲求全变成附属嘛，问题还是出在那些出轨的男人身上，那些男人就可以骑两头马，最后让女人和女人之间成为敌人，简直是男人的诡计，显得自己多重要似的。先说，我不是女权，只是打抱不平。"

程斐然说："那你妈那边欸，后来消停了吗？"

方晓棠一筷子伸锅里，找刚刚烫下去的茼蒿，说："都习惯了，也不得说啥子了，最多就是心里犯嘀咕，自己回去消化吧。"

程斐然和钟盼扬其实都明白方晓棠在意什么。从小到大的环境里，程斐然家是干部家庭，钟盼扬家是知识分子家庭，只有方晓棠的父母，是普通的工人。初中那会儿，刚刚跨过千禧年，程斐然已经住上了三室两厅一百来平的大房子。钟盼扬父母因为都是老师，所以也是因为福利房的关系，住在相当不错的教师大院里。相比之下，方晓棠和父母就只能挤在一个四十来平的小房子里。方晓棠还没有自己独立的房间，是父母将厨房改成卧室，然后把电子灶拿到阳台，才让方晓棠有了自己的小窝。比起程斐然想买什么就买什么，钟盼扬每年寒暑假都能跟着父母去大城市旅游，方晓棠的少女时期，只有廉价的磁带和出租VCD的偶像剧陪自己度过。正因为如此，方晓棠对于自己孩子的未来在很早就做出了规划，她不要自己的下一代和自己一样，在一个平庸无奇的环境下长大。这一点，魏达特别理解她。

室内热气蒸腾，屋外细雨沥沥，钟盼扬又叫了两盘豆腐和饺子，正起身要去拿啤酒，手机突然震动起来。钟盼扬看着陌生号码，接起来问："哪个？"对方开口道："盼扬，我是孔唯。"

店里太过嘈杂，钟盼扬差点没听清，一手拎着两瓶啤酒，问："啊？"她又往外走了两步，端菜的服务员来回跑，差点把钟盼扬撞倒，只听到对面又说："我是孔唯，你现在在哪里？"钟盼扬才终于听清楚，她声音微微有点颤抖，还是正常问候，说："孔老师啊？"孔唯说："晚上有空吗？我来找你。"钟盼扬拿着电话朝室内的方晓棠和程斐然看了一眼，说："嗯，应该有，我现在在外面吃饭。"孔唯说："那我找个地方，等下发给你。"

钟盼扬接完电话回来，整个人有点神不守舍，程斐然一下看出来，问："你啷个了哦，看起来有心事啊？"钟盼扬找了个借口说："没有啊，刚刚我妈给我打电话，喊我等下过去拿个东西。"方晓棠嘴里还嚼着东西，抬头看了一眼钟盼扬，问："不会是陈松找你吧？"钟盼扬说："神经，怎么可能，他还敢给我打电话？"两人又觉钟盼扬始终有秘密，不便多问，随后三人干了啤酒，吃了汤圆，准备各回各家。钟盼扬自己叫了车，程斐然和方晓棠也就互相看了一眼，没有多说，只叫钟盼扬注意安全。

车很快到了，钟盼扬闻了闻身上的火锅味，皱了皱眉，有点后悔没有先回一趟家洗个澡换件衣服，但又不好让孔唯久等。她根本没有时间去想这么多，下车之后，把外套脱了下来，脸上的酒气散了一些，径直走了进去。孔唯坐在靠窗的位置，长久不见，依旧俊朗，并不落拓，神色相当安定。钟盼扬提了提气，浅浅一笑，坐了过去。

孔唯问服务员要了酒水单，钟盼扬要了一杯莫斯科骡子，然后看向孔唯，说："我以为你消失了。"孔唯端起酒杯简单喝了一口，说："出了点事，比较麻烦，确实是消失了。"

随后酒水上桌，孔唯像在讲与自己无关的事情一般，说："公司出了点问题。"钟盼扬说："我晓得。"其实他消失这段时间，她也偷偷去过他公司，人去楼空，成了鬼屋。孔唯说："你不晓得，完全不是你想的那么回事。"孔唯手指敲了敲杯沿，说："我和公司合伙人闹卯①了，公司账目不对头，那几个项目的项目款怎么都对不上，我就意识到应该是公款被挪用了，对方还不承认。这件事情本来我应该报警，但是牵扯到里面有一些分账合同也是我签的。我算到他们打算等最后一个项目启动后，直接卷款潜逃，我就在那之前，用其他账户把公司的钱先套出来了，然后分批保管在了身边信任的人那里，你是其中一个。毕竟只有现金是查不到流向的，即使他们找到我也没用。"孔唯解释了这段时间发生的起承转合，最后淡淡一笑，问："不晓得我说的意思你懂了没有？"

钟盼扬点了点头，一开始还想着孔唯要编出什么样的谎话才能说服自己，没想到，三言两语就让她放下了防备，孔唯接着说："我去曼谷待了一段时间，基本注销了所有的电话，断了联系方式，就是怕被他们纠缠。项目我肯定还是想做下去，但是钱必须先保下来。我也已经找过律师，想单方面把共同经营的合约解除。总之，谢谢你帮我这个忙。"孔唯举杯表示感谢，两人碰杯，钟盼扬内心彻底松了一口气，问："那你接下来怎么打算？"

---

① 闹卯：重庆方言，吵架，拆伙。

孔唯又喝了一口酒,说:"先把账目弄清楚,资产分割完之后,我打算重新注册公司。这两天我会把那笔钱拿走,你应该提心吊胆了很长一段时间吧?"钟盼扬低头笑笑,说:"有点,主要是,我以为自己马上要上演好莱坞大片了。"

喝过酒,外面的雨也渐渐小了,孔唯望着窗外,路灯的光在雨水溅湿的玻璃上渐渐晕开。钟盼扬来之前他已经喝了两三杯了,此刻有些微醺。钟盼扬顺着他的视线望出去,只听到他说:"下雨天散步应该多浪漫的,特别是晚上。"钟盼扬苦笑道:"落雨淅淅的,容易湿鞋,而且重庆这个地方,一下雨就看起来脏兮兮的。"孔唯说:"脏兮兮的才有意思啊,要不要出去走一下?"钟盼扬"啊"了一声,孔唯朝她温和地笑了下,说:"走嘛,坐久了,屁股痛。"

钟盼扬已经来不及反应孔唯在自己面前说"屁股"这种词了,看他认真地起身买了单,在门口等她,钟盼扬拿了外套,脸已经很烫了。她站在孔唯的旁边,发现孔唯比自己高出一个脑袋,他撑了伞,轻声问了句:"冷不冷哦?"钟盼扬说:"还好。"孔唯伸手摸了摸她的额头,钟盼扬突然感受到一丝丝的冰凉袭来,然后看孔唯笑着说:"好像还是热和的。"

大概是酒精作用,孔唯的一举一动都像是越过了某些应该存在的界限。钟盼扬在那一瞬间,只觉得精神和身体并不统一,始终处于一种游离的状态。

回去之后,钟盼扬做了一个梦,梦里孔老师还在讲台上上课,可是面目已经变得完全模糊。他在讲二次函数，在画抛物线，他的声音也很清澈，直到下课铃响了，门口站了另一个人，说是来接钟盼扬放学。抬头看，那个人是如今的孔唯。

3

跨年的那天晚上，方晓棠和魏达的车堵在路上。钟盼扬从公司下班出来，根本打不到车。重庆的交通完全瘫痪。

程斐然从楼下提着菜回来，刘女士翻看了一遍，说："哎呀，我说是老抽没得了，你又买瓶生抽回来。"程斐然看了一眼，说："你刚刚给我发的信息就是生抽的嘛。"

刘女士那边锅里已经往外扑，来不及和程斐然争辩，立马跑过去接盖。程斐然看着沙发上，侯一帆和涛涛正在搞switch游戏，心里有点不爽，说："你也不过来帮个忙？"侯一帆刚刚把游戏调好，说："好，我把这一关打了就来。"程斐然朝厨房问了句："那我下去再买瓶老抽？"刘女士在砧板上切肉，说："那你顺便再买瓶胡椒粉上来。"

外面冷冽的空气让程斐然打了个寒战，走进小区旁边的超市，拿了一瓶老抽和胡椒粉，突然看到一个外卖员冲进来，提声问是哪包东西。程斐然觉得声音熟悉，抬头就看到张琛那张脸。张琛拿了东西，准备要走，程斐然也付了款走出去，见他骑上摩托，回头说："多穿点。"程斐然笑了笑说："你才是。"张琛笑着说："新年快乐。"看到张琛眼角的皱纹又重了一笔，程斐然跟着说："新年快乐。"张琛挥挥手，急速离开了，程斐然始终觉得不真实，好像这一切都不像是现实生活。她站在那里一动不动，过了两分钟，才提着东西往回走。

回到家，程斐然把佐料交给刘女士，站在旁边帮她把菜洗了，刘女士看程斐然兴致不高，问了句："说你一句就不高兴了啊？"程斐然说："我才没有。"这时侯一帆腾出手过来了，问有啥子要帮忙的，刘女士说："哎哟，不要不要，小侯你自己出去耍，厨房窄，哪里站得到这么多人哦。"

这会儿，门铃响了，侯一帆去开门，方晓棠和魏达提着礼物走进来，到厨房门口喊了声"嬢嬢好"，刘女士应了声："欸，来了啊？"抢过程斐然手里的菜，说："你去陪晓棠她们耍吧，笨手笨脚的，还是我自己来吧。"程斐然歇手把菜递过去，洗了洗手，走出去。方晓棠一下抱住涛涛，问："想不想干妈？"涛涛嘴巴上还有刚刚侯一帆喂的冰淇淋，舔了舔，笑着说："特别想。"方晓棠立马用脸贴了贴涛涛。魏达从口袋里拎出一个变形金刚，说："来，干爹给你买的。"涛涛一下扑过去，开心地说："谢谢干爹！"侯一帆蹲下来，帮涛涛拆开，说："上次乐高还没拼完，等下我们先去拼乐高，一样一样搞完。"

方晓棠捧了点瓜子，和程斐然走到阳台上。程斐然拉了玻璃门，拿出电子烟抽了一口。不远处，钟盼扬也拎着两瓶红酒往这边走。方晓棠伸出头，朝着钟盼扬喊了两声，钟盼扬抬头看，笑着大声回应说："幼不幼稚！"楼下那几个娃儿都用异样的眼光盯着方晓棠，程斐然吐了口烟，说："你确实还是像个小娃儿，哎，长不大。"方晓棠嗑着瓜子，说："管他的哦，我今天晚上要多喝两杯，趁机发疯。"程斐然说："随便你。"方晓棠说："你还不是要陪我疯，跨年的嘛！"

钟盼扬走进来，准备开饭。侯一帆起身去帮刘女士拿碗筷。魏达看着满桌的菜，炒腰花、红烧肥肠、辣子鸡、糖醋排骨，又是香菇炖鸡汤、珍珠圆子、过水鱼，伴有一些卤菜如夫妻肺片、卤鸭掌，看起来简直满汉全席。魏达对刘女士赞不绝口道："孃孃好会做哦，比饭店做得还香。"

刘女士卸了围裙，洗了手，走过来，摇身一变像是伸手不沾阳春水的样子，笑眯眯地说："魏达也是会夸，我都好久没做了，都生疏了。"方晓棠帮钟盼扬拿醒酒器，连忙跟着说："孃孃真的是谦虚，我妈要是有你一半手艺就好了，她真的是盐和糖都分不清楚。"说完大家一阵笑，程斐然抱着涛涛出来，说："我妈就是想你们多夸两句。"刘女士白了程斐然一眼，说："你妈我不值得被夸吗？"程斐然坐在刘女士旁边，笑着拍拍刘女士的肩膀，说："值得值得，闻起都香。"

侯一帆给每个人发好碗筷，钟盼扬把醒着的酒放在旁边，刘女士说："动筷子动筷子，先吃点。"

方晓棠说："说是今晚上南滨路那边要放烟花，也不晓得放不放了。"程斐然说："解放碑还有倒计时欸，要不要去嘛？"方晓棠说："不去了不去了，又不是小娃儿了。"

大家喝得开心，菜也吃得精光，魏达和侯一帆喝多了就到旁边坐着打手游了，剩下女人们坐在桌上。刘女士说："哎，真的是，看到你们几个从小不点哦一个个长这么大了，时间好快嘛。你们马上都三十岁了。"钟盼扬说："但是孃孃一点也没老。"一句话整得刘女士高兴得不得了，方晓棠和程斐然碰杯，说："好久好久没有这么放松过了哦。"程斐然说："马上又是下一个十年了哦。"刘女士抬头看钟，准备收拾眼前的杯盘狼藉，钟盼扬立马止住刘女士说："哎呀，孃孃，等下我们来收嘛，还早的嘛。"方晓棠说："孃孃你各人去坐到看电视，我们再喝点。"刘女士说："那我也简单把这些空盘子收了嘛，看着脏兮兮的，你们慢慢喝。"方晓棠干完面前那杯，说："我们去阳台喝嘛！"钟盼扬说："好冷哦。"方晓棠说："我沙发上那件外套给你。"说着兀自先往外面走去。

三个人站在阳台上，小区里还是很热闹，大概是跨年的原因，三三两两的小青年在小区里来来去去，物业也像是故意没有关掉今晚的路灯，不远处的火锅店和麻辣烫门口坐满了人。方晓棠看了眼手机，说："还有五分钟，就是2020年了，马上就要进入21世纪第三个十年了。"程斐然说："以前觉得2020这个数字只有在电影里头才看得到的嘛，好科幻哦。"说完，她迎着风抽了口烟。钟盼扬满脸通红，说："我身份证到期了，上面写下一次更换是2037年，更不敢想。"方晓棠枕着程斐然的肩膀，晃了晃眼前的杯子，说："下一个十年啊，我要多赚钱！"钟盼扬揶揄道："上一个十年开始的时候,你也是这么说的。"方晓棠咯咯笑起来,"你记性怎个好干啥子嘛,我未必不可以一直赚钱啊?"钟盼扬冷冷地说:"人生未免太单调了,说点实在的嘛。"方晓棠说:"我不啊,我就要赚钱!"程斐然插在中间,说:"赚嘛,看你赚得到好多。"方晓棠站直说:"马上十二点了!"方晓棠放下酒杯,牵起两个人的手,"快点快点,准备倒计时,许愿。"

程斐然和钟盼扬实在是习惯了,方晓棠说:"快点快点!"三人应着方晓棠一起倒数,直到楼下有对情侣,那女生轻声说:"2020年了。"三人才睁开眼睛,方晓棠大吼:"新的十年开始了!"三人一起举杯,碰了碰。喝了酒,程斐然总觉得有点恍惚,刚刚的那个瞬间,她无法相信自己许了一个"希望自己再勇敢一点"的愿望。勇敢什么,为什么勇敢,因为什么必须勇敢,程斐然自己也不得而知,就是在短暂的那几十秒间,她的内心蹦出来了这么一个念头。

不远处的霓虹灯倒挂着,空气里还是有很重的湿气,重庆的冬天一到半夜就会起雾了。钟盼扬的手机突然响了,孔唯在这个时候发来了一张照片,解放碑人山人海间腾飞的气球和"2020"的数字,附上一句"新年快乐"。钟盼扬微微一笑,回了一句:"万事如意。"

酒精后劲儿一起来,三个人就坐在阳台上东倒西歪,像傻子一样彼此微笑。突然方晓棠觉得有点恶心,一下起身往厕所跑,魏达赶紧追过去,说:"喝多了。"程斐然起身摇摇晃晃去厨房帮方晓棠倒水,侯一帆看她也是晕乎得不行,立马放下手机,说:"我来我来。"钟盼扬拎着红酒站在阳台门口,看里面手忙脚乱的,突然想笑,方晓棠擦了嘴出来，说："哎，哈哈，我喝多了，吐不出来。"程斐然指着方晓棠说："吐不出来最难受。"钟盼扬挥了挥手上的酒说："再喝点，就吐出来了。"钟盼扬二话不说，拎着红酒瓶，一口气把剩下的全喝了。本还想再说什么，只觉得头晕目眩，一句话也说不出来了，瞬间倒了下去。

第二天，钟盼扬醒来的时候，睁眼看到的是陌生的天花板。她稍微翻了下身，一下撞到了茶几角，才意识到自己睡在地上，毯子和被子散了一地。她捂着头起身，看着程斐然躺在沙发的一角，其他人都不知道去哪里了，关于昨天喝醉后的记忆，钟盼扬一点也不记得了。

这时，门开了，刘女士提着东西走进来，说："欸，扬扬你醒了啊，来，吃早饭。"钟盼扬不好意思地揉了揉头发，说："我们啷个在这里睡着了啊？"刘女士说："哎哟你们三个，昨天喝醉了，才叫疯哦，又是抱头痛哭，又是哈哈大笑，真的是年轻人。"钟盼扬问："晓棠欸？回去了啊？"刘女士拆开豆浆，倒到碗里，说："魏达送回去了噻，再不送回去，怕你们要把我这个窝都拆了。"

这边方晓棠睡得迷糊，却是被门铃闹醒了，三声又三声，尤为急促。她坐起身，看了下手机，魏达说："早上出去见一个客户，中午回来接你去吃饭。"她下床趿了拖鞋，头昏脑涨，四肢无力，开了门，见周雪面目严肃地站在门口，方晓棠打了个呵欠，问："你啷个来了啊？"

周雪进来一屁股坐在沙发上，说："我完了。"方晓棠拉开窗帘，准备倒杯水喝，问："啥子完了？"周雪起身把方晓棠倒的那杯水抢了过去,说:"医生检查错了,我没怀孕!说是我作息不规律导致月经紊乱,来晚了。"方晓棠"哈"了一声,说:"那就没怀啊,完啥子完了?"

周雪一本正经地说:"我不是给你说了嘛,沈劼就是看着我怀孕了,才又给我爸妈买了套房,现在我要是去给他说娃儿没了,他还不立马转头走人啊?"方晓棠重新给自己倒了一杯水,坐到周雪身边,说:"不至于吧,你不是说他还是多喜欢你的吗?何况,现在没怀,以后总可以怀嘛,你怎个年轻。"周雪自嘲地笑了笑,说:"以后?以后的事情哪个说得准嘛?"

方晓棠正想说什么,只觉得一阵难受,起身立马往洗手间跑去,该吐的都吐干净了,此刻明明什么都吐不出来。周雪跟过去看,拍了拍方晓棠的后背,问:"表姐你没事吧?"方晓棠挥挥手,扯了张纸巾捂住嘴,周雪和方晓棠对视了一眼,问:"你是不是有了哦?"方晓棠睁大眼睛,说:"不可能!我明明每次都……"说到一半,方晓棠立马顿了下,她整理了下情绪说:"应该不是。"周雪说:"要不去楼下买个验孕棒看一下?"方晓棠忐忑地说:"是不是有点小题大做哦,我只是昨晚上喝了酒……"她刚说完,立马恶心的感觉又来了,周雪说:"喝酒不至于反应这么连续啊。"

方晓棠还是拗不过周雪,下楼买了根验孕棒。方晓棠一直努力在回想到底是啥子时候的事情,如果没记错,应该就是魏达刚回来的那个星期,两个人喝了一整瓶酒。不,除了那一次,应该还有一次,是有天她从南山下来实在太累了,魏达当时正好在家洗完澡……

洗手间里有汩汩流动的水声，此刻空间紧闭安静，方晓棠深深地吸了口气，等待着验孕棒上浮现的结果。周雪站在门外，问："怎么样？"方晓棠开门出去，没说话，周雪走进去看，果然是中奖了。

程斐然刚刚把刘女士送到飞机场，手机就丁零咚隆地响起来，只听到方晓棠在那边语气严肃地问："你在哪儿？"程斐然换了只手拿行李，然后对着刘女士示意自己接下电话，然后说："我在机场送我妈，你啷个了？"

方晓棠说："我中奖了。"程斐然没反应过来，开玩笑道："中奖？几百万吗？"方晓棠焦急地说："哎呀，我怀孕了，你等下和扬扬来找我嘛。"程斐然说："要得，我等下就过去，你和魏达说了吗？"方晓棠说："还没有。"

一小时后，方晓棠坐在程斐然车后座上，车停在照母山森林公园附近。方晓棠问："两个月，是可以打掉的吧？"程斐然说："可以，但你确定要打了吗？"钟盼扬说："我觉得你应该和魏达说一声，毕竟还是你们两个人的事情。"方晓棠说："我就怕我说了，他就喊我生下来。"钟盼扬仍然说："那也应该和他说啊，不然他以后晓得了，对你啷个看？"

方晓棠瘫在后座说："倒不是不想说，去年的时候，我和魏达算过一笔账，就是计算如果有了娃儿之后我们生活的开支，那个数字让我觉得，自己像是非洲那些活在贫民窟的穷困妇女，娃儿吃不饱，穿不暖，未来也只能接受三等教育。"钟盼扬翻了个白眼，说："你这个确实夸张了，照你这么说，全中国百分之六七十的年轻人都不要生娃儿了。"方晓棠一下伏过身子来，说："欸，你说对了，我觉得现在就是有百分之六七十的年轻人不想要娃儿了啊，太贵了。"程斐然说："我真的觉得你想太多了，就算你和魏达不能让娃儿过上锦衣玉食的生活，但也不至于像过去灾荒年要饿肚子吧。张敬涛出生的时候，我和张琛才刚刚毕业，那时候比起你和魏达现在，更是不晓得穷到哪儿去了。"

方晓棠说："那是你们两家家里都有钱啊。"方晓棠说出口就后悔了，又找补了一句："我的意思是，至少你们当时不会特别焦虑。"钟盼扬说："那你怎么想？"方晓棠说："就是不晓得啊，不想生，但是也不可能就这么打了。"程斐然拉开车门，抬头看了看远处，然后对着车里的方晓棠说："下来走走吧，先不要急着想这些了。"

阳光大把大把地洒在地上，三个人朝着公园深处走去。年轻人在草地上搭帐篷，躺着晒太阳，几只狗和主人在那里玩飞盘，一个妈妈抱着小孩在教他认花花草草。

方晓棠也有点累了，找了个椅子坐。程斐然走到半坡的台阶上，歇了会儿，顺着看那些正在疯跑的小孩，说："你以为每个当妈的都是做好了万事无忧的准备才要的娃儿吗？养涛涛这些年，特别是我和张琛离婚过后，我弄清楚了一件很重要的事情，娃儿的成长，最怕缺的从来都不是一个爸爸或者一个妈妈，就更不要说那些可有可无的物质。娃儿成长中最怕缺的，是爱。"程斐然伸手握住方晓棠，坚定地看了她一眼，接着说："我觉得你和达哥肯定都会非常非常爱孩子，所以你根本不用担心孩子过得不好啊。"钟盼扬也坐到方晓棠的旁边，说："而且，还有我和斐然这两个干妈，你在怕啥子？"

方晓棠说："爱这种东西，太虚了。"

"那你觉得现在是我有钱，还是张琛有钱嘛？影响到涛涛一点半分没有嘛？你总觉得你缺这样，缺那样，其实你比我们俩都要拼，再穷都穷不到你身上，你信吗？"程斐然认真看了方晓棠一眼。

钟盼扬说："那不是，从小到大，成绩最好的是哪个嘛，是你方晓棠啊。不管做啥事，你本身应该比我们两个更有自信才是。"

程斐然把方晓棠的手放到她肚子上，说："你感受一下嘛，小孩是有反应的。"方晓棠鼻子微微一酸，呛了下，说："哎呀，不要说了，我要哭了。"程斐然说："哭嘛，我看你哭不哭。"钟盼扬仰头靠着座椅上，看着天空说："2020年，应该是个好开始吧，看嘛，你接下来新的十年有新的任务了。"

然而，谁也没想到，就在她们坐在阳光普照的公园期待接下来美好生活的二十多天后，世界迎来了一场无法逆转的变局。2020年的1月下旬，新冠病毒正式席卷全球，这是所有人都没有预料到的新十年的开端，世界卫生组织于2020年1月30日正式宣布将新型冠状病毒（COVID－19）引起的肺炎疫情列为国际关注的突发公共卫生事件，而这一切才是兵荒马乱的刚刚开始。

第六章

1

当年 SARS 流行的时候，程斐然才 13 岁，现在回想起来，记忆也变得有些模糊了，只记得上课间隙老师会拿着温度计站在讲台上，让每个人上去测量、记录，然后回家依照父母的要求喝板蓝根。没有口罩，没有隔离，只有每天新闻里的数字，大部分病例在广州和北京，好像离自己总是遥远，山城重庆依旧吹着燥热的风。

对于程斐然来说，那个夏天已经像是上辈子的事情了。唯一印象深刻的是，那个学期没有期末考试，程斐然很担心开学的时候要补上，她已经忘记了所有的公式和运算法则。但方晓棠却莫名期待有一场考试，只要她考了双百分就能找父母拿钱买磁带专辑。开学的当天，程斐然撒谎生病没有去报到，后来钟盼扬给她打电话说并没有考试，一切如旧，她才彻底松了一口气。对于只有十来岁的孩子来说，不考试比起疫情结束，更值得庆幸，而方晓棠却在得知考试取消的下午有那么片刻的失落。

当程斐然在视频里和钟盼扬跟方晓棠追忆十几年前的往事时，

窗外的人心惶惶成了这段时间的主旋律。情况比想象中更恼火一些，1月23号凌晨2点，武汉正式宣布"封城"，1100万人口的城市在一夜之间被盖上了锅盖，随即传染病例开始出现在相邻的各个城市。原本阴沉沉的重庆好像一下子更加抑郁了，小区纷纷禁止出入，需要有通行证才能出门，每个人都被锁在家里。理发店、小面馆、按摩店、民宿、各家公司，包括钟盼扬他们的渝城啤酒，统统歇业。这段时间，用八个字形容——风声鹤唳，草木皆兵。

官方公布疫情的那天程斐然给刘女士打了一通电话，刘女士刚刚从沙滩晒完太阳回来，打算去吃个泰餐，那个姓高的叔叔正好租了一辆车在沙滩边上等她。程斐然大致的意思是，现在国内应该挺危险的，要不然你就在泰国多待一段时间吧，等这边消停了你再回来。原本刘女士也是焦急，担心程斐然的安全，嘱咐了几句之后，觉得回国确实更危险，就应了。

结果没想到第二天，那个高叔叔突然买了机票说要回国，因为他女儿和女婿被困在了武汉，结果发现回国的机票一下子买不到了，基本每天刷到点进去就没了。刘女士让他不要急，现在即使回国也不可能去武汉啊，结果两个人就这个事情大吵了一架。一气之下，刘女士立马搬出去换了家酒店，一个人住着，SPA也不想做了，逛街也不想逛了，吃饭也不想吃了，只想回国，吵着让程斐然给她订机票。这个时候国内航线早就乱成一锅粥了，别说订票，即使订了也会不定时被取消。几天下来，刘女士已经彻底对曼谷失去兴趣了，她开始疯狂给程斐然打电话，早中晚三次，每次半小时，每次都问国内情况好转了没。

程斐然说，上一次SARS持续了大半年，这次应该也差不多吧，夏天可能才会好。刘女士不讲道理地说："科学不是一直在进步嘛，这次应该一个月差不多了吧，武汉都'封城'了，肯定能控制下来。"可情况全然不是刘女士想得那么简单，一周后的某一天，程斐然终于帮刘女士买到一张从曼谷飞香港的机票，然后从香港转机回来。

"你是说孃孃现在还在香港啊？"三人打着视频，方晓棠在那头问。

程斐然"嗯"了一声，"我妈说她再回不来，就要我买机票过去接她，你说她是不是很疯？"

钟盼扬笑道："你又不是第一次遇到这种情况了，有一年孃孃去旅游，结果在张家界把脚崴了，不就是喊你请假去把她背回来的吗？"钟盼扬不说，程斐然还真的忘了这茬，说："对头，你记性真的很好，我都搞忘了，那一次也是把我累死了，当时还好有张琛在。最怕就是我妈这种，不是公主的命，得了公主的病。"

方晓棠紧跟着说："你莫说，恰恰是孃孃这种女人，最讨男人喜欢。你也不要说啥子别个没有公主命了，当初叔叔孃孃没离婚的时候，孃孃吃喝穿戴确实是我们长辈这一圈人里最好的好吗？"程斐然说："那都是多少年前的事情了，我倒觉得我妈是被我老汉当时惯坏了。"

钟盼扬说句公道话："孃孃回来了也好，万一到时候真的严重到连回国都回不了，你让她一个人在国外游荡啊？到时候你的电话才真的要遭打爆。"程斐然觉得也是，看着时间不早，方晓棠那头魏达又催促了几句，钟盼扬说她正好还有个表格要做，三人就此挂了电话。

程斐然洗完澡，看了一眼手机，早上给张琛发的信息现在还没回。此时此刻，全城静止，唯一还在外面奔波的，就是像张琛一样的外卖员。前两天，程斐然让他无论如何都要注意安全，张琛说公司发了口罩了，让她放心。疫情防控期间外卖供应需求大，公司特地给骑手每单多涨了几块钱。程斐然其实想说，这种情况下，要不然就先辞了吧，也不必非要在这个关键时刻干这种高风险的活儿，接触的人太多了，保不准"中招"。可程斐然也晓得张琛的脾气，这个时候只要能赚钱，说啥都没用。

侯一帆刚从浴室走出来，程斐然的手机突然响了，侯一帆问："怎个晚了，哪个哦？"程斐然看是张琛，说："你琛哥。"侯一帆笑了笑，说："哎，琛哥打扰别个二人世界，我下次要说他了。"

程斐然接起电话，只听到张琛在电话那头有点不好意思地问："你在家吗？"程斐然说："这个点还能去哪儿，怎么了？"张琛有些犹豫，讲："有点事情，可能要麻烦你。"程斐然问："啥子事？你有话就说啊。"张琛说："我等下来找你，你可不可以给我送一床铺盖下来？"程斐然有点莫名："啥子意思？"

张琛叹了口气，说："这两天隔壁小区有病例了，我们小区突然管得很严，现在进去就出不来了，可能要封一个星期，这段时间单子最多的时候，我不想歇下来。"程斐然问："那你去哪里睡啊？"张琛说："几个跑单的兄弟说体育馆那边最近没人去，空起的，将就睡就行了。"程斐然劝阻道："算了嘛，没得必要啊。"

张琛像没听见程斐然说话一样，讲："和我妈说，她肯定要喊我回去，这个时候，只有喊你帮我了。"程斐然懒得和他滚轱辘说话，晓得劝不动，只讲："晚上物业下班了，我开不了出门条，你到我小区后门那个铁栏杆那边等我吧。"张琛应了声"要得"，想了想又说："你还是把口罩戴起啊，我也不晓得我现在安不安全。"

程斐然进去拿被子，侯一帆靠着床头打游戏，抬头看了她一眼，问："你冷了啊，还要加铺盖？"程斐然没看侯一帆，说："你琛哥问我要的，他要去当流浪汉，睡大街。"侯一帆一下放了手机，诧异道："啊，他离家出走啊？"程斐然抱着被子往外走，说："差不多吧。"

下了楼，过中庭，绕到小区后门，张琛已经在那里等着了。一墙铁栅栏把两个人分开，路灯打在张琛憔悴的脸上，即使戴着口罩，程斐然也看得出张琛眼中的疲惫。栏杆的缝隙太小了，程斐然尝试了几次，基本塞不过去，她抱着被子，说："外面好冷哦，你要不然还是回去睡算了嘛。"张琛的手护着被子另一端，说："你直接甩过来吧，我接到起。"程斐然说："不得行，一甩就散出来了，地上恁个脏。"她抱着被子努力站在铁栏杆的边缘，伸手举起被子往外够，顶上的尖头一下划破了袋子，张琛站在另一边，伸手去接，两个人就这样贴着栏杆一起举着双手。

好不容易终于递了过去，张琛一手抱着，差点踩滑，程斐然一手从缝隙伸过去拉了他一把，方才稳住。张琛说："谢了。"程斐然还是忍不住说："这个时候生病得不偿失，真的没得必要。"张琛淡淡一笑，讲："我老汉昨天打电话回来了。"程斐然愣了下，张琛接着说："他现在在敷纸盒，你觉得每个赚得到几块钱？说实话，连我都觉得赚不到几块钱，但是他心里头还是想着能赚一点是一点，多少能还一点债嘛。听他说完，你觉得我还能睡得着吗？"

程斐然沉默了几秒钟，又听到张琛说："哎，我不该给你讲这些。我还好，毕竟还年轻，涛涛的生活费是一方面，我老汉的债是一方面。关键是，我还是想早一点恢复到正常的生活中去啊。斐然，你懂我意思吧？"程斐然的嘴角微微颤抖了下，点了点头，说："我晓得。"张琛一下释然地笑了，说："所以不要怕嘛，最惨也不过就是恁个了，我想不到还有比我现在更惨的时候了。"张琛走过来，从栏杆缝隙里伸过手来，程斐然不懂，抬了抬手，张琛在她的手背上拍了下，说："我走了，你照顾好你自己。"张琛背过身去，程斐然突然喊了他一声，张琛疑惑地看她，程斐然说："加油嘛，我们一起。"张琛挥了挥手，月光下洒脱地一笑，把被子抱在胸前，跨上摩托车，走了。

回程路上，程斐然越想越不是滋味，她和张琛何以至此，最后那句"加油"说得轻飘飘的，倒像是专门说给张琛一个人。自己呢，自从因为张琛老汉欠债之后，丢了工作，丢了婚姻，彻底失了心。当时只对自己说，喘口气就好，一喘就是两年，早时借酒消愁，后来彻底沉浸在了麻将桌上。近两年的时间里，程斐然的钱除了离婚时程爸爸救济的那十万块钱，打麻将进进出出，连同衣食住行，加上涛涛的学费，已经所剩无几。银行卡里的那点余额，程斐然当然心里有数，要不是侯一帆一直帮忙带着涛涛，时不时拿钱给涛涛买玩具和衣服，她手里那点钱根本不够这两年的生活。

只是程斐然没想到，长期离开社会环境之后，重新融入进去并非易事。原本当初那份工作就是老汉托关系介绍进去的，所以就她而言，毕业到现在，其实也没有真正认真找过工作。程斐然从来没和任何人说，失业之后有段时间，她也尝试投了不少简历出去，只是她应聘的那些公司在看到她断档的一年多时间，加之之前并没有多出色的职场成绩，简历几乎石沉大海，随后程斐然也就破罐破摔，不再去想工作的事情了。其实这件事没有想象中麻烦，如果真的需要工作，只要找老汉帮忙谋份文职，应该不算太难。程爸爸当年风头正劲的时候，积累了不少人脉，找他是最直接的。可是她一想到自己三十岁了还要依靠老汉出面找工作，就觉得颜面全无，加上如果被刘女士知道，还指不定她在背后怎么嘲讽自己。

程斐然叹了口气，裹了裹衣服，走上楼，侯一帆已经在大门口等着了。程斐然还没说话，侯一帆便拉了她的手，吹了口气，问："冷不冷嘛，我还以为你走丢了欸。"程斐然捏着侯一帆温热的手，玩笑道：

"假不假嘛，真的担心我冷，喃个不下楼给我拿件衣服来啊？"侯一帆说："我怕你和琛哥有话要说啊。"程斐然看了侯一帆一眼，说："你是不是吃醋了？"侯一帆一本正经地说："那当然，毕竟我也是个男人。"程斐然说："你好好笑哦。"侯一帆立马跟着笑了，拍了拍程斐然的头说："但是我对自己有信心啊。"程斐然白了他一眼，说："快点睡觉了，困死了，我明天还要去接我妈。"

2

第二天早上，程斐然办好出门条，下车库取车，迅速开到江北机场，机场的人倒比大街上的人多。程斐然把车停到车库，上楼找了个没啥人的地儿，揭了口罩，抽了两口烟，突然有人敲了敲她的肩膀，程斐然扭过头去，看到一个穿着大红呢子衣的女人，套着口罩望着她问："能借个火不？"程斐然挥了挥手上的电子烟，尴尬笑了笑说："我也没得火。"对方眼光似乎在她脸上游走了一圈，有点诧异地问："程斐然？"程斐然迟疑了下，对方意识到没认错人，揭下口罩，说："我姚淇啊，认不出来了啊？"

程斐然无法想象眼前这个人就是自己高中那个失踪了的同学姚淇，姚淇倒毫不在意程斐然打量的眼光，像是早就习惯了别人对她的审视，她吐了口烟，说："你在机场干啥子啊？"程斐然有点尴尬地说："我妈今天从香港飞回来，我来接她。"程斐然又看了看表，指了指到达厅里面，说："我可能要先进去了。"姚淇点了下头，说："加个微信吧，我估计这次在重庆会多待一段时间，等情况好点，我们出来吃个饭。"程斐然不好意思拒绝，拿了手机扫了码，才和姚淇告别。

程斐然量完体温走进接机厅，拿起手机立马在群里发了条信息："你们猜我刚刚遇到哪个了？！"方晓棠最先问："哪个？"程斐然截屏一张图，发到群里，看到姚淇的名字，方晓棠都反应了好一阵子，才说："姚淇！高中那个姚淇啊？我听好几个人说她现在在东莞那边当妈咪的嘛。"

程斐然一惊，连忙问："是不是哦？"方晓棠振振有词道："我也是班上有两个男同学和我说的，去东莞出差，都是姚淇招待的。"

程斐然仔细想了想姚淇一身装备，着实风尘味重了点，但怎么也想不到，当年品学兼优的一个女娃儿现在去当了妈咪。方晓棠说："她居然回来了，当时年级上也是有几个说法，至今没得一个清楚真相的，有人说她高中怀孕怕被退学，就跑了，但也有人说不是怀孕，是网恋直接私奔了，反正七七八八的说法，不晓得哪个是真的。"程斐然又去刷看了姚淇近一年的朋友圈，发现都是些平淡无奇的日常，但是程斐然还是很快注意到她出入的场所定位都价格不菲。

两人聊得热火朝天，抬头看见刘女士从到达口拎着大包小包走出来了。程斐然讲先不聊了，刚走过去，就听到刘女士抱怨道："香港人现在对内地人真的越来越不友好了，安检的时候居然让我把袜子都要脱了，从来没得哪个安检口像这么发神经。还有飞机上居然连水都不提供了,飞这么久差点渴死我。"

程斐然看着刘女士鼻子上滑下来的口罩,伸手给她扯了上去,说:"戴好嘛,不让你喝水是正常的,你能回来都不错了。"她一边说一边催促刘女士快点走,现在这种情况,远离人多的地方总不会错。

回了小区,门卫看到刘女士大包小包的,就立马拦住了她,说:"哪儿来的啊?"刘女士说:"刚刚从泰国回来。"门卫上下打量刘女士,说:"先去居委会登记报备,然后才能进去。"刘女士说:"那我先把东西放了来啊,我就住里面,你是不是新来的?"门卫说:"先去报备。"

刘女士哪里受得了这种屈辱,拖起行李往社区居委会走,边走边给物业打电话投诉门卫。结果居委会听说她是从外地回来的,立马通知她要实行14天的居家隔离。刘女士以为自己听错了,问:"啥子呀?居家隔离?那我吃啥子啊?"报备完,回了家,物业已经在门口等到了,态度还是好,说:"刘孃孃,封条还是要贴起哈,我们每天给你送菜过来,你不用担心。"刘女士问:"你这个贴了,我一点门都出不到了哦。"物业说:"对头,上面规定的,没得办法,最近疫情好严重嘛,体谅一下啊。"

刘女士看了程斐然一眼,眼睛一转,想了下,然后对物业说:"我女儿和我接触了,她是不是也要隔离哦?"程斐然瞪了刘女士一眼,把刘女士的行李一甩,物业想也没想,说:"对头,一起隔离。"刘女士暗暗得意笑了下,说:"晓得了。"说着一把把程斐然拉了进来,门一关,外面物业已经贴了封条。只听到物业说:"孃孃有啥子打电话嘛。"

程斐然瞠目结舌地看着刘女士，吼了句："妈！你把我拉进来干啥子嘛。"刘女士才不管程斐然，已经拖着行李进房间收拾东西了。程斐然冲进去，找刘女士理论道："你真的很没得意思，喊我来接你，结果把我关在这边陪你隔离，涛涛还在屋头的嘛，啷个办嘛？"刘女士一边把行李箱里的衣服拿出来叠好放进衣柜，一边说："小侯不是在帮你带的嘛，平时我也没看你对娃儿啷个用心啊，喊你陪下你妈，你都这么不乐意嗦，你未必就想看到我一个孤寡老人关在这里饿死嘛？"程斐然气急败坏地说："你不就是怕我把你丢在这里不管你嘛，还要故意问物业一嘴。"程斐然气得不行，接着说："我现在连换洗衣服都没拿过来，你让我在这边啷个住嘛！"刘女士从衣柜里拿出两套没拆包的内衣扔给程斐然说："你还要啥子，我都找给你。"

程斐然无语，拿起那两包内衣生气地坐到了客厅沙发上。东西收拾完，刘女士出来，说："家里菜也没得，刚刚物管说要给我们送的嘛，你打个电话问一下啊？"程斐然懒得理刘女士，随手按遥控器开了电视，声音放大。刘女士对于程斐然的态度照单全收，自己给物管打了个电话，然后准备把屋子收拾一通。

程斐然关了电视，直接冲进了洗手间，把门锁了，随即给侯一帆打了个电话。侯一帆说："要不然我把涛涛带过来嘛。"侯一帆说完，程斐然立马联想到一系列鸡飞狗跳的画面，赶紧阻止道："算了算了，你还是莫过来凑热闹了，还有，晚上不许带涛涛熬夜，听到没有？"侯一帆应了声，说晓得了，又宽慰道："孃孃这个人，最不喜欢硬碰硬了，你有啥子还是好生说，莫着急。"程斐然说："她是我妈，我还不晓得嘛？好了好了，我就和你说一声，都关在一起了，我还能气到哪里去嘛。"

程斐然嘴上再犟，肚子还是很诚实。菜送来了，刘女士在厨房忙活，饭菜的喷香阵阵扑鼻而来，程斐然本来就没吃早饭，中午回来也没吃东西，这会儿早就饥肠辘辘，悄悄朝厨房瞄了一眼。刘女士像是背后长了眼睛似的，一边切菜一边说："饿了不晓得来帮忙啊，就站在背后看。"程斐然一个激灵，退后一步，想了想，也罢了，踢着拖鞋走过去，刘女士直接一把菜扔给她，说："把藤藤菜洗了，择了。"程斐然找了个不锈钢盆子接水，刘女士一下抢过来，说："洗菜用那个塑料漏盆就行了，这个好占地方嘛。"

程斐然一边洗菜，一边斜睥了刘女士一眼，问："你和高叔叔就这么断了啊？"刘女士自顾自切菜，说："耍伴儿一个，无非寂寞的两个人结伴出去旅游而已，啷个嘛，你还开始来八卦你妈了啊？"程斐然说："关心下你啊，免得你一天都说我不理你。"刘女士把切好的菜放进盘子里，又开始切肉，说："你要是真的关心我就好了哦。说实话，到了你妈我这个岁数，对爱情的认知早就透彻了，不可能再像小妹儿一样一门心思扑在恋爱上了。有个人当然好，至少你不在的时候，有个人端茶送水递把手，等于彼此找个看护。啥子高叔叔李叔叔王叔叔，都不重要，重要的是有人讨你妈开心，哪里还会真的渴求啥子白头偕老的感情嘛，不存在了。"刘女士说完，烹油下锅，肉菜翻炒，没再多说一句话。

3

方晓棠一大早就被工程队的电话吵醒了，包工头也是很不客气地说："方小姐，木工都已经做完了，你这个钱怕是该付了哦。"方晓棠开着免提，起床洗漱，泡沫在嘴里嘟哝着，说："要付要付，这不是疫情了我出不来吗？"包工头说："转账不需要出门啊，工人都等到我发工资啊，你这样拖着我也不好交代啊。"方晓棠漱了口，吐了泡沫，正准备回，魏达一下把电话拿过去说："好多钱啊，晚点给你打过去。"方晓棠伸手去抢电话，朝魏达白了一眼，魏达说"晓得了"，然后把电话挂了。

方晓棠扔了牙刷，说："你这么急干啥子，上一笔钱才打过去没好久，而且好多地方的细节他们都没有弄好。"魏达说："没得几个钱，追着心烦，反正都要给的。"方晓棠不高兴了，说："我有我的安排啊，你平白无故来插个手，叫我接下来怎么做啊？"魏达正想安慰两句，方晓棠的手机又响了，她看到是国际楼的房东电话，扔在一边没有接。魏达看了方晓棠一眼，问："嘟个不接啊？"方晓棠照着镜子擦面霜，说："不想接。"五分钟内打了三个，魏达又想伸手接了，方晓棠没看魏达，吼了一声："你不要接啊！"方晓棠洗漱完了，过来看手机，说："你忙你的工作就好，其他事情我自己来处理。"

方晓棠拿了手机走进卧室,把门关上,深吸了口气,才拨回了那通电话,电话才响了一声,房东就立马接起来,说:"方妹儿,你在干啥子哦,电话也不接。"方晓棠随即换了一副面孔,笑嘻嘻说:"刚刚才起床,没看手机,陈孃孃啥子事?"陈孃孃开门见山地说:"方妹儿,不是我催你啊,本来过年过节的,过来要钱是不好得,但是你搞民宿那两套房子上个月就该交房租了。"

方晓棠假装搞忘了一样,说:"哎呀,最近一忙,确实搞忘了,我尽是记得下个月才交,这两天我就给你打过去啊。"这通刚挂,国际楼另一套房子的房东又打过来了,说:"欸,方小姐。"方晓棠应了声,说:"嗯,是不是交房租?我记到的,小刘,你不要急啊。"小刘支吾了一声,说:"不是不是,我是想和你说,国际楼那套房子我最近想卖了,可能有中介要带人去看房,到时候麻烦你配合一下。"方晓棠还没反应过来,问:"啊,你这套我才租了一年,你当时不是说五年内都不打算卖的吗?"

小刘讲:"本来是不打算卖的,但是最近疫情闹的,我好多货出不来,客户那边我已经赔钱了,生意总要做下去啊,我也是没办法,只能先把多的这套房子卖了。"方晓棠理论道:"欸,不是,房子我给你装修过了,我们合同是签了五年啊,这样你算违约吧?"小刘说:"违约也就是一个月的房租钱,我退给你就是,我也是提前来和你打声招呼。"小刘也不多说了,转手把电话挂了。

方晓棠坐在床上,胸口一阵闷气,这年一过完,像是家家户户都缺钱了一样。方晓棠打开手机银行，看了下余额，用计算机简单加减了一下接下来的各项开支。国际楼那几户民宿这几个月不开，让她颗粒无收，加上南山民宿装修烧钱，实在是没剩几个钱了。民宿证件好不容易办下来了，想着过年期间是她往常生意最好的时候，结果一波疫情过来，订房的房客都纷纷退了。她轻轻打开门，从门缝往外面看了一眼，魏达正在开电话会议，她又轻轻把门关上了。

当初决定做民宿，是方晓棠的意见，新婚蜜月他们夫妻俩去了日本一趟，京都的庭院民宿让她特别喜欢，问了价钱，并不昂贵，那算是方晓棠结婚过后相当美好的记忆。回来之后，方晓棠看重庆越发火了，也就是这几年的事情，又是5D城市，又是影视基地，网红喜欢过来打卡，开辟外地人不晓得的领域。对于重庆本土人来说，是商机，是未来。

对于方晓棠来说，这是她第一份真正属于自己的事业，让她有事可做，有钱可赚，唯一不让父母和魏达担心的一件事。她到了三十岁，算是真正活出头了。尽管那天钟盼扬和程斐然给了她十足的勇气要了娃儿，但方晓棠真正的底气还是来自这份事业。方晓棠太清楚自己缺乏安全感的原因，很大一部分其实正是来自程斐然和钟盼扬的家境。用方晓棠妈妈的话来说，斐然再不济，有她妈老汉顶着，扬扬见识广，从小就独立，你不行啊。当她民宿越做越大，她才真正觉得自己和程斐然：钟盼扬的缝隙在缩小。虽然距离她对下一代的理想生活还有所差距，但她想着只要开了春，南山的民宿装好，国际楼再度开花，娃儿的衣食住行短时间内是不用愁的。只是她没想到，她最大的资本也是她唯一的稻草，这下，全没着落了。

方晓棠算了笔账，或许现在把国际楼的那几套民宿停掉，反而是及时止损的一个办法，但南山那个基本买下来了，还有程斐然和钟盼扬的钱在里面，说停就是所有的钱打水漂了。方晓棠越想越烦躁，在通讯录上划来划去，还是决定给田娇打个电话。电话拨通，方晓棠说："欸，娇娇啊，新年快乐。"田娇那边明显没睡醒，问："啊，晓棠啊，啥子事？"方晓棠哽了下，说："之前你找我借的那两万块钱可不可以先还给我？"田娇那边像是漏了一拍，沉默了下，说："哎呀，我老汉一直在生病，我真的没得钱啊，恁个嘛，我下个月想方设法凑两千块钱先还给你要的不？"方晓棠只觉尴尬，说："两千块钱啊？"田娇说："我真的没得钱，年底嘛，我争取年底全部还给你。"方晓棠还没说好，田娇那边电话就挂断了，嘟嘟的忙音像是狠狠扇了她两个耳光，她想不通当初为啥子要借室友这个钱。

程斐然隐隐约约听到厨房里面捯饬的声音，以为是做梦。大概是夜里忽梦忽醒，一直有点迷离。她伸手去摸手机，才发现浑身酸软无力，努力让自己坐起来，只觉喉咙刺痛。她预感不太好，伸手一摸，果然发烧了。程斐然硬撑着起来搭了件衣服，蹲下身翻箱倒柜找到温度计，放进腋窝，然后拿起手机查看新冠的一系列症状。程斐然一一对照，不出意外，八九不离十是中招了。她想到这几天去过的地方，最有可能接触到病毒的，只能是机场。除此之外，还有张琛。她完全不敢多想，如果自己确诊，牵连的人都是至亲。她拍了拍脑袋，让自己冷静下来。

刘女士在客厅叫她赶紧出去吃早饭，程斐然一声也不敢答应。她第一时间给张琛打了个电话，电话接通的那一刻，程斐然说："你还好吧？"张琛不知道程斐然说的什么，只问："还好，怎么了？"程斐然说："我好像遭了。"张琛问："你是确诊了吗？"程斐然说："还没有，就是觉得浑身无力，刚刚量了体温，38度9。"张琛静下心来说："你先别慌，不要自己吓自己，你去过啥子高风险场所吗？"程斐然仔细想了下，说："没有，但是我不指定来来往往有没有可能携带病毒的人，我看到新闻说，有个人买菜就一小会儿没戴口罩就被传染了。"张琛说："你现在先给社区打电话，让他们过来给你做核酸检测，才能进行下一步的判断，你现在啥子都不要想。"

这时，刘女士听到程斐然打电话的声音，直接闯了进来，训斥道："喊你几道了，还不起床。"程斐然说："我可能感染了新冠，你不要过来，我怕传染给你。"刘女士伸手摸到她额头，问："你不舒服啷个不说啊，现在起床去医院啊。"程斐然还是藏在被子里，大吼道："你先出去嘛，我现在没得力气，你帮我打电话给社区，我可能需要先做核酸检测，你到外面等我，把口罩戴起再进来。"

程斐然迷迷糊糊地望着天花板，好像又要睡着了，只是浑身潮热难耐，胸腔里像是有火。她接连咳嗽了好久，后来刘女士把她扶起来吃了两颗退烧药。再然后,一大帮人突然穿着防疫服走到了家里。程斐然整个人轻飘飘的,总觉得是一场梦,醒了,又没醒。刘女士消失了,不知道去了哪儿。其他人说话又都是嗡嗡的,采样棒在她鼻子里捅了好几下。然后就有几个人把她扶起来,分别朝她和刘女士问了几句话。再然后,家就被彻底封锁起来了,核酸结果还需要等待,但是程斐然被叮嘱哪儿也不能去了。

她难受地翻了翻身,叫了一声"妈",可是刘女士好像被带走了,还是被关在了另一个屋子,她不知道,房间里一片昏暗,她实在一动也不想动,喉咙又干又痒,想喝水,这会儿,她才想到刘女士先前说的话,老了那个伴儿,无非是搭把手,一个人,多可怜。

突然,门打开了,刘女士戴着口罩走进来,把她扶起来,说:"吃点东西。"程斐然一点力气也没有地说:"我以为你走了。"刘女士说:"我走哪里去嘛,我走了你啷个办嘛,说起简单,你是我女儿的嘛。"程斐然有点难过,嘴里一点味道都没有,说:"万一我把你传染了欸。"刘女士一口一口喂她,说:"我都和你待这么久了,要传染早传染了,躲得过唛?你吃完了再吃两颗退烧药,等下再看看情况,晚上核酸出来了再看啷个办。"

喝完粥,程斐然又倒了下去,她不记得什么时候在群里发了信息,钟盼扬和方晓棠连着打了好几通电话过来,群里也一直在问她情况。刘女士出门前,说:"哦,刚刚小侯来过了,被拦在楼下,上不来,我喊他回去了,他着急得不得了,要是真的着传染起了才恼火,涛涛到时候都没得人带了。"

程斐然抱着枕头，一句话也说不出来，咳嗽好几下，感觉肺都要裂开了，不管怎么翻身，始终想咳嗽。程斐然怎么也睡不着了，脑袋里开始有了想法。十二小时之后的结果出来，如果真的中标，原来死亡距离自己竟然如此之近。这个时候死掉，除了悲伤，什么也不能留给刘女士和涛涛，没有钱，没有资产，一个人失败原来是在她死的时候才体现出来的。程斐然侧着脸，有点想哭，眼泪不受控地浸湿了枕头。接着她又咳了几声，怕把刘女士引过来，又压低了声音。

程爸爸过来的时候，刘女士正准备给她量体温，程斐然看到老汉发来信息说来看她，在外面。程斐然和刘女士说："老汉在外面，买了点东西来。"刘女士说："喊他进来嚓，我去给他开门。"

刘女士让程斐然夹好温度计，朝门口走去，开了门，过道空无一人。刘女士脸色一下变了，朝着阳台走过去，看到程爸爸把买来的东西挂在楼下单元门上，准备上车，刘女士大喊了一声："程国梁！"程爸爸抬头看了刘女士一眼，问："哪个？"刘女士说："哪个稀罕你的水果嘛，各人拿起爬！"程爸爸说："我给斐然的，又不是给你的！"刘女士气道："你女儿生病了，你看都不看一眼，要屎你这些水果，门卫哪个放你进来的啊，我要投诉他们。"程爸爸咧嘴骂了句："神经病！"刘女士从里屋翻出来个苹果，一手朝着程爸爸扔过去，砸成粉碎，程爸爸吼："你疯了啊？！"

这下旁边邻居都忍不住开窗探头出来看了。程斐然不知道他们怎么又吵起来了，戴了口罩，拖了身子走出去，有气无力地埋怨道："你们啷个又吵起来了嘛！是我喊老汉不进来的。"刘女士关了窗，拉了窗帘，说："你喊他不进来，他就不进来了啊？不是从他肚子里落下来的，一点不晓得心疼。"程斐然说："那别个好心过来，你也不能朝别个扔东西啊。"刘女士一下来火了："你觉得他对你好得很，他为啥不进来嘛？他还不是怕被传染了，屋头还有个小的。那个是他亲生的，你就不是了吗？"程斐然说："你真的想太多了，只要一提到老汉，你就上纲上线。"刘女士怒斥："程斐然，如果今天你真的得的是新冠，你老汉可能连水果都是喊外卖员给你送来，你信不信？"刘女士冷冷笑了下，"啪"一下关了门，留下程斐然虚弱地站在客厅里。

夜里社区发来消息，证实程斐然报告是阴性，只是普通风寒，应该是那天晚上去给张琛送被子的时候着凉了。原本应该皆大欢喜的时刻，家里却一下子降到了冰点。刘女士自顾自地做饭，热好饭菜放在餐桌上。程斐然吃了药，想和刘女士说两句话，刘女士只是阴沉着脸，给她烧了水，吩咐她量体温，然后就回自己屋了。

程斐然窝在沙发上，拿起手机，和钟盼扬跟方晓棠都报了声平安，然后又把下午的事情和她们俩说了一遍。程斐然说："我真的不晓得我妈为啥子生这么大的气。"方晓棠说："我觉得吧，嬢嬢也没啥子错，那种情况下，正常妈老汉肯定是心疼各人娃儿的，你也不该和她吵嘛。"程斐然说："我哪里有力气和她吵嘛，左邻右里的看到起好扯嘛。"

钟盼扬说："这一次我也想站孃孃那边，叔叔既然过来，走都走到门口了，进来看一眼又啷个嘛。"程斐然说："那我妈也不该朝他扔东西啊。"钟盼扬说："那你啷个不想下，你这种情况，还不是孃孃在你身边陪到你。"

程斐然第二天就彻底退烧了，又过了五六天，差不多完全康复，除了还有点暂歇性的咳嗽，基本无碍。只是这几日，刘女士始终不大和程斐然说话，同一屋檐下的两个人视彼此为幽灵。一开始程斐然还想找刘女士够两句话，后来也觉得累了，不如各自沉默为好。刘女士每天开着音乐在自己房间练舞，做瑜伽，和小姐妹聊天，程斐然就在自己房间里刷剧，看小说，好像回到了高中时候的寒假。

再续过几日，社区过来拆封条，等于完全解封，按往常。刘女士要放火炮庆祝，这下却安静得不行，只想着能出门了，下楼在小区里散步走走，日子照常过。程斐然把屋子收拾完，打算搬回去了，想和刘女士说一声。刘女士散步回来，看到程斐然已经换回自己衣服，该洗的都洗了，终于开腔说了句："要回去了嗦？"程斐然点了下头，想到再不走，刘女士又要阴阳怪气了，拿了车钥匙准备往地库去。刘女士喊她等到，从里屋给她提了一包东西出来，说："在泰国给你和小侯买的乳胶枕头，拿起走。"程斐然拎过来，说："你有啥子再给我打电话嘛。"刘女士也不应，"哐当"一声把门关了。

程斐然开车到楼下，侯一帆牵着涛涛在等她。看到儿子的那瞬间，程斐然又完全活过来了，她下车抱了抱涛涛，在他的脸上蹭了一会儿,涛涛说:"妈妈我好想你哦。"程斐然点了点他鼻子,说:"是不是哦,现在说话这么甜啊。"然后在涛涛脸上亲了一口,侯一帆靠过来,说:"我也好想你哦。"程斐然轻轻推了他一把,说:"你就算了吧,快点帮我把东西提上去。"侯一帆说:"你不是说我是你大儿子的嘛。"程斐然一脸嫌弃说:"少来!"明明休息了近两周的时间,但程斐然却觉得好累,看到家还是走之前的样子,心里一下子像是有了着落。她刚洗完澡,换了衣服,还没来得及喝口水,注意到姚淇刚刚拨了一通语音过来没接到,正在想着要不要回过去,手一下子就点到未接上,直接拨过去了。

程斐然其实很怕是姚淇要约自己出去吃饭,到时候两人聊不到一块,就太尴尬了。语音接通,姚淇那边倒是很客气,说:"不好意思啊,刚刚打错了。"程斐然才放下心来,说:"哦,没事,那我挂了啊。"姚淇止住道:"欸,程斐然,你现在有空吗?"程斐然拍了下额头,果然还是没逃过,正想着要找什么借口推脱,又听到那边略有失落地说:"没什么,你要是有事就算了。"程斐然一口应道:"还好,没啥子事。"程斐然说出口就后悔了,只听到姚淇那边说:"你可不可以陪我去一个地方啊?"程斐然有点迟疑,但还是说了声"好"。

程斐然在路口看到姚淇,和那天在机场看到的时候完全不一样,即使化了妆,还是难掩她略显萎靡的样子。程斐然走过去,叫了她一声,她朝程斐然招了招手,说:"不好意思,平白无故把你约出来,也不是吃饭,本来我是说叫你吃个饭的,结果回来就遇到了事情。"

程斐然看着姚淇,说:"你脸色好差哦,生病了吗?"

姚淇摇摇头,拉着程斐然走了几步,听到前面奏哀乐,程斐然突然住了脚,说:"换条路走嘛,这边好像在办丧事。"姚淇说:"那是我妈。"程斐然"啊"了一声,又听姚淇说:"现在疫情,不能大办,也不能请人,停一天就要拉去火化了。"程斐然拉了拉姚淇的手,说:"不好意思,我不晓得是你妈妈。"姚淇说:"没得事,我喊你来,就是想你陪我在这里站一会儿,我不晓得我要不要进去。"

程斐然有点疑惑地看着她,姚淇在路边找了个栏杆靠着,从口袋里掏出包烟,抽了一根,问程斐然要不要,程斐然挥手。姚淇抽了两口,才说道:"我是因为我妈生病才回来的,也算是看过她最后一面了。"她轻轻弹了下烟灰,接着说:"十来年不见了,见面就和你说这些事情,实在有点不好意思,我现在在重庆也没得几个朋友,难得你算一个了。"程斐然顿时有种窝心的触动,她想了想说:"反正我也没啥子事情,何况也就是陪你站会儿。"姚淇挑眉看了看程斐然,问:"你是不是好奇我为啥子不进去?"程斐然想了想说:"其实,我更好奇你这些年走哪里去了。"

姚淇的手很好看,抽烟的姿势也是,和程斐然不同,姚淇丰腴得更有几分饱经沧桑的女人味。姚淇看着马路对面的殡仪馆,说:"听说当时学校里有很多流言蜚语。"姚淇捋了下头发,继续道:"我爸妈老早离婚了,我妈那会儿和一个叔叔好了,然后说打算去深圳发展,就帮我办了转学,其实他们早就办好了,只是临时通知我,第二天就打包行李让叔叔送我过去了。我来不及和任何人告别，去了才发现完全被骗了。叔叔把我安排在深圳寄宿学校后，就和我妈彻底消失了。后来才晓得，叔叔和我妈又有娃儿了。高三嘛完全荒废，我大学也没考上，我妈再婚过后彻底不管我了，干脆换了电话。说实话，当时我太恨我妈了，一个女人怎么会自私到这种地步，留我一个人在深圳，等于是被抛弃了。"

程斐然从来没想到过姚淇背后的这些故事，一时间也找不到啥子话来安慰她。

姚淇说："你听到关于我的传闻，是不是多半都是不好的。"说完她笑了，程斐然也笑了，姚淇接着说："我妈晓得我在东莞那边陪酒做按摩，打电话来要和我断绝母女关系。当时我觉得好笑，我以为她早就和我断绝母女关系了，大吵了一架过后，我就换了手机，再也没有和重庆这边联系过。"

程斐然说："上学那会儿，我一直以为你是要考清华、北大那种学生，后来你突然就不见了，年级上又各种谣言，我其实都不相信，今天才晓得，这些年背后发生了这么多事情。"姚淇说："都在说我的事情，说说你嘛，你和张琛的事情，我也听说了，实在想不到，你也过得这么不顺。"

程斐然打趣道："未必我的人生是那种看起来就很顺的嘛？"姚淇轻笑了下，杵灭了那根烟，说："你不晓得那个时候，我们都觉得你是那种顺风顺水的公主命吗？不管哪个说，至少你家里的条件已经帮你的未来标价了。"程斐然苦笑道:"结果,人生无常,谁能想到,我还是变成了灰姑娘。"

姚淇说:"那也无所谓的,现在我都想得很通了。这两年我结了婚又离了,一个人带娃儿。结婚的时候,我还是没骨气地给我妈发了请柬,结果到现在,她连自己外孙都没见过。但可能正是这样,我才觉得,更要好好地活。你懂吧,那种生活明明都是绝路了,你偏偏要走出一条路来,就是不相信这个死胡同,我想你也有这种时候吧。"程斐然微微地侧了侧身,内心的干草像是被点燃了,但她不想承认什么,姚淇接着说:"那天我提了好多东西去医院,然而站在病房门口的时候,就走不动了,脚像灌了铅。我妈当初骂我的时候,婊子、妓女都骂过了,说简直给她丢脸。当时我就说,对啊,就是啊,所以她看到我现在这样不是应该很得意吗,都是她一手成就的啊。但是越是这么想,我越是难过到不行。我都可以想象我站在她面前的时候,她会做出啥子过激的反应,我都怕她最后是因为看到我一口气缓不过来,咽气走了。所以那天,我最终没有进去,把东西递给护士了。我觉得我不去,她应该会更心安一点。"此时已经有灵车过来了,姚淇眼神复杂,始终没有迈开脚步。

程斐然看着姚淇说:"你要不要进去和你妈妈告个别?"姚淇摇了摇头,眼眶有点湿,只说:"我站在这里,她应该就晓得我来过了。"灵车接了遗体,转而送走,一般灵车是早上来,但是疫情防控期间,时辰也被打乱了,不能停太久,余温散完,就该走了。姚淇望着车,看到黑纱底下母亲那张遗像，还是忍不住哭了，车子越开越远，最终看不到了。

程斐然始终不知如何安慰，只能静静陪她走走，两人沿着长街缓缓走了一段路，姚淇的心情才平复了一些，她朝程斐然看了一眼，说："你晓得我最羡慕你啥子不？"程斐然笑："我啷个晓得。"姚淇说："那天在机场碰到你的时候，你说你专程来接你妈妈，当时我心头真的又羡慕又嫉妒，就是你到了这个年龄，和你妈关系还一直那么好。"程斐然讽刺笑道："那都是你看到的表面，我和我妈才是真正的仇人，一辈子都持续着一场没有硝烟的战争。"

姚淇摇了摇手指，说："那你完全错了，任何一场战争的最后，都是因为双方存在，不肯认输，才成就了彼此的意义，一旦失去了任何一方，战争的结束也意味着你存在的意义跟着消失了。这是我以前在书上看到的。好好珍惜孃孃嘛，至少你还有负隅顽抗的动力。"程斐然思索着姚淇的话，只听她接着说："其实你还是命好，真的，至少还有这么多爱你的人，你真的被保护得太好了。程斐然，你就不要身在福中不知福了。"

程斐然只是莞尔。

4

想归想，说归说，程斐然把车停在刘女士楼下，觑着眼睛坐在车里又是半小时了。送姚淇回家后，她也不清楚为啥把车开到这里。她望着刘女士家的阳台出神，脑子里过的是姚淇的那番话。身在福中不知福吗？程斐然自嘲似的笑了笑。她降下车窗，朝着后视镜里的自己吐了口烟。手机震动了三下，名字是"妈妈"，程斐然还是接了，听刘孃孃在那边讲："在下面发呆做啥子？"程斐然才意识到刘女士早就看到她了。

程斐然没有上去的打算，犹豫了很久，才开口问："刘红英女士，你是不是一直很恨我？"

刘女士说："你又在抽啥子疯？"

"自从我和张琛离婚过后，因为那笔钱，你和我吵了好多次。从那天过后，你就没有好好生生正眼看过我，你不开心要怪我，有脾气也出在我身上，我永远都听到你嫌弃的声音。好像不管我哪个做，你都觉得做不好。好像永远都觉得是因为我，你损失了那一笔钱。好像都是因为我，你才过得这么不幸福。"这些话，在肚子里憋太久了，像是蒙在鼓里的猫，要憋死了，"尖酸刻薄，喜怒无常，做啥子事情，都像是我要给你买单，稍不满意就是我不关心你，不在乎你。有时候你真的很讨厌啊！"

刘女士轻呵了一声，问："说完了？你就是讨厌我嘛，我晓得。"

"我说的讨厌和你说的不是一回事！"程斐然不想多解释，刘孃孃这个人，又敏感又想得多。

刘女士走到阳台上来，拉开窗户，举着电话看着楼下的她问："说嘛，我今天就好好听你说。"

程斐然开了车门，换了只手拿手机，靠着车看到刘女士，说："其实有件事，我一直想和你说。"她呼了口气，调整了下气息，才说："当年你和那个网友的聊天记录，是我故意让老汉看到的。"

这件事是程斐然心里的梦魇。父母当年离婚的导火索，全因为刘女士和网友的那条暧昧聊天记录，放在现在来看，或许那根本算不上什么"暧昧"，不过是一些贴心的问候，而十来岁的程斐然无意间偷窥到的时候，内心却自然而然地偏向了刘女士是在背叛家庭的想法。她趁着刘女士上班的时候，故意打开了电脑，登上了刘女士的QQ，把聊天对话框完全暴露在桌面上，等待老汉下班后无意中发现。她的内心原本只是希望刘女士得到一丁点小小的惩罚，却没想到最终演变成无法挽回的局面。

程斐然抬头的瞬间，看到的，是刘女士毫不在意的双眼，刘女士说："呵，我早就晓得了。"程斐然不敢相信："你晓得？"刘女士说："那时候每次聊完天，我都会记得关掉电脑，绝对不会出现QQ开着人不在的情况，而且，你老汉也不可能晓得我的密码。"程斐然手心有汗，像是一个被抓住等待审判的小偷，声音微微颤抖地问："所以这些年，你才不愿意正眼看我一眼？"

刘女士眼神虽有失落，但依旧明着光，说："你想多了，即使当初你不这么做，我和你老汉也不可能继续走下去了。这么多年了，我都没有和你提过，是因为我尊重他，看在你的面子上。你肯定疑惑，为啥子每次一提到他，我都火冒三丈，控制不住自己，因为他做过一件我至今都无法原谅的事情。"刘女士沉下心来，缓缓说道："你三岁的时候，程国梁偷偷拿你的头发，去做了一次亲子鉴定。"

程斐然简直不敢相信自己的耳朵，胃里翻江倒海，只觉得内心一阵难受。刘女士接着说："从那天开始，我就觉得我和你老汉是不可能在一起一辈子的了。并不是因为其他人做了什么，我才和你老汉走到了离婚的那一步，而是从一开始，我们之间的信任就已经瓦解了。你老汉总觉得，我是因为他才过上好日子的，但是他从来没想过，是因为我嫁给他，他才有机会往上走的。当然，说这么多都没有意义了，我只想你晓得一件事，你程斐然是我刘红英唯一的女儿，我这辈子，都只想你过得更好。"

程斐然放松了紧握手机的手，双目低垂，母女俩一上一下又沉默了下去，半晌，程斐然问："你哪个这么多年都不说啊？"刘女士轻轻哼了一声，讲："有啥子好说的嘛，他毕竟是你老汉。"看着刘女士依旧死命骄傲的样子，程斐然还是忍不住眼眶湿润，清了清喉咙，说："妈……我……"刘女士忍不住笑了，说："你啥子你，你好好过你的小日子，就够了。"程斐然突然动了脚步，刘女士却在电话那头喝止了她："欸，你不要上来，我要洗澡准备出门了。"程斐然还想说啥子，又被刘女士打断道："还有，以后不要随随便便哭了，我刘红英的女儿，应该跟我一样，走到哪点都要活得硬气些。"刘女士伸手把窗户关了，又哼着小曲去洗澡了，程斐然一下破涕而笑："哪个要像你嘛!"

度过了最艰难的抗疫期,各地陆续出现拐点,重庆各处也开始慢慢松动起来,交通逐渐恢复,大多数人也开始复工。尽管如此,全国各地,人人仿佛患上了群聚恐惧症,看见人多的地方不觉热闹,只想避开。和各地城市不同的是,程斐然在朋友圈里看到了另一番景象。复工不到一周,餐厅饭店已经高朋满座,人流如龙,身边朋友圈里十有八九发的都是"吃火锅哦",重庆一夜之间又火了过来,仿佛疫情提前结束了。

方晓棠在群里发了地址,召集大家五点集合,去观音桥吃火锅,声称不带家属,让斐然去接她一趟。程斐然洗完澡,敷完面膜,从搭配的十几件衣服里面选了最满意的一件,然后准时四点,出门去接方晓棠。

不过一个来月不见,方晓棠的肚子已经有了明显的凸起,她轻轻奔跑,一下蹿到程斐然的车上,扯下口罩,说:"快点走快点走。"大概是太久没有出门了,即使是去个观音桥,程斐然和方晓棠都会感觉兴奋。才五点出头,建兴东路上已经开始堵了,方晓棠降下窗户说:"真的是复工了,观音桥又和平常一样堵了。"

过了快二十分钟,路才通畅,程斐然开到老火锅店,才发现店铺已经停业,方晓棠和程斐然面面相觑,说:"生意差到这种程度啊?我看朋友圈不是很多人在吃火锅的嘛!"最后商量只能去吃江湖菜。

过了红旗河沟,又堵了好一阵子,等她们开到的时候,钟盼扬已经点好菜了,方晓棠看单子,一共就三个,还好奇:"啷个不多点点啊?"钟盼扬没好气地说:"我倒是想多点,老板说疫情防控期间厨师跑了,就这几个菜可以做了。"方晓棠不觉感慨道:"现在市场恁个差啊,好恼火哦。"钟盼扬说:"这算啥子啊,我们公司这两天复工,原本要开的几条新产品线全部不做了,年前招的实习生都开了。"方晓棠说:"裁员也裁不到你那里吧,你都是这么多年老员工了。"钟盼扬耸耸肩,无所谓道:"随便嘛,我现在也没想这么多,真的裁了,大不了他还要赔我一笔钱,我不是还有我们那个民宿嘛。"

老板娘很快上菜,钟盼扬吃了一口,说:"这家老馆子味道都不太行了。真的气死了,哪个晓得那两家火锅店倒闭了嘛,以前生意恁个好。"

钟盼扬进去要了两瓶啤酒,说:"不说这些了,喝酒嘛!"说着,给程斐然倒了一杯,爽快地放下筷子,说:"我有件事想和你们讲。"方晓棠和程斐然纷纷停下嘴里的动作,接着就听钟盼扬把这段时间和孔老师之间的事情事无巨细告诉了她们俩,方晓棠最先咋呼道:"你们这是搞地下恋情哦!你藏得深欸。"钟盼扬讲:"主要不是我一个人的事情,和孔老师关系太大,另外我其实也不确定他心里到底啷个想的。"程斐然问:"那你啷个想的嘛?"

钟盼扬说:"我也没啷个想,我这个人,既不想太主动,又不想太被动,对孔老师,我甚至说不清楚我到底是啥子感情。说实话,我每次看到他的时候，总还有一种自己是学生的感觉。其实都过去这么多年了，那种感觉还是没有消失，我就觉得只要这种感觉还在，就很难正常和他相处。"

方晓棠问："这个很重要吗？"程斐然和钟盼扬都看了方晓棠一眼，方晓棠不解地说："师生恋很禁忌有趣啊，要的就是那个感觉！哎呀，想太多了，不管嘟个说，以茶代酒，要敬扬扬一杯，喜获第二春。"

程斐然举着酒，碰杯也饮了一大口，她托着下巴，看着钟盼扬和方晓棠，说："其实我有事情和你们讲，我想好了，不能再游手好闲了，打算好好赚钱养家，正儿八经投入我们南山的那个民宿里头来，我还想了几个营销的点，到时候和你们说。"

程斐然一讲，方晓棠反而哽了一下，问："你是突然醒悟唛？"程斐然说："生病这几天想了很多。"钟盼扬喝完酒说道："前段时间我太忙了，也没帮上啥子忙，都是你们在弄。现在正好公司动荡不得行，也没得啥子事情，我也打算加入你们的队伍。"随即转向方晓棠问："装修得怎么样了，是不是差不多了？"方晓棠硬撑着笑了笑，说："差不多了吧，最近疫情我也没去看。"程斐然说："那我们过两天，三个人一起去看嘛，最近南山上花也开了，正好可以规划一下接下来的工作。"方晓棠支吾了下，说："欸，我说……"

程斐然夹了一块肉，说："说啥子？"方晓棠抿了抿嘴，笑道："没啥子，我想说，其实我还是有点担心我民宿做不好，到时候影响到你们两个。"程斐然说："你担心啥子嘛，我都想通了，只有破釜沉舟去做一件事才可能做好，而且你之前又有其他几家的经验，我觉得完全没问题。"钟盼扬也宽慰道："我倒觉得完全不必有压力，我那点钱就算赔了，也就当请你们两个去国外旅游了一圈，反正现在也出不去。"方晓棠的笑容又沉下去了，心里想说的话更是一句也说不出来了。

这时候，肚子里一时胎动，她突然叫了一声，程斐然吓得问："啷个了哦？"方晓棠说："好像宝宝在动。"钟盼扬松了口气，转而笑道："看你一惊一乍的哦，吓死我了。"方晓棠摸了摸肚子，心里想，是啊，还有娃儿，接下来啷个办啊。她看着程斐然和钟盼扬的一腔热血，怎么看此刻都不是泼冷水的时候。

偏不巧，徐伯又在这会儿打电话来，方晓棠立马起身，背过去往马路上走了两步，刚接起来，就听到徐伯脾气不好地说："方妹儿，你是啥子意思啊，这块地又突然不想要了？"方晓棠解释道："不是的徐伯伯，主要是最近疫情，现金流确实出现了点问题，我当然想要，我都花了这么多钱装修了。但是，我也要考虑下实际情况啊。"

徐伯说："合同签了，我不可能退钱的哦，当初也都是谈好了的，这种风险把控是你们自己的问题，现在和我说不想要了，后果自理哦。"方晓棠只感觉肚子里宝宝又踢了她一脚，一手撑着旁边的树，说："徐伯伯，恁个嘛，我再想一下，你也不要急，啥子事情我们都可以好商量。"徐伯说："没啥子好商量的，退钱肯定不可能了，如果你实在不想做了，自己想方设法转出去嘛，不要再给我发信息了。"

方晓棠只觉得肠胃一阵痉挛，疼得她差点踩滑了脚，她慢慢走回来，换了笑容。

程斐然问："哪个哦，这么神秘？"方晓棠说："哎呀，魏达，就问我在哪里在哪里，烦死了。"钟盼扬说："喊他过来嘛，一起吃。"方晓棠说："算了哦，他坐在旁边碍眼。"钟盼扬说："为了我们三个的伟大事业，那我们来干一杯嘛，你就喝水。"程斐然也端起酒杯，说："来来来，今年一起赚大钱。"方晓棠举起水杯，笑得脸有些僵，她望了望天空，春风解冻的三月也快走到末尾了，晚风里，方晓棠闻到了一些不同以往的气息，内心却像是沸腾的乱炖一般，此起彼伏，无法停息。

第七章

1

国际楼二十楼的 2004 户，两个穿西装打领带的男人戴着口罩站在方晓棠旁边，看着她说："方小姐，要是没得啥子问题，在最后那个位置签个字就行了。"方晓棠点了点头，大笔一挥，签了名字，从阳台走进来的陈孃孃把阳台门关上，说："哎，方妹儿，你真的是说不干就不干了哦，再撑一下嘛，都说到夏天就好了。"方晓棠笑道："那陈孃孃给我免几个月房租嘛，等生意好了再来收，要得不？"

陈孃孃脸色一变，假笑道："方妹儿，你真的是说笑，我给你免了房租，这层楼其他两家不也要来找我啊。家家来找我，等于我是慈善家了，你看我样子像不像嘛。"方晓棠赔笑，慢慢起身。她关上了门，看着这条熟悉得再熟悉不过的走廊，门口其他店铺招牌 LED 灯已经不亮了，有两处拆了牌子，一处贴了转让。仔细想想，过往热闹场景像是做梦一样，再一想，以后怕是不常来了。和陈孃孃这个解约合同一签，从上往下，七间民宿，差不多处理完了，"重庆森林"这个民宿品牌等于彻底结束。这两个星期光是和每个房东交涉、谈判，商量损失分摊，已经身心疲惫，她站在露台深深吸了一口气，仰头看了看来回飞的鸽子，接着给魏达打了个电话，让他到国际楼来接自己。魏达说已经开车过来了，马上到了。

国际楼算是告一段落了，接下来就是南山那间村屋。方晓棠找中介已经挂出去半个月了，一直无人问津，中介说现在行情不好，让方晓棠再等等，价格又往下压了压，还是没人。几天后，朱丞打来电话，说："我听说南山那个房子你要转了啊？"方晓棠说："关你屁事。"朱丞讲："我本来想你心急，帮你想个办法，你要这副态度，那就算了。"方晓棠笑："你朱丞想来帮我解燃眉之急，太阳都要从西边出来。"朱丞说："不说了不说了，没得意思。"

方晓棠懒得和他周旋，说："那就莫说，你以为我不晓得你啷个想的，无非就是想嘲笑我嘛，笑嘛，笑大声些，我看笑得死你不嘛。"朱丞笑道："你这个脾气哦，我不晓得是说你蠢还是说你疯，想在那个地方开民宿，啷个可能开得起来嘛。现在这个情况，所有人都在套现保平安，哪个敢去当你的接盘侠哦。"方晓棠也气了，只怒道："有屁快点放。"朱丞说："最近我有个远房妹妹来重庆了，没地方住。我想，你那里空起也是空起，不如便宜租给我，我让妹妹在那里去住，山清水秀，让她感受下风土人情，也算帮你分担了点损失。"

方晓棠觉得好笑，问："你好久多了个妹妹，我啷个不晓得啊？"朱丞咋舌道："不重要，重要的是你那个农村房子多少有个着落了，你现在挂在外面，空一天还不是烧一天的钱。"方晓棠"呵"了一声，说："你胆子大得不得了哦，嘿，我当你是想到啥子锦囊妙计，就晓得你肚子头只有这些烂东西。外面花头经不藏好，还要带到眼皮子底下来，想安排个土别墅住起，到时候万芳芳晓得了，直接一把火把房子烧了都说不定，到时候我去找哪个赔。还想拉我下水，想都不要想！"

朱丞讲："你不说，我不说，哪个晓得嘛。反正你要做民宿嗯，这不正好，等于第一个客人，大不了我多给你点钱，我晓得你最近国际楼一直没得生意，经济紧张……"方晓棠二话不说，直接把电话挂了，气得肚子痛。

方晓棠站在路边等了一阵了，魏达终于从拥挤的车流里面拐了过来，把她接上。魏达指了指后座下的保温桶，说："刚刚妈过来了，说给你煮了点鸡汤，问你走哪点去了，我才撒谎说你去产前瑜伽去了，不然我和你肯定都要遭骂死。"

方晓棠笑了下，把保温桶拎到前面来，说："你就这点本事，光是骗我妈就把你吓死了。"

魏达讲："民宿关了就关了吧，其实我一直想你在家带娃儿，以后赚钱就交给你老公我就好了。"方晓棠笑："男耕女织啊，落后思想，凭啥子我要带娃儿。那你带娃儿，我出去赚钱，你心里啷个想？"魏达说："我只是不想你太累。"方晓棠说："借口，带娃儿不累吗？我看不比做生意轻松多少，吃力不讨好，还没钱拿。现在只是疫情来了，断了我的财路，我一时没想好后面怎么做，并不代表我就偃旗息鼓了。"

魏达不说话了，方晓棠晓得自己话说重了，魏达已经是好男人了，方晓棠做啥子，他都无条件支持，哪怕没钱，他来养她，所以自然不问前程。

方晓棠突然想到，问："哦，对了，你表叔之前找我们借的那三万块钱，是不是该还了？"魏达想了想，说："好像是。"方晓棠："那你去催一下啊，过几个月娃儿生了，手头现金多点总归好些。"魏达说："嗯，我催催。"方晓棠想了想，说："你把表叔电话给我吧，我来催。"魏达说："算了吧，我来就行了。"方晓棠看了魏达一眼，说："好嘛，你记到起哦。"

过两天，程斐然开车载方晓棠上南山，弯弯拐拐，沿途春花都开了，和城市面貌截然不同的气象。冬树抽了新芽，村屋被大片大片的树木藏在其中，经过漫长的雨季，有几分空山新雨后的感觉。基装已经全部完成了，粉刷的白漆混杂着潮气。方晓棠四下看了看，想着之前每一步的规划，心里多少有点空落落的。

程斐然拉开一楼露台的大玻璃门，说："这里空气好，你出来站会儿。"方晓棠走过去，看门口大榕树，根根须须，垂垂悠悠。程斐然问："桌子椅子好久订啊？"话说到一半，一个穿职业装的大姐推门进来，问："不好意思，问一下，这个房子是你们的吗？"

方晓棠点了点头，问："啷个了？"大姐走过来，说："哦，是恁个的，我是做精品香薰的，正好想找一间合适的房子做线下体验店，同时也想有个仓库。我看到你们这个挂在网上想转手，觉得正巧合适，就说过来看下。"

程斐然不解地看了方晓棠一眼，问："转手？"方晓棠轻轻咳了下，说："大姐，我们现在有点事要商量，你可不可以隔两天再来？"大姐左右看了一眼，对着程斐然笑了笑说："是不是这位妹儿也看起这点了？没事，价钱我们都可以商量。"说着她又抬头看看，说："恁个，你们先聊，我到楼上去看下。"一边说，一边拿出手机开始拍照。方晓棠走过去，说："你先加我一个微信吧，今天可能不方便，回头我联系你。"大姐又朝程斐然看了一眼，小声和方晓棠说："快点联系我哦。"加完微信，大姐便自觉走了，方晓棠回头，程斐然已经站在大露台那边抽烟去了。

半小时后，钟盼扬急匆匆赶来，推门而入，看见在露台僵持的两个人，走近问了句："刚刚斐然打电话给我说你要把这里转让了啊，啷个回事嘛？"方晓棠说："其实我上次就想和你们讲了，但是我看你们热情高涨的，怕泼你们冷水。现在行情这么不好，我就担心到时候我们的钱统统打水漂，我是做好赔钱的准备了，但是你们不一样啊，都是辛苦钱，凭啥子要陪我一起败光嘛。我就想着，能转让就转让，折损收点钱回来，把你们的账填了，我也心安一点。至于其他要做什么,怎么做,我觉得都可以等这段时间过去了再说。"

程斐然朝钟盼扬看了一眼,钟盼扬心领神会,说:"那万一一直转让不出去,你是准备一直拖着不说,还是打算自己凑钱把我们那部分还了啊?"方晓棠说:"你啷个晓得我的想法啊?"程斐然才应和道:"我们还不晓得你?从小到大,啥子事情都往自己身上扛,向来不喜欢麻烦其他人,但你想没想过,即使你自己硬凑了钱,我们也不可能要啊?"

方晓棠说:"我想过啊,但是那总归是你们的钱,这个节骨眼上,哪个不缺钱嘛,特别是那天你说要认真赚钱养家,我回去心头更是七上八下的。"程斐然说:"我说的是赚钱养啊,不是说拿我妈投进来的钱养啊,本质完全不一样。这么说吧,正好我们三个都在,这个民宿也不是你一个人的,就像小时候那样,一人一票,少数服从多数,看是支持转让还是支持继续。"

方晓棠瘪瘪嘴,说:"那我肯定是支持转让的啊,扬扬,你耶?"钟盼扬说:"我支持继续。"方晓棠问:"为啥子啊?这明显就是赔本生意啊,不说其他的,国际楼里的民宿基本关了一大半了,看着风头不对,大家都立马调转方向了,何必啊?"

钟盼扬讲:"我支持继续,不是因为我看好民宿或者有啥子逆天的想法,我单单觉得,这个地方是我们三个一起定下的,像是一个新的开始。你还记得那天我们说的吗,新的十年,我们要有一个新的开始,我不想这个开始就夭折了。而且这是我们认识二十多年来,第一次决定要一起干个大事,我一想到就内心澎湃,没理由不继续。"

程斐然顺着钟盼扬讲:"我也支持继续。我的点和扬扬有点不同,我是觉得,这个地方是你花了心思想要做的东西,现在已经有了雏形了,为啥子不试着把它做出来,真正拿到市场去检验,再来讨论它的成功和失败呢?虽然做民宿我不如你懂,但我看了你的规划、你的设计图,以及你每次和我说的想法,我都觉得不做出来太可惜了。我不想我的人生一路上都是可惜,所以我想做下去。"

方晓棠看了看两人,呼了口气,转而笑了,说:"你们两个,为啥子都这么要强啊,为啥子我们都不能是那种担不起重担的柔弱女子,就这么想拼下去啊,烦!"钟盼扬拍拍方晓棠说:"哪个叫我们都是重庆妹儿啊,你看到哪个重庆妹儿是那种娇滴滴的嘛?"程斐然揽过方晓棠的肩膀,说:"方晓棠,一次警告,下次不准再私自做决定了,有事多商量,现在你不是唯一的老板娘了。"

方晓棠撑了撑腰,在旁边找了把破椅子坐着,说:"既然你们都不同意转让,那我能说啥子嘛。不转让也可以,但丑话我要说在前头,民宿大概真的做不下去了,继续投钱等于慢性自杀,至于改做其他的啥子,我没有想好,你们有想法,随时可以提。另一面,再过几个月,娃儿生了,怕又要耽误小段时间。扬扬有本身工作,再做下去,相当于斐然挑大头,事事要操心。"程斐然疑惑:"我挑大头无所谓啊,只是,都装成这个样子了,真的就不做民宿了啊?"

方晓棠点头,说:"太难了,除非疫情马上结束,重庆旅游完全恢复。五一长假,国家政策具体怎么安排,一概不知。错过那一波,就要再等半年,到十一,之后中秋节、圣诞节、元旦,几乎在下半年,现在全不好说。如果疫情夏天能结束当然最好,但万一搞不完呢?装修了也白装修。"

钟盼扬中肯讲:"晓棠说得也对,只是不做民宿,我们还可以做啥子啊?有啥子可以吸引那些人专门到南山上来啊?我们三个又不是网红,也没有流量,兀突突开个店也吸引不到人。"三个人就此沉默了下去,末了,程斐然还是稍显乐观地说:"三个臭皮匠,顶个诸葛亮,留得青山在,总不怕没柴烧。"

方晓棠说:"其实,还有个现实的问题,我看了下账上,已经没得啥子钱了,原本我是想国际楼的民宿一直有进账,就可以投到这边来,现在计划落空,这也是我想要转让的主要原因。"钟盼扬问:"还需要好多钱?"方晓棠说:"现在还不算后面的装修费。装修完了,不管后面我们要做啥子,都存在宣传费、营销费,前期预留可以运营的成本,员工可以暂时不招,七七八八,起码还要十来万吧。"钟盼扬说:"我姨妈当时还了几万块钱给我,我可以拿出来。"程斐然想了想说:"剩下的钱,我来想办法。"钟盼扬和方晓棠不禁问:"你从哪点来的钱啊?"程斐然说:"不管嘛,总归有办法。"

2

过两天,方晓棠到老妈那边去吃饭,炖了乳鸽,又烧了鲫鱼,三三两两小菜，吃到一半，老妈问："你最近是很忙吗？"方晓棠支吾了句，说："还好吧。"她突然理解老妈的意思，说："哦，生活费哈，等下给你。"喝了汤，方晓棠去包里拿了个信封，里面二十张一百块，方晓棠又点了一遍，才递到老妈手头。老妈大致数了下，拿进屋，放到柜子里头。

方晓棠端着碗朝里屋看了一眼，说："哎呀，你回头弄个支付宝嘛，我直接每个月转给你，现在还有几个人在用现金嘛，我来回跑也麻烦。"老妈回到饭桌上，瞅了瞅方晓棠说："啥子支付宝嘛，万一钱一下子都遭转起走了啊，现在骗子恁个多，还是现金最可靠，搁在屋头没得人动，回头存银行也保险。"方晓棠不晓得啷个说，无意反驳道："存银行就不得遭骗了啊？我看每天新闻里面那些老太太遭电话诈骗的多的是。"

老妈给方晓棠夹了一块鱼，说："啷个嘛，你妈想你每个月过来一趟，看你一眼还不乐意啊？你和魏达两个人，忙起来都不顾家的，平时也不好好吃饭，我说我过去照你啊，你又不愿意。"方晓棠攥起那片鱼肉，说："我都恁个大了，晓得照顾自己的，而且孕妇哪有恁个娇贵嘛，斐然那会儿怀孕，还要上班，每天忙里忙外的，你看涛涛现在还不是健健康康的。"老妈说："斐然那会儿几岁，你现在几岁嘛，我一早就和你说早点要早点要，你偏不听，再过两年，你都属于高龄产妇了。"方晓棠说："你还不是三十多才生的我。"老妈说："就是因为这个，我才晓得晚育的辛苦啊。"方晓棠不耐烦地说："哎呀，晓得了。"

吃完饭，方妈妈进去洗碗，突然想到什么，揩了手，出来说："哦，对头，我一直想给你说，你和魏达现在住的那套房子太小了，娃儿生了过后，肯定不够住，到时候东西又多，走路都蹩脚。我前两天陪楼下孙孃孃去看房子，最近因为疫情，房价跌了好多，正好入手。你们两个这两年手头正好赚了点钱，乱用又用完了，不如买套房子最好。"方晓棠白了老妈一眼，说："你哪个又想起说房子的事情了啊？"方妈妈说："那不是正好想到这个事情了嘛。"

方晓棠支吾了句"晓得了"，滑了滑手机，不想再提这件事。方妈妈有点不高兴了，说："我还不是为你着想，你又开始婆烦我了。"方晓棠脸色也沉下来了，转而故意说道："买房可以啊，你和老汉准备帮我出好多嘛？"方妈妈重新系好围裙，说："我和你老汉哪来的钱嘛，统共守到这套老房子养老。魏达这两年在外面或多或少都赚了些嚎，你开民宿生意好的时候一个月也有几万嘛，哪个还把心思放到我和你老汉荷包头来了哦？"

方晓棠不说，心里全然晓得老妈心里的想法。现在她和魏达住那套房子是婚前魏达家里买给他的，等于婚前财产，方妈妈心头一直不踏实，换着法想要方晓棠跟魏达再买一套，把现在手上这套卖掉。结婚后第二年，老妈就提过一两次，直接被方晓棠怼回去了，就没说，眼下应该是看着孩子要生了，是个契机，顺口又提起这茬来。

方晓棠起身，就事论事道："我也不说其他的了，当初我说我要做生意，喊你借我点，你不愿意。后来我把存了好几年的基金套现了才把民宿搞起来。那会儿我和魏达手头都紧的时候，你要喊我买房子，还当到魏达妈老汉的面说，后来别个家里说拿钱，你觉得我好够起脸要吗？你这么想我买套大房子，那你多少支援一点吧，凡是只晓得提意见，动嘴皮子哪个不会动嘛。"

方妈妈彻底黑了脸，讲："都不说钟孃孃他们家芳芳了，找了个有钱的外国人。你就看看你表妹，别个周雪，比你小几岁，找个男人多能干，又给她买车，又给她买房，还给她开了个小卖部。你耶，一开始我就劝你多等等，论学历论样貌，你比她们差吗？我就问你，她们哪个是靠妈老汉拿的钱，不都是靠男方家里出吗？你怪哪个嘛，还不是只有怪你自己。"

方晓棠一肚子气，不知道冲谁发泄，说别人还行，偏偏拿她和万芳芳跟周雪比，她只能一脸无语，最后破罐破摔地说："那不是，我除了怪自己还能怪哪个嘛，在找男人这方面，她们个个是我的老师，个个比我厉害，我这辈子就只有靠自己，啥子都要差人一截。"方晓棠说完，已经准备换鞋走人，方妈妈说："嘿，你现在脾气还很大欸，我不过为你们两口子着想，到时候娃儿生了，你又来后悔嘛。"

方晓棠懒得再听方妈妈说下去，开了门。方妈妈叹口气，连忙喊她等着，从厨房把保温桶提过来，说："鸽子汤提回去喝，喝了放着，我过两天去拿。"方晓棠说："不要了，你自己喝嘛。"方妈妈还是硬塞到方晓棠手上，说："我喝来有啥子用嘛，快点拿到起哦。"方晓棠拎着那个保温桶，方妈妈也跟着换鞋，说："我送你下去。"方晓棠推辞道："我自己下去嘛。"方妈妈取了围裙，蹲身把鞋换好了，挽着方晓棠的手往电梯里走。

刚进电梯，方妈妈又靠着方晓棠小声说："你老实给妈说，你这两年到底赚了好多钱？"方晓棠拎着那桶鸽子汤，轻笑了下，说："我没和你说，我的民宿全部倒闭了，一间都没留下来。"方妈妈鼓大眼睛，甩开方晓棠的手，斥眉怒目地看着她，说："你莫和我开玩笑。"方晓棠一脸认真地讲："不仅没和你开玩笑，下个月的生活费我可能都交不出来了。"方妈妈突然停住脚，大吼一声："啥子啊？"

程斐然在老槐树下抽烟，来回走了十几步，朝着八楼的方向看了两眼，心一横，朝楼上走去。程斐然深吸了口气，敲了敲门，王晓静抱着奶娃儿出来开门，见是程斐然，愣了一下，立马换了笑脸，说："斐然啊，进来进来。"程斐然礼貌一笑，站在门口，问："孃孃，我老汉在家不？"王孃孃朝屋内望了一眼，喊："国梁，斐然来了！"说着她又拍拍怀里的宝宝，朝里面走，边走边说："拖鞋在柜子头的，斐然你自己拿下啊，我伸手不方便。"

程斐然没打算往里走，只是朝里看看，这会儿程爸爸戴着眼镜走出来，说："斐然来了啊，啷个不进来啊？"程斐然说："我就不进来了，你现在忙不忙，我想找你说两句话。"程国梁把老花眼镜放在电视柜上，然后问："在屋头说不得啊？"程斐然不开腔，程国梁便想着是有事,朝着卧室里的王晓静喊了一声:"晓静,我和斐然下去买点水果。"王孃孃在里面应道:"去嘛去嘛。"程国梁才从衣架上拿了件水洗布外套披在身上,邀着程斐然下楼。

父女俩走了几步,程国梁就开口问:"是不是钱不够用了?"程斐然没想到老汉会这么问她,摇了摇头,有点尴尬地说:"不是,我不是来问你要钱的。"程国梁又走了两步,"哦"了一声,说:"那你来找老汉有啥子事情啊?"程斐然抿了抿嘴,说:"当时厂区那边那套老房子你不是过户给我了吗?"程国梁说:"嗯,啷个了?"程斐然说:"我最近想把那套房子卖了。"程国梁有点诧异地问:"为啥子啊?你晓得当初我过户给你的原因噻?"程斐然说:"我晓得,无非等厂区那边拆迁赔钱嘛。"

程国梁继续说:"你是遇到啥子困难了吗,和老汉说嘛,我总归给你想办法,不至于卖房子。"程斐然缓缓讲:"不是遇到困难了,只是我觉得那套房子真等到拆,可能也要十年后了。本来也就是套巴掌大点的小房子,我给在银行的朋友打了电话做了个抵押评估,发现也抵押不到好多钱,就想着说,卖了吧。"程国梁说:"当时张琛出事的时候,你都没打算卖那套房子,现在怎么了?"程斐然说:"我打算和扬扬、晓棠她们做点生意,启动资金还缺一点,这也是这么多年我第一次想全身心投入去做一件事,所以才想来问下你的意见。"

程国梁从裤袋里拿出一包烟,上了火,觑睐着眼睛看了看路灯,微微皱眉,然后说:"那你们打算做啥子啊?"程斐然靠在树旁边,说:

"还没想好,但是总不能到时候要钱的时候一分也拿不出,何况卖房也有个周期。"程国梁"嗯"了一声,又说:"要好多钱吗?要是不多,爸爸这边给你点。"程斐然说:"我就是不想要你的钱啊。"程国梁说:"当借嘛,到时候还。"程斐然讲:"现在说是借,到时候又不要了,而且,我也不想你在家里难做人。"程国梁被女儿这么说,觉得有点没面子,立马解释道:"有啥子难做人嘛,不存在,你老汉我在家还是有话语权的。"程斐然被老汉认真解释的样子逗笑了,她说:"真的不要。"

程斐然挽着程国梁的手,说:"老汉,你不晓得,我都已经三十岁了啊,弄得我像张口就要糖吃的小娃儿样。"程国梁感叹了句:"你都三十岁了,爸爸我三十岁的时候,还没得你。"他们又走了两步,程国梁才释然道:"房子你想卖就卖嘛,对我来说,那是当时爸爸和你妈离婚的时候,想给你留的一个念想,算是我们三个生活的一个句号,毕竟是你从小生活的房子。房子不住,也就废了,拿去做点有用的事情,并非不是好事。"程国梁在花坛边上灭了烟,说:"我觉得我们斐然现在真的长大了。"

程斐然不解,问:"是看起来老了吗?"程国梁说:"从小到大,你从来没和我说过你想全身心去做一件事。小时候,都是你妈安排你画画、弹琴、唱歌,我晓得你其实每次都不想去。唯一一次听你说你想做的事,是想和扬扬她们学溜冰,结果你妈没同意,怕耽误你学习,又怕你摔伤。那之后,我就再也没听过你说你想做啥子了。

刚刚你在和我说，你想做生意的时候，我真的吓了一跳，心里想着，幺儿终于长大了啊。"程斐然等老汉感慨完，说："恁个久的事情，你都还记得啊，连我自己都搞忘了我想学溜冰这件事了。"程国梁说："那肯定记得啊，爸爸就只有你一个女儿的嘛。"

程国梁带着女儿在小区花园里走了两圈，回过头问："那卖房子的事情，你和你妈说了没有啊？"程斐然低头想了想，说："还没有。我怕和她说了又要吵架。"程国梁笑，说："这一点你还是一点都没变，想要啥子总是先跑来和我说，让我给你妈做思想工作。"程斐然笑，不多说了，想着过了老汉这关，心里就踏实多了。回去路上，就卖房子的事情，程斐然又盘算了一遍，正准备给中介打电话，就看到群里方晓棠说："我妈又准备召集全家给我开批斗会了，如果今天晚上我被赶出来，你们俩记得收留我。"

方晓棠也想不到，回家才不过五六个小时的时间，刚刚把家收拾归整，就听到一连串的敲门声，不晓得的还以为是魏达在外面欠了一屁股债，讨债的上门了。方晓棠一开门，就看到老妈带着舅舅、舅妈、小姨、姨父、二姨婆和三舅公一起站在门口，周雪夹杂在其中，有点格格不入，一看也不是自己情愿要来的。众人一副兴师问罪的样子，她撑着腰笑道："今天不是过年的嘛，恁个热闹啊？"老妈说："你少嬉皮笑脸的，屋头的人都是关心你，听到说你失业了，赶紧说要过来劝下你。"方晓棠让出道，说："舅舅、姨妈你们自己拿下拖鞋啊，我实在弯不下去腰。"说着她就自顾自地朝里面走去，一大家子人闹哄哄的，弓着腰背在那里翻拖鞋，然后就听到方妈妈说："你鞋子不够的嘛。"方晓棠端了个茶壶出来，说："哪个叫你们事先不打声招呼啊，本来家里平时又不啷个来人。"

方妈妈索性赤着脚，把拖鞋让给二姨婆，然后招待他们进来坐着，一排排人把沙发、椅子、板凳都坐满了。方晓棠兀自站着，端着杯白开水，炯炯有神地看着每一个人，小姨最先说："晓棠过来挨到我坐嘛，你一个孕妇站起好累嘛。"方晓棠说："你们要是不待很久，我站一下还好。"方妈妈哽了一下，说："你啷个在说话啊，姨妈喊你坐你就过去坐啊。"方晓棠瞪了老妈一眼，也不动，只说："我不过就是不开民宿了，用不着全家人这么兴师动众吧，市场不好关了也很正常啊，拖着才是烧钱。你们也不用听我妈在那里小题大做胡说八道了，我不至于穷死。"

这会儿是舅妈开口说："晓棠，那舅妈问你，关了民宿，你接下来有啥子打算没得？"方晓棠耸耸肩说："还没想好。"方妈妈赶紧说："那总不能一直这么耍耍哒哒等到啊，我和你老汉那点工资都不够用，你娃儿生了，光靠魏达一个人，拖得走你这个家啊？"舅舅接着说："晓棠，你民宿不做了也没事，但总要工作嘛。周雪正好超市生意好，打算开分店，与其出去找人来管，我觉得不如找自己家里的人。你和周雪从小关系又好，聘你过来当店长嘛，不丢脸嚯？"

周雪低头不敢看她，她晓得是老妈的主意，听着就让人尴尬，立马说:"舅舅,不是我看不起周雪的超市,我一点经验都没得,啷个去当店长嘛。你晓得我这个人,哪里在一个地方待得住嘛,当初我不就是因为这个原因才从公司辞职的吗。"方妈妈立马教育道:"你还好意思说,当时你要是不闹着辞职,现在好歹有份稳定工作,本来还是托小姨同学才给你塞进去的,你最后弄得小姨一点面子都没得。"

方晓棠一下子脑壳痛,揉了揉太阳穴,说:"都是啥子时候的陈年往事了哦,又来翻旧账。"小姨心平气和地说:"哎呀,晓棠,以前的事情就不提了。小姨觉得舅舅舅妈提的这个想法还是可以,如果你实在不想在超市唭,你姨父这边单位有个文职,也不是很累,每个月也有个三四千块钱,也方便你到时候娃儿生了,可以匀出一部分时间带娃儿。"

老妈一家人里,小姨是念书最多的,也最知书达理,说话总是轻声细语的,不至于让人厌烦。方晓棠说:"谢谢小姨了,但是我实在不想再过那种朝九晚五的生活了,赚不到几个钱,也没得意思。"

三舅公在旁边不晓得是喝水呛到了还是怎么,咳咳呛呛好一阵子。二姨婆过去拍了拍三舅公的背,三舅公才停歇下来。周雪还是忍不住帮方晓棠说两句:"棠棠姐姐不想做,你们也不要勉强别个嘛,我们都怎个大了,在你们眼里头还是小娃儿样。"舅舅轻轻拍了下周雪,小声说:"喊你来帮忙啊,你要来点黄。"周雪也只好闭口不提了。

方妈妈一脸着急,说:"你这个娃儿,这样也不要,那样也不要，只有等到饿死了。"二姨婆连忙说："哎呀，晓棠，你妈有高血压，你就不要让她急了。"方晓棠说："是我让她急啊？完全是咸吃萝卜淡操心，只是没得工作，又不是天要塌下来了。现在疫情，失业的人这么多，有哪家屋头是恁个嘛，一个人辞职，全家人都要过来讨伐。"方妈妈起身大喊了一声："方晓棠！"方晓棠说："我说的是事实啊，说来说去，你不也就是觉得我赚不到钱了，每个月要少给你两千块钱个嘛。"刚说完，三舅公又开始咳了，二姨婆说："你们说话不要恁个冲嘛，都是一家人。晓棠你这个脾气，就像一把火，走到哪点都要烧个精光，年轻人哪来恁个大的火气嘛。"

方妈妈嘴歪到一边，舅舅拉了方妈妈一把，说："晓棠，你恁个说就太伤你妈的心了。当初你毕业不好找工作的时候，你妈没少帮你跑地方。后来你要搞民宿，你妈也是到处帮你宣传。你说你妈完全为了自己，确实话说重了。"方晓棠也不想多说，只道："舅舅你也不要劝了，后面我做啥子，我自己来决定，也谢谢你们今天的好意，我累了，要休息了。"方妈妈说："不说了，周雪的超市、小姨父那边的文职，你这两天好好考虑，给他们个答复。"

方晓棠当着众人，理直气壮地说："我都不得去，你们就不要说了。"方妈妈捂着胸口，说："你真的要把我气死，全家哪个就你最麻烦，喊你找个好男人不听，喊你找份稳定的工作不干，三十岁了，整个人晃得不行。马上都要当妈的人了，哪个恁个不懂事啊？"

这时，钥匙转动，门开了，魏达开门进来，看到家里坐满了人，吓了一跳。看到方妈妈正面红耳赤地在说话，他轻轻喊了一声"妈"，又分别和舅舅、姨妈他们打了招呼，还没搞清楚事情怎么回事，就听到丈母娘说："魏达，你回来得正好，你快点帮我好好劝下方晓棠，现在舅舅这边请她去做超市店长，小姨父那边有份闲职让她去上班，她都不去，真的要把我气死了。"

魏达弓身没找到拖鞋，只好光着脚走进来，站在方晓棠旁边，护着她的肩膀，独独对晓棠说："你啷个不坐到起啊，站着累嘛。"方晓棠说："我是真的有点累了，送客都送不走。"魏达对着方妈妈说："妈，你晓得我都是无条件支持晓棠的，她不想上班就不上嘛，我赚钱养她就是了。"方妈妈轻笑，说："你一个月赚得到好多钱嘛，养老婆又要养娃儿，不想麻烦老的，还要请保姆。魏达，过日子不是恁个过的。"

魏达的脸一下黯淡无光，方晓棠走到老妈面前，说："妈，说话做事都要有个分寸，你讲这些也太过分了哦，魏达赚好多钱还要跟你汇报吗？我们两口子啷个过，是我们自己的事情，今天这场闹剧，你还想啷个收场吗？"方晓棠当着全家亲戚，直言不讳地说："当初毕业，我直接通过校招可以去外企，公司让我去上海上班，是我妈不让我去，非要我留在重庆，说女儿家不要走远了。我认了，错过了机会，后来再找工作，不好找，她觉得丢脸，才去找小姨、姨父帮忙把我塞到事业单位去。那会儿除了上海，另一家公司补录让我去南京，她也不让。后来我辞职了，也是今天这出戏，把全家人叫到家里来游说我，喊我回去和领导道歉，但是问题在于领导当时就是因为内斗要牺牲我啊，我还回去道啥子歉？说我不懂事，给小姨丢了脸。再说搞民宿，主意是我出的，全家除了我老公支持我，没得一个人愿意帮忙，最后还不是我自己拿积蓄出来搞。我妈前期一句话都不过问，后来是第一家成了，开始盘第二家，她才觉得脸上有光，到处和别人显摆。那不是宣传，是在炫耀。"

方晓棠一口气把心里话全都说出来了，全家人瞠目结舌，一句话都说不出来。方妈妈只觉得心绞痛，还没站稳，就倒了下去。一时间，家里乱成一锅粥，方晓棠也没想到，三步当作两步跨过去，大喊了一声"妈"。魏达说："先不要围到，我去开车，舅舅、小姨父帮忙扶一下，送医院。"

程斐然和钟盼扬赶到医院的时候，方晓棠正腆着肚子在楼下花坛边上吃烧烤，程斐然快步过去，问："啥子情况哦？要不要紧？"钟盼扬走在程斐然后面，看到方晓棠辣得呼呼地出气，就说："你看她样子应该是没啥子事情了。"方晓棠说："我觉得我妈就是装的，根本就没得事，每次都想用这种方法让我低头。"

方晓棠起身，把吃完的烧烤盒子扔进垃圾桶里，钟盼扬问："魏达欸？"方晓棠说："和我老汉在上面办手续，哎，今晚总算是过去了。"程斐然说："孃孃对你还是没得安全感，感觉这么多年过去了，一点都没变。"钟盼扬说："在大人眼里，我们哪里长得大嘛，永远都是娃儿。"

程斐然挽着方晓棠的手,说:"走嘛,我们陪你上去,顺道帮你劝下孃孃。"钟盼扬说:"也是,趁我们在,做做思想工作,总好过你后面一个人苦口婆心去说要好。"方晓棠说:"我妈那个人,说不通的,哎,你们想去就去嘛。"

三个人上楼,方妈妈坐在走廊口的椅子上,程斐然和钟盼扬走在前面,迎上去叫了声"孃孃",方妈妈才收起臭脸,假装精神不好,还是打了声招呼。魏达和方爸爸从楼下收费处上来,准备让魏达开车送他们回家,方晓棠说:"魏达,你送妈老汉回去吧,我坐斐然的车。"方妈妈看了方晓棠一眼,说:"啷个嘛,还不想和我坐一辆车啊?"方晓棠说:"你看我话都没说,你就要这么呛人,我在医院不想和你吵。"

程斐然淡淡笑了下,故意说给方妈妈听:"孃孃还是好,要是我和我妈吵架,她才不得多和我说一句话,不冷战一个星期都不是她的风格。"方妈妈算是得到了安慰,也不好多说啥子,只好让女婿扶着下了楼。走的时候,方爸爸拉着方晓棠说:"你妈给你说那两个工作,你还是好好考虑下嘛,一个屋头,光靠魏达一个人得行啊?"程斐然和钟盼扬围过来,宽慰道:"叔叔你不要急嘛,工作的事情,晓棠另外有打算,只是还没想好。"方爸爸将信将疑地看了她们一眼,叹了口气,末了说:"你反正莫让你妈操心。"说完,他背着手,追上魏达和方妈妈,走了。

深夜，凉风习习，程斐然开车到江边，方晓棠要下车，程斐然伸手拿了件外套披到她身上，说："你现在着不得凉，穿得太少了。"钟盼扬从副驾出来，看着江上零星的夜灯，长长呼了口气。程斐然稍稍站开了点，抽了两口烟，钟盼扬问："你们想好要做啥子了吗？"方晓棠找了块石头坐下来，说："开餐厅，那么远肯定没人去吃。开咖啡厅，翻桌率太低，基本是赔钱。重庆还有啥子赚钱嘛？总不至于开火锅店。"程斐然说："开火锅店说不定是条出路。"钟盼扬笑，说："南山上的火锅店还少啊？要杀出一条血路肯定不容易，光是做营销不晓得要花好多钱。"程斐然有点泄气地说："倒也是，要不然，我们来当你们公司的分销商算了，帮你们卖酒。"钟盼扬立马否定道："那还留那个村屋来干啥子啊，卖酒又不需要办公场所咯。"

方晓棠伸了个懒腰，说："我就说关掉最好了，我觉得现在搞得有点像是硬要把这个东西做下去，就少了点意思。"钟盼扬说："有时候就是逼着自己硬要做点啥子，才把东西做出来的。其实，我有个想法，但是不成熟。"程斐然赶紧问："是啥子，说来听嘛。"

钟盼扬说："重庆现在不是网红城市嘛，我们卖东西不一定要卖给本地人啊，现在物流这么发达，都是互联网经济了。我想说肯定有啥子代表重庆特色的东西，在新媒体平台上讲故事，我觉得这是一个很好的出路。疫情防控期间，我看到很多农村的果农自己录视频开直播卖东西，后台数据都很好。我觉得我们只要想好卖什么东西，村屋就可以用起来当作工作室或者别的什么,这样不浪费前面的装修费用,后期也不用投入更多。"

钟盼扬的思路向来宽广清晰,经她这么一说,两个人豁然开朗,方晓棠说:"是哈,之前我们只想着引其他地方的人来重庆消费,哪个没想过我们可以让他们为了重庆的东西消费欸!扬扬你厉害哦。"程斐然也兴奋地说道:"确实是个好思路,重庆可以卖的东西太多了哦,但是我想到的都是吃的。"方晓棠说:"我也是,一想起重庆,就忍不住想吃,可能我天生是个好吃狗,其他的一概想不起来。"

钟盼扬讲:"我也就是一个想法,具体怎么实施,我也没想好。"方晓棠站起身,拍拍屁股,说:"总归打开了思路,我们就回去好好想想嘛。哎呀,刚刚说到吃,我就饿了,肚皮里头这个估计也饿了。"程斐然说:"欸,走我那里去吃嘛,我妈正好中午过来拿东西做了一桌菜,晚上我也没吃。"方晓棠一听是刘女士下厨做的,立马来了兴致,说:"要得要得。"钟盼扬看了看时间,说:"你们去嘛,我就回去了。"方晓棠立马挽留道:"走嘛走嘛,一起嘛扬扬,不然显得我太好吃了。"钟盼扬拿方晓棠没辙,只好应了。

深夜最怕饥肠辘辘,万千美食便是人间享受,程斐然回锅热菜,喷香溢出厨房,家里一下变成深夜食堂。

三人上桌,菜色新鲜,方晓棠夹了一块排骨,咂了咂嘴,说:"宵夜有这么大一桌子菜,真的太安逸了!"钟盼扬夹了一小块凉拌鸡,吃了一口，眼神完全变了，立马说："这个鸡也太好吃了吧！"方晓棠立马伸筷子过去，一口含到嘴里，嚼了两口，表情夸张到程斐然想笑，方晓棠惊诧道："真的好好吃，以前啷个没吃过孃孃做这个啊？"程斐然拿着筷子随手夹了一块，说："有恁个好吃啊？我以前也没觉得啊。"结果刚刚入口，确实和往常味道不一样，她疑惑地看了看其他两个人，说："好像是有点好吃哈？"

方晓棠说："要不然我们让孃孃开个私房菜馆算了，这个手艺不做生意真的浪费了，全重庆都找不到几个手艺这么好的厨师了。"

钟盼扬突然拍了下桌子，把另外两个人吓了一跳，方晓棠捂着胸口说："你做啥子哦，吓死我了。"钟盼扬说："我们可以卖这个鸡啊，这个味道，绝对可以卖！"方晓棠一下眼睛也亮了，但疑惑道："啷个卖啊？"钟盼扬说："这还不简单，鸡肉直接真空包装啊，主要是佐料，可以弄个调料包，顾客收到了自己拌一下就是了。北京全聚德都能做真空特产，这个鸡也完全可以啊。"程斐然显然没有其他两个人这么兴奋，钟盼扬看了她一眼，笑容僵持了一小会儿，方晓棠再迟钝也突然意识到了问题所在。

程斐然说："我倒是可以问一下我妈，只是你们确定要让她加入进来唛？"程斐然一问，钟盼扬和方晓棠又沉默了。钟盼扬定神想了想，试探性地看着另外两个人问，说："是不是我们把孃孃想得太麻烦了？"程斐然说："不是想，她就是麻烦。"方晓棠看了看程斐然，说："要不然，问一嘴？有可能孃孃完全没得兴趣，我们就当作啥子都没发生。"程斐然说:"你觉得我给她讲了,她会当作啥子都没发生吗?"方晓棠嘴里嚼着说:"要不然我去偷师?如果孃孃肯教我的话。"其他两个又再一次沉默了下去。钟盼扬对刚刚提议也有些迟疑,说:"再想想吧。"

3

第二天早上,钟盼扬刚进了公司,发现气氛与往常截然不同,散漫的气息像被箍起来了,聊天的声音也没得了。

钟盼扬看到低头刷手机的小陈,忍不住问:"出啥子事情了哦?"小陈漫不经心抬头看了她一眼,说:"今天公司开始裁员了,薛姐第一个被开了,现在人还没来,名单倒是不晓得哪个泄露出来了,都在等到看戏。"钟盼扬不禁噎了一下,问:"名单上还有哪些人哦?"小陈摇了摇头,说:"不晓得,我也是刚刚来了听说的,就只晓得有薛姐。"

钟盼扬悄悄看了看小陈一眼,当初就是老板把她塞到自己手下来的,美其名曰是为了掩人耳目,实则早就有其他打算。钟盼扬尽量让自己做得好点,不至于钻空子。但这会儿说要裁员,自己一旦被裁了,小陈不是正好有机会坐上来,这是完全有可能的事情。这么一想,薛飞飞被裁就理所应当了。全公司上下,最爱对小陈压一头的不就是薛飞飞嘛,都说她傍上了更有钱的大老板,被裁应该不会有太大波澜吧。

钟盼扬刚这么想，就看到玻璃门推开了，薛飞飞今天连妆都化得飞扬跋扈的，大概已经有人私下给她说了，她就二话不说冲进老板办公室，原本安安静静的格子间，一下热闹起来了。几个小年轻立马起身，朝老板办公室门口趴过去，钟盼扬打开电脑，完全无暇顾及薛飞飞的事情，耳机一戴，表格一开，有的是事情做。突然一只高跟鞋就从办公室那边扔了出来，刚好砸在小陈电脑边上，一下把钟盼扬也惊起来了，忍不住朝办公室那边吼了声："搞啥子名堂哦。"

然后就看到薛飞飞披头散发打开门吼："你今天是不是要我把你的事情都抖出来嘛，想把我裁了，有恁个容易！"老板一下冲出来，拉了薛飞飞一把，说："你发啥子疯，有啥子话不得好好说。"薛飞飞甩开老板的手，冷笑一声，说："说啥子说嘛，说小陈这个狐狸精上位，我就不中用了！"

小陈的脸一下绿了，但还是理直气壮地冲着薛飞飞说："薛姐，东西可以乱吃，话哪个可以乱说啊，你喊哪个狐狸精？你自己不才是那个狐狸精嘛！"小陈伸手抓起那只高跟鞋就甩过去，差点打到薛飞飞的脸。薛飞飞看到小陈嘴硬，一下扑过来要撕烂她的脸，钟盼扬抱着电脑站在旁边，生怕被伤及无辜。

这下公司里面的人更热闹了，纷纷丢了手上的工作，立马有人拿起手机准备录下来，老板看到过去抢了手机，说："录啥子录啥子，都没得事情做唉？"说完他过去拖薛飞飞，结果小陈的指甲一下划到大老板的脸，破相了。

整场闹剧最后以薛飞飞拿到一笔丰盛的赔偿金结束，薛飞飞穿好鞋子，理好头发，扯了扯衣角，然后说："我稀罕这点钱嘛，还不是看到在渝城干了这么多年了，不想把面子撕破。"钟盼扬不晓得她是说给老板听的，还是为了挽回一点自己的面子，等到薛飞飞彻底走了，小陈才嘴叨地说："疯婆娘，得了便宜还卖乖，明明她自己把老板甩了，等于最后要了一笔分手费。"小陈的指甲刚刚被掰断了，昨天才去做的美甲，现在变成了残缺美，又是心疼了一阵。

钟盼扬不置可否，又是三三两两的人进去，看来裁员是真的了。钟盼扬还在拿计算机算渠道回款，紧接着就听到有人喊她，说老板叫。

进去之前，她特地看了一眼小陈，表情平静得完全看不出什么。她合上电脑，跟着人群往里面走，走到门口的时候，心里多少盘算了下老板如果真的要裁她，她打算用啥子方式多要点钱。钟盼扬有时候也挺佩服大老板的，特别是在刚刚发生了这么一场鸡飞狗跳的闹剧过后，还可以面不改色地继续解雇一个个员工。

她站在老板面前，胸背挺直，面色从容地看着他。老板看了看表格，然后问："小钟啊，你晓不晓得开年过后，我们公司营业额涨跌情况？"钟盼扬觉得莫名，怎么辞退她之前还要考核成绩嘛，她说："刚开年一两个月，没法和去年整年比，疫情封锁肯定受了影响，但实际上影响不大，和去年同月比，大概是下降了两个百分点左右。"老板点点头，说："你还是个清醒的人，问了这么多人，就你答得清清楚楚，所以说我没看错人。"

钟盼扬不晓得老板铺垫这么多是干啥子，想笑又笑不出来，只说："大老板喊我进来未必是要专门表扬我吗？"老板点了两下桌子，说："你未必是等到遭批评吗？"钟盼扬看画风不对，想说的话一下咽下去了，只听到老板说："你以为要裁你啊？哎，让你失望了。"老板端起桌上的茶杯喝了一口，说："公司里面哪些人在做事，哪些人没做事，你以为我睁起眼睛看不到啊。并不是因为我们啤酒卖得不好了要裁员，是我早就想把那些光领工资不做事的人裁了，一直没得理由，这不疫情正好。就像你说的，疫情到现在，销售是下降了两个百分点左右，但其实从这个月开始，营业额明显有上涨的趋势。我打算重新招一批新人，全面培养，现在像我们这种老品牌，太需要年轻人的思维了。"

钟盼扬被老板说得一愣一愣的，却还没弄清楚自己被叫进来是为了啥。这会儿，老板瞅了瞅她，说："最近我有个新的想法，渝城做到今年已经马上四十年了，我想做点大事，小钟啊，你啷个想？"钟盼扬"呃"了一声，不明所以地问了句："大老板是想让我参与这个新想法吗？"大老板点头说："只有你！全公司我首先想到的就是你，我打算扩展我们渝城的业务，不单单只在重庆卖，我想让你帮我去开展上海那边的业务。"

钟盼扬以为自己听错了，反问道："上海？"

老板说："我有个小兄弟在上海那边，所有人等于憋疯了，现在都在报复性消费，上海的酒吧太需要啤酒了，整条街整条街，大大小小的酒吧，市场特别大。如何？你是不是也觉得有搞头？"钟盼扬迟疑道："但是，我对上海市场一窍不通啊，啷个可能胜任这么重的任务嘛。"老板讲："没得啥子行不行，你过去，这个数的工资。"说着他比了个三，"怎么样，绝对不算亏待你，而且销售本身有提成，我还没给你算在里面。"钟盼扬说："钱不是问题，主要……"老板立马打断她，讲："小钟啊，你也晓得，小陈在你那里干了有段时间了，该学的也学得差不多了，总要给她成长的空间嘛，是不是？"老板明里暗里说到这个份上了，她钟盼扬还能说啥子？

出了办公室，她看到同事之间几家欢喜几家愁，自己心里倒是五味杂陈。正巧孔唯发信息来，问她晚上要不要一起吃饭，钟盼扬回了句好，这事儿能找个人商量下或许也有必要。

两人约在新光天地，吃汤锅。刚坐下，看到孔唯今天一身西装，相当帅气，反观钟盼扬，像是泄了气的气球，没精打采的。孔唯一边点菜一边问："啷个了哦？"钟盼扬想来想去，还是和孔唯说了，只是没想到孔唯听完的第一反应是："去啊，当然去，既然老板这么看重你，机会难得。"

钟盼扬觉得孔唯答得太理所当然了，反而有些不想说话。孔唯看她表情不对，问："怎么，你不想去吗？"钟盼扬反问："我为啥子想去啊？"孔唯说："上海啊，多少人想去都没机会去，而且老板不是答应给你涨工资吗，我觉得完全没得理由不去啊。你现在这个岁数，还是有竞争力的。"钟盼扬低头吃东西，不想多说一句话。

场景似曾相识，七八年前，大四尾声，陈松坐在钟盼扬学校食堂里和她说："为啥子你就这么排斥上海啊？我觉得那里机会比重庆多太多了，你都没有体验过，就直接拒绝，有点太武断了哦。"

当时陈松和钟盼扬还是上海、重庆两地跑的异地恋人。对学轨道的陈松来说，上海的地铁发展比重庆早了不止十年，更多的机会都在那座大城市等着他。但是对于从小在重庆长大，连大学到家也不过半小时距离的钟盼扬来说，这里有她喜欢的食物、环境和人。最重要的是，她在这里有理所当然的安全感。她也不是那种非要上进到众人瞩目的女生，所以当陈松和她商量去上海发展的时候，钟盼扬只说了一句："如果你真的觉得上海更适合你，你就去呗，反正我们也异地四年了，不在乎继续异地下去。"

陈松不理解地问她："未必你都没想过更好的生活啊？"钟盼扬当时觉得很莫名，啥子叫更好的生活？她从来没觉得自己当下的生活不好，也不理解陈松为啥子不愿意回到家乡，虽然上海的轨道交通更成熟，但重庆轨道发展更是大有前景。

而后，当然是陈松做出了妥协，从上海拖着行李告别他的理想国，回到了重庆。跟钟盼扬结婚，之后的事情当然与理想无关，只是钟盼扬想不到，在和陈松分开的几年后，同样的选择题再一次丢到她的面前。钟盼扬堵着气问了句："是不是在你们男人眼中，只有成为了不起的人，才可以算幸福啊？"

孔唯一时间没有反应过来，不晓得钟盼扬在气什么，只是脸上挂着笑容说："我以为你是想我站在过来人的角度给你点意见。"钟盼扬叹了口气，有点失望地说："孔老师，谢谢你的意见，但可能不是我想要的。"

饭吃得并不愉快，钟盼扬也没打算和孔唯继续待下去，孔唯本来打算开车送她，但她只是站在那里，拿手机准备叫车，然后转头说："孔老师啊，我以后还是叫你孔老师算了。其实我觉得我们对彼此真的不太了解，就像到现在，我也不晓得你到底日常在做啥子。今天听你说完话过后，我才意识到一件事，你可能还以为我是当年那个对未来没得打算，不晓得何去何从的高三准毕业生，就像我也时不时总觉得你还是那个孔老师一样。恁个一想，就很没得意思。但我的价值观里，并不觉得去大城市就叫有机会，在大城市赚到钱就叫成功，我只想做我想做的事情。"

孔唯猝不及防，不晓得该说什么，只说了声"对不起"。钟盼扬的车到了，临走时，和孔老师讲："如果我要去上海，应该七八年前就去了，哎，只不过都过去了，孔老师，我走了。"

车开了一段距离，钟盼扬心里才舒畅一点，虽然刚刚还在生孔唯的气，但确实是因为他的建议，反而让钟盼扬想清楚了一些事情。回头一想，刚才那顿饭吃到最后，显得自己太莫名其妙了，孔唯本身没错，但钟盼扬却控制不住自己生气。或许有一方面原因，还是因为孔唯并没有对自己被调去上海这件事表示挽留。

不过一天时间,关于钟盼扬明升实降的消息已经连保洁大妈都晓得了。钟盼扬站在老板面前,把自己深思熟虑的结果说出来的时候,老板还是皱起眉头多问了句:"你不想去的意思是,你还要留在重庆这边吗?小钟啊,你有啥子担忧可以讲出来。"钟盼扬打断了老板的话:"我没得啥子担忧,单纯不想去上海而已,公司里比我能干又年轻的人不少,我现在去,感觉并没得啥子竞争力。"老板挠了挠头,说:"那你看恁个要得不,上海那边肯定是要派人去的,你又最有经验,就先去带带队,把那边团队安妥好了,再回重庆来,如何?"

换作几年前,钟盼扬肯定会相信老板的鬼话,然而今日的她认真地看了老板一眼,说:"以小陈的经验,你觉得真的可以直接做渠道分销吗?我可以把我的客户资源全部交给她,但是如果她有一天撂挑子不管,我不想回来收拾这个烂摊子。"钟盼扬一针见血说到了老板的心坎上,但是大老板还是清了清嗓子,顾及颜面地说:"小钟,这么多年了,我觉得你最值得欣赏的一点,就是晓得该说啥子,不该说啥子。"

钟盼扬直言不讳地说:"李总,漂亮话讲起没得意思,我就直说,小陈的位置,我可以让给她,但上海我是肯定不会去的。我仔细想了下,我在渝城啤酒也待了这么多年了,说实话也没得啥子遗憾,所以我辞职信也写好了。"钟盼扬把信递到大老板桌上,大老板有点不理解,说:"小钟,这个事情不至于闹离职嘛。现在疫情防控期间,工作也不好找,你不想去上海嘛,我们可以再商量嘛。"

钟盼扬说:"可以啊,那要不然你把小陈调到上海去开疆扩土嘛。"老板一下不说话,钟盼扬笑了,说:"没事,我不在乎,李总你还是把辞职信收了吧,我也不会像薛飞飞非要找你赔一笔钱,只是觉得做下去没得意思了。"大老板说:"这样嘛,小钟,我给你放个假,你好好想一下,上海那边最晚可以等到下个月底再答复。"

钟盼扬从办公室出来,小陈正坐在自己座位上擦护手霜,见钟盼扬过来,抬头看了一眼,说:"欸,钟姐,表上的客户我都打过电话了,补货的数量我也标记上去了,你看还有啥子事情要做没得?"钟盼扬没有说话,看了一眼手机,不过半个小时,已经有上百条信息了,她点开和程斐然她们的群,看到方晓棠朝程斐然问了句:"你和孃孃说了吗?"过了好一会儿,程斐然回:"还没有,我妈喊我今晚去她那边吃饭,要不然你们俩一起吧。"

这时,小陈又说:"钟姐,你去上海的事情定了吗?还是要恭喜你,有能力的人还是不一样。"钟盼扬觉得耳边叽叽喳喳得烦人,只在手机里回道:"晚上一起吧,我也有事情和你们说。"这时孔唯也发了信息来,说等钟盼扬心情好了,好好请她吃个饭。钟盼扬看着手机发了会儿呆,扣上,转头对小陈说:"做事情,自己要有主见,不要总是问:'钟姐,我该做啥子?','这个做好了,你看怎么办?'李总说以后你都要独当一面了，总不至于事事还要打电话来找我请示嘛。还有，我也就比你大一岁，你喊我钟盼扬就可以了，工作上不存在啥子姐啊妹啊，没得意思。我这个位置，一般人做，就是不要脸面、陪酒、拉客户，以为有油水可以捞。但你看到了，我做的时候，基本不走那条路，该有的业绩一样不会差。女人做销售，容易吃亏，自己多留点心，这算是我最后的一点小建议。"

晚上，钟盼扬拎了袋水果朝刘女士家走，正好碰到停好车的程斐然，看钟盼扬拎一大袋子水果，说："熟人熟事的，你尽是恁个客气。"钟盼扬说："今晚上不是来给孃孃做思想工作的嘛，不送点东西过来，好意思啊？"程斐然想了想说："对头哈，还是你想得周到。"

这会儿，方晓棠看到她们走在前面，紧赶慢赶地从后面走过来，拍了下两个人的肩膀，程斐然一惊，手肘子差点撞到方晓棠肚子，赶紧说："哎呀，慢点嘛，孕妇一天还跑恁个快。"方晓棠不当回事地说："我还不是怕吃落了，快点走。"

三个人坐电梯上楼，门开着，钟盼扬先换鞋把水果提到厨房去。刘女士原本以为是程斐然蹿进来了，还想抱怨一句，转头看是钟盼扬，只好笑了，说："哎呀，扬扬真的懂事，每次来都记得带东西。"方晓棠趴在门口，说："孃孃，我就没带东西了，我提不动。"说完她挺了下肚子，刘女士说："带不带又啷个嘛，都是我的女儿，我家那个大小姐肯回来，还要托你们的福。"程斐然晓得刘女士嘴里少不得阴阳怪气，也没多说，把外套挂了，就过来端菜。刘女士说："不急不急，那个还没弄好，你把碗筷先拿出去。"

刘女士端了菜上来，六菜一汤，相当丰盛，解了围裙刚坐下，指了指最后端上来的鸡，说："这是晓棠亲点的菜，不要给我剩，多吃点。"方晓棠伸手就夹了一块，红油上舌，香而不腻，好吃是好吃，但和那天在程斐然家吃的味道不一样。钟盼扬看出方晓棠脸上细微的表情，也夹了一块，肉质和上次一样，但是味道总觉得差了点。

钟盼扬说："孃孃，这个鸡好像和上次在斐然家吃的那个味道有点不一样啊。"程斐然跟着吃了一块，确实，基本就是平常刘女士做的味道，虽口感不差，却不像那天晚上那样惊艳。刘女士有点疑惑："不一样吗？我都不晓得上次那个是啥子味道了。"方晓棠想了想，说："得不得是我们那天晚上太饿了，吃啥子都好吃，其实没得区别？"程斐然说："不，我吃了恁个多年了，那天晚上确实好吃。"钟盼扬分析了下，说："是不是调料不一样，我总觉得那天晚上吃的要更鲜一点。"

刘女士突然拍了下额头："我晓得了，哎呀，不是调料不一样，那天在那边没找到料酒，我就用红酒腌了下肉。煮完鸡剩那么大一锅汤，程斐然肯定喝不完，我就用了一部分，浇到佐料上面，不晓得是不是因为这个原因。"方晓棠一边吃一边点头："应该是，但是这个也好好吃哦。孃孃你啷个做的啊？"

刘女士还是听着得意，说："这个鸡最讲究的，就是不能太老，要买只买三斤半的鸡，多半斤都不好吃，肉柴。还有就是这个调料，酱油、味精、盐、糖都有比例，还有就是红油煎熬的时间。我说了你们也不会，想吃就喊斐然和我说，你们来吃就行了。"

程斐然盯盯钟盼扬，钟盼扬盯盯方晓棠，三个人满腹心事，不晓得该哪个开口，最后钟盼扬无所畏惧，说："孃孃你抽空可以再按你说的那个方法做一遍吗？"方晓棠也跟着猛点头，刘女士听得有些疑惑，左右看了下，说："嘟个，今天做得不好吃啊？"方晓棠放了筷子，直截了当说："孃孃，我们想让你来做鸡。"方晓棠一说完，自己都吓了一跳，赶紧解释说："啊，不是，我不是那个意思！"

刘女士看着三人莫名其妙，钟盼扬插空说："我来说吧，孃孃，之前南山那个民宿，可能没法做了，我们就想怎么换条思路一起做点事。上次在斐然家里吃了你做这个怪味鸡，觉得味道特别好，特别适合包装之后在网上卖，但是可能需要孃孃你的加入，就是不晓得你愿意不？"

刘女士朝程斐然看了一眼，有点不高兴地轻笑了下，说："这个事情，你还要专门找扬扬和晓棠一起过来给我说，你心里就把你妈否决了嗦？"程斐然说："我没这么想，这是你自己说的啊。"刘女士说："呵，说来说去，还是嫌你妈麻烦，一个电话就说清楚的事，还专门请说客过来干啥子啊？"

钟盼扬看着火药味已经烧起来了，赶紧说："不是不是，孃孃，你误会斐然了，本来也是我们三个人的事情嘛，一起比较好。"方晓棠也跟着找补道:"最主要的是,还是想再吃一次这个鸡啊,口水都流了好多天了。"

刘女士倒是被方晓棠逗笑了:"有恁个好吃啊?"方晓棠立马"嗯嗯"了两声,吐了下鸡骨头,说:"真的太好吃了,我觉得拿出去卖,肯定是要大卖的。"程斐然说:"你先不要生气了,今天我喊她们过来,也是想看看接下来怎么做。第一,我也不确定你愿不愿意抽时间出来做。另外,也不晓得具体需要啷个配合你。"

刘女士放了筷子,说:"做啊,为啥子不做,有钱赚就做,未必做个菜还把你妈累死了。"方晓棠笑着捅了捅钟盼扬的手肘,程斐然却冷静地说:"真的要做,肯定就不是说简简单单做给我们几个人吃这么容易了,如果量大,还要考虑原料配给,量产时间。如果只是小范围做,成本就会上去,肯定不赚钱。"

钟盼扬点点头,紧接着说:"而且我们还要考虑如果请人帮忙,这个秘方会不会被泄露,如果被其他人学着走了,可能还有人要来抢生意。"刘女士听了皱了皱眉,说:"那你们啷个打算嘛?"

程斐然看大家都和和气气的,忍不住泼一盆冷水,说:"妈,我要先和你说好,如果你真的要来一起做,不准随便发小姐脾气,而且有啥子要和我们商量,不可以自己想啷个就啷个。"刘女士听了一下不高兴了,说:"我还小姐脾气,我算是通情达理了的吧?你们说欸。"说着转向看看钟盼扬和方晓棠,两个微微笑,没有硬接这句话。

刘女士心里凉了一半,程斐然说:"我只是把预防针打在前面,先说断后不乱而已，万一有个摩擦，各自都要退一步。"刘女士心情全没了，方晓棠眼神示意程斐然差不多了，再说下去，可能刘女士就撂挑子不管了。

钟盼扬劝慰道："孃孃，我站在中立的角度说一句话，其实斐然担心的事情，倒不是因为说孃孃性格怕和我们处不来。我们都知根知底，认识十几年了，有啥子摆在台面上说，不存在。主要是怕代沟，一些处理问题的方法上面不一致，就像我和我妈感情再好，也有牙齿和舌头打架的时候。"钟盼扬说话向来客观，也容易被接受，刘女士虽然脸上还是不高兴，但嘴还是松了口，说："先吃饭，都冷了，吃了再说。"方晓棠拍了下手，说："那我们就当孃孃先答应了哈，其他的事情，我们就可以继续考虑怎么推进了。我们就找个时间，孃孃再做一次，我们来试菜。"

吃完饭，坐了会儿，三个人看时间不早，道别下楼。

走在小区里面，三个人都松了口气，程斐然说："今天要不是你们在，我真的不晓得啷个和我妈说。"走了两步，程斐然突然想起什么，问钟盼扬："你下午不是说有事情要和我们说的嘛？"钟盼扬住了脚，说："我打算辞职了。"方晓棠和程斐然都有点蒙，程斐然问："你不会是因为我说要好好搞这个，你也专门辞职了吧？"钟盼扬叹了口气，说："其实没啥子关系，完全是因为我个人的原因，我特别想试一下啥子依靠都没有，置之死地而后生的感觉。"程斐然说："那我也说件事，我打算把我老汉留给我那套厂区的房子卖了，我预估了下，怎么也有个二十来万，我打算全部投到这次'怪味鸡'的项目里面来。"方晓棠赶紧说："会不会有点太冲动了？"程斐然说："我也想感受一下啥子依靠都没有，置之死地而后生的感觉啊！"说完，就跟着钟盼扬一起笑了，方晓棠说："那我也说件事情！"钟盼扬和程斐然齐口说："讲嘛！"方晓棠一手搭在一人肩膀上，说："我今天才晓得，我怀的是双胞胎！"程斐然和钟盼扬一起兴奋起来，跟着大笑，"你哪个才晓得啊？"方晓棠说："之前看不出来的嘛，哎呀，好事成双嘛！"

这时，程斐然手机叮了一下，程斐然拿起来看了一眼，突然叫了一声，其他两个人都愣了下，问："啥子，一惊一乍的。"程斐然笑说："有人要买我那套房子了！"钟盼扬伸手摸了摸方晓棠的肚子，说："果然是好事成双啊。"程斐然说："我还是有点担心我妈。对了，扬扬你辞职的事情和屋头说了没有哦？"钟盼扬摇头，方晓棠又突然站住，叫："这好像不是我的手机的嘛。"程斐然一看，说："这是我妈的啊！"

三人走到小区门口，各自的脑袋里一下子冒出各种各样的问题和想法，兴高采烈地出去，又急匆匆地往回赶。门卫在门口对着喊："口罩戴好啊！"天气预报重庆的温度已经上去了，过两天就三十来度了，重庆的春天就是这么短暂得让人眷恋不住啊，雨季一过，人也跟着潮热起来了。

第八章

1

左右景色匆匆,程斐然开着一百二十迈在高速路上疾驰,钟盼扬坐副座,方晓棠坐后排。沿途风景郁郁葱葱,阳光普照,已是春末夏初了。

前一天晚上,程斐然突然提议,既然厂区的房子要卖了,不如顺道回去看看,好歹她们仨小时候都是在那里长大的。从市区上高速,也不过半小时不到,九十年代的旧厂房、红砖房、水泥院,现在已经全部划给中石化的工厂了,当年的那些家属院全都纷纷迁走,早已物是人非。但是程斐然提议的时候,钟盼扬和方晓棠想也没想就答应了。

下了高速,临路的马路都改道了,过去熟悉的风景纷纷消失,程斐然也有七八年没有回来过了。直到过了厂区车站旁边的殡仪馆,郁郁葱葱的树才像是原本的模样。拐小路进去,是厂区医院,现在依旧营业,主要面向厂里上班的职工。过了医院就是学校,现在早已空空荡荡,没有人了。即使还在厂区上班的人,孩子也都纷纷送到了临近的区县或者直接送到市区。周遭的房子依旧是职工在居住，上上下下的老人还是很多，但是像他们这样的同龄人已经很少了。

时间一下拉回到二十年前，三个人背着书包在这条路上奔跑的模样，跟着沿街的石墙一起风化模糊了。

往前走不到五分钟，就是程斐然小时候住的地方了，那是厂区最高的楼，当时也是整个厂区最贵的房子。九十年代的大多数楼房都是在八层以下，这栋高楼有足足二十三层，也是厂区里第一套配有电梯的房子。那时电梯还要收费乘坐，现在电梯完全闲置了，收费的阿姨也不知道后来去哪儿了，上下的人穿着厂区的工服，显得她们仨格格不入。

程斐然家住十二楼，望下去刚好可以看到厂区的外宾接待酒店和公园，三室一厅，阳台朝南，风景独好。她转动钥匙，打开家门，一阵长久封闭的气味扑鼻而来，她赶紧过去打开窗户，阳光正好照进来，客厅的家具都还是当时的模样，只是蒙了灰。程斐然对着方晓棠说："你还是把口罩戴起，也不晓得这些灰尘里面有没得病菌。"

方晓棠吓得赶紧戴了起来，左右转了下，说："现在看，这个房子还是很大欸。"钟盼扬朝着程斐然的卧室走去，说："原来我们放学来做作业，当时就觉得这个卧室好大，三个人趴在桌上都一点不挤。"

程斐然跟着走过去，看着正对窗户的写字台，说："那会儿人好小嘛,现在你看挤不挤嘛。"方晓棠拿起桌上的随身听,打开看,里面是一盘周杰伦《八度空间》的磁带,说:"啊,我要听!"说着她戴上耳机,结果按了两下也不动。程斐然说:"啷个可能还有电嘛。"方晓棠有点失落地拿下来,说:"也是哈。"

方晓棠拉开抽屉,里面有几封信,还有本相册,她拿出来打开看,里面是她们当时在学校和公园拍的一些照片。方晓棠抽出一张,说:"妈呀,我那时候啷个恁个胖!这是啥子时候照的哦?"钟盼扬和程斐然跟着过来看了下,所有人都是素面朝天,方晓棠指着其中一张说:"当时琛哥也好傻哦,还要故意把肚皮翻出来。"

程斐然看着张琛十几岁的模样,还是记忆中那个一到夜里就给自己发信息的少年。她把照片放回去,看到抽屉里那些信,也都是当年张琛写给她的,放回相册关了抽屉。

钟盼扬来回看了下屋子,家里的家具和电器都还是很新,当时刘女士保管得确实很好。这时有人敲门,程斐然过去开,门外一个穿着蓝色工作服的男人,岁数和她们差不多,戴着工作帽,程斐然没有正面仔细看,就听到对方先喊了她的名字。

方晓棠先"啊"了一声,道:"结果是熟人嗦。"程斐然又仔细看了下,还是没想起来,问:"你是哪个?"对方把帽子摘下来,笑了笑说:"卫子阳啊,记不起了啊?"钟盼扬想了想说:"你是卫子阳啊?完全长变了。"

程斐然当然记得卫子阳,但绝不是眼前这个身高颀长,肩线宽阔,面容黝黑，看起来还算踏实的男人。程斐然对卫子阳的印象还停留在学生时期，个子矮小，瘦，看起来营养不良，坐在程斐然的后排，隔三岔五喜欢招惹女生，属于搅屎棍的代表。

卫子阳浅浅一笑，酒窝明显，方晓棠说："你长高了恁个多啊，妈呀。"方晓棠走过来，比了比程斐然和卫子阳的身高差，居然比程斐然还高了一个头。钟盼扬说："啷个都没想到是你。"卫子阳说："也不是让我一直站在门口说话吧，好歹我也是来看房子的啊。"程斐然才反应过来，说："进来进来。"卫子阳朝着里屋左右看了看，问："你是彻底要搬走了嘛，啷个突然打算把这里房子卖了啊？现在其实卖不起啥子价。"程斐然打量着卫子阳的背影，问："我还奇怪你买这个房子来做啥子欸。"

卫子阳开了开冰箱门，又试了下燃气开关，然后转头看向程斐然说："我调回厂里来上班了啊，想不到吧。"钟盼扬说："你原来不是厂里的子弟的嘛，啷个会想回这里啊？"卫子阳讲："机缘巧合吧，当了兵回来，退伍后安排在消防队，正好就在这边。兜了一圈，回到了小时候上学的地方，但是刚来的时候，发现这边啥子都变了，完全不是以前的样子了。我妈给我在市区买了套房子，但是来回麻烦，我那天正好看到你这套挂着在买，一下想起来这不是你的房子嘛，我还以为已经转手给其他人了欸。"

程斐然问："你现在是消防员啊？"卫子阳点点头，说："啷个，看不起消防员啊？"程斐然笑道："没有没有，我就是说哪个你看起来壮了这么多。"卫子阳朝着程斐然走了两步，像是故意问了句："你结婚没有哦？"程斐然被问蒙了，方晓棠在旁边一下叫道："欸欸，啥子意思，你对我们斐然还有想法嗦。"

卫子阳抓了抓头发，说："问一下啊，又不得死人。"程斐然说："离了。"卫子阳说："和哪个哦，不会是张琛吧？"一下子三个人都不说话，卫子阳就笑了，"还真的是他啊，我当时以为你们最后走不到一起。"程斐然也很洒脱地笑了，说："我还以为我们不得离欸，说这些有啥子用，你到底是来买房子还是来查户口的哦。"卫子阳说："买啊，我看看嘛，不要急嘛，老同学见面，你们一点都不亲切，没得意思。"方晓棠说："这么多年了，除了样子变了，啥子都没变，还是这么油嘴滑舌。"

卫子阳说："现在很缺钱？这么急着卖？"方晓棠说："你真的话很多欸，啥子都要打听。"卫子阳说："我多问两句嘛。"程斐然没直接回答，只说："你要买的话，我们就尽快签合同，走过户手续，不买就算了。"卫子阳"嗯"了一声，说："明天给你答复，这些家具你哪个打算，准备拉走吗？"程斐然想了想，说："再说吧。"卫子阳说请她们吃个饭，机修厂门口的火锅店还开着，钟盼扬带头拒绝了，说她们还有事情。卫子阳也不好强求，留了电话，转身走了。

钟盼扬找了个位置坐下来，说："我不喜欢他。"程斐然说："不过就是卖个房子，也不至于谈到喜欢不喜欢嘛。"钟盼扬说："他明显是对你有意思。"程斐然讲："他对我有意思也没得用啊。"方晓棠摇了摇手指，说："欸，那不一定哦，你把电话留给他，就等于给了机会。"钟盼扬说："他可能就是看到是你的房子才说要买的，就是想接近你。"程斐然不以为然，说："那他成本也是花得够大的。"

钟盼扬看了看满屋的家具，问："这些东西他不要的话，你准备甩了啊？"程斐然走到窗口，抽了口烟，说："不然呢，也没得地方放啊，都是些老古董了，转手也卖不到几个钱。"程斐然收了烟，不想多说，只讲："肚子饿了，先去吃饭。"

下电梯的时候，钟盼扬突然意识到，问："斐然，你不想搬家具，是不是因为孃孃哦？"钟盼扬实在太聪明，方晓棠却不懂，问："哪个欸？"回头一想，咋呼道："你不会是还没有给孃孃说你要卖房子吧？"

程斐然又点了点头，叹了口气，说："这个房子本来也和我妈没啥关系，是他们离婚的时候，我老汉留给我的。哎，总归是要和她说的，只是我还没找到机会。"方晓棠说："搬到南山，肯定要遭她看到。"程斐然说："其实我也舍不得扔，我再想下吧。"

程斐然三个人在楼下找了家馆子，吃了碗米粉，准备回程。路过中学大门的时候，方晓棠突然说："我好想进去看一下哦。"钟盼扬说："走噻。"程斐然车停在那里，说："大门都关了的嘛，完全荒废了,里面啥子都没得了。"

三个人下车,绕到大门旁边不远处,有一处低洼,立了一道水泥扶手,约半个人高,但扶手对面,是一个凹陷,上下约有一米多,要从旁边的红砖凸起扶着往下才能稳妥起跳。一般情况下,她们三个都没什么问题,关键是方晓棠现在有孕在身。

程斐然首先打退堂鼓,"算了嘛。"方晓棠坚持,"又不高,哎呀,我想进去看下我们当时埋的那个东西。"

程斐然问:"埋的啥子东西哦?"钟盼扬说:"她说的是我们初中毕业的时候在风华楼那棵榕树下埋的盒子。"程斐然挠了挠头,说:"我们还埋过盒子啊?"

方晓棠假装生气说:"我就晓得你啥子都不记得了,只记到当时和琛哥谈恋爱。"方晓棠边说边已经往上爬了,喊了她们俩一声:"快点,托一下!"钟盼扬和程斐然赶紧过去,稍微用了点力,方晓棠就踩上去了,她回头说:"我先下去啊,你们快点过来。"说着,她顺着凸起踩实,往下慢慢移动,差一点踩滑,最后轻轻跳到软土上,看得两个人心惊肉跳。程斐然说:"你吓死人了。"方晓棠还嬉皮笑脸朝她们比了个手势,说:"快点过来。"

三个人慢慢往下走,学校在山坡的底下,正大门的大树还是依旧茂密,但教学楼因为长久没有修缮,外立面已经非常破旧,有长期被水汽腐蚀的墙壁,白墙全都起皮。公示栏上面还留着荒废前的优秀毕业生照片,已经只能看出模糊人样。

方晓棠走到风华楼的榕树下面，指了指说："我们好像就是埋在这里的。"钟盼扬看了看说："我记得是在乒乓球台的那棵树下面。"方晓棠疑惑看着钟盼扬："是吗？"程斐然摊手说："关键是，啷个挖，我们连个铲都没有，用手挖啊？"方晓棠说："我去看看教室走廊那边还有没得工具。"

最后方晓棠拿了几根铁棍过来，说："用这个嘛，快点。"程斐然一头雾水，朝着方晓棠说的位置戳下去，开始用力刨，说："我真的一点都记不得了。"

三个人费力地挖了好半天，泥土之下，空无一物，榕树的四周被掘地三尺，三人满头大汗。程斐然说："到底有没得哦，我越想越记不起来有这个东西。"方晓棠说："肯定有啊，总不至于遭人偷起走了哦。"钟盼扬一边擦汗一边笑，说："哪个要你那个破烂东西嘛。"

程斐然靠着树边上，问："所以里面到底是啥子东西嘛？"方晓棠说："我也不晓得。"程斐然诧异："你也不晓得？"钟盼扬解释道："我们三个都是各自用一个小口袋把东西装起来，再放到那个铁盒子里面的，确实都不晓得对方放的是啥子。"程斐然说："你恁个讲起来，我倒有点好奇了，我当初是放的啥子在里面哦？"

方晓棠讲："你们肯定想不到我放的啥子。"钟盼扬又用铁棍往下掘了几下，问："你放了啥子嘛？"方晓棠得意地说："我放了一百块钱在里面。"程斐然说："一百块钱搞得恁个神秘兮兮的。"方晓棠说："你们都不晓得我啷个想的！我是想说以后肯定要换新版人民币，我那个旧钞票就会变成古董了，当时的一百块钱拿出来肯定可以卖一万块钱。"钟盼扬说："那个时候还是大团结？"方晓棠说："不是，已经是毛爷爷了。"

程斐然一下笑了，说："结果恁个多年过去了，还是毛爷爷，你那一百块钱更不值钱了。"方晓棠跺了下脚说："就是啊，气死了。"

程斐然仰头看了下钟盼扬，问："那扬扬你欸？"钟盼扬说："我放了一张我戴眼镜的照片。"方晓棠才惊觉道："哦对头啊，你以前戴眼镜的。"钟盼扬说："初三毕业那年，我妈就带我去做手术了，我也不晓得啷个想的，就想说等我长大了回头来看，可能那是一个很重要的节点。"

程斐然问："重要吗？"钟盼扬喘了口气，说："现在回头看当然无所谓重要不重要了，但是在当时总觉得自己可能就此变成另外一个样子了，反正就是我很私人的事情。"程斐然举目望了下天空，说："我倒是真的一点都记不起来这些事情了，好像怀了涛涛之后，我的记性就一直在变差，很多以前的事情我都觉得模糊了。"

三人最终还是什么都没挖到，而对于程斐然来说，反而勾起了她的好奇。当年她会埋啥子东西在里面，她能想到的事物寥寥无几，关于那年炎夏能想到的事情，程斐然只记得一件了——张琛当时为了要和程斐然考上同一所高中，故意在中考的时候做错了两道题，但奈何最终张琛还是以高分被三中提前录取了。差一点掉出全市前十的张琛被爸妈狠狠地骂了一顿，唯独程斐然觉得有点愧疚，两人的分数差距实在太大。

张琛说:"那也没得关系啊,反正我每周都坐车来看你呗,沙坪坝到渝中又不远。"那几乎是初中那个夏天程斐然仅存的一点记忆了。她不禁猜想,如果当时真的埋了个什么东西,多半也是和张琛有关的。

走出校门的时候,方晓棠又回过头看了一眼,看到学校一下子荒废成这个样子,心头多少还是有点难过。程斐然已经坐回了车上,从车窗探出头来说:"走了嘛,赶得及还可以去吃那个羊肉笼笼,六点钟就关了。"方晓棠应了声,跟着上了车。

2

傍晚江头,沿江路边,大小饭馆吆喝连天,个个路边摊门口摆龙门阵,三个人在边边角角找了个位置,尽数点了招牌菜。菜还没上,钟盼扬说:"好了,我们也该商量做鸡的事情了。"方晓棠一下笑出来,说:"你这么说,别个不晓得的还以为我们真的要去做鸡。"

钟盼扬拉了下方晓棠说:"好了,说点正经事。我昨晚想了想我们大致分工,还是一样,我照旧做渠道,但主要做线上。然后斐然以前在企业待过,当时是策划,我觉得她适合来做内容营销。至于晓棠,你之前做民宿主要就是和客人打交道嘛,所以我觉得你负责客服。这样分工下来正好!这只是一个方向,剩下的就是嬢嬢负责的产品了。有了产品、营销、渠道和客服,这个公司就基本可以做起来了。"

方晓棠感觉自己已经燃起来了,她说:"但是南山那个村屋咋个办啊?听你说完,我们自己在家就能做了,根本不需要那个村屋。"

钟盼扬说:"你这么想就完全错了,如果一个品牌要做大,就必须要有一个固定的办公场所。一来是我们互相监督,在家办公肯定就是东一榔头西一棒槌的。另外对外传播的时候,客户、顾客对于有公司的品牌和没有公司的品牌,印象也完全不一样,不然我们就是小作坊。村屋装修好正好提供一个办公的地方,也是制作中心和仓库。总的来说,村屋正好帮我们提供了一个场所。"

程斐然说:"你这么说,确实是。但是来回始终有点不方便,特别是晓棠,再过两个月她肚子大了,更不方便。"

钟盼扬说:"斐然你不是有车吗?前期的话,每天早上我们就坐你的车上山好了,相当于班车,油费和汽车维修我们可以从公账里面走。其实营销和客服都还算可以固定在一个地方办公,就是我比较麻烦一点,要去联系渠道肯定是每天在不同地方跑,所以我打算下个月之前把驾照考出来,再买辆便宜的车代步,反正也是要用的。"

程斐然说:"那鸡呢?最主要的问题还是没有解决,我后来问我妈,她说那个三斤半的鸡市场上每天也就七八只,我们总不能每个商场都去一趟吧,感觉也不现实。"

钟盼扬说:"这个事情就由我来负责了。我那天回去就想了,现在因为疫情,肯定有很多地方的鸡不如之前那么好卖,我打算找到一个养殖场直接谈合作，关键是我们要找到对口的。"

方晓棠又问："说这么多，我们具体好久开始做啊？"钟盼扬说："今天回去，我们分别做几件事，我去找鸡的供应商，斐然把内容的营销方案做一下，然后晓棠你去摸索一下怎么引流，当初你做民宿的模式可以借鉴下。"程斐然看着钟盼扬笑道："扬扬好适合当我们的领导哦。"方晓棠插话道："别个扬扬本来就是领导！"这时羊肉笼笼端上来，饥肠辘辘的三个人立马伸了筷子吃起来。

回家之后，卫子阳打电话来，程斐然点开说："你好。"卫子阳在那边笑道："还你好，怎个生疏唉？现在不方便啊？"程斐然心想本来也不熟啊，说："基本礼貌而已。"卫子阳也不胡扯了，说："我想好了，这两天就签合同转钱吗，找时间把房子过户了。"程斐然说："要得，看你时间嘛。"卫子阳说："最近我都有时间，你也不用回厂里来了，我过来找你就行。"程斐然说："也可以，那就明天白天嘛，但是我还没想好那些家具怎么处理。"卫子阳说："没事，消防队有个仓库一直空着，你要是有啥子需要的，就和我说，我先帮你运到仓库那里。其他不要的，我就帮你处理了就是。"程斐然有点疑惑，说："得不得不好哦？"卫子阳讲："没事，那间仓库是我一个好哥们儿在管，我说一声就是。"

于是两人相约次日下午。相比于前一天，程斐然这次好生生地把卫子阳看清楚，除了真的个头高，黝黑，最重要的一点是，他看起来并没有变老。虽然和张琛、魏达都是同龄人，但是卫子阳的目光里还是有一种和年龄不相符的英气，又不同于侯一帆那种孩子气。

用那天钟盼扬的话来说，卫子阳眼睛里有东西，心眼不少，所以她不喜欢。程斐然倒无所谓，对她来说，卫子阳无非只是个买家而已。

程斐然坐下过后，问："电子合同你看完了吧，要是没得问题，就签字了？"说着她把打印好的合同递过去，顺道拿了一支笔，卫子阳端起咖啡喝了一口，说："你很急吗？"程斐然说："不急啊。"卫子阳说："不急就摆下龙门阵嘛，我难得休息，平常要出警，忙得不得了，大到灭火，小到老太婆关在家里，心力交瘁。"

程斐然觉得好笑，说："很寂寞吗？要找人聊天。"卫子阳讲："那不是，讲下你嘛，那天都没说完，你现在还单身吗？"程斐然不想把话题往自己身上引，说："啷个可能，我没得你恁个寂寞。"卫子阳一下笑了，说："那倒是，好看的人就是不缺人追，哎，不像我。"程斐然问："你啷个嘛？"

卫子阳突然沉默下去，像是准备好的话又咽下去了。程斐然看了卫子阳一眼，问："你到底想说啥子？"卫子阳笑了笑，拿过合同说："没啥子，在哪里签字？"程斐然等他把字签好，然后说："那等你把钱打了，我们就去房管所过户吧，没其他事情，我就先回去了。"卫子阳问："你现在是不是真的很缺钱？"程斐然说："和你没啥子关系吧。"说完她收好合同和笔，起身，说："回头联系。"

回程开车的时候,程斐然还在想卫子阳看自己的眼神,总觉得他有啥子话要说,又没说出口。前面红灯停车,程斐然有些出神,突然看到刘女士发过来一张图,图上是楼栋号和密密麻麻的价格,有点糊,看不太清,像是从其他地方转发过来的,正准备问刘女士是什么,一个语音就打了过来。

"看到没有?!"

程斐然一脸茫然,前面红灯灭了,转而绿灯,程斐然问:"啥子东西嘛?"刘女士说:"哎呀,我刚刚发给你的啊,厂区的房子要准备拆了,那个是赔偿价格,你看啊。"

程斐然心里咯噔了下,有点吞吞吐吐说:"我在开车。"刘女士才不管她,自顾自说:"终于要拆了,我看了下,按照图上的价格来算,我们那套房子至少要赔个三十来万,盼星星盼月亮,终于盼到了。我就想啊,等房子拆了,你拿这个钱,就去买理财,每个月多少有收入。"

程斐然大脑嗡嗡作响,说不上话,刘女士有点不耐烦地问:"你在听我说没有哦?"程斐然说:"我听到的。"刘女士继续讲:"至少嘛,涛涛上小学的钱还是有了嘛,我心头多少踏实了点。"程斐然问:"你从哪里看的哦,都是些小道消息,我都没听说要拆。"刘女士说:"别个我们以前厂里的领导儿媳妇发的,肯定不是小道消息。"程斐然说:"消息放出来和真正要拆,中间不晓得还隔着好多年。"刘女士诧异道:

"我说要拆房子,你啷个一点都不兴奋啊?"程斐然马上辩解道:"没有啊,我在开车,我正好也要问你,那个试菜你准备得怎么样了?"刘女士一下话题被岔开,说:"你们那天走了过后,我又试了下,好像味道还是不太对,可能是酒不对,你明天把你家里那瓶红酒带过来吧,正好叫她们一起来试试。"程斐然"嗯"了一声,赶紧挂了电话,长长地舒了口气,心想,这房子,早不拆晚不拆,偏偏在她签完合同要拆,这不完全在跟她作对嘛!

这时导航上显示红旗河沟正堵,程斐然一阵心烦,突然一笔二十万打进了她的账户,都不给时间让她思考,卫子阳一条语音发过来,说:"钱打给你了啊,啥子时候办手续啊?"程斐然没有直接回,趁机问了句:"厂里有没有说拆房子的事情啊?"卫子阳说:"没有啊,怎么,你是又不想卖了,要留在自己手上吗?"程斐然回:"我不是这个意思,合同签了,肯定就是卖了,我只是今天突然听到我妈说这件事。"卫子阳说:"如果拆的话,多少钱?要不然我给你补上。"程斐然笑道:"你就这么喜欢这个房子啊?破破烂烂的,还要给我补上,那你不等于走了个过场吗?"卫子阳说:"我无所谓啊,反正现在没拆,我就住着,拆了赔钱给我,我也是赚啊。何况啥子时候拆还没得个准,厂里办事情,你又不是不晓得。"程斐然说:"我当然晓得,那就这两天嘛,明天你有空吗?"卫子阳说:"明天可能不行,总不能连着两天不在单位,过两天吧,你总不至于把钱卷起跑了。"程斐然说:"那说不定哦,你打钱之前也不好好想下。"卫子阳跟着笑了，没继续说，讲着还有事情就先挂了。

程斐然看着卫子阳的头像，还是幼儿园的照片，她微微一笑，前面的车终于开始动了。

3

大清八早，程斐然就听到咚咚敲门的声音，她看了下手机，才七点不到，侯一帆在旁边睡得跟猪一样，伸手拍了下程斐然，问："哪个清早八晨就来了啊？"程斐然踢了侯一帆一脚，揉了揉头发，说："你去开。"侯一帆被一脚踢下床，带着起床气，揉着眼睛，穿着短裤朝客厅走，没两分钟，就见到侯一帆一下蹿回来，盖到被子里，说："嬢嬢来了，我都没穿裤子。"

程斐然一下就听到刘女士在外面大声大气地说："程斐然，你还在睡啊，你们创业就创成这个样子啊，快点起来陪我去买鸡了！"程斐然穿着睡衣出来，唉声叹气地说："妈，你也太早了哦。"刘女士皱起眉说："再不去，等到菜市场捡烂叶子菜啊，哪里还买得到三斤半的鸡？！"

程斐然只好起来简单洗漱，稍稍弄了下头发，侯一帆说："嬢嬢简直比你们还积极，七点钟都不到哦，天都没亮透。"程斐然从衣柜里随便拿了件衣服，说："她就是三分钟热度，最近也是太闲了。"

从小到大，程斐然最不喜欢的一件事就是和刘女士去买菜，一方面是她实在没有办法容忍刘女士的砍价，不仅砍得凶，还容易在菜市场和人吵起来。程斐然印象最深的一次，就是小学的某天，刘女士拉着她去买鸡蛋，别人说鸡蛋容易破，不要随便摸。刘女士就说，不摸我晓得是不是烂鸡蛋啊！那个人就说那你别买了。刘女士立马就撩了袖子和那人吵了起来，后来拉扯还摔了两个在地上，刘女士也不赔钱，那个卖鸡蛋的女的就和刘女士在菜市场扯头发。

刘女士扯着程斐然突然说："厂头房子的钥匙，你等下回去给我下。"程斐然紧张地问："你拿去干啥子啊？"刘女士说："里面恁个多家具啊，电器啊，我肯定要处理了啊，到时候说拆就拆。"程斐然说："都不晓得到底好久拆，你急急忙忙去搞这些干啥子嘛。"

刘女士一下松开程斐然的手，盯着她，仔细看了两眼，讲："欸，程斐然，你不对头哦，从我那天说起房子开始，你都一直言辞闪烁的，是不是你老汉和你说了啥子？我给你讲啊，这个房子，当初你外婆也出了钱的，你妈我也是占了一份的，你有啥子想法最好现在就说出来。"

突然一个卖鱼的推着车过来，活鱼摇摆，水溅得到处都是，程斐然实在不想在大庭广众之下和刘女士讲这些，只说："哎呀，我有啥子想法嘛，我只是觉得你现在听风就是雨的，拆迁的事情都还没落定。"刘女士稍微缓和道："这次肯定是要拆的了，厂里头几个孃孃都给我说了。因为最近厂里要扩建，上面正好又给拆迁办做了工作，那些楼,现在又得人住,全是些老弱病残在那里,厂里还不是想把这些人都迁出去。社区老了,没人管,长期下去怎么行嘛。"程斐然心里打鼓,还是假装镇定地说:"晓得了晓得了,我们先买鸡嘛,我还喊了扬扬和晓棠中午过来试菜,回头把钥匙给你就是了。"刘女士想想也是,又挽上程斐然的手,继续往前走。

中午试菜的时候,侯一帆已经去上班了,刘女士在厨房捣鼓,钟盼扬和方晓棠坐在沙发上,程斐然把厂区要拆迁的事情和她们说了一遍,然后压低声问:"我都不晓得啷个给她说了。"方晓棠说:"我倒没听到我妈老汉说啊,这种事情,他们应该最积极,孃孃消息确切不嘛?"程斐然说:"确不确切不重要了,她已经想当然地以为明天就要拆了,后天赔偿金都要到账了,说不通的。现在问题是,我和卫子阳已经签了合同了,他钱也打给我了。"方晓棠一下咋呼道:"恁个快啊,还说他对你没得意思,我鬼都不信。"

这时刘女士拉开门问酒在哪里,程斐然说:"我来我来,你去嘛,我给你拿过来。"拿了酒,递过去,再走回来,刘女士已经把厨房的玻璃门拉上了,钟盼扬才说:"我说句实话,其实你的问题不在于卖不卖这个房子,而在于卖了之后你把钱拿来做生意,这个你随便啷个肯定还是要和孃孃说的。"

程斐然说:"先不管这些了,不管啷个说,钱我拿到了,我们就可以开始做了,你说和大老板联系那个养鸡场后来怎么说?"钟盼扬讲:"就看我们时间,肯定不在市区里头,但是据说肉质很好,我觉得我们可以先去考察一下。"方晓棠说:"那我们明天就去嘛,说实话,我现在还是觉得摸不到头绪。"

钟盼扬说:"现在我们连第一单都没得,你肯定摸不到头绪啊。"转而问程斐然,"内容营销你想好了吗?"程斐然说:"你发给我那些我其实都研究了下,但是并不是很实用。我在网上查了下,其实基本是一个模式,先引流,然后做社群,然后做裂变。因为我们三个都不是网红嘛,没得啥子自然流量得,现在最常用的办法肯定是做直播,但是需要一个长期的时间积累,也不可能上来就卖货,所以不是很可取。还有一个办法,就是找一个已经有流量的博主,找她们来带货,这可能是一个方法,但投入成本就会大。所以具体到底怎么做,我还没完全想好。"

方晓棠说:"其实我倒是有个办法,就是不晓得好不好用。"钟盼扬说:"讲来听啊。"方晓棠正襟危坐,一本正经地说:"周雪那个超市,虽然不大,但是日销量确实很高,而且有固定客群,她不是马上要开新店了吗?我觉得我们这个鸡,索性可以做成半成品,加上包装,就先放在周雪那里卖,看看市场反馈,至少有个线下平台,也不用我们付门面费,大不了就是收益让周雪那边提成嘛,这个我来和她商量就好了。"

钟盼扬说:"确实是一个出路,如果口碑好,应该就可以人口相传,我就可以往更多渠道去谈了。"程斐然说:"这是个办法,但是到最后我们还是卖给重庆本地人的嘛，不是有点违背我们的初衷了吗？"方晓棠紧着说："欸，听我说完，接下来就是我说的第二个想法，当时我做民宿的时候，不是都和顾客加了微信吗，七七八八这几年也加了近两千来个人的微信了，我觉得那是一个社群渠道。我们把内容营销好，到那个号上去宣传一波，应该还是有反馈。"方晓棠说完，两个人都忍不住拍了下她，说："你脑壳确实有想法啊！做生意你还是得行。"

方晓棠也有点不好意思，说："哎呀，没吃过猪肉还没见过猪跑嘛，我也就是说下我自己的想法，也不晓得行不行得通。"

看她们一脸兴奋，刘女士就拉开门端着鸡出来了，叫道："来吃来吃，看看味道怎么样。"方晓棠从沙发上一下起身，说："等不及了！"程斐然有点抱怨地说："我们正在开会，你就把我们打断了。"刘女士一边解着围裙，一边说："边吃边说不可以啊！"钟盼扬过去扶着刘女士的肩膀，说："孃孃，她就是随口一说，莫计较。"方晓棠伸了筷子，一口咬到嘴里，刚咽下去，拍了下桌子，说："就是这个味道！"刘女士一下高兴地说："是吧？"钟盼扬下口，朝着程斐然点了点头，说："好吃的，确实是好吃。"

钟盼扬顺道就朝着刘女士问："孃孃，我突然想到一个问题，你一个人做，一天最多能做好多只鸡哦？"刘女士有点疑惑地说："我以为你们都要来帮忙搭把手欸，就我自己一个人做啊？"程斐然立马解释道："我们可以请人给你打下手，但我们三个肯定有其他事情要做啊。"刘女士看了下墙上的挂钟，说："其实多做几只时间差不多,有人帮忙剔骨头的话,我就负责最后味道,一天还是可以做个二三十只,主要是锅啊,灶啊,这些东西不够的嘛。"程斐然说:"这些我们可以买,都不是啥子问题。"方晓棠说:"孃孃味道把控好了,我们又看到点希望!"

夜里,程斐然抽着烟,坐在电脑前,突然想,当初上班的时候是啥子样子啊,好像已经过去好久好久了,但仔细想来,也不过是两三年前的事情。记得当时穿起职业装在商场里面跑来跑去,每天都在想,公司的产品要啷个包装,啷个营销,啷个传达给销售,隔三岔五地开会,对一个方案讨论无数次。程斐然其实有点忘了,当时自己是啷个适应那份工作的。时过境迁,过去的同事早不联系了。张琛那个事情刚刚爆出来的时候,公司上下都在谈论她,但她还是硬着头皮进进出出。重庆说大也大,全市加起来起码有三个北京那么大。但重庆说小也小,像是人人嘴上挂了个小喇叭,藏不住事,家家户户有个啥子稀奇事情,隔不到多久就传遍大街小巷。前几天程爸爸打电话来说,不要紧的,一步一步来嘛,总归有个事情做,心也有地方落脚。程斐然一想到这个,轻轻吐了一口烟。

4

不觉又过了几天,夏天的气息越发浓重了,小区里的蝉声已经泛起，又下了一场大雨，彻底闷热起来了。全国疫情此起彼伏，唯独重庆像是一处净土，立夏之后，基本已无病例，人心稍显安定，各行各业重新出发，只是旅游业继续低迷，重庆变成自给自足的一块圈地，人人开始对钱紧张，特别是刘女士。

程斐然刚刚换了连衣裙，才拉开窗帘准备浇花，刘女士就在电话那头急不可耐地说："你今天陪我去一趟厂头。"程斐然以为事情败露，略有吞吐，问："去厂头干啥子啊？"刘女士说："真的是，欺负人啊，昨天厂头文件下来了，拆迁的片区刚刚划到我们那套房子旁边，就不划了。整个下坡片区都要拆，就说我们那套房子在上坡区。我们明明在中间的嘛，啷个算上坡区啊！"程斐然心里松了一口气，但又有点烦躁，实在不想和刘女士去跑这么一趟，只问："去厂头又干得到啥子嘛？文件说没得就没得了噻，热天热事的，难得走嘛。"刘女士说："啷个不去啊，我都和陈孃孃、徐孃孃她们约好了，上坡区这边以前住那几个老师也要过去，要去闹欸，横幅都拿起了，啷个可能就恁个算了哦，这次不拆，不晓得又要猴年马月才拆了。快点哦，换了衣服来接我。"不等程斐然回应，刘女士就直接把电话挂了。程斐然正左右为难，又显无奈，还是只能开车去接刘女士。

哪想刘女士上车就一副气势汹汹的样子，不及程斐然开口，就机关枪一样说："直接走高速过去，那些孃孃都在哪里等到起了，我就不信了，一群老太婆搞不定。要是今天不解决，我们就不走了，我准备把厂里房子的铺盖毯子都抱过去。"程斐然踩了油门，没说话，只听刘女士继续说:"还好当时我喊你去找你老汉把房子过户给你了,不然又让程国梁赚一笔。所以说,凡事听你妈我的,总不会有错。"

刚说完,电话响了,接起来:"欸,徐姐啊,嗯嗯,我们在路上的,对头,肯定要多叫点人啊。雷哥那边你通知了没有啊?还有陈老师。李叔啊?对对对,我有些没得电话了,你等我找一下。嗯,好的好的,你先联系雷哥,我这边也问下陈老师,好的。"挂了电话,刘女士就开始认真地翻起通讯录来,程斐然悄悄望了刘女士一眼,又听到她连续给两三个人打电话,内容大同小异,基本等于发动群众一起去"解决问题"。程斐然听刘女士已经差不多要把话术固定成一个模式了,按了播放器,放了一首歌,实在不想听。刘女士叽叽咕咕地说着话,听到周杰伦唱rap,皱了下眉,说:"声音小点。"程斐然假装没听到,刘女士长话短说,收线,看程斐然,问:"你明晓得你妈在打电话,还故意放歌?"

程斐然深深吸了口气,说:"厂头那套房子,我已经卖了。"刘女士还在翻手机,完全没听进去,一瞬间反应过来,才停下手里动作,眼如杏核,瞠目结舌,大声问:"啥子啊?!"程斐然在附近的岔路口下了道,找了一个可以拐进去的小路停车,拉了手刹,说:"房子我卖出去了,就在前几天。"

刘女士已经气到嘴角抽动,说:"恁个大的事情,你都不和你妈商量一声?前几天,我才刚刚给你说要拆,你转手就卖了,程斐然,你想干啥子?"程斐然心平气和地说:"我不是你和我说要拆才卖的,是我卖了才晓得要拆,合同已经签了。这次创业,原本你投的那点钱其实根本不够,因为不做民宿了,所以就更需要前期成本投入,我也是权衡之下,才决定把房子卖了。厂头这套房子,是你和老汉当年为了我读书凑钱买的,其实我心里一直晓得。当时张琛出事的时候,我也不是没想过把这套房子卖了,只是当时张琛不让,他喊我留到,说不到非不得已,还是等到拆迁。但是一等又是几年,厂里的房子本来不值钱,如果卖了可以把钱用在有意义的地方,我觉得我没得理由不卖啊。我晓得你一直在等那套房子卖了,可以拿钱。我也晓得当时张琛家里的事情,让你亏了不少,你从一开始就打算好了把这套房子当成是那笔钱的补偿。所以我不敢和你商量,也怕我开口了你不同意,到时候同样闹得不愉快。"

程斐然一口气把心里想说的都说完了,刘女士长长地呼了一口气,问:"今天要不是我喊你和我一起去厂头,你还打算瞒我好久?"

程斐然抿了抿嘴唇,说:"我不晓得啷个和你说,我怕我一说你就要和我吵起来,我真的不想和你再吵架了。"刘女士降下车窗,潮热的风忽而吹进来,和车内的冷风中和,她收起了手机,轻轻说:"你是不是已经和你老汉说过这个事情了?"程斐然"嗯"了一声,刘女士沉默了一小会儿,说:"所以在你心里头,永远都是你老汉比你妈值得被信任。"程斐然说:"不是!我和老汉说,只是觉得……"刘女士抢话道:"只是觉得他不会拒绝你,你妈就是母夜叉,凶神恶煞的,又不通情达理,也不体贴,不会站在你的立场去想事情。"

程斐然不说话，刘女士正脸仔细看着程斐然，轻轻笑了下，说："呵，看嘛，你心头想啥子，你妈还不晓得唛？"刘女士惶惶然看着窗外，说："以前你外婆在的时候，经常说我，说我这样不对，那样不好，有时候我也想说，让自己妈真正理解自己，是件好难的事情嘛。今时今日，我才真的理解你外婆当时的心情。"

刘女士拍了下程斐然面前的方向盘，说："走嘛，开车。"程斐然问："走哪里啊？"刘女士讲："回家啊，房子都不是我们的了，还去闹啥子闹啊？"程斐然说："那你刚刚都把人组起了，不去不会丢脸啊？"刘女士说："那啷个办，你也晓得你妈要丢脸啊，不去丢脸，去了更要丢脸，那还不如不去，你就不用管我了，往回开吧。"

程斐然"哦"了一声，心里总算松了口气，刚开没两步，刘女士又问："欸，那你卖了好多钱啊？"程斐然说："二十多点。"刘女士说："啊，才二十多点？哎哟，你真的是亏至唐家沱。"程斐然说："有人买就不错了，就那个房子，挂出去都没人问。"刘女士问："那是哪个买了啊？"程斐然说："一个初中同学，卫子阳，你又认不到。"

是日夜里，程斐然算是彻底放松躺平，侯一帆帮她把苹果削好，喂了一块到她嘴里，程斐然说："最近啷个好像没看到你打游戏了啊？"侯一帆说："打啊，但是最近有点腻了，不晓得是不是年龄大了，最主要的是……"侯一帆挑着眉看了程斐然一眼，程斐然问："最主要啥子？"侯一帆笑而不语，说："你猜噻。"程斐然用脚轻轻踢了下侯一帆，说："讲哦。"侯一帆又切了一块自己吃，边嚼边讲："最近不是有情敌了的嘛。"

程斐然没反应过来，问："哪个哦？"侯一帆说："你那个初中同学欸。"程斐然才猛笑，说："是哦，那你个人好好珍惜我。"程斐然刚说完，钟盼扬就打了个电话过来，程斐然伸手接到，问："嘟个？"钟盼扬说："卫子阳那边你还是小心点，他妹夫一直在找张琛。"钟盼扬一说，程斐然就马上坐起身来，问："是不是哦？"

钟盼扬讲："反正我今天也是和璐璐聊天，听她说的，你自己心里有个底嘛。"程斐然说："我晓得了。"扣了电话，侯一帆看程斐然表情不对，问："啥子事情哦？"程斐然摇了摇头，说："没啥子，削你的苹果嘛。"

两天之后，程斐然和卫子阳在房管所见面，卫子阳一身运动背心，加一条黑色耐克短裤，看起来像是刚刚运动完。两人在文件上签好字，交完手续费，工作人员让卫子阳回去等着就好了，房本要重新做，到时候寄给他。

出来的时候，程斐然突然站定，说："我突然想问你件事。"卫子阳说："好啊。"程斐然问："你为啥子要买我的房子啊？"卫子阳轻轻咳了一声，说："那天不是和你说了吗，正好调回厂里头，就想方便一点，另外你不是说房子要拆嘛，正好占个便宜噻。"

程斐然注意到卫子阳眼神有些躲闪，想着钟盼扬前两天和自己说的话，直言不讳地问："你妹夫是不是也给张琛厂里投了钱？"卫子阳假装不晓得，反问了句："投啥子钱？我不晓得啊。"程斐然说："你要装嘛，装得像点嘛，这个事情闹恁个大，你不要说你一点都不晓得。"卫子阳一下像是被发现犯错的小娃儿，踢了下地上的石子儿，笑了下，说："哎，人生难免遇到一些挫折嘛，很正常，我只是觉得你当初不嫁给张琛，或许就不会发生这些事情了。"

程斐然直直看着卫子阳，问："所以你其实啥子都晓得，是吧？"卫子阳说："我看到你都要卖房子了，想到你确实是缺钱了嘛，我妹夫的事情你就不要管了，我来搞定就是了，你先拿钱去还其他人嘛。"

程斐然这才明白卫子阳的意图，有点幼稚，又有点好笑，说："我好久和你说我是卖房子去还债？"卫子阳一下愣了，"啊，不是唛？我看你这么急着要钱。"卫子阳一下哈哈笑起来，摸了下后脑勺，说："说起来不怕你笑，以前读初中的时候，我经常和几个男生走在后面，每次看你进你们小区，他们都说你住电梯房，那会儿我还多羡慕的。"程斐然讲："九十年代的房子了，现在全中国还有哪个小区不是电梯房嘛。"卫子阳说："嘿，那你真的不晓得，正是因为它是九十年代的电梯房，才和现在的这些房子不一样。"

程斐然问："那才更不值钱啊，欸，你不会真的是为了担心我钱不够才买那套房子的吧？"卫子阳不说话，微微抬头，天突然阴下来了，没有防备的，一下子大雨如注。卫子阳拉起程斐然就往旁边店铺屋檐下跑，还是来不及，浑身湿透，梅雨季节，水汽都是热的，程斐然的鞋子全湿透了，卫子阳彻底大笑起来。

程斐然问："你笑啥子啊？"卫子阳说："好狼狈嘛。"程斐然说："我拿钱是准备做生意。"卫子阳说："那不是很好嘛，新的开始。"他看着程斐然头发湿漉漉的，让她等一下，然后到旁边小卖部买了两包纸巾，递给程斐然，说："揩一下嘛，打湿完了。"程斐然说："我开车回去了。"卫子阳说："那也揩一下，这个天还是容易感冒，热感冒更恼火。"程斐然扯了两张纸巾，擦了下头发，说："谢谢了啊。"

卫子阳忽然说："程斐然，你还准备再结婚不哦？"程斐然像是没听清，问："啊？"卫子阳重复了一遍，说："我问你还打算再结婚不？"程斐然洒脱地笑了下，问："啷个嘛，你有想法啊？"卫子阳说："我只是觉得你可以考虑一下。"程斐然捋了捋还在滴水的头发，说："我有男朋友了。"卫子阳耸了耸肩膀，说："那就祝你幸福嘛。"说完两个人一起笑了起来。程斐然点头，卫子阳补了句："但是你分手了记得和我说哦。"程斐然说："恁个不死心啊。"卫子阳两颊泛起梨涡，在路边打车走了。

程斐然回到家，洗了澡，总算房子的事情告一段落。打开电脑，开着风扇，程斐然在好几个营销案例的网站来回切换，突然被一条创意吸引了——一个创作者用一百首诗记录下与前妻的回忆，将与回忆情绪相关的词通过编码生成一万张图。程斐然好奇地点了进去，随便点开一张标有"心愿"一词的图：百分之三十三的爱意，百分之二十的精力充沛，百分之二十五的感激，百分之二十的值得，百分之二的卑微。词中的百分比，是这首诗当下的情绪，词牌图片的背面，需要付费九十九元才能看到。程斐然忍不住付费点开了背后，几行简单的字句写道：

> 不要复杂的求婚，要北海道铺满厚厚的雪，或是北方冬天的盛大。镜头对焦，画面是两个温热相融的微笑，再无限拉远，逐渐变成屏幕上的两个点，这是世界唯一的两个点，被称为我们的两点。

似乎明明是和自己无关的事，但程斐然却读到了一丝共鸣的情绪。零四年还是零五年，张琛和程斐然下了晚自习回家的路上，张琛问程斐然，如果有一天要结婚，会想要在哪里举行婚礼。张琛以为程斐然会说海边、岛屿、有花有湖的教堂，但最后程斐然说，想要下一场雪。重庆娃儿，极少没见过雪，如果心爱的人可以带她在大雪纷飞的地方举行一次婚礼，她绝对终生难忘。大概只是无心的玩笑话，而后，两人结婚、生子、分居、离婚，似乎都没有再提过关于雪的任何事情。

程斐然轻轻地滑到下面，看到那个叫"日子"的词：百分之十六的受伤，百分之二的疲惫，百分之十四的疏远，百分之四十七的懊悔，百分之二十一挫败。她还是再一次忍不住点开了图片背后，只见写道：

我会假装忘记特别的日子,比如第一次见面的时间,比如你答应和我交往的那天,但每一个漫不经心的不知道里面,都记得对应的日期。

10月24日,和你一起吃了四只蟹,你开着跳舞的音乐,你说往后的日子"我不要你太辛苦"。

程斐然被一击即中,她愣在了电脑前,开始忍不住继续往后看。

哥特、都铎、爱丽丝,西非的探险,太平洋的远航,把2000年历史揉到每天下班时的六点,我讲那些你不耐烦的故事,汽车、股票、世界末日,而你却选择用倾听之后的微笑,用温柔的方式融化现实。

程斐然靠在写字台上,她不晓得是凑巧还是背后到底有什么冥冥之中的缘分,2010年的10月24日,她和张琛在太湖边上吃了四只蟹,黄酒把她喝得有点微醺,她放了一首《舞娘》,在太湖船上说了一堆乱七八糟的梦话。程斐然记得,和张琛在一起的大部分日子里,张琛都在和她讲理工男自以为豪的那些东西,他们懂政治、时事,他们对地理和汽车如数家珍,那些程斐然听了就想睡觉的东西,张琛还是愿意耐心地跟她讲每个汽车品牌的价格和档次。程斐然一边抽烟一边沉思，这个词条诗歌的网站，有无数的网友留言，原来不止她一个人，会好奇地画上几百块钱翻看背后的诗，这些笨拙又没有韵律的字，却让程斐然上头，好几首都让她的眼睛起了潮。

她从冰箱里拿出两瓶啤酒，又继续认真地往后读完了几首。这个营销的厉害是，你可以花两千块买走这首诗，它就会从网站上消失，直到所有诗歌被买走，这个网站就彻底关闭。"两千块钱一首诗，这不是抢钱吗？"程斐然自己说出来都觉得好笑，但从序号看来，确实已经有好几首被买走了，以至于程斐然现在看到的并不是全部内容。

她托着下巴望了下窗外，雨哗哗下着，她拿起手机，翻到了张琛的电话，零四年还是零五年，程斐然问："你可以给我写诗吗？"张琛的回答是："土不土嘛？"已经过去快二十年了，程斐然看着网站上的编程，心里像是摊了一堆碎玻璃碴。她还是伸手按了下去，尽管并不晓得电话接通的那一刻，她要说些啥子。程斐然听到电话那头呼呼作响的声音，是摩托飞驰的两旁，张琛吃力地问："啥子事？"程斐然突然说不出话来，不晓得是不是张琛的声音最终把那一片玻璃碴直接碾碎了，程斐然把想问的话统统咽了下去。

又听到张琛迟疑地问："你啷个了？"程斐然吸了吸鼻子，换了口气，说："你在忙就先忙嘛。"听到程斐然没事，张琛的语气也轻松了不少，又讲："你说嘛，啥子事？"程斐然看着窗外的芭蕉，说："你晓不晓得初中毕业的时候，我和扬扬还有晓棠去埋过一个盒子啊？"程斐然问完，张琛那边就没声音了，接着叽叽喳喳地响，是过隧洞信号不好了，不一会儿，张琛才说："我晓得啊，啷个突然想起这个事情哦。"程斐然有点吃惊，她想不到当年自己还把这件事和张琛说过，又问："我真的和她们一起埋了东西啊？我一点都记不到了。"张琛说："埋了，只是，都快二十年了，啷个突然想起了哦？"程斐然紧着问："那你晓得我当时埋了啥子在里面不？"张琛顿了顿，问："你真的记不到了啊？"程斐然"嗯"了一声，说："我一点印象都没得了。"张琛说："你埋了一个给你妈妈求的符。"

程斐然的手悬在那里，听张琛继续讲："你当时因为你爸妈要离婚的事情，一直心情不好，你说都是因为你，你一直很内疚。当时你就跑去菩提山，给孃孃求了一个符，你说希望离婚过后，她也还是可以幸福。"程斐然内心最后绷紧的那根弦也断了，铮的一声，和外面的雨乱成一片。张琛听到程斐然那一边沉默了下去，问："你啷个了哦？你专门打电话给我，就是问这个啊？"程斐然的手滑着鼠标看着那个叫作"离开你之后我的一百种情绪"的网站，喉咙像是起了一个结，声音一下都弱了下去，程斐然"嗯"了一声，然后就再也没说了。

挂了电话，程斐然拿着烟，思绪复杂，她开了一瓶啤酒，喝了两口，打开文档，开始起草文案：我离婚了，我的女儿也离婚了，这是我们重新认识的第一百天。我们在婚姻中获得过幸福，也感受过痛苦，而这些酸甜苦辣，却成了人生中最重要的滋味。五十五的我，和三十岁的她，希望人生的下半场，能够重新燃起来。自燃而燃，是重庆女人。

第九章

1

站在太阳底下,程斐然打着伞帮方晓棠遮着,毒辣的太阳照得每个人汗流浃背,钟盼扬仰着头,左右比画了下,说:"再左边点点!"梯子上站着的两个工人左右又挪了点位置,其中一个扭头问:"妹儿,快点哦,这个手举起累哦。"左边那个不出声不出气的师傅手微微抖了下,三个人的心也跟着提了一把,到时候真的扶不住,落下来了,兆头就不好了。

钟盼扬赶紧说:"可以了,挂嘛。"

那块印着"当燃"两个烫金大字的实木招牌就这样被挂在了村屋的大门顶上,看起来是精致,但横竖还是有点歪。

吃饭的时候,方晓棠说:"歪就歪嘛,歪点说明我们赚偏财。"

从两个星期前开始,三个人不管三七二十一,就把公司风风火火地做起来了。在今天挂牌之前,属于试运营,营销都没正式来得及做,包装盒子先设计好了。手绘的重庆市井街道,热闹的人群在路边摊吃着小吃,弯弯拐拐的山路,看起来别致又有地方特色,顶上"当燃鸡"三个字，醒目、大方、工整，有力量。方晓棠认认真真拍了两张刘女士现做的鸡，摆盘，调景深，咔嚓，民宿群里先发一波，看起来，味道好得不得了，果然群里接连有人问："方美女转行了啊？看起来好好吃。"

本来以为只是说说，立马就有人下单要买了，连方晓棠都吓到，只说："疫情来不到重庆啊，想吃重庆的口水鸡了。"单子就是这么开始接起来了。超市那边，就先做了两盒拿过去，虽然放在超市门口特别推荐，但真正购买的人还是少。无论如何，虽然一切都没有准备好，至少开张了。最攒劲的，反而是刘女士，尽是天不亮就把程斐然喊醒了，问："有单子没得哦，走了，上山了。"

钟盼扬轻轻拍了拍程斐然："试运营差不多半个月了，每天都是恁个七七八八零星的单子，我觉得也不得行，牌子挂了，该正式上线了。"程斐然说："我也准备说，一直这么做感觉不是回事。但话说回来，单子最多的时候，我看我妈也累得够呛了，正式上线，她可能做不过来。"钟盼扬说："正式做起来了，肯定还是要请人。还不只这个问题，关键是鸡啊，你想那天爆单的时候，鸡就不够了，你们逛了两三家才买齐。上次介绍那个养鸡场又远，嬢嬢又嫌别个鸡看起来不好。昨天有个老板给我打电话，说他朋友老家那边有个老头儿一直在养鸡，我打算明天就过去看下。"程斐然叹气道："仔细一想，问题还是多，感觉啥子都没准备好，就慌慌张张开始了。"

比起程斐然和钟盼扬，方晓棠倒没那么焦虑，瓜子嗑起，消息回起，空出手来，填快递单子，一直等到魏达来接，还算充实。以前做民宿的时候，她最开心就是不用每天都要出门，有单了就接，清洁也是找孃孃来做。现在虽然要出门了，但是手机上和人打交道还是有趣，最近很多老客户又拉了新客户来，社群做得还不错，方晓棠相当知足。

刘女士手脚越来越快，为了赶去晚上跳舞，下午四点前所有单子全部做完，抽真空，包装袋子，快递也轻车熟路了。每天快递小哥来，挨个装箱，贴单子，刘女士都要检查一遍，生怕弄错了，说："有两个海椒都要点的，记得给我把海椒分清楚哦。"快递小哥连忙应答："晓得了，刘孃孃真的心细。"

钟盼扬看了下这半个月的销售情况，做微商确实可以打个基础，但是线下超市那边动销却非常差，这让钟盼扬都有点疑惑。她把电脑拿到方晓棠那里，给她看了一眼，说："我觉得放超市卖这个，是不是我们思路出了问题？"程斐然走过去跟着看了下数据，说："其实我前几天就想说这个问题，就是一般在超市买我们这种口水鸡的孃孃，都不得买有盒子装的，太正式了，买回去像是送礼。"方晓棠"哦"了一声，点头道："恁个说确实是，我想了下，你看别个买棒棒鸡、麻辣烫的，重庆人吃东西都喜欢买了现吃，确实装到盒盒里面太正式了。"程斐然立即道："是不是嘛，我就觉得，卖到外地肯定是要包装的，但是卖给本地人，思路就完全不一样了。"钟盼扬抱着胸，思考了下，说："我倒不完全同意，啷个说，我们这个也不是那种泡在佐料汤汤里面那种便宜货，只能说，可能超市的顾客不是我们的受众，所以我才在思考这个问题。"

程斐然大概明白钟盼扬的意思，不愿意拉低这个产品的定位，如果真的变成快餐零食，之后再转型就很难了。刘女士已经在车里催了，程斐然只好拎了包包说："我先送我妈下去了，晚上手机群里随时联系。"这时，魏达的车也到了，方晓棠收拾了下桌子，说："走嘛，我们送你回去。"钟盼扬点点头，方晓棠接着说："晚上我正巧要和魏达去舅舅那里吃饭，见到周雪我再问下到底啥子情况，随时和你说。"

自从上次方妈妈带了一群亲戚来方晓棠家里"劝告"之后，方晓棠本来对舅舅舅妈还是有点怵，一来没有领他们的情去超市上班，二来周雪上次没怀上，自己倒怀了，弄得他们之间就更尴尬了些。

她和方妈妈也冷战了相当长的时间，最后还是魏达在中间当和事佬，才把这母女俩摆平。魏达以晓棠的名义请方妈妈吃了个饭，方晓棠也趁机把最近的情况都和方妈妈说了一遍，刘孃孃也是她多年的朋友，想到她们一起共事多少有点怪，对她们的项目也将信半疑的。但看到方晓棠雄心壮志的，念到只要能赚钱，她也就没多说什么了。

电梯到，门虚掩着，方晓棠伸手推门，大家都坐在饭桌上了，全在等他们两个。舅妈朝方晓棠肚皮望了一眼，说："双胞胎就是不一样哦，肚子看起来都圆润些。"方妈妈假装不好意思，说："那不是，我看她一天还到处跑，点都不注意。"周雪边上给方晓棠让了个位置，朝她招招手，说："姐姐，坐这边。"方晓棠原本以为只是日常吃饭，哪想到刚坐下，就听到舅妈说："晓棠，你妈妈和我说你最近又开始创业了，做得怎么样啊？"方晓棠还没落筷子，就朝着方妈妈那边盯了一眼，不以为然地说："挺好的啊，每天单子还不少。"舅妈看了方妈妈一眼，说："那天我去超市找小雪，看到你们那个鸡，就问了下店长，他说销量很一般。你晓得舅妈这个人，就是喜欢管闲事，你也不要觉得我多心，大家一家人，有啥子困难就说出来，一屋子好解决。"

魏达插过来讲："刚开始嘛，肯定不可能一来就火爆。"方晓棠也不需要魏达帮她解释，只说："舅妈，超市那边，现在本来就是试运营，有问题及时修正，哪个做生意不是恁个的嘛。"周雪在下面轻轻扯了下她的手，摇了摇头，意思是不要管他们了。方妈妈不说话，就只顾自己喝汤。

吃过饭，舅妈本来还想找方晓棠说两句，周雪立马拉了方晓棠进屋，说有事情给她讲。

方晓棠看她满面桃花，挑眉问："今天恁个高兴，又恋爱了？"周雪立马"嘘"了一声，过去把房间门关上，说："哎呀，你啷个啥子都晓得？"方晓棠立马哈哈大笑，望向周雪，"我还不晓得你！啥子样子啊？给我看下欸。"周雪说："哎呀，八字都没得一撇。"

方晓棠拉周雪坐到自己身边，说："啷个认到的啊？"周雪有点不好意思地说："认识的方法千种万种，关键是，长得好看，完全是我喜欢的类型，而且有钱，这一点也是我看重的。"方晓棠下意识地问："富二代啊？"周雪说："也不是吧，他说是他自己赚的钱，我觉得他看起来也像是有能力的那种人。"

经周雪这么简单描述，方晓棠倒好奇起来了，"被你说得恁个神，真像你说得恁个优秀，总不会还在这里等你哦，我怕是有猫腻。你问他屋头情况没有哦，有没得对象啊？你不要到时候又像上次恁个。"周雪瘪了下嘴，倒是轻松地说："我又无所谓的，你又不是不晓得，我只要自己喜欢就行了，哪里管得了恁个多。"方晓棠越想越不对，说："我不信你没得他照片，快给我看看，到底是啥子鬼？"周雪别别扭扭的，方晓棠说着就去捣周雪胳肢窝，痒得她只能投降，说："好了好了，我给你看他朋友圈嘛，真是的。"

方晓棠等不及，一把抢了周雪的手机，周雪凑过去，点开对方微信，然后遮遮掩掩说："不准看聊天记录哈。"方晓棠白了一眼，说："哪个看嘛。"然后看着那个男的发的照片，戴着墨镜，坐在露天小酒馆装格调，左右看来，她觉得熟悉，又翻两张。周雪在旁边问："是不是很帅？"方晓棠的脸立马一黑，把手机交还给周雪，说："莫和他来往了，早点断了。"周雪看方晓棠脸都变了，问："啷个了哦？你认得到啊？"方晓棠不想说，挨千刀的朱丞居然还有一个小号，每天挂在网上泡妹子，竟泡到自己表妹身上来了。方晓棠直说："他结婚了，老婆也算是我们亲戚。"

周雪脸像是冰激凌触到了火炉边，垮了一半，问："哪个哦？"方晓棠说："舅舅这边平时不啷个来往，你认不到，总之你不要惹火上身，趁早断了。"周雪心不甘情不愿地收回手机，说："有老婆也无所谓啊，各凭本事呗，我为啥子要退缩啊？"方晓棠无法接受周雪的理论，说："你简直疯了。"周雪狐疑地看了方晓棠一眼，说："往常遇到这种事情，你都不像这次恁个激动，你和罗非很熟啊？"方晓棠一时犯恶心，问："他和你说他叫罗非？"周雪说："啊，咋啦？"方晓棠已经懒得解释了，只说："随便你吧，到时候有问题，不要来找我诉苦。"周雪听了这话彻底不高兴了，说："你说话说半截，具体啷个情况你也不说啊。"方晓棠问："你不会已经和他……"周雪不说话，基本默认。方晓棠只能叹气，实话实说："他是我大学时候的男朋友，所以我比任何人都了解，可以说他简直渣得没得根根底底。"方晓棠说完，周雪眼神就更是多了几分意思，轻轻笑了笑说："我说嘛，搞半天，还是吃醋，我就说你平常才没得恁个激动。"方晓棠气得胃痛，起身准备出去了，周雪又拉她一把，说："你不要给我妈老汉讲啊，我现在还没想好。"方晓棠说："我没那个空工夫。"

出了客厅，方晓棠既不想看到自己妈，也不想和舅妈多说两句，只讲自己累了，困了，想回去睡觉。气氛直泻而下，像铅球落地，舅妈看方晓棠的脸都气歪了，多问了句："刚刚还在笑嘻嘻的嘛，啷个一下打白撒气的哦？"

这会儿周雪推门出来，当啥子事情都没发生一样，说："别个姐姐累了你就让她回去睡觉嘛,问东问西的,一天啥子事情都要管。"这还是周雪第一次当到这么多人面挑衅舅妈,舅妈一下张嘴道:"欸,周雪,你啥意思哦,妈妈关心一下你表姐关心错了吗?"周雪也在气头上,说:"别个有别个自己的打算,哪个领你的情嘛。"方妈妈就像是闻到自己家厨房锅煳了一样,说:"哎呀,孕妇脾气是阴晴不定的,困了,我就跟她一起走了。"

下电梯,方妈妈直接问:"你和周雪还闹矛盾了?"方晓棠牵着魏达的手,不开腔,只顾大着肚皮往前走,魏达多少觉得不好,故意走慢点,小声说:"妈还在后头的嘛。"方晓棠说:"我难得管她。"

方妈妈终于止不住,在背后吼了一声:"方晓棠,你啥子意思?"方晓棠也索性说开:"你啥意思?心里有话不直说,非找个帮手来,下次你再啷个喊我,我都不得来了,要聚你们自己聚。"

方妈妈晓得自己理亏,紧着跟上,说道:"你这娃儿,别个周雪那边也帮你卖着,我们也算欠你舅舅人情了,过来吃个饭,总是要走动一下啊,总不可能两手一拍,只管利用。何况,生意不好,也是事实,你那个东西,你舅妈和我都去看了,买的人不多,还不是怕你吃亏。这个事情,是你进大头,真的做不起来,竹篮打水一场空,你最痛的嘛。"

方晓棠横竖听着难受,从小到大,方妈妈对她做事向来唱衰,她早就习惯了。但是现在不是她一个人做事,方妈妈还要来插一嘴,她就听不惯了。方晓棠给魏达说:"你送我妈回去吧,我想自己走一会儿。"方妈妈见方晓棠不给台阶下，说："不用了，你们各人回去，我坐公交车。"说完，调头就走了。上了车，魏达轻轻掐了下她脸，说："哎呀，还在生气啊，妈嘛，每家都一样。"方晓棠不理，懒得听魏达在那里劝。

回了家，方晓棠卧在床上，越想越生气。一来气老妈，二来气舅妈，最主要的，还是气朱丞。她真的想一个电话打到万芳芳那里去，直接把朱丞这些下三烂的事情全部说一遍。但仔细一想，又何必嘛，别个两口子一条心，你打电话去还以为是要挑拨离间。朱丞这个人，嘴巴又麻溜，吹吹枕边风，最后等于给自己惹了一身臊。既然周雪横竖说了不听，方晓棠也不想管了。

2

哪料，过了两天，周雪打电话来说，喊方晓棠把那些鸡拿回去，实在卖不动，还占地方。方晓棠接到电话火冒三丈，吓了程斐然一跳，这天刚好钟盼扬不在，去找鸡肉货源去了。

程斐然看到方晓棠面颊绯红，问："啷个了哦？"方晓棠才把去舅舅家吃饭的事情和程斐然说了一遍，程斐然听完，说："何必嘛，你现在怀孕就该少生气，对娃儿也不好。何况，本来线下现在就不如线上卖得好，没加防腐剂，本来也放不了多久，不如干脆收回来。"方晓棠说："撤就撤，周雪还真以为我占了她啥子便宜一样。"刚说完，钟盼扬就从外面兴冲冲地走进来，热得直接倒了杯水，一口灌下去，程斐然问："怎么样？"钟盼扬歇了口气，说："找到一家合适的，基本符合我们的要求，我还提了两只回来，等下喊孃孃试试，看看口感。"

钟盼扬这边好歹顺利，方晓棠的气也消了些，但脸上神色还带几分愠怒，钟盼扬一眼看出来了，盯盯程斐然问："晓棠啷个了哦？"方晓棠不愿当祥林嫂，只讲："喊斐然和你说嘛，我心累得很。鸡在哪里嘛，我提上去给孃孃。"

钟盼扬指了下门口那一大包，程斐然说正好出去抽烟，拉了钟盼扬往外走，走到院子，全盘托出。钟盼扬听完，哭笑不得，说："这事就这样吧，本来也不指望她那边。"程斐然说："我也是恁个想。"钟盼扬朝里屋望了眼，说："先关注我们自己吧，鸡如果确定了，剩下就是人手问题了。你和孃孃商量过没有，如果找人来做，她啷个想？"程斐然讲："妈一直有点担心，外面招的人进来，万一是学会了，自己出去做，等于偷师。可如果不全权交出去，就算我妈亲自把控口味，还是忙不过来。还得再看看。"问题当然是问题，但钟盼扬觉得并非不能解决。

半小时后，三人围桌吃鸡，刘女士这几天仔细调配过佐料后，味道更好了。刘女士也拿筷子夹了一块，说："这个鸡确实好，刚刚过水的时候，那个鸡汤都是清亮的，没得啥子油，不像那种饲料鸡，油得不得了。"钟盼扬说："既然孃孃都恁个说了，那我明天就过去和那个老伯把合同谈了。"程斐然"嗯"了一声，说："我明天开车和你一路去。"

从市区往城郊开，路程倒不远，重庆的郊区，大多是一重一重的山，弯弯拐拐的，下了高速，过了转盘，就是一条乡间道路了，穿过巷子，豁然开朗。没走好久，就看到地上有鸡来来往往在啄东西吃，多走两步，就闻得到一股鸡屎味。忽然一辆摩托车开过去，又是挑菜的孃孃从旁边走过，热情地和钟盼扬打了声招呼，钟盼扬也笑着点头，程斐然跟上去问："你都认得到这里的人了啊？"钟盼扬走过了几步才说："我哪里认得到嘛，别个看到我笑，我还不是礼貌地笑一下，这里的人，淳朴。"

走了快十分钟，眼看要走拢了，程斐然突然注意到那里停了辆保时捷，"噗"笑一声调侃道："农村的人都怎个有钱啊？还开保时捷？"钟盼扬只说："别个生意好得很，买保时捷也正常吧。等下你进去看就晓得了。"她边说边往里面走，养鸡场子确实大，一些小鸡娃簇拥着跑来跑去，到处啄米，二十来只公鸡翩翩走来，看起来都雄赳赳的。

钟盼扬指了下后面那两个仓库，说："里面全是鸡，我昨天看了。"刚说完，她一抬头，就看到养鸡场的陶叔跟着一个年轻男人从旁边的栅栏边走过来，后面还跟了个小姑娘，程斐然仔细一看，说："欸，那不是孔老师嘛！"

钟盼扬才想说，门口那个保时捷啷个怎个眼熟，那不就是孔唯的车吗？正想着，孔唯就和陶叔一起走过来了，见是钟盼扬，打招呼道:"妹儿又来买鸡了啊?"孔唯顺着陶叔打招呼,和钟盼扬点了点头:"好久不见了。"陶叔一诧,回头看孔唯说:"认得到嗦?"孔唯没多说,只和陶叔讲:"那陶叔叔,我们就说定了,回头我把合同给你送过来。"陶叔说:"要得要得。"孔唯说:"那我就先不打扰了,回头有事随时电话联系。"

孔唯跟那小姑娘走了,钟盼扬一时没回得过来神,程斐然轻轻碰了她一下,说:"你看神了啊?"钟盼扬才有点不好意思地说:"我在想他来干啥子。"

钟盼扬走过去说:"陶叔,你家的鸡肉质特别好,所以我今天来就是想看如果我们拿得多的话,可不可以给我们个批发价?我们也打算要找一个长期合作的供货商。"

陶叔笑了下,却又冗突突地叹了口气:"哎,妹儿,谢谢了哦,但是我这个鸡场准备关了。"钟盼扬和程斐然都惊了一下,只问:"哪个欸?听说你是这一带生意最好的了,规模也不小。"陶叔背着手,悠悠带着两人走了一圈,边走边说:"这儿,勒儿,养鸡养了二十几年了,我老婆娃儿啊都去城头了,我一忙起来了,半年见不到他们一次。这些鸡娃儿都是我一手一手喂的,确实撒不到手,我老婆都唟①我啊,说我一辈子跳不出这个乡坝坝,马上我孙孙要生了,我还是想收手享下清福了哦。"陶叔朝程斐然和钟盼扬比了"六",说:"热

---

① 唟:重庆方言,骂。

天一过完，我就要六十了。刚刚那个是你们朋友唛？"钟盼扬没说话，程斐然倒是接过嘴说："对头，熟人。"陶叔点头，"是个大老板哦，我们这边这一片，全部要拆了，他们准备把这边改成养老度假村。"程斐然疑惑："要拆了？"

刚刚看到孔唯的时候，钟盼扬就想到了最坏的情况，但是她还是心平气和地问："那陶叔，你这些鸡仔啷个办啊？"陶叔摊摊手，说："不晓得啊，我也和旁边刘老汉说了，他接手可以，但是也做不到好久的。今天你们那个朋友就是亲自过来了解情况，看样子是已经在规划了，为了让这边的人尽快搬走，又给我们多加了点搬迁费。"

长期合作估计无法实现了，好不容易找到一家肉质鲜嫩的货源，再换还真的不指定有这么好。了解情况过后，钟盼扬也没心思逗留了，催着程斐然准备走了。陶叔说："今天还买两只不嘛？给你们便宜点。"钟盼扬想了想，横竖也要买的，说："要得，恁个，陶叔，你明早帮我杀二十只，便宜倒不用便宜了，我还是昨天那个要求，三斤半，你明天可以帮我送过来不？"陶叔说："送啊？我这边怕是照顾不过来。"钟盼扬说："那我再加五只，你看如何。"陶叔也不扯来扯去了，一拍腿说："要得嘛。"

一路上，两人相顾无语。程斐然一边开车，一边盯了钟盼扬一眼，说："你和孔老师也是有缘哦，重庆恁个大，你们还有机会碰到。"钟盼扬说："莫说了，早就散了，要不是今天在这里碰到，我都已经一两个月没见他了。你说重庆大,我还觉得重庆小欸,来来去去尽是这些人。"

程斐然不多说了,张琛却在这时打电话过来,听见他问:"在忙吗?"程斐然说:"不忙,在开车,啷个,你说嘛。"张琛说:"哦,明天是幼儿园家长日,涛涛不是快毕业了嘛,所以搞了一次亲子活动,想喊父母都一起参加,我就想问你明天忙不?"程斐然想了下,朝钟盼扬望了一眼,钟盼扬说:"去呗。这边反正有我们。"张琛听到钟盼扬的声音,问:"哦,扬扬也在啊?"钟盼扬就顺道和张琛打了个招呼。程斐然说:"要得,明天几点钟啊?"张琛说:"早上九点,应该一天都要在那里,我已经把假请好了。"程斐然说:"好的,我晓得了。"

挂了电话,钟盼扬手肘碰碰程斐然,"欸,两年多了,琛哥都没有再耍朋友。"钟盼扬这么一说,程斐然的心突然紧了下,又听钟盼扬笑道:"程斐然你运气真的好,不管是张琛还是猴子,都是可以托付的人,好男人都遭你一个人遇完了。"程斐然不以为意,说:"孔老师我觉得也好啊,是你自己觉得你们谈不拢。"说着说着,话题又往自己身上扯了,钟盼扬连忙讲:"不说了,孔老师,把我们的生意都搞黄了,好啥子好嘛!"

回到家之后,钟盼扬洗了个热水澡,换了件舒身的衣服,躺在沙发上准备休息一下,突然听到门铃响,只听门外传来熟悉的声音,说:"小扬,是我。"钟盼扬凑到猫眼看,是孔老师,打开门问:"你啷个来了啊?"孔唯有点不好意思地说:"和客户吃完饭,发现在你家楼下，就上来看看你。"

钟盼扬看孔唯站在那里，突然觉得自己过于冷漠，问他要不要进来。孔唯觉得不太好，说只是来打个招呼，又沉默了一小会儿。孔唯突然开口说："今天我都没想到这么巧，居然在石溪那边碰到你。"钟盼扬简单笑了下："我也没想到啊。"孔唯说："你是过去有事？还是……"钟盼扬说："我们现在在创业做口水鸡，正好需要找合适的养鸡场帮我们供货原材料，只是没想到那个地方居然要拆了。"孔唯"哦"了一声，说："那你啷个办啊？有备选的方案不？"钟盼扬耸耸肩，坦诚地说："没得，不过总有办法嘛，再看看吧。"

孔唯点了下头，彻底笑了，钟盼扬问："你又在笑啥子？"孔唯说："感觉你没有怄气了，约你出来你都说忙。"钟盼扬讲："是真的忙，开始创业了，事情都好多。"她索性进屋从冰箱里拿了一盒"当燃鸡"，递到孔唯手上，说："这是我们做的，你拿回去试吃一下嘛，给点意见。"孔唯看了下盒子的设计，说："还多精致的。要得，我差不多要回去了，需要帮忙随时和我说。"钟盼扬目送孔唯走到电梯口，心情起起伏伏，又是高兴又是落寞，自己也说不清楚其中原委。

翌日大早，程斐然送完刘女士上山，就急匆匆往幼儿园那边赶，刚刚上了高速路，电话就突然响了，刚接起来，只听到侯一帆妈妈略带哭腔地问："斐然，你这会儿有空没得哦？"程斐然快速超过一辆货车，问："很急吗？要不我喊猴子过来找你？"侯妈妈立马打断道：

"不不不，你不要和帆帆说，你要是没得空就算了。"

程斐然听着觉得怪，当妈的有事居然不找自己儿，随即倒是把车开慢了点，仔细问："孃孃，你在哪里嘛？"侯一帆妈妈报了个地方，还是多说了句："你要是现在忙就算了。"程斐然说："没事，我来找你。"挂了电话，程斐然的心又悬着了。这边是涛涛最后一次幼儿园的家长日，之前本来她就去得少，但眼下看来，侯一帆妈妈那边确实像有大事。

思来想去，她只好给侯一帆打了个电话，隐去侯妈妈的事情，直接问："你今天上班忙不？"侯一帆问："啷个？今天刚好不忙，我明天要出差，本来打算回去了。"程斐然舒了口气，说："今天是涛涛幼儿园家长日，我本来答应张琛要过去的，现在手上突然有工作走不到，你要不然先去替我一下？"侯一帆说："那你要不要和琛哥先说一声？"程斐然说："我给他发个信息就行，你现在就出发嘛。"交代完事情，又给张琛发了信息，程斐然便改了导航目的地，直接往侯一帆妈妈留的地址那边开过去了。

3

车停在冰粉店门口，侯妈妈一见程斐然来了，皱起的眉头一下舒展开来，放下正在扇的扇子，说："斐然，你终于来了。"程斐然找老板点了碗冰粉，问："孃孃你啥子事情恁个急哦？"侯妈妈从包包里面扯出一张纸,然后摆到程斐然面前,说:"你还记不记得到,上次我和你说我去报了那个碳排放师的培训?"程斐然拿过那张纸仔细看了下,点点头说:"我记得到啊,当时你还说你想做点自己想做的事情,后来怎么样?"侯一帆妈妈顿然哭丧着脸,说:"我遭骗了。"

程斐然一惊:"啷个回事啊?"

侯妈妈说:"这个培训班是假的,我交了三万块钱,上完课结业的时候,根本没有结业证书。我去问了懂的人,说现在根本没得啥子碳排放师这个职业,别个只有碳排放管理员,根本不是一个东西。"程斐然看着侯妈妈一副焦麻了的样子,又听她说:"那三万块钱,有一部分是我从屋头生活费里拿的,本来想说考起了,去上班,就把钱补回去,现在我都不晓得啷个办了。"

程斐然舒了口气:"孃孃你有没有问清楚嘛,其他同学啷个说啊?培训班负责人呢?"侯妈妈脸红得额头一直出汗,用纸巾边擦边说:"负责人都联系不到了,昨天我和几个同学孃孃一路,还想去闹一下,结果别个办公室门都没开。这个钱肯定是要不回来了,要是帆帆爸爸晓得了,不晓得又要和我闹好久,加上他奶奶在家,到时候我怕是真的要离家出走了。"

程斐然下一句差点说出自己借钱给她了,但回头想,真的借了,到时候猴子晓得,肯定心头不安逸。但孃孃直接找过来,还是因为信任,就在程斐然犹豫的时候,侯妈妈倒先开口:"斐然,我今天喊你过来,不是找你借钱的啊,你莫想多了哦,我只是心里堵得慌,又不晓得找哪个说。"

程斐然拍拍侯一帆妈妈的手,说:"不至于,孃孃,我说个想法,你看你心里啷个想。我觉得你还是和侯一帆说一下这个事情,不管啷个说,他至少还是站在你这边的噻。叔叔也不可能完全翻脸不认人,你的出发点本来是好的。"

侯一帆妈妈并不完全认可程斐然的想法,只是叹气:"侯一帆从小到大,向来都只听他爸爸的话,我和他说了,他肯定也是喊我要和他老汉讲的。斐然,你帮我保密嘛,钱的事情,我自己再想想办法。"

程斐然问侯妈妈接下来准备咋办,侯妈妈讲只好再看看打份零工,先凑点钱,如果斐然有好的地方介绍也和她说一声。程斐然应了下来,说一定帮她留意。

处理好侯一帆妈妈的事情,程斐然看时间也不早了,赶到幼儿园的时候,家长日已经接近尾声了。今天的主题是亲子一起做蛋糕,侯一帆和张琛手忙脚乱,还不时要被周遭奇怪的目光盯到。不过涛涛好像完全不在意,就当在耍,说要做一个哆啦A梦的蛋糕,最后糊成一团完全看不出来是什么东西的食物。看到程斐然赶到的时候,他还是很开心地喊了一声"妈妈"。搞不清楚他们之间人物关系的大多数家长还是不觉侧目,毕竟他们看起来是这样两男一女加一子的家庭组合。直到老师说,喊涛涛跟家长带着作品上台讲解,程斐然一头雾水的,索性推了侯一帆代替自己上去。看到张琛和侯一帆有点尴尬地站到台上，涛涛却非常自信地讲起自己的创作理念，程斐然默默站在下面，倒像是一个局外人了。

涛涛说："我做的是哆啦Ａ梦，因为哆啦Ａ梦可以变出任何东西来。虽然我的爸爸妈妈还有小侯叔叔都是我的哆啦Ａ梦，但是我想有一个真正的哆啦Ａ梦，这样我就可以让它变出很多钱来，爸爸和妈妈就不用再为了钱的事情那么辛苦了。"程斐然和张琛都愣在那里，彼此不觉看了对方一眼，老师站在台下说："涛涛妈妈，我们要拍照了，快上去。"程斐然顺势走到台上去，站在涛涛的身后，侯一帆说："那我先下去吧。"张琛拉了他一把，说："一起一起。"这时涛涛喜笑颜开地站在中间，直到闪光灯一闪，算是展示结束。

从幼儿园出来的路上，侯一帆把涛涛架在脖子上，骑大马。程斐然和张琛走在后面一点，张琛低头，看到侯一帆在前面逗涛涛，对程斐然说："小侯今天帮了大忙，要不是他过来，我一个人肯定管不过来，带娃儿这方面，这个没当过家长的，好像反而比我这个当家长的还能干。"

程斐然晓得张琛不是在恭维，侯一帆在带孩子这件事上，确实帮了她和张琛不少忙。张琛看程斐然突然沉默了，说："你就真的没有考虑过，和小侯好好在一起吗？当然，我也没啥子立场来问这个话，只是觉得……"

这时，涛涛的同学舔着冰激凌走过来，指着侯一帆说："张敬涛，你爸爸好年轻哦。"涛涛说："他是我小侯叔叔，不是我爸爸，我爸爸在后面。"侯一帆朝着牵那孩子的家长笑了下,同学妈妈有点尴尬地说:"实在不好意思啊,娃儿不懂事。"侯一帆摆手,说:"没得事。"见同学走后,涛涛突然从前面跑过去,一下抱住张琛的大腿,说:"爸爸,我想吃冰激凌。"程斐然说:"上周你不是换牙了,和你说了不能吃甜的吗?"涛涛抬头可怜巴巴地看张琛,张琛劝解道:"吃一点点没事吧。"程斐然说:"就你喜欢将就他。"张琛一把把涛涛抱起来,说:"只有这一个儿的嘛,不将就他将就哪个?"

侯一帆站在前面,看着他们一家三口,心里情绪也是起起伏伏,他轻轻舒了口气,朝着张琛和程斐然走过去,对着涛涛说:"小侯叔叔去给你买,你要吃啥子味道的?"程斐然朝侯一帆挤了下眼睛,说:"你也是将就他的很。"侯一帆露出几分不正经的笑,说:"娃儿嘛,哪个小时候不恁个嘛。"程斐然不晓得该继续说啥子,只好让张琛和侯一帆带着涛涛往小卖部走去。

晚上回家,程斐然奖励般地亲了侯一帆一口,"今天还好有你在。"侯一帆一把搂着程斐然的腰,说:"就没得其他奖励啊?"程斐然踢了脚上的鞋子,伸手捂住侯一帆的嘴巴,然后说:"我先去洗个澡。"进了洗手间,她才彻底缓过神来,该不该和侯一帆说呢?不说,被他晓得了,两个人怕是又要吵架。但是说了,就有点对不起侯一帆的妈妈,这算是女人之间的一种承诺。

程斐然开了水龙头,往脸上浇了浇冷水,然后冷静了下。侯一帆在外面敲门,说:"你洗澡连浴巾都不拿啊?"程斐然说:"哦,那你递给我嘛。"她微微开了个门缝，已经是一种露怯，好在侯一帆也没发现什么异样，暂且作罢。

第二天上山，程斐然一路上都有点心不在焉，钟盼扬和她说事情的时候，她还差点闯了个红灯，导致正在敷面膜的刘女士差点撞到了脸。"慢点嘛！"刘女士一手把面膜扯上去，抱怨道。

钟盼扬疑心瞧了程斐然一眼，晓得她向来开车很稳，多半心里有事。这会儿程斐然才突然开口问了句："妈，你最近是不是忙不过来哦？"刘女士用湿巾擦完脸，没反应过来，问："啊，啥子欸？"程斐然说："我在想接下来可能单子越来越多，要不要找个人来帮你。"

钟盼扬有点意外，这件事虽然她们前两天商量过，但如果程斐然心里有人选了，应该会先主动和她说。刘女士靠着后座，把面膜收拾好，说："我当然想轻松点哦，关键是万一遭偷师了，别个也自己出去做怎么办？你这会儿刚刚起步，又不是说做起规模了，你妈我忙点就忙点嘛。"

钟盼扬没多说别的，只讲："规模起来了请人大概也来不及，提前准备也是有必要的，如果是信得过的人，倒也不至于那么担心。"刘女士说："现在有几个人心靠得住哦，我上次和斐然说要么找亲戚，现在想想，亲戚也不指定愿意来帮忙，天好热嘛，上山下山的，到哪点去请人哦。"

程斐然不开腔，钟盼扬也不讲话，刘女士反倒又自己在那里讲起来:"累嘛肯定是累的,我都巴不得找几个机器人来帮忙做,还不是考虑到你们刚开始,请人又要花钱。"程斐然拐个弯就到了,停车了,看到方晓棠小跑过来,说:"有个人找你。"钟盼扬吃惊,问:"哪个哦?"

这会儿从村屋后面走过来一个人,文质彬彬,程斐然也一眼看出是孔老师。刘女士朝三个人打望的方向看过去,问:"哪个嘛?"方晓棠朝那边喊了声:"孔老师,扬扬来了。"经方晓棠这么一喊,两人都有点不好意思。钟盼扬问:"你啷个来了啊?"孔唯走到面前,说:"我帮你想了个办法。"程斐然清了清喉咙,说:"那我们先进去了,你们慢慢说嘛。"说着她就拉着刘女士和方晓棠往屋里走了。刘女士忍不住好奇地问:"好眼熟哦,是哪个欸?"程斐然只讲回头再和她说。

钟盼扬也不矫情,问:"啥子办法?"孔唯指了指村屋后面的山头,说:"我打算把这里的几个空地承包下来,然后把陶叔那边的种鸡买过来,做你的生意。"

钟盼扬下意识地"啊"了一声,以为他在开玩笑,问:"你认真的唛?"孔唯说:"认真啊,昨天你和我讲了过后,我就在想,陶叔那边卖了几十年的鸡了,生意一直很好,要是之后那些老顾客没地方买鸡了,不是一种损失嘛。我今天上山来,一来是想看看这边的环境,二来就是想着说是不是可以把养鸡场带过来这边。"

钟盼扬虽然心里是高兴,如果那批鸡可以保住,又减少了物流成本,那当然是好事。但仔细一想,孔唯如果真的这么做了,那岂不是自己欠了他一个太大的人情。钟盼扬还是有话直说:"你总不会是因为我才想搞这个的吧？你之前也不是做这个的。"

孔唯也慷慨笑道："做生意向来是随时调整方向，哪有永恒不变的生意，而且新科技农业我觉得也是一个值得投资的事情，这风景秀丽的地方，应该有自己的特色。"

钟盼扬晓得孔唯只是说客套话，直率讲："在南山上养鸡并不一定是好的投资，上山下山运输也是一个问题。如果你说不完全是因为我，我可能也没得办法相信。"

孔唯晓得钟盼扬认真，也坦诚道："其实我一直想找个机会好好和你道歉。上次也是不了解情况，随便给了你一些自以为是的建议，完全没有想过你的真实想法。既然你真心想做这件事，我觉得帮你一把，也只是举手之劳。"

钟盼扬说："你讲得太简单了。"

孔唯说："来之前我就想好了，贸贸然和你说我做了这个决定，你肯定不得接受，但是我就是想和你做这么一笔买卖，你就说你想不要有我这个长期客户吧。"

孔唯说到这个份上了，钟盼扬自然不好再推脱，孔唯接着说："刚刚我去看了下你们的设备，目前还是太单一了，我建议你们升级一下，如果真的做起来，整个规模都有点太小了。"钟盼扬说："你说的这个问题我们也晓得，但是我们现在还没有办法投入那么大的成本。"孔唯说："你需要帮忙就随时来找我，虽然说我不当老师很久了，但生意上的事情，总归比你有经验一点。"孔唯说完，指了指旁边的两块地，说："我觉得这两块就很不错，我打算带陶叔来帮我看看，如果合适，这几天我就打算动工了。"钟盼扬都觉得不可思议，问："恁个快啊！"孔唯说："后疫情时代，需要一点鸡血，我觉得这是个好机会。"

送走孔唯，钟盼扬走进办公室，程斐然和方晓棠立马就凑上来了，几乎是异口同声地问："来找你和好啊？"钟盼扬说："和啥子好哦，他说要在我们旁边搞养鸡场。"方晓棠几乎是乍跳起来，说："直接在我们旁边搞养鸡场？！孔老师可以哦，这等于是变相表白了啊！"

钟盼扬打断道："表啥子白哦，他就是觉得上次和我吵了架，想找个台阶下。这份礼太贵重了，说实话，我是不敢收，收了等于欠一个大人情。"

程斐然说："生意来往，也不算啥子人情吧，他又不是免费给我们提供鸡，赚钱了，他也有份啊，等于是双赢的生意。"

方晓棠说："你也不要有负担，欠等于是我们三个一起欠，也不是你一个人欠，大不了我们把规模搞起来，多要点鸡嘛。"方晓棠凡事都说得轻松，钟盼扬只讲："那赔了欸，也是双赔，我只是不想他掺和进来，本来也不算是特别熟。"

方晓棠说："创业开始靠啥子，靠的不就是资源嘛，孔老师等于就是那个资源，你管熟不熟啊，能用就行。"钟盼扬想了想，觉得她们说得倒也不无道理，这会儿电脑叮叮当当响，方晓棠说："我先去忙了，现在鸡的问题解决了，简直就是帮了我们一个大忙。"钟盼扬拍了拍程斐然的肩膀，示意她借一步说话。

到了院子里，钟盼扬问："你今天和孃孃突然提起请人的事情，是有人选了吗？"程斐然说："倒是有一个人，但是我也没想好。"钟盼扬问："哪个欸？"程斐然把前一天侯妈妈找她的事情原原本本说了一遍，讲完之后，才说："她正好喊我帮她留意工作，我就想说，我们这边也需要帮忙，孃孃要是过来，帮我妈一把，赚了钱也是她应得的，刚好又帮她把这个坑填了。比起请外面的人，至少他妈妈我觉得还是信得过。"

钟盼扬倒没有反对，只是提醒程斐然："你们俩现在只是恋爱，两边家长还不算亲戚，搞得好自然好，搞得不好啊，直接影响你和侯一帆的发展。你要想好哦。"

程斐然说："你以为我没有考虑到这一点吗？就是想着这个，所以我刚刚在车上都没说。而且你看我妈那个态度，明显就是不想找人，啥子事情都要揽在自己手上。以前上班的时候是恁个，在家里也是恁个。"钟盼扬说："话说回来，缺人是事实，我们总不能卡在这个节骨眼上，与其从外面找认不到的人，不如是信得过的。要不然你先去探探侯妈妈的口风，到时候孃孃这边的工作，我跟你一起做。"程斐然就晓得，关键时候，还得钟盼扬出马。

程斐然趁着侯一帆出差，干脆把侯妈妈约到了家里，开门见山地说了想法。侯妈妈面露难色："我平时做饭，侯一帆爸爸都要挑剔，真的去帮忙,我怕耽误你们的事情。"程斐然劝说道:"这个你倒不用担心,主要是我妈在负责,也就是怕忙不过来,打打下手。而且一旦上手了,流程都是统一的,我们本来也是要准备厨房车间的,后续还有人,可能要你帮忙培训。"

侯妈妈说:"斐然你真的是看得起我,从我和侯一帆他老汉结婚开始,就只有被挑剔的命。你现在还喊我去培训别个,要是遭他爸爸晓得了,肯定要笑落大牙。"程斐然深知,侯妈妈在侯一帆爸爸的阴影下长期浸染,让她逐步失去了原本的自信,一时间要找回来还是很难。程斐然伸手握住侯一帆妈妈的手,说:"孃孃,恁个嘛,我觉得我们也不要限定死了。我欸,就和我妈说,你最近也比较闲,想找点事情做,可以过来搭把手,如果合适就继续做,不合适就随时走就是了,我们也紧跟着找其他人。"

侯妈妈被程斐然多少说动了点,也是诚心诚意地说:"我那天也就随口一提,哪晓得你还恁个放在心上,帆帆遇到你,真的是福气。"程斐然受不得这种话,只说:"孃孃,你就莫讲这些了,你回去准备一下嘛,等我们这边货源各方面都确定了,我再来问下你。"

孔唯的动作比想象中更快,他带陶叔过来看了场地过后,又找了两个工人过来询问周期,没两天就开始正式动工了。

钟盼扬每天中午休息的时候,就过去看看工程进度,偶尔也会碰到孔唯在那边,两个人倒不尴尬,像是一下变成了商业伙伴。

钟盼扬从前不了解孔唯,这段时间和孔唯慢慢走近,才意识到自己看人还是太片面了。当年孔唯选择从学校走出去,不想安于现状只是当一个高中老师。走出去,那是一切开始的第一步,看的东西多了,在谈论问题上,总会不自觉地偏向要打开自我的这个方向。但孔唯却有一个优点,就是懂得换位思考,哪怕有时候他也会有些大男子主义,他至少会放低姿态,接受钟盼扬提出的观点。

养鸡场搭建得差不多了,陶叔很快就迁来了第一批鸡,南山上这一小片瞬间就热闹起来了,周围有两户农家还跑过来问,觉得这年头还有人跑南山上来养鸡,真的是稀奇。

回头钟盼扬和程斐然开完会,觉得之前那个脚本基本上可以用了。正好旁边是养鸡场,那就干脆让孃孃出镜,母女俩把在南山养鸡做口水鸡这件事放到新媒体平台上去,做一波营销。程斐然本想着刘女士多半会拒绝,却不料,第二天刘女士就梳妆打扮,穿着华服出现在了程斐然的车门前,又是蓬蓬头,又是垫肩连衣裙,还故意戴了个遮阳帽。

钟盼扬朝着程斐然望了一眼,程斐然立马说:"妈,我们是离婚母女再创业,你穿得像是我们要去走红毯一样,哪个信服嘛。"刘女士说:"我晓得是再创业啊,再创业也不等于我要穿得破破烂烂的嘛。我只是离婚,又不是破产!"

程斐然看了眼自己身上的衣服,相形见绌,却也懒得换了,直接把车就往山上开了。真正到了养鸡场的时候,刘女士一下就意识到自己的滑稽了。当她踩着高跟鞋在一片布满鸡粪的草地上走时，几只鸡惊乍地飞来飞去，显得她像是一个走错了地方来审查的领导，程斐然故意逗趣道："妈，等下还要拿只鸡在手上。"刘女士诧异道："你没提前和我说要拿鸡啊，你只和我说要拍个介绍片的嘛。"程斐然说："你不拎只鸡过来，别个嘟个信服我们嘛。李子柒，我昨天发给你的，虽然别个也穿得漂亮啊，但是在真正地干农活啊。"

原本是玩笑话，过来帮忙的陶叔倒是信以为真，真的左右各自一手拎了一只鸡过来，杵到刘女士面前，说："左边这只小公鸡好看，拿这只嘛。"这下程斐然才意识到自己玩笑开过了，弄得刘女士拿也不是，不拿也不是，只好一把揪过陶叔手上那只鸡。可能她用力太重了，揪得那只小公鸡一下蹦了起来，咯咯咯地挣开了刘女士的手，吓得刘女士往后一退，一脚踩在了鸡粪上。请来的摄影师在旁边想笑又憋着，不知何处传来一阵狗叫，两只放出来的鸡一下子更是到处乱窜，一整个鸡飞狗跳。刘女士有点不高兴了，问："到底嘟个拍嘛？程斐然，你是不是整你妈？"

程斐然刚伸手把脚本拿过来，就看到方晓棠焦躁地小跑过来，钟盼扬连忙吼："你慢点，啥子事情恁个急嘛！"方晓棠说："哎，斐然，快点开车带我下山去下我舅舅家，出事情了。"程斐然问："啥子事情哦？"方晓棠一下把程斐然拉到一边，说："万芳芳跑到我舅舅那里去了，朱丞和周雪的事情遭晓得了！现在全小区都在看热闹，要死要活的，我妈已经赶过去了！"

第十章

1

事后想来，周雪和朱丞那点丑闻会东窗事发完全源于周雪的作。她或许从来没有想过，当初和沈劼可以风平浪静地在一起这么久，完全是沈劼做事滴水不漏的缘故。朱丞是啥子人？周雪以为这个世上对她好的男人都像沈劼一样，又死心塌地又好骗，哪晓得朱丞比她人精多了，最后也不晓得是哪个骗哪个。

那天万芳芳之所以找上门来，是因为前两天晚上周雪跟踪了朱丞。大概是方晓棠上次和周雪讲了朱丞的事情之后，她一直将信将疑，想要晓得到底是不是方晓棠因为吃醋在说谎，所以和朱丞幽会完，她就故意说要回家了。朱丞倒也没说啥子，本来说开车送她，她偏偏要自己打车。眼看朱丞走了，她就喊出租车师傅跟着朱丞的车开了一段路，最后果不其然，不是回的之前沙坪坝那个房子，而是往渝北方向开了。

原本周雪心头有气，想着说，朱丞果然不真诚，但回头一想，男人碍于面子，不说实话，也是正常。如果开口就讲了真相，怕周雪畏而却步，也是有可能的。但是周雪不喜欢这种被欺骗的感觉，所以直接给朱丞打了个电话，说有事情想找他，刚好在他小区楼下。朱丞以为是沙坪坝的房子，哪晓得周雪说就在他现在这个小区门口。

那天也是凑巧了，万芳芳本来出去逛街，刚好被朋友放了鸽子，气冲冲地回来了，在小区门口撞到在等朱丞下楼的周雪。原本两个人彼此不认识，只是周雪在小区门口站太久了，保安忍不住多问了句："妹儿，你朋友住哪一栋嘛，要不要我给你呼叫一下？"

可能就是这无心的一句搭讪，让万芳芳忍不住回头看了周雪一眼，周雪其实也不晓得朱丞到底住哪栋，就说不用了，自己再等下就好了。也正是这个时候，朱丞正好往小区门口走，兀突突地撞上刚刚进小区的万芳芳。看他行色匆匆的，万芳芳觉得奇怪，问他去哪儿。朱丞也是撒谎成性，点都不慌张，说公司有个员工出了点事，派了个人过来，他去找一下。

万芳芳也没想那么多，就说先上楼了。结果朱丞在小区门口看到周雪，也是云淡风轻地问她，啷个找到这里来了？周雪也不想撒谎，就说感觉朱丞对她不真诚，如果不诚心就算了，也不必来往了。朱丞倒是很快编了个谎，说这个小区的房子是公司安排的，喊周雪不要多想。周雪嘛，也不是不留心眼的。朱丞这么说，她也就假装这么听到。和沈勐在一起久了，她最懂得的，就是不当面拆男人的台，也不说要上楼坐坐，不想当场揭穿，到底还是真的喜欢。周雪住了口，耍耍小性子，只让朱丞答应第二天请她看电影。

这个电影约得也巧，第二天刚好是万芳芳的生日。朱丞死活是看不成电影的，万芳芳今年三十岁，钟嬢嬢说要给万芳芳大办，就重庆当地话来说，"男办九，女办十"，每隔十岁都是一个坎，要往大了请，最好是三天三夜地搞，说得不亚于当初他们那场结婚。朱丞说："隔两天嘛，疫情去电影院也不安全，最近也没得啥子好看的电影啊。"周雪突然就耍起小性子来了，说："但是我就是想看啊。不看也可以，那你陪我去悦榕庄住两天，最近特别累，想去泡温泉做SPA。"朱丞说："最近工作确实有点忙，乖嘛，等这几天忙完了来嘛。"周雪嘴上不要求了，心里的不高兴全部写在脸上。朱丞立马说："我回头送你个礼物，可以吧。"周雪勉为其难地答应了。

结果第二天，因为给万芳芳办生日，朱丞就彻底失联了，周雪不管哪个给他发信息都没得人回。换作之前，以她的身份，沈劼不回信息都是常事，对方忙完了，安妥了家里那位，自然会来找她。但是这次不同，朱丞越是对她花言巧语，周雪的占有欲就越强，等于身份地位完全颠倒，作死打电话，找不到人，就索性到那天那个小区门口去等。

那天万芳芳过生，请了一帮人，朱丞喝多了，万芳芳扶他回来，就在小区门口又撞到周雪了。也不晓得是女人的第六感，还是周雪确实长得出挑，万芳芳单多瞧她一眼，就觉得这女人有问题。周雪看到朱丞趴在万芳芳身上，一时语塞，说不出话，就假装各自认不到，朱丞已经醉得五迷三道了，倒是把周雪看到了，架着万芳芳的手，问："她啷个来了？"万芳芳敏感得不行，一下想到那天晚上，朱丞说有人等他，凑巧不就是眼前这个女人，就假装心平气和地问："哪个来了？"

朱丞一下吹了风，酒醒了点，意识到自己说错话了，只说："我刚刚是看错人了吗？还是时间倒流了哦？我们公司那个小周啊，我看到她好像站在我们小区门口的嘛。"万芳芳顿时晓得她姓周了，只说："那我啷个晓得啊，可能是有事嘛，你都醉成这个样子了，我喊她明天再来嘛。"

朱丞喝得脚杷手软的，就坐在大树底下的椅子上。万芳芳踩起高跟鞋，噔噔往门口走。周雪也是左右望，没肯走，万芳芳笑了，说："小周是不是？"周雪还奇怪，这个女人啷个晓得自己姓周，点了点头，万芳芳就接着说："Louis 喝醉了，喊你明天再来找他。你们最近公司恁个忙啊？隔三岔五喊你这个小员工过来。"

周雪一下有点脸红，原来朱丞一直和别个说她是他的员工，心里多少有点不爽。周雪没应声，也没否认，只说："那我先走了。"万芳芳在事情没搞清楚之前，哪里肯放她走，转头就把她叫住，"你等一下啊。"周雪回过头来，万芳芳继续讲："是有啥子大事吗？电话里头不能说的事情？要不然你和我说嘛，等他醒了我帮你转告，也不至于你白跑一趟。"

周雪以为自己很聪明，说："确实是公事，还是等明天我自己和老板说吧，不劳烦你了。"万芳芳一听，就晓得不对头了，也不继续追问了，转头就去扶朱丞往家走。一到家，万芳芳就把朱丞的手机掏出来了，往常她是从来不看他手机的。这回趁着朱丞醉醺醺的，她用他的指纹解了锁，然后开始翻开微信，朱丞也是老手了，万芳芳确实啥子都翻不到，里面除了聊工作，就是聊赚钱，个个像是人模狗样的资本家。万芳芳倒奇怪了，莫非是真的误会了？突然她灵机一动，开始翻起通讯录来，最近通话里面，今天未接的电话次数最多的，是一个尾号0742的电话。万芳芳先记了下来，然后到阳台上用自己的电话打过去，果不其然，是周雪接的。接通那一秒，万芳芳就挂了。

万芳芳趿着拖鞋往楼下走，到了小区门口问保安："刚刚那个女的最近经常来啊？"保安看热闹不嫌事大，添油加醋地说："来哦，每次都在这里站着等人，我觉得可能是做生意嘛。"

万芳芳一下犯起了恶心，大概过了半个小时，万芳芳再用朱丞的手机照那个号码拨了过去。这一拨，电话那头语气显然不同，周雪也是撒嗲又故作生气地说："你想起来回我电话了嗦！"

万芳芳一听，气得牙痒痒，这是明眼人都听得出来的，绝对不是下属对上司的口吻。狐狸精的身份坐实，万芳芳直接把电话丢到一边，一耳光把朱丞抽醒了。朱丞二麻二麻的，脸上顿时一阵火辣，哪里晓得万芳芳在生啥子气，直到万芳芳问："那个姓周的狐狸精，和你啥子关系？"朱丞才彻底清醒了。万芳芳看他一愣，晓得事情大了，一屁股坐在床上大闹，说："今天是我生日，你就恁个对我，还不晓得平时做了些啥子对不起我的事情！"

朱丞用他那装腔作势的普通话解释，说小周就是最近刚到公司来的，想着要上位，所以老是接近他，他啥子也没做，喊万芳芳无论如何要相信他。万芳芳说："可以，明天就把她开除了，然后你自己和她说清楚，就此断绝来往。"万芳芳倒不是真的大度，对朱丞也是将信将疑，只是想到朱丞的手机连对方名字都没存，多半确实没得啥子实质性的关系，最多是打打擦边球，暧昧而已，所以也不闹了。男人偶尔开点小差，逢场作戏，也不是没有的事。念到还是自己生日，万芳芳只对朱丞警告，不要把外国人那套乱七八糟的东西带到中国来，各人好自为之。

第二天，万芳芳就逼到朱丞去找周雪了，说是让朱丞自己解决，其实悄悄跟到后头。周雪也不是真的员工，朱丞却偏偏把她约到了公司附近，晓得万芳芳心眼多，故意演全套戏给她看。周雪在公司附近咖啡厅见到朱丞，又是高兴又是生气。哪晓得朱丞态度完全变了，不仅和周雪保持距离，说话语气也冷淡了。周雪还在奇怪，正想问，朱丞立马小声说："恶鸡婆在后面看到你，你就配合演下戏。"周雪也是怪，在朱丞完全不解释的情况下，接受了自己是小三这件事。但她看到朱丞在老婆晓得了之后还这么维护自己，心里又是一片稀里哗啦的感动，倒是真的哭了。万芳芳躲到后头看得心满意足，想到事情差不多结束了，各自散了回家。万芳芳也是心血来潮，调了头，非要去给周雪当面一个警告。不调头还好，刚一转身，她就看到周雪拎的包，自己有一个一模一样的，两万出头的路易威登，还说两个人没得关系，哪个相信。但是万芳芳没想到，周雪的包还真不是朱丞送的，那是她自己买的，凑巧买到和万芳芳重样的了。看到周雪上车，万芳芳立马叫了个车跟到后头，随后拍门找人，两人一下就撕了起来。

方晓棠她们赶到的时候，周雪家门口楼道已经站满了人，居委会都出动了，楼道间都是看热闹的，好不容易挤进去，看到方晓棠的妈妈还站在边上劝，说："芳芳，都是亲戚，不要闹恁个僵嘛！"万芳芳说："我今天不来，还不晓得都是亲戚作怪欸。"万芳芳的手使劲拽着周雪的衣服，已经扯烂半截衣袖了。居委会的大妈抄起手说："好了好了，有啥子事情不能好好解决嘛。"

万芳芳眼看人越来越多，脾气也上来了，索性扯住周雪说："这个女人勾引我老公，现在就让大家都看下，好好看清楚！"方晓棠舅舅本来想上手拉开，万芳芳就直接大吼道："表舅，你要干啥子？你管不好你女儿在外面勾引男人，还要对我施暴唛？"

万芳芳一喊，方晓棠舅舅倒不敢动了，倒是舅妈一边气冲冲地差点要哭出来，一边说："你是不是搞错了哦！坐下来好好说嘛。"

舅妈一直喊周雪说句话，周雪就是咬到嘴唇不动，不反驳也不回应。

方晓棠本来要冲上去，程斐然一下拉了她一把，说："你等一下，你现在上去帮周雪，万芳芳看到你，那还不是更火冒三丈。"钟盼扬也同意程斐然的想法："你现在又是大起个肚子，万一磕到碰到了，哪个来负这个责任？"方晓棠焦急地说："那啷个办嘛？要不然我报警算了。本来就喊周雪离那个丧门星远点，非不听我的。"程斐然说："你给朱丞打电话，喊他过来解决。"方晓棠说："你觉得这种时候，他会过来吗？那个人，巴不得躲得远远的。"钟盼扬想了下，说："要不然我上吧，晓棠你放心不？"

三个人里面，钟盼扬向来心细又靠谱，没啥子不放心的，只是也不清楚她要去说什么。钟盼扬走到周雪和万芳芳面前，点了下万芳芳的肩膀，说："先放了先放了，听我说句。"

万芳芳看到钟盼扬，倒是意外，问："钟盼扬，欸，你啷个在这里啊？"钟盼扬说："你先放手，大热天的，扯起好难看嘛。"万芳芳不服气地说："你都没搞清楚情况哦，这个狐狸精勾引我们家Louis。"钟盼扬说："那你想啷个办嘛？就恁个一直堵到楼道口，要不然我帮你报警嘛，或者喊电视台过来给你录个像嘛。"

钟盼扬一说要喊警察，万芳芳就有点厌了，稍微松了松手，说："清官难断家务事，警察来了有啥子用嘛，我就是想警告一下她，说起来还是我远房表妹，不知廉耻。嘞，全栋楼都认清楚了，看清楚了，这家屋的女儿，当小三，仗到我老公有钱，想贴上去捞钱，都看清楚了嘛,我也没啥子要说的了。"说着,她摆摆手准备下楼了,这会儿舅妈倒是一手把万芳芳拉到起了,说:"你啥子,过来发疯发完了,给我们女儿泼了脏水,就想跑了?今天你不说清楚,走都莫走!"

舅妈也是在气头上,一下把万芳芳的手揪出一条印子来。本来万芳芳已经偃旗息鼓了,看到对方妈老汉这么攒劲,也不走了,抄起手,说:"我泼脏水?那你问她嘛,她哪个话都不敢说啊?"

周雪终于忍无可忍了,冲进去拿了把菜刀出来,吓得楼道间的人都往后退了一步。万芳芳也是一身冷汗都吓出来了,指着周雪问:"你,你要干啥子!"周雪说:"你现在就喊罗非过来,让他好好说清楚,他要是不过来,我大不了和你同归于尽,哪个都莫想活了!"万芳芳以为她疯了,问:"哪个罗非?我都不晓得你在说啥子!"周雪讲:"你老公,我不管他叫啥子了,今天非要他做个了断。他要和我断,我立马断了,二话不说。但如果他要和你断,你今天也莫想得意翻天地走出去。"

舅舅、舅妈是真的吓到了,看到周雪拿菜刀,连忙劝她快点放下。旁边居委会的大妈说,哎哟,这个哪个得了哦,只有喊警察来了。方晓棠实在看不下去了,说:"我去给朱丞打电话,他今天不来,这个事情没完了。"方晓棠一个电话打到朱丞那里,简单说了下当下的情况,对于朱丞勾引她表妹的气,全部撒在了电话里,最后说:"你现在不赶过来,我立马把你的事情全部说给万芳芳听!"

2

朱丞大概是用了他这辈子最快的速度跑到这里，看到周雪拿着刀在那里对着万芳芳的时候，两条腿都软了下，不晓得是跑累了，还是真的遭吓到了，差点跪在地上，连忙喊："别砍别砍，有话好好说。"

周雪看到朱丞来了，眼泪一下流下来了。万芳芳也没想到，他是哪个晓得的啊？周雪看到朱丞说："我今天就问你一句话，我们两个是哪个勾引的哪个？你就当着你老婆说给所有人听。"朱丞看到万芳芳瞪他的眼神，一句话也说不出来。万芳芳也逼问："你说啊，未必她问你，你都哑巴了唛？"朱丞还装腔作势地用普通话说："老婆，你也不想想，我怎么会喜欢上这种疯子嘛。"

说着他拉万芳芳要走，周雪一个菜刀直接栽到他脚边，周围所有人都吓出一身冷汗，还好没有伤到人。舅舅眼疾手快，赶紧把菜刀踢到一边，心脏尖尖都要跳出来了。居委会大妈吓得脸都红了，说："好吓人，要死了！"

方晓棠撇开程斐然的手，挤开人群走过去，原本看到钟盼扬已经让万芳芳觉得奇怪了，结果方晓棠和程斐然也都来了，事情就变得不简单了。方妈妈见方晓棠来了，立马过去搀到，说："哎哟，我刚刚发信息喊你不要来了的嘛，这里乱得很，你等下出事了哪个办？"方晓棠才不管她妈的劝告，一耳光扇到朱丞脸上，说："朱丞，你要不要脸哦？"万芳芳一下拽过方晓棠的手，说："你凭啥子打我老公？！"钟盼扬指了指说："你老公，根本不是啥子外国人，他就是重庆本地的，叫朱丞，从头到尾都是他在骗你。万芳芳，你一天恁个精明，嫁了个假洋人，还不晓得。"

朱丞轻笑了下，继续用普通话说："我真的不知道你们在说什么，什么罗非，什么朱丞，你们真会给我取名字。我连中国护照都没有，我老婆和我登记结婚的时候，难道没看过我的名字吗？你们真的要帮那个女人解围，也编点好听的理由吧。"周雪听到"那个女人"四个字时，面容的愤怒也消减下去了，换而是一种失落。万芳芳这会儿站在朱丞那边，说："方晓棠，我晓得你一直嫉妒我嫁了个有钱老公，挑拨也有个度，啥子篡改身份名字都来了，你以为在演戏啊？"周雪在后面冷冷地说了句："姐，你让他们走嘛，我累了。"

周雪面如死灰地进了自己家门，朱丞见周雪也不胡搅蛮缠了，拖着万芳芳就往电梯走，只听到方晓棠说："万芳芳，你先莫急到走，我放个东西给你听。"

方晓棠打开手机，调出录音，声音放大，周围一下安静了。她放的正是上次方晓棠结束营业民宿的时候，朱丞打来的那通电话，说要安排一个妹妹住到方晓棠南山的村屋里。方晓棠当时就在电话里警告了朱丞，虽然朱丞总是用普通话讲话，但是声音没得办法作假。朱丞的脸一下就黑了，方晓棠说："我现在就把这段录音发给你，回去慢慢听，慢慢想，人生很长，有些事情，想清楚比较重要。"万芳芳再稍多瞥了朱丞一眼，心里大概就有数了，也不说话，进了电梯，关门，走人。方晓棠长长地舒了一口气，程斐然和钟盼扬站在旁边也帮她捏了把汗。

人都走了，她们赶紧进屋去，周雪彻底锁在房间里头不出来，舅妈拍了几下门，没得反应，急得不得了，说："她要真的做啥子傻事，我才是半条命都不想要了！"

方晓棠走到周雪房间门口，说："是我，小雪，你让我进来，单独和你聊下。"房间里还是一点反应都没有，舅舅说："我直接把门撞开算了！"方晓棠赶紧劝阻，过了好一会儿，周雪靠着门说："表姐，我没得事，你们都先回去吧，我想一个人安静一下。"

舅妈拉着方晓棠，不想她走。这个家，只有方晓棠的话，周雪听得进去，方晓棠要是回去了，周雪绝食十天半个月都说不定。周雪在其他事情上向来没啥子主见，偏偏就是感情问题上，执拗得跟头牛一样。方晓棠隔着房门对周雪说："小雪，怎个嘛，我不进来了，你出来，我单独带你出去吃顿饭，就我们两个……"话还没说完，门开了，周雪两眼肿得跟灯泡一样，却突然平心静气地说："我真的没啥子，我又不是中学生了，你回去嘛，今天还把你累到了。"看到周雪肯开门，舅舅、舅妈的心才放下来了。方晓棠说："你要不要去我那里住几天？反正我那边还有多的房间。"周雪摇了摇头，说："表姐，我那天怎个说你，你今天还要来帮我……"方晓棠说："这有啥子嘛，说到底我们还是一家人的嘛。"周雪轻轻地抱了方晓棠一下，说："我真的没得啥子，你不要操心了，我自己给我妈老汉解释就行了。"

刚到楼下，方妈妈忍不住说："我都想不到，周雪一天在外面恁个野！"程斐然和钟盼扬在旁边一句话都没说，方晓棠反驳道："不是所有事情都是你看到的样子，感情这种事情，哪个说得清楚嘛。"方妈妈说："那也不能去破坏别个家庭啊。欸，我问你啊，周雪这些年赚的钱，干不干净哦？"方晓棠最烦她妈这一点，说："这年头赚钱各凭本事，你说话啷个恁个难听啊？好歹她也是你侄女啊？"

方妈妈还想说啥子，碍于程斐然和钟盼扬在旁边，又有点不好意思地说："哎，扬扬和斐然今天不好意思哦，让你们看到起这些事情。"钟盼扬说："没事，孃孃，都是自己人，你就莫见外了。"程斐然也补充道："晓棠大着肚子，我们肯定不可能让她自己一个人来啊，是不是嘛。"方妈妈尴尬地笑了笑，说："是，今天还多亏了你们在旁边。"

送走方妈妈，三个人坐回车里，一下都感觉身心疲惫。钟盼扬转头对方晓棠说："我才是没想到，你居然还留了个录音。"方晓棠说："不止那一条，自从之前我的民宿遭举报之后，我就一直怀疑是朱丞搞的鬼，所以他每次只要给我打电话来，我都会录音，就想着只要他透露半点坏心思，我都可以捏在手头随时反咬他一口。"钟盼扬说："还好你留一手，那个朱丞嘴巴真的厉害，啥子都能编得出来。"

三个人都围绕朱丞的那些斑斑劣迹调侃了一番后，才猛想起刘女士就这样被她们丢在了南山上。眼看天都要黑了，程斐然拿起手机，看到刘女士打来的七八通未接，晓得刘女士可能早就火冒三丈了。程斐然打过去，做好了被骂的准备，结果不晓得是刘女士已经气过头了，还是自我调节了一番，只说："忙完了？这会儿想起你妈了？"程斐然清了清喉咙说："刚刚处理完，我回来慢慢给你说嘛。"刘女士说："刚刚快递来取货，我不晓得信息啊，你们人都走完了，啥子事情都不交代，年轻人做事情就是没头没尾的。"程斐然"啊"了一声，才转头问方晓棠："你没把单子信息给我妈啊？"方晓棠一下捂住嘴，咋呼道："哎呀，遭了，我确实刚刚慌忙得啥子事情都搞忘了。"只听到刘女士那边讲："算了算了，我把今天那些先冻到冰箱里了，明天一起发吧，你们忙完了就来接我，我饿了。"挂了电话，程斐然深吸了一口气，说："好奇怪，我妈居然没有生气。"钟盼扬说："女人不管到了几岁，你都永远猜不透她心里的想法。"

过两天，调整好了状态，钟盼扬又重新叫来了摄影师。这天程斐然吸取教训，没有再穿牛仔裤和白短袖了，换了一件至少像个创业女性的职业装。刘女士端着一盆荔枝，坐在小板凳上等摄影师取景，荔枝壳已经在木桌子上堆了一大堆，钟盼扬和摄影师还没有商量好拍摄方案。知了吱吱呀呀地叫得人心烦，程斐然瞅着满桌的残余，说："吃多了上火。"刘女士问："还要等好久？要不然我先去把鸡做了来哦。"钟盼扬走过来说:"嬢嬢,我们商量好了,你也不用摆拍,就正常做你该做的工作,我们只要记录你的一天就行了。"刘女士有点失落地说:"不是要拍广告的吗?光是拍我做鸡肉有啥子好看的嘛?"程斐然看到刘女士花了一上午化的妆,心里偷笑,但还是安慰道:"妈,别个现在网友就是喜欢看你最真实的样子,那种演出来的广告早就过时了。"刘女士看向程斐然,想着程斐然多半又是在忽悠自己,但碍于这么多人在场,也不好有过多要求,只说:"那你们拍我切肉的时候,记得拍我左脸哦,我左脸小一点。"程斐然把钟盼扬拉到一边,小声地说:"等下你喊那个摄影师专门帮我妈拍几个特写镜头,让她高兴一下,最后不要剪进去就行了。"钟盼扬说:"要得,你也去准备一下,等下就过去拍你那部分了。"

钟盼扬和摄影师交代了两句,就听到方晓棠在下面说:"扬扬,孔老师来了。"钟盼扬应声下去,见孔老师在拍蚊子,好笑地问:"你啷个今天又来了啊?"孔唯说:"我叫了两个工人上来交接下养鸡场的事情,顺道想找你谈点事情。"钟盼扬嘴上打哈哈,问:"找我谈啥子事情嘛?"

孔唯坐下,舒了口气,问:"你们现在一天大概成交好多单啊?"钟盼扬心里估算了下,说:"生意好的时候,一天也有四五十单,主要是嬢嬢手速上限也就这么多了,所以最近我们在考虑请人。"孔唯问:"人力成本算过没有,毛利率估算一下。"孔唯一下认真起来,钟盼扬倒像是以前上班的时候和领导做汇报了,说:"算是算了,但总归要扩大规模的，不可能一直搞得像小作坊一样。"孔唯点头。钟盼扬还是没搞懂孔唯的来意，又问了下："你说找我谈事情，就是谈这个啊？"孔唯说："不是，我是想入股你们这个品牌。"孔唯开口的时候，钟盼扬突然耳鸣了一下，然后笑了，"我们现在一穷二白的，钱没挣几个，孔老师莫开玩笑。"孔唯一本正经地说："我是认真的，要量产，就要请人，大笔的开支跟着上来。以你们的启动资金，真的要做到那一步，至少要一年过后，到时候风口过了，不一定还有机会。我这个人，看准一个方向，觉得你们的项目目前是有盈利空间的。刘孃孃只要把握关键的佐料，其他的事情，完全可以交给工人去做。"

孔唯越是认真，钟盼扬越是心里打鼓，孔唯接着说："这只是我的一个想法，你可以回去慢慢考虑。"钟盼扬的脑壳里突然闪现出大学下乡体验生活时看到的那条横幅，上面赫然写着"做大做强"几个字。她端起桌上的茶，淡淡一笑，说："孔老师让我回去想一下。"孔唯说："不要喊我孔老师了，喊我孔唯就行。"钟盼扬不说话，孔唯起身，说："我先去养鸡场那边看看，你想好了，随时给我打电话。"

摄影师那边，刘女士和程斐然的镜头都拍完了，加上一些零零碎碎的空镜，素材差不多了。钟盼扬过去说："我们不要模仿李子柒，我们要有重庆本土的感觉，山城的那种山，还有地道的那种鸡，你懂我的意思嚜？"摄影师想了想，说："大概晓得吧。"钟盼扬又补充道:"风味人间看过吧?类似那样的,烟火气要重,重在真实,还有我们这个村屋附近的环境都拍点。"程斐然收拾好,正准备过来和摄影师说,叫他上去再帮忙给刘女士多拍一组特写,结果电话就响了。

侯一帆在那边有点焦急地问:"你现在忙不?"程斐然说:"刚刚忙完,啷个?"侯一帆说:"我老汉刚刚打电话来,说我妈遭骗钱了,具体我也没听清楚到底啷个回事,就听到说我奶奶在旁边一着急,进医院了。我要明天才回来得到,你可以去医院帮我看下不?"果然事情还是没瞒得住,程斐然应声答应道:"要得,我现在就过去,哪家医院,你发给我。"侯一帆说:"我等下发你。哎,我妈老汉真的一天不吵架就不舒服,也不晓得我妈啷个想的,我老汉说她这次遭骗了好几万。"程斐然说:"这些先不要讲了,关键是解决问题。"程斐然和钟盼扬这边交代了下,然后拿了车钥匙,就往医院开。

3

下山的路上,程斐然开了电台,想着等下到了医院要怎么劝解侯一帆的妈老汉,可一想到这个事情,程斐然心情就有点失落。电台里,男主播在读一个女听众的来信,听众是一个家庭主妇,写的也基本是家里鸡零狗碎的事情,中国的大部分女性是不是最终都要面对一地鸡毛。程斐然想起和张琛还在一起的时候,除了难处的婆媳关系,还牵扯到张琛家里说不清道不明的利益来往,跟随张琛应酬的那些人情世故，以及张家那些奇奇怪怪的人际关系。那时候程斐然对于婚姻依旧抱有期望，想着新时代的年轻人，是可以逃脱出窠臼努力朝自己想要的生活靠近的，事后多年想来，这番幻想几近徒劳。

程斐然以为婚姻是构建和张琛的"小家"，但实际上，婚姻是套索着两个已经盘根错节、无法抽离的"大家"。在张琛繁忙的时候，程斐然曾一度要去处理张琛家里的琐事，时常会和张琛的妈妈起争执，虽然有时候选择沉默应对，可终究内心煎熬。

程斐然切换了电台的频道，终于从家常抱怨变成了流行音乐。不想结婚，并不是真的不想再生孩子，或者不想接触新的公婆，而是不想再变成"大家"之中斡旋的那颗棋子。前往医院的路上，让程斐然不觉又想起了某个已经发生过的下午，张琛让程斐然帮忙带他妈妈去医院体检，最后婆婆因为程斐然去上了个洗手间，耽误了去做核磁的时间，而排到了长队后面。那个下午，两个人的情绪都非常紧绷，最后程斐然还是打电话让张琛自己来带他妈妈回的家。时间虽然过去很久了，程斐然还是对这样必须照料双方家庭，特别是和长辈打交道的事情感到排斥。

医院楼梯口，侯妈妈在那里接热水，看见程斐然过来，难看的脸色稍有缓和一点。程斐然走过去，轻声问："奶奶怎么样了？"侯妈妈说："还在里面躺起的，是高血压犯了。"程斐然看到那个水杯，是侯一帆爸爸的。两个人吵架，还要卑躬屈膝地帮他接水，程斐然心里多少有点难受。程斐然问:"您和叔叔,还好吧?"

侯妈妈表情并不轻松,只说:"每天都担惊受怕怕遭发现了,现在真正遭发现了,心里倒是舒坦了。"侯爸爸见她一直没过去,打了电话过来问她去哪儿了,她对程斐然说:"是帆帆叫你来的吗?"程斐然点了点头,说:"哦,钱的事情,我没有和他讲。"侯妈妈没说啥子,只讲要过去了,这里也没得啥子事,叫程斐然不要担心。程斐然说:"我跟你一起过去嘛。"

侯爸爸看到程斐然过来,原本紧绷的脸平铺了不少,伸手接过水杯,说:"斐然来了啊?坐这边嘛。"程斐然摆摆手:"我不坐了,侯一帆喊我来看下有没有要帮忙的地方。"侯爸爸说:"麻烦你了哦。"程斐然晓得他说这话是故意保持距离,也没多说什么,只是浅浅笑了下,说:"不麻烦,我正好这会儿也不是很忙,奶奶应该没得啥子事吧?"这会儿医生从里面出来了,问:"哪个是黄碧穗的家属?"侯一帆爸爸走过去,说:"我是他儿子。"医生说:"过来签字嘛。老人家情况不是很好,今天是缓过来了,但是以后尽量不要让她受刺激,毕竟岁数大了。"

侯一帆爸爸一边答应,一边往房间里走,外面又只剩下程斐然和侯妈妈站在那里。侯妈妈说:"刚刚我和他老汉多说了两句,就遭他奶奶听到了。她啥子都没听到,就听到三万块钱没了,一下子就倒下去了。"程斐然说:"老人家是这样,过过苦日子,看钱看得比较重。"侯妈妈轻笑了下,说:"说到底,还是他奶奶怕我没得本事把钱找回来,这个年头,哪个屋里还真的就缺那三万块钱嘛?"程斐然拉着侯一帆妈妈的手说:"哪有恁个严重嘛,就是凑巧而已,孃孃你就不要想多了。"

这会儿,侯一帆爸爸签了字出来,得知奶奶没有什么大碍,也就放宽了心,侯一帆爸爸让侯妈妈进去看一下,自己去办下手续。看到程斐然来了,奶奶的眼神像故意转弯一样,避开侯妈妈,直接落在程斐然身上,说:"小程来了啊?"侯妈妈去帮奶奶倒了杯水,说:"妈,喝点水。"奶奶也没理,只喊程斐然坐,然后拍拍她的手,说:"你来了,奶奶还是很开心。"嘴角勉强浮起微笑,又接着问了句:"你和帆帆最近怎么样啊?好久把婚结了嘛,你看奶奶我身体一天不如一天了,总归还是想看到自己孙孙结婚啊。"程斐然尴尬地看了侯妈妈一眼,此时此刻,却又等不来啥子解围的话,侯妈妈稍微提醒地喊了一声:"妈,年轻人有年轻人的打算。"奶奶毫不客气地反驳道:"你又啥子都晓得了,哼,你先把你个人的事情管好。"侯妈妈不说话了,脸又沉下去,像是挂了十几公斤的秤砣。程斐然答应也不是不答应也不是,好在护士先来了,给奶奶量了血压,确定没问题,就喊他们可以走了。

到了侯一帆家楼下,见侯爸爸带奶奶上去,侯妈妈故意走慢几步,和程斐然悄悄说:"上次你问我那件事,我回头想了想,我觉得可以试一试,现在每天在家,和他老汉只有闹矛盾,不如让自己忙一点,可能还好些。"程斐然不觉兴奋："要得，那你看这两天哪天有空，我把地址发给你，你来看一下嘛。"侯妈妈点了点头。

解决完所有事情，程斐然给侯一帆打了个电话，不经意提道："我觉得叔叔对孃孃确实有点太凶了。"说完，程斐然就有点后悔了。侯一帆的家事，她向来不过问也不评价。侯一帆说："我老汉脾气一直那样，有时候我也看不惯，但是我妈也是，向来逆来顺受，我都说过她好几次了，如果真的不开心就说出来，大不了就离婚嘛，不是还有我这个儿嘛？但是我妈确实笨，老被骗，之前还被传销骗过。"听到侯一帆的语气，程斐然也有点上火，直言不讳地说："那你啷个不想一下，你妈妈做这些，也都是为了这个家啊，她还不是想多赚点钱，你可能都不了解她，就说这些。"侯一帆被程斐然的态度吓到了："你吃了火药啊？"程斐然熄了火，抽了口烟，说："侯一帆，你晓得我不最喜欢的就是处理家里这些矛盾纠纷，但今天我也不得不多说一嘴，下午我去医院，看到你奶奶和你爸爸对孃孃那个态度，换作是我，早就甩脸走人了。但是她还是忍气吞声地帮你爸爸把事情处理了，又照顾你奶奶。当媳妇当到这种程度了，儿子还不能理解她，我真的觉得她也太可怜了。"侯一帆说："我觉得你现在是站在女性的立场在批斗我。"程斐然听到侯一帆略带玩笑的语气，一下就笑了，说："我没跟你开玩笑，你自己去安慰下你妈妈。"

这天下班，程斐然没有载刘女士直接回去，反倒拉到火锅店说想请她吃顿饭。刘女士一挑眉："稀奇,今天中彩票了啊?"才找位置坐下,红油锅一上,程斐然讲:"妈,有个事情我想和你商量下。"刘女士心里像是早有准备:"我说哈,平白无故请我吃火锅,多半就是有事情,你说嘛。"程斐然夹了一片毛肚,说:"侯一帆妈妈最近想找点事情做,你这边不是正好也缺人嘛,要不,喊她过来帮忙,反正也不是外人。"

程斐然说的时候,眼睛都不敢多看刘女士一眼,生怕被拒绝。刘女士搛着鸭肠,烫了下,浅笑一声:"你还没嫁过去,这就不是外人了啊?"程斐然有点尴尬:"你要不愿意,就算了嘛。"刘女士说:"我没说我不愿意啊,关键是,别个来给我打下手,要是闹了矛盾,你啷个处啊?"程斐然说:"我本来也没打算结婚,啥子处不处嘛。"

刘女士的鸭肠烫熟了,蘸了麻油,边吃边说:"她要真的想来,就喊她来试一下嘛。这个事情,不复杂,说实话,找哪个都可以,但是你晓得我做菜不喜欢别个掺手插脚的,小侯妈妈来了,你还是要看下啷个协调哦。"程斐然说:"肯定还是以你为主啊,我觉得不需要啥子技术含量,你们就分下工就好了。"

面子上,刘女士是答应过去了,但里子里还是多少有点顾忌,刘女士不说,程斐然也知道。刘女士以前在厂里上班的时候,虽然和同事都处得和和气气的,但是向来单打独斗,调机器,做记录,做测试,一和别个搭档,就出问题。八九十年代的工厂,一点点误差倒不至于犯下啥子大错,但是领导喜欢抓那点小问题,扭到费。

刘女士又喜欢争表现，为了证明出错的人不是她，后来啥子事情都揽自己身上去做。这些事情，程斐然一直晓得。和侯妈妈处不处得来，程斐然说不准，但当下只能先这么安排着。

只是没想到，侯一帆妈妈说来就来了，没有给所有人一丁点的准备时间。原本想在会议上提出这个想法，结果现下变成了程斐然先斩后奏。尴尬的是，当钟盼扬问程斐然许诺的工资是多少的时候，程斐然发现这件事她从头到尾都忘记说了。

趁着侯妈妈跟着刘女士在厨房学习，钟盼扬赶紧拉程斐然和方晓棠到院子里开小会，开门见山地问："那你打算等下给侯一帆妈妈说给她好多钱啊？"程斐然说："我完全没得概念的。"方晓棠说："和孃孃解释一下，我们现在也是创业初期，像我们这些原始员工，都是不拿钱的，看看能不能少给她点。"钟盼扬说："那也不好的，现在就算不是孃孃来，换了其他人来，也是要谈工资的，不能因为是熟人，我们就不按原则办事。"方晓棠插话道："主要是，谈钱就伤感情。这个事情，不是熟人，你更不好谈。我的建议就是，能省则省，毕竟我们现在确实也没赚啥子钱。"程斐然说："这个事情还是怪我，我确实应该先和孃孃说了工资再让她考虑的。恁个嘛，我先和她道个歉，然后把实际情况和她说一下，大概报一个目前我们可以负担得起的工资，看她能不能接受。不行的话，就算了。"钟盼扬说："如果你觉得不好说的话，我来说吧，这样也不会影响你们之间的关系。"

程斐然晓得钟盼扬好心，但是毕竟是自己做错了，只说："还是我亲自说吧。"

商量结束，钟盼扬打开电脑，把昨天半夜摄影师改好的视频点开，说："你们看下，基本上已经按照我的想法改过了，再看下有什么想法没得？"视频把南山的空灵清幽拍得相得益彰，摄影师通过剪辑把刘女士母女俩不自然的部分都避开了，就像真的是一对母女居住在深山之中，鸡肉的香气仿佛可以透过屏幕扑鼻而来，加上秘制调料的特写，让人食欲大增。

方晓棠看完，说："拍得好好哦，看完我就想立马买十只！"钟盼扬笑了下，说："喊你提建议欸，你在这里鼓掌。"程斐然又把视频拖回去看了一遍，想了想，说："我突然有个想法，之前我写的那个文案，说我和我妈那个，不如改成我和我妈的一次对谈。我觉得这样的话可能比直接录一段独白，会更能让人看得进去一些。"钟盼扬拍了拍程斐然的肩膀，说："我觉得你的想法特别好！"

钟盼扬收了电脑，正襟危坐，看着她们俩，两人一看便知有事情，问："这么正经看着我们干啥子？"钟盼扬说："这个事情，必须你们一起拿主意了。"

钟盼扬把孔唯要入资的事情从头到尾和她们说了一遍，方晓棠听完就开心地说："我觉得可以啊，反正我们缺钱，正好有个金主来，为啥子要拒绝嘛。"程斐然明白钟盼扬的想法，只说："那他有没有说要入股多少？"钟盼扬摇了摇头，讲："还没有具体谈到那一步。"

方晓棠有点疑惑地看了下她们两个，问："未必你们不觉得是好事啊？"程斐然扯了下方晓棠，小声说："啧，扬扬肯定不想和孔老师有金钱来往啊，不然……"方晓棠这才明白了她们刚刚沉默的原因，只说："嘻，我觉得你们就是想得比我多。如果扬扬不喜欢孔老师，就把孔老师当成是一个投资人就好了。如果扬扬喜欢孔老师，那不正好因为这个事情，变成夫妻创业嘛，更拉近了距离，我觉得也不是坏事啊。"

大概是方晓棠过于口无遮拦，把钟盼扬心里的矛盾全部摊开来讲，钟盼扬倒无话可说了。程斐然一下笑了，原本想着尴尬，这下倒觉得方晓棠思维简单，想的也没什么错。方晓棠对着钟盼扬说："我们到底还是差钱的，就现在每天卖这些，一个月下来赚的钱还不够发我们一个人的工资。现在侯一帆妈妈也来了，之后可能还要继续招人，人总归要吃饭嘛，有钱进来总是好事。何况，孔老师对我们来说，还算个熟人，人品至少不得太差吧，换了不知根不知底的，我们被卖了都还不晓得。"钟盼扬望向程斐然，希望得到点见解，程斐然说："晓棠的话虽然直白不好听，但我觉得确实有点道理。"方晓棠得意地站起来："你们说是不是？！"可能是她太激动了，一下子动到了肚子，马上"哎哟"叫了一声，两个人连忙吓得过去扶她一把。方晓棠连忙摆手，说："没得事没得事，我缓一下就好了。"程斐然看着钟盼扬，说："我觉得可以试试，但如果你不愿意，可以再考虑一下，或者你心里有啥子备选方案，也可以跟我们说。"钟盼扬点点头，讲：

"给我三天时间考虑。"

就在这时,突然听到刘女士在楼上厨房大叫了一声,三个人急忙往楼上跑去,只看到刘女士坐在凳子上,地上洒了一地的汤水,侯妈妈赶紧从冰箱里找了个冰袋给她的手敷上。程斐然问:"啷个了嘛?"刘女士说:"刚刚端锅的时候,端错了锅,手烫麻了。"程斐然赶紧过去看了一眼,手掌确实烫起了泡,说:"要不要去医院看下哦,热天热事的,容易感染。"侯妈妈说:"倒也不用去医院,我刚刚看到你们院子里有芦荟,现在去割一片来,敷一下,回家再涂点烫伤药就好了。"钟盼扬说:"那我下去割一片。"刘女士眼巴巴地看了程斐然一眼,说:"我可能明天碰不得水了。"侯妈妈说:"没事,刘姐,你在旁边看到就是,我来动手。"程斐然这会儿乜了刘女士一眼。

晚上送侯妈妈回去的时候,到了楼下,程斐然让刘女士等会儿,然后下车和侯妈妈私下说:"孃孃,你等下,我和你说件事。"侯妈妈"嗯"着点了下头,问:"啥子事?"程斐然咽了下口水,说:"是恁个的,我今天才想起我都没和你谈工资的事情,你就直接开工了。"侯妈妈总是一副慈眉善目的样子,说:"要得,你说。"程斐然讲:"本来也是想你能赚点钱弥补下前面的亏空,但是我确实考虑不周,因为我们也是创业刚开始,包括资金也比较紧张,所以我想听下孃孃你心里的预期是好多?"侯妈妈想也没想地说:"没事,斐然,开好多钱都可以。对我来说,你本来就是出于好心,你不帮我,我每天就是在家忙里忙外的,现在正好有个事情做。而且我看到你们恁个年轻又有想法,真的是羡慕。"

程斐然听到侯妈妈这么说,更是不好意思开口了,见程斐然面色为难,侯妈妈说:"恁个,斐然,你们就先按提成给我好了,比例你们定。卖得多,就多给我点,卖得少,我也不能硬问你们要钱是不?"程斐然想了想,说:"要得,我觉得这样,对孃孃也公平,我们也把你一起当成是创业伙伴了。"侯妈妈拉起程斐然的手,说:"斐然,真的还是很谢谢你。"程斐然连忙道:"孃孃又客气了。"

回到车上,看到刘女士在耍手机,程斐然眼神在她手指间游离:"刘孃孃,你老实说,今天是不是故意烫伤的?"刘女士放下手机,看了程斐然一眼,说:"嘿,你这个娃儿,你妈手烫了,你还说我故意的,简直气我哦。"程斐然看着刘女士的眼睛说:"你确定不是因为侯一帆妈妈来了可以接班,你就想休息两天?"刘女士说:"我想休息直接和你说不就行了唛,还要用这个苦肉计啊?"程斐然说:"你和我说当然可以,但在侯一帆妈妈那里要说得过去啊,我还不了解你。"刘女士有点心虚,还强词夺理地说:"我又没说要请假,是你们喊我休息两天,非要我带伤工作,还不是可以。"程斐然看到刘女士躲避的眼神,就晓得没有冤枉她,只说:"算了,到时候手真的感染了,多的事情都来了,你这两天就帮孃孃看下嘛,调料还是要你来弄啊,肉就全部交给孃孃嘛。"刘女士眼睛又回到手机上,等到程斐然启动车,才说:"难得你还晓得体谅下你妈哦,你说养女有啥子用嘛。"程斐然翻了个白眼，一脚踩到了油门上。

4

刘女士前一天还说自己可以带伤工作，结果第二天完全成了跷脚老板，一会儿指挥侯一帆妈妈拔毛，一会儿又指挥她去骨头。侯妈妈也抱着学习的心态，不卑不亢地，不懂就问。刘女士对任何人多少都有点防备，侯一帆妈妈问得越多，她讲得就越少，像是故意要保留三分。程斐然看到了，觉得刘女士有点过分了，想上去说两句，钟盼扬一把把她拉住，说："你就莫去管了。"程斐然说："你看我妈，简直把别个当佣人。"钟盼扬拉程斐然到院子，说："她们彼此之间都没起冲突，你跑过去说一顿，一来刘孃孃没得面子，以后工作积极性肯定要被影响。二来，侯一帆妈妈本来就是来实习的，说不定随时都要走。"这一说程斐然也不好再讲，只是看到刘女士在那里指挥来指挥去，心里多少有点不安逸。

中午吃饭的时候，刘女士不管不顾，坐到院子里吃饭，看到侯一帆妈妈一直没下来，就喊了声："谭妹儿，吃饭了。"侯一帆妈妈说："没事，你们先吃，我把锅洗了就下来。"刘女士脸上泛起笑容，钟盼扬和程斐然对望了一眼。程斐然忍不住说："你这跷脚老板当得好哦。"刘女士讲："我还不是在帮你考查人，你以为我轻松啊。"程斐然心里翻了个白眼，转念说："妈，你这两天没得事，我们正好把视频后半段录了嘛。"刘女士没反应过来,问:"又要录视频了啊?不是录完了的嘛?"程斐然解释道:"补录一小段,我想和你做一个采访。"钟盼扬说:"其实只要一点背影和录音就行了,等下就可以录。"刘女士说:"哎呀,我今天衣服不好看的嘛,明天录嘛。"程斐然说:"又不看到脸,就是那种摄影机在旁边,不正对到你。"刘女士说:"那我衣服也不好看啊,而且我今天头发也没弄造型。"程斐然不耐烦地说:"都说了拍不到你脸啊。"

亏得钟盼扬在旁边好说歹说,刘女士才同意。随后大家找了一处风景尚好的地方,架好相机。程斐然原本准备了好几个问题,但是一和刘女士面对面,那些违心的话一句都问不出来了。钟盼扬说:"孃孃,你们就当在摆龙门阵,不要想那个摄影机就行了。"刘女士捋了捋耳边头发,正襟危坐,说:"好,晓得了。"程斐然被刘女士认真的样子逗笑了,说:"别个喊你自然点,你像在面试一样。"刘女士说:"哎呀,话多得很,我觉得我恁个自然些。"

信号一亮,算作开始,她回过头看着刘女士已经有了皱纹的眼角,轻轻地叹了口气,问:"妈,你年轻的时候,有没有想过自己老了以后的生活哦?"听到程斐然提问,刘女士慢慢放松下来,大概实在没有看到摄像头的位置,才松弛地说:"想过啊,哪个年轻的时候不会想自己的以后嘛,只是那个时候怕老,怕丑,怕变成和年轻时候不一样的样子。当时我就觉得如果自己老了,还不如去死。"程斐然突然笑了,说:"那你现在欸?到了这个岁数了,还这么想吗?"刘女士说:"到了这个岁数了,反而是想过去了,想那些年轻时候想做一直没做成的事情。我有时候觉得你们这一代人还是幸福,我们当时,女娃儿哪里敢有啥子想法哦,说出来,首先就是遭你外婆外公啜一顿。"程斐然问:"那你觉得最大的困难是什么?"刘女士望了下头顶的树叶,好像突然陷入了某种情绪,脱离脚本之外,自然而然地问:"你会觉得婚姻失败是女人绕不过去的绊脚石嘛?"程斐然突然被刘女士问蒙了:"啊?"刘女士说:"有一句说一句,我有时候就会想,失败的婚姻对女人的影响到底有好大,前半辈子和你老汉度过的那些日子,算不算是浪费时间,人的大半辈子都被家庭和婚姻缠住了。"程斐然说:"浪费时间倒不至于,总归算是看到了人生的另外一种可能嘛。"钟盼扬听着她们若无其事地聊天,心里竟也起了丝丝波澜,可能很多年后的某个夏天,她还是会回忆起这个下午,树林间的两把椅子上,一对母女视若无人地聊衰老,聊理想,聊婚姻和人生境况。方晓棠慢慢从屋里走过来,看到躲在摄像机后面的钟盼扬,偷偷跟在背后,正准备开口小声问,钟盼扬一下把她嘴巴捂上,"嘘"了一声。

一个星期过后,视频终于剪完了,至少每一个人都满意,包括刘女士在内。视频出来的当天,钟盼扬用大电视把视频投放上去,原本程斐然不敢看,怕会很尬,结果没想到,五个女人坐在电视机前,看完都是一阵沉默。直到侯妈妈抽了一张纸,微微擦了下眼泪,说:"看得有点感动。"程斐然有点疑惑地转头问钟盼扬:"你觉得好吗?"

钟盼扬摸了摸下巴，说："我觉得好像差点味道，也不是不好，就是有点平淡。"刘女士捋了捋头发，说："把我的脸拍得好大，摄影师真的会拍嘛？我表示怀疑。"程斐然又倒回去看了一遍，说："不得行不得行，我觉得我说话太做作了。"侯妈妈说："我觉得多好的啊，一点也不假，刘姐说得好好哦。"方晓棠讲："我的想法是，太正式了，像是《鲁豫有约》。"几个人坐在沙发上略有苦恼，要重拍，等于又要再花一道钱，效果不一定能出来，程斐然说句公道话："毕竟我们不是演员，面对镜头，哪个可能不紧张嘛，专业的事情还是要找专业的人来做。扬扬，我觉得要不然就算了。"刘女士轻哼了一声，说："哪个就算了啊，我觉得我说得多好的，就是人拍丑了。"程斐然说："你就想出名。"刘女士也不狡辩，说："换个摄影师嘛。"钟盼扬想了想说："重拍时间可能来不及了，恁个，我重新找个厉害一点的剪辑试试。"

然而第二版、第三版依旧没有让每个人满意，最后刘女士也不管了，实在管不过来，每天单子多到她没有时间思考这个问题。程斐然也累了，总归不管是用什么剪辑方式，都显得她像一个路人。方晓棠倒是乐观，说："先丢出去再说嘛，现在就是我们自己在这里否定过去、否定过来的，总归要看下市场反应。"钟盼扬微微吸了下鼻子，泼了盆冷水，说："我就怕发出去一点水花都没得，才是笑死人。"方晓棠说："哪个会没得水花啊，我都喊我妈做好准备了，家族群、工作群，还有麻将群，全部发出去，总归有点水花哦。"程斐然惊叹道："麻将群也要发啊？"方晓棠说："当然要，打麻将未必还不吃点东西了,不要遗漏这些隐藏客户。"钟盼扬说:"你说这些,都不是我们视频的目标客户,既然都走到这么知性的路线了,打麻将的大妈怎么可能懂?"方晓棠不以为意,反驳道:"大妈也有青春啊,我觉得扬扬你是有歧视。"钟盼扬说:"先发了再说吧,不好就再想办法了,总不会被一个视频堵死了。"

是日夜晚,所有人的心情就像是要看世上第一架飞机起飞一样紧张。虽然钟盼扬嘴上说不在意,但心里其实比任何人都害怕,这是她辞职之后谋划了这么久拿出的第一件东西,所有的同事都在看着,包括孔唯。如果最后的效果惨淡,她要做的第一件事,就是把做好的融资策划案拉进垃圾箱里。

程斐然守在手机面前,三个人的群里顿然鸦雀无声,八点五十九,之后是每一秒钟的煎熬等待。钟盼扬找了生活方式这个赛道流量最高的号,把她们所剩不多的经费投了将近三分之一进去,九点整,定点推送,接下来是长夜无声的静默。程斐然和钟盼扬每过一分钟就刷新一次,看阅读数据,看留言评论,等待反应,九点过五分的时候,方晓棠第一个在群里说话:"真的好像一点声响都没得啊,我妈老汉那边所有人都转发了,我看播放量也就涨了几十。"钟盼扬整个神经都在紧张,她窝在沙发里,划着手机上的页面进进出出,已经让她手机发烫,播放数据确实差到无法直视。程斐然私下给钟盼扬发了条信息,说,要不然买点数据算了。钟盼扬拿起手机,发了条语音:"买数据没有意义,我们的目的是转换,就算表面数字做得好看，投资方也不是傻子。"之后的两三个小时里，视频就这样被更多的信息流压了下去，渐渐变成无人问津的一堆互联网数据，像是被扼住喉咙的人发不出一句声音。

第二天，钟盼扬和程斐然没精打采地回到办公室，方晓棠一看就晓得她们肯定是失眠一整夜，不禁安慰道："哎呀，不过就是个视频个嘛，没爆就没爆……"方晓棠话还没说完，突然惊叫一声："爆了！"程斐然和钟盼扬莫名其妙地看她一眼，问："啥子爆了？"方晓棠指到电脑屏幕说："啷个恁个多人啊？"几个人顺着屏幕望过去，紧接着是近千条的社群申请信息，从一千，到一千五，到两千，方晓棠的手握着鼠标发抖，讲："扬扬，快掐我下，看是不是在做梦！"

钟盼扬拿着手机，刷回昨天那条视频，视频的播放量并没有增加多少。她疑惑地看向程斐然，程斐然说："好怪哦……"方晓棠才反应过来："不是视频过来的啊？"钟盼扬从方晓棠那里把键盘抢过来，然后问最新加进来的那个客户是从哪里知道她们的。对方说："视频网站有个视频啊，下面不是留了你们的联系方式的嘛。"钟盼扬顺着那个链接点过去，才看到网站上和她们发出的完全不一样的视频。钟盼扬问："我不记得有这个版本啊？"

视频里面把程斐然几乎全部剪掉了，单单留了刘女士那些对婚姻、对爱情、对创业的金句，然后做成一个略显鬼畜的说唱视频，下面的网友全都疯狂评论起来了。程斐然把那条视频又看了一遍，完全看笑了,说:"这是哪个弄得哦?"钟盼扬仔仔细细想了想,把链接发给了摄影师,问:"这个是你弄的吗?"过了好一阵子,摄影师才回:"钟小姐,不好意思啊,是我下面的助理剪的。他完全是剪着玩,就把你们不要的那一版随便剪进去了,要是影响到你们,我马上喊他删了。"钟盼扬的脸微微抽搐了下。不过一个小时,社群新添加的人数,超过了两万七千多人。钟盼扬一个电话打过去,说:"不要删了,就这个视频,帮我多发几个地方,回头给你结钱。"钟盼扬简单和程斐然、方晓棠解释了下。程斐然说:"妈耶,真的是无心插柳,之前还怪别个摄影师,这次完全是他的功劳。只是我妈看到了估计要疯。"刚说完,刘女士就在厨房打了个喷嚏,她也想不到自己有一天可能比雪姨敲门那个视频还要红。

方晓棠尖叫:"我手要麻了!"随即立马抛出疑问:"我们明天哪儿来这么多鸡?!"钟盼扬一个电话打到孔唯那里,激动得不知道怎么开口,只说:"我要鸡!"孔唯在电话那头愣了好几秒,确认钟盼扬说的话之后,木讷地问:"啥子鸡?"钟盼扬:"订单突然爆了,鸡可能不够了,能不能想点办法?"钟盼扬把那条视频发给了孔唯,孔唯才晓得到底发生了什么事。孔唯说:"恁个,我问下陶叔那边还有没有多的鸡,看能不能运过来。"最后孔唯说了一句"为你高兴",就挂了电话。

这一整个下午,三个人兴奋到说不出多的话来。方晓棠忙到根本来不及回复所有人,最后看着屏幕一直跳跃的信息只能撒手。程斐然突然被刘女士叫到厨房狠狠骂了一顿，说视频里把她搞得太丑了，让程斐然想办法删掉。一下子亲戚朋友都找过来了，刘女士气得撂了挑子不想做事。程斐然又不得不重新安慰她。还有不知真假的投资人突然找了过来，说很看好她们的项目，想要找时间约着面谈一下。而钟盼扬，真的是到处打电话在疯狂找鸡。

直至天黑，三个人才勉强缓过神来，钟盼扬说："勉强问陶叔那边要到一些货源，但问题是嬢嬢手还没好完，猴子他妈妈也不一定做得过来，现在订单排到好多了？"方晓棠说："我刚刚都理得头痛了，给他们说因为是鲜活鸡，所以每天限量六十只。就目前的发货量来看，已经是上限了。目前排下去，已经排到一个月的单子了。"程斐然说："六十只也不一定能做出来啊。"钟盼扬说："其实饥饿营销也是好事，但如果单子排得过长，很多人就会失去兴趣了，没有人会为了买个吃的等一个月，一周已经是极限了。"方晓棠问："那啷个办啊？哎呀，我真的没想到这个视频会恁个火，我看到我朋友圈好多根本不大来往的人都在转这条视频，嬢嬢是真的火了。"程斐然有点哭笑不得，说："任何事情都是双刃剑。刚刚我已经接受过一波信息轰炸了，我才劝好我妈，她现在必须带伤做事了，不然真的可能要信誉破产。"

次日大早，孔唯在村屋门口已经等很久了，见到程斐然她们的车，迎上前走了几步。钟盼扬从车上下来，赶紧问："陶叔那边啷个说？"孔唯说："可以调过来的鸡，我都调过来了，目前应该还够，但是你们量一下子太大了，我估计撑不到好久，所以我也在想办法。"钟盼扬说："好，我这边也想想办法。"

刘女士和侯妈妈下车刚走了没两步，方晓棠突然说："哎，等等，斐然，扬扬，你们过来下。"钟盼扬和程斐然马上凑了过去，方晓棠把手机递给她们，程斐然问："啷个了？"方晓棠说："你看欸。"

手机上面，是一个客户拍的照片，说她们的鸡里面有头发，而且真空袋都漏气了，她买了两包都是这样。钟盼扬看完后，说："和她说，这两单都免单，我们单独再给她寄两包过去。"方晓棠说："我说了，但是她不干，她说质疑我们的生产流程，要到我们这里来检查。她看了昨天我们那个视频，还转发给我，说处理不好就曝光我们。"程斐然说："她这明显是要我们赔钱吧？她本人在重庆？"方晓棠说："我查了下这个单子，确实是重庆的，我都怀疑是不是竞争对手故意的。"钟盼扬说："那就让她来。"

刘女士看到她们几个在这边迟迟不走，便折返回来，问是不是有啥子事。方晓棠口无遮拦就直说了，刘女士想也没想就说："啷个会有头发啊，不可能的，我每次都是带着头套做的。"这会儿大家一下都沉默了。刘女士问："查下单子，是哪天的？"方晓棠朝程斐然递了个眼神，程斐然马上就懂了，说："现在查单子也没有意义，先想办法解决问题。"刘女士狐疑地看了程斐然一眼，问："不是我平时做的那些单子？"钟盼扬赶紧插嘴道："孃孃，你要不然先去忙嘛，今天还有恁个多要做，这个事情我们来解决就好了。"

刘女士没多说啥子便走了,只是嘴里念叨了一句:"我就说我做的不会有头发。"看到刘女士进了村屋,方晓棠才说:"孃孃得不得跑去和猴子妈妈说哦?哎呀,我刚刚说太快了。"程斐然问:"真的是猴子他妈妈做的那几单里面的啊?"方晓棠点头,说:"孃孃不是这周都请假了没做嘛?刚刚我一查就看到了。"钟盼扬说:"现在管不了这么多了,你就和这个人说,喊她亲自来看,免得事情闹大了。我们昨天好不容易赚到了流量,她真的要突然跳出来整我们,我们才是一点办法都没得。"方晓棠说:"那我喊她下午就来,免得夜长梦多。"

交代完,钟盼扬才发现刚刚把孔唯晾在一边,连忙走过去,道歉道:"不好意思,刚刚出了点事。"孔唯掐灭了烟,用脚摁了下,说:"没事,怎么样,解决了吗?"钟盼扬说:"不是啥子大事,今天的事情,谢谢你了哦。"孔唯说:"我发现你现在很喜欢和我道谢。"钟盼扬没看孔唯,只注意到他刚刚掐灭的烟头,问:"原来孔老师也要抽烟啊?"孔唯笑了笑,说:"等人的时候抽一根,瘾不大。"接下来两个人又是一小阵子沉默,钟盼扬看到孔唯额头都是汗,想到他在这里确实等好久了,才说:"进去坐算了,外面好热。"孔唯说:"不坐了,我还有事情要回公司,你有啥子事情随时给我打电话嘛。"

程斐然帮方晓棠忙了好一阵子,才把前一天晚上的客户理清楚,中途上厕所的时候,不小心撞到了侯一帆妈妈,抬眼一瞧,才发现她的脸色完全不对,早上还高高兴兴的,这会儿全然沉下去了,那张脸像是被熨斗熨平了,见到程斐然,脸都是别过去的。程斐然想也不用想,肯定是刘女士把头发丝的事情说给侯妈妈听了。

那个女人正是这个时候来的,三个人还没来得及抬头,就听到一个娇滴滴的女声说:"就是这里啊,看起破破烂烂的,啷个会没得头发嘛。"方晓棠听了就生气,正想冲过去说两句,钟盼扬拉了她一把,说:"应该是那个客诉,不要冲动。"但钟盼扬刚刚说完,内心就起毛了,跟在那个女生后面的人,简直让她无法冷静。陈松牵着那个女生的手,跟着推门进来,只听到那个女生转头喊他:"老公,你等下记得帮我扎起,听到没有。"此刻,陈松刚要回应,猛一抬头,和钟盼扬面面相觑。这时,里面厨房突然啪的一声,像是什么东西裂开了。

第十一章

1

当钟盼扬和陈松四目相接的时候,陈松心虚地把头别了过去,然后扯了扯那个女人的手,说:"我们回去嘛,也不是好大点事情,热天热事的,没得必要。"钟盼扬也想不到,陈松现在的品位已经这么差了,看她穿着打扮,像是进社会也不太久,却带着几分市井婆妈气。

那女的用不可思议的眼神看了陈松一眼,问:"都到这里了,你和我说这些?"女人看了她们几个一眼,丢了个塑料袋子在桌上,说:"嘞,都是从你们这里买的鸡,自己看嘛,都臭了。那个真空袋子不是我打开的,本来就漏气。"

程斐然和方晓棠走上前来,拿起桌上的包装袋看了下,勒口边缘确实像是没有封紧,不是自己撕开的。钟盼扬的目光还是落在陈松的身上,看到他唯唯诺诺的样子,反倒转向那个女人说:"首先我们肯定应该道歉,产品在运输的过程中,因为挤压、搬运或者拖拽,都可能造成密封漏气的问题,接下来我们可能会采取更紧密的封口方式。对于这一单，我们可以退还全款，然后再给你补一单，你看如何？"

女人对于钟盼扬这种不肯放低姿态的道歉颇有不屑："赔点钱就算了啊？"她推了推旁边的陈松，说："你讲句话嚛！"陈松怯弱地看了钟盼扬一眼，说："哎呀，别个都赔钱给你了，就算了嘛，反正你也没吃。"陈松不说还好，这一说，那个女人更火了，直接一脚踢过去，讲："啥子叫我没吃，那万一我就吃了欸，食物中毒了欸，死了欸，哪个来帮我讨公道！"方晓棠第一次看到陈松这么尿，心里又好气又好笑。

女人说："你们厨房在哪里？我要进去看下。"方晓棠大着肚子拦在她面前，说："厨房连我们都不能随便进去，除非是机关部门要来检查，闲杂人等，都不能进。"女人一下来火了，说："我不去看一眼，嘟个晓得你们卫生不卫生啊，万一你们节约成本，锅碗瓢盆都不洗，那我肯定要曝光啊。"

陈松不敢看钟盼扬，只想息事宁人，嚷了声，说："哎呀，人有失足，马有失蹄，有失误很正常是吧。我是恁个觉得，大家都不容易，一人让一步，她们说赔钱嘛，我觉得就接到起嘛，现场我们再挑两只鸡回去，差不多了。"

那女人被陈松的话气到脸都绿了，急着说："就恁个啊？那我喊你来干啥子啊，嘟个嘛，她们几个哪个是你旧相好嘛？"陈松说："说起难听不嘛，不过就是只鸡个嘛，犯不着啊，你不是说想买那条裙子吗，我等下就去给你买，走嘛。"陈松这么说，那女人更是不好讨价还价了。最后钟盼扬还是会做人地给那个女人转了1000块钱，女人看到那个转账的时候，气鼓鼓的脸一下像漏了点气。

钟盼扬说："这单的钱退给你们，然后剩下的钱，当我补的红包给你们，白头偕老哈。"女人不好再多说，转身要走，陈松倒是挠了下头说了声："今天不好意思啊，你也不用给这么多钱啊。"钟盼扬没说话，简单笑了一下，然后说："找了一个管得住你的人，倒也是好事。"陈松死鸭子嘴硬，偏说："我只是在外面给她点面子，扬扬，你不要每次看到我，都像看到仇人一样嘛。"那个女人在外面吼了他一声，他也不好多说，赶紧过去。

待陈松走了，方晓棠才说："扬扬，我觉得离婚真的是你人生中做得最明智的事情。"程斐然叹气笑道："哎，重庆男人，说到底，最后都一个模样。"钟盼扬说："无所谓，这个人早就和我没得啥子关系了。"

原本以为这桩事情算是告一段落，没想到钟盼扬刚刚坐下来，程斐然端着茶杯坐到她旁边，眼睛朝里面屋望了眼，轻轻说："我妈好像把有头发的事情给孃孃说了。"钟盼扬吓了一下，问："那猴子妈妈怎么说？"程斐然说："刚刚我去上厕所正好撞到她，我感觉她有点不敢看我。"钟盼扬略有所思："其实这个事情，我觉得孃孃也没做错，虽然对猴子妈妈有点残忍，但是如果有错误不指出来，下次就有可能会出现同样的问题。"程斐然做不到钟盼扬那样的铁面无私,只说:"说肯定要说,但是我觉得要分时候,看场合,这件事由我私下去说,和我妈直接点出来,效果完全不一样。我就担心孃孃心里有了想法,做事情的积极性就被打击了。我妈手烫伤这几天,全都靠她一个人,你也看到的,别个点懒都没偷。"钟盼扬说:"肯干是一回事,认清错误是一回事,我觉得不冲突,而且她们都是成年人了,吃的盐比我们吃的米多,我觉得倒也不用太担心。"虽然钟盼扬话说得没错,不管是程斐然她妈妈还是侯一帆他妈妈,都是比她们大二十来岁的长者,说话做事,更应该比她们有分寸,懂得处理。钟盼扬宽慰道:"你晚上私下再安慰下猴子妈妈就好了,应该不会有啥子大问题。"

结果下班的时候,根本不等程斐然开口,侯妈妈却先说自己打车回去了,就不坐程斐然的车了,走得匆忙,又慌慌张张的,像是真的做了什么坏事。

刘女士收拾完出来,终于坐下来歇口气,程斐然走上去问:"妈,你下午又和孃孃说了啥子?"刘女士扯了桌上两张纸巾擦了下汗,没当回事地说:"我没说啥子啊,她问我啷个一直没进来,是不是出了问题。我说,没啥子事情,就是前几天的单子里面混了根头发,喊她不要多想。"程斐然眉头紧锁:"我觉得你就是故意的。"刘女士也有点生气了:"嘿,我喊她不要多想还喊错了哦。而且本来头发也只能是她落进去的啊,下次注意就是嘛,又不是啥子大事。人又不是机器,机器都还有故障的时候欸!"程斐然说:"我真的服了,我才不信这么简单的说话逻辑你不晓得。"刘女士懒得和程斐然争,只说自己饿了,要回去吃饭了,让程斐然起身开车。程斐然也晓得和刘女士争不出个所以然来,只打算晚上回去给侯一帆妈妈打个电话,好好说下这件事。夜里回到家,程斐然还没打,侯妈妈就发了条信息过来,说想请几天假,家里有事,侯一帆爸爸让她这几天别出门,照顾奶奶。程斐然原本想多说两句,但又想着,或许对方可能真的没把这件事放在心上,多说反而显得刻意,只能按下不表。

只不想,这个假一请就是好几天。方晓棠每天排出来的单子越来越多,刘女士一个人根本应对不过来,有几个客户实在不想等了,就把单子退掉了。钟盼扬说:"要不然,你去看下猴子妈妈,问她还能不能来,要是她确实有家事来不了,我们也好赶紧请人。现在光是一个两个人可能都不行了。"

程斐然晓得刻不容缓,下午就早早下班,让刘女士忙完了打车回去,朝着侯一帆妈妈家里开去。车才刚开到一半,侯一帆就打电话过来,声音听起来不同往常,只严肃地问了句:"我妈最近啷个回事?"程斐然点了扬声器,不晓得侯一帆到底问的啥子事,只说:"你对我恁个冲干啥子?"侯一帆在电话那头有点着急地讲:"我老汉说她去你们那里帮忙了,这个事情,你啷个没给我说啊?"

程斐然想了想,确实应该和侯一帆事先讲一声,但因为前前后后,侯妈妈都希望程斐然帮忙隐瞒她的那些事情,程斐然才选择先不说。

一来不晓得侯妈妈到底能不能一直做下去。二来也只是希望她能换个环境，不要胡思乱想。程斐然坦诚说："是过来帮了几天忙，我看嬢嬢心情不好，就喊她过来换个环境。"侯一帆平复了下自己的情绪，才开口："我老汉讲我妈从你们那里回去过后，这几天时不时就无缘无故地哭，问她怎么了，也不说。我奶奶本来才从医院回来，她有天莫名其妙还冲我奶奶发了顿脾气，我从小到大都没看到她怎个异常过。"听到侯一帆这么说，程斐然不觉想，到底刘女士那天下午和侯妈妈说了啥子，如果不是伤人的话，她为啥子要哭？但程斐然隐去这一出没说，只讲："我现在就是准备过去看看情况，我也想晓得嬢嬢到底啷个了。"侯一帆说："我刚刚落地，正在等行李，你要不等我一起。"程斐然应下来，调了头，索性往机场方向开去。

钟盼扬忙完坐下不到两分钟，就又有电话打进来。最近这段时间，声称自己是投资人的电话就像过年过节银行咨询贷款的骚扰电话一样多，现在她基本练就了听到对方开口的说辞就可以判断是否靠谱的地步。钟盼扬在椅子上，头往后仰了下，手持着电话，心思却在电脑上，在听到电话里那句"你好，请问是'当燃鸡'的负责人吗？"的同时，电脑屏幕弹出孔唯的信息："考虑得如何？"钟盼扬有点放空，还在想着怎么回答孔唯，电话那头又再确认了一遍，让钟盼扬才回过神来，"喂，你好。"钟盼扬还是礼貌地打了声招呼。话语声来自一个干练的女士，不同于以往的本地话，这次倒是字正腔圆的普通话，她说:"你好,我在网上看到你们的宣传片,觉得很有意思,我正好住在南山这边,可否过来拜访一下。"

钟盼扬第一次接到说想上门来拜访的电话,略有惊诧,还没想好怎么回答,只听对方说:"不好意思,可能有点唐突,忘记和你自我介绍一下了,我是长虹基金的负责人,对你们项目有点兴趣,所以想深度了解一下。"钟盼扬嘴巴哆嗦了下,问:"是我知道的那个长虹基金吗?"对方一下笑了,说:"应该是你知道的那个。"钟盼扬捂住了电话,压抑不住自己的兴奋叫了一声,电话那头的女士说:"如果方便的话,我等下就可以过来,我最近刚好回重庆来度假,正巧就看到了你们这个项目。"

相比于那些根本不了解投资,甚至句句大话上口的"江湖骗子",长虹基金是任何创业者都想要被青睐的大公司。钟盼扬始终有点不敢相信,挂了电话之后,快速移步到办公室里,激动地和方晓棠说:"长虹基金的负责人看到了我们项目,我觉得我们可能真的走大运了。"方晓棠云里雾里地望着钟盼扬,问:"长虹基金是啥子?"钟盼扬解释说:"你就理解是金主吧,多少创业公司想找他们投钱,他们看上的项目基本能成。"方晓棠虽然没有钟盼扬这么兴奋,但也觉得是好事,说:"等于说我们要发财了哦?"钟盼扬笑着说:"发不发财还不晓得,但至少我们可以多请点人来扩大规模了。"钟盼扬回到座位上,拧开茶杯喝了口水,抬头的瞬间,孔唯的那条信息再一次映入她的眼睛,她觑着眼睛,想了想,回了句:"让我再想一下。"

程斐然接到侯一帆之后，两个人第一次没有表现出往常久别重逢的亲密，侯一帆坐在副驾上，一直在给他老汉打电话，情况可能比想象中更糟糕一点。挂了电话之后，程斐然问："叔叔啷个说？"侯一帆叹了口气："我妈这两天基本没怎么吃饭，但还是照常做饭洗衣服，除了做家务活也不做其他啥子，就是不啷个说话。我老汉问她，她也不说，往常可能已经吵起来了，我妈这次纯粹不接话，晚上也不出门散步了，很早就睡了。你可以和我说一下，她到底啷个了嘛？"

程斐然想了想，说："我不晓得孃孃具体啷个了，她在这边做事的时候，犯了点小错误，但是没有人怪她，我想可能她心里会有点落差，但应该不至于这个样子啊。"侯一帆问："她啷个会想起到你们那里去帮忙，我一直没想通。"

程斐然不想把单独和侯妈妈聊天的内容告诉给他，只旁敲侧击地说："可能孃孃在屋头太孤独了吧，她还是喜欢热热闹闹的，长期在家里待久了不出门，心情也不好。"

侯一帆虽然依旧有很多疑问，但也不多问了。到了侯一帆家楼下，两个人就匆匆往楼上跑，开了门，侯一帆妈妈正在端菜上桌，见到程斐然过来，脸上掠过了一丝不安，但很快掩盖过去，没有像往常一样热情地打招呼，就直接进厨房了。

程斐然想着侯一帆妈妈多半还是在意刘女士那天唐突的指责，想到自己不请自来也有点过于尴尬，但程斐然还是跟着侯一帆进了屋。奶奶听到侯一帆来了,赶紧从卧室里出来,侯一帆上前扶住,奶奶摸着侯一帆的手说:"帆帆好久不来看奶奶了,有恁个忙啊?都瘦了。"侯一帆说:"最近确实事情有点多,这不刚刚下了飞机就过来了嘛。"

程斐然看着侯妈妈一个人在厨房忙里忙外,起身到厨房去帮忙。侯妈妈回头看到程斐然过来,洗碗的手一下拿滑了,哐当摔在池子里。程斐然站在后面明显感觉到她身子颤了一下,转而就听到侯一帆爸爸在客厅吼了一声:"一天笨手笨脚的,拿稳嘛,不晓得脑壳拿来是做啥子的。"

程斐然的脸一下像是被针扎了下,红了一小片,好像侯一帆爸爸指责的不是侯妈妈,而是她。程斐然走上去,轻声说:"孃孃,我来帮你。"侯一帆妈妈匆匆把碗洗了,二话不说,全部端了出去。程斐然站在侯一帆妈妈的背后,明显感觉到她的身体和精神都高度紧绷着。侯一帆和奶奶不知道在说什么,侯一帆爸爸的嘴一直没有停下来。程斐然看着觉得很恍惚,好像自己是置身在这个环境之外的人,侯一帆爸爸的嘴,像是可以三天三夜不休不止地念叨,侯一帆妈妈好像任何一个动作步骤都是错的。碗在那里安静地放着,她在旁边分发筷子,侯一帆爸爸皱着眉,说:"不是给你讲了,消毒柜的筷子不要再洗了唛,沾了生水,等于白消毒了。点都不长记性。"

这或许就是侯家日常的一个片段,儿子和奶奶在享受天伦之乐,而丈夫和妻子却因为一点鸡毛蒜皮的小事横亘其中。只是一瞬间,程斐然眼睁睁地看着那一瞬间的发生，后颈的冷汗渗出，如芒在背。忽然耳边一阵轰鸣，势如破竹，侯一帆妈妈就这样把整个桌子掀翻了，刚刚做好还冒着热气的饭菜全部洒落在地上。摧枯拉朽一阵巨响，汤汁、麻椒、肉片、七零八碎的碗筷，倾倒的餐桌，所有人目瞪口呆地看着这一刻的倾倒，一下鸦雀无声。侯妈妈指着侯一帆爸爸说："几十年了，我在你眼里头，反正做啥子都是错，我是你们侯家的佣人嘛？从结婚到现在，我每天在厨房忙东忙西，你过来帮过一次忙没有？张起嘴巴，念念念念，再念啊！"程斐然看到侯一帆爸爸脸上的青筋，一个茶杯朝侯一帆妈妈脸上扔过去，啪的一声，打歪了，在墙上击得粉碎。奶奶说："吵啥子，你们又在发啥子神经？娃儿好难得回来吃一次饭。"程斐然朝侯一帆望过去，但侯一帆却没有看她，连忙过去护住侯妈妈。他老汉起身，指着侯妈妈说："你今天是要造反？！"侯妈妈大吼了一声，把电视柜旁边的东西全部掀到了地上，拿起侯一帆爸爸的紫砂壶就砸。侯一帆赶紧上去抱住，喊道："妈，冷静点！"侯妈妈一边大哭，一边大叫，只听到他老汉说："疯了疯了，老子婆娘疯了。侯一帆！你现在马上打电话，喊精神病医院把她拉起走。"奶奶在旁边气得跺脚，跟着哭起来，说："哎哟，造孽哦，砸，砸，砸，全部砸烂完，这个家还要不要了嘛。"

后来的事情，程斐然相当恍惚，侯一帆是啷个把他妈妈带回房间的，又是啷个一个人把乱七八糟的东西收拾干净的，以及他和他一家人说了些什么，侯一帆奶奶气到又吃了好几颗降血压的药……

程斐然就像是喝多了断片一样，只能记住一些零零碎碎的片段。

最后回到车上的时候，侯一帆让程斐然先走，他想和他爸妈好好聊聊。程斐然点头答应，放了好一阵纯音乐，才让自己的情绪安稳下来。在程斐然的记忆中，刘女士和老汉虽然生活中也时时刻刻存在口角，但刘女士永远压程爸爸一头，也没有出现过这么激烈的场景。侯一帆妈妈到底压抑了多久，才会发这么大的脾气？或许这件事情从一开始，就应该让侯一帆去调节。但是眼下看来，为时已晚。钟盼扬这时发信息来问她和侯一帆妈妈商量得如何，程斐然只说："晚上慢慢说，这会儿不是简单的来不来上班的事情了。"

2

钟盼扬第一次见到曾然女士的时候，心里基本就定下来了。和大多数的土豪投资人不一样，曾然的身上有一种疏离感，肤质白皙，短发，宽额，眼角平整，但眼神炯然，典型的成功女人模样。钟盼扬邀她到后院落座，然后泡了一壶茶。

曾然递了张名片给钟盼扬——长虹基金的金牌投资人，开口便说："不用太客气，简单聊聊就好。"曾然用余光打量了一下她们的村屋，偌大的办公区里，只有方晓棠一个人在对订单，里间的厨房不时传来刘女士剁鸡的声响。曾然笑起来很好看，像是黄昏柳梢后的月牙，她用很标准的普通话说："还是挺有烟火气的。"钟盼扬心里始终紧张，虽然她们把这里布置得足够精致，但人少就显得萧条，像是某些随时都会卷钱跑路的皮包公司。

钟盼扬说："我们才刚刚开始，目前很多东西还没有完全落实。"曾然说："我想见见那个妈妈，视频里那个。"钟盼扬觉得曾然确实很特别，往常和她谈投资的都是问她有什么需求和想法，却从来没有真正聊过视频的内容。钟盼扬说："等一下，我去喊她。"钟盼扬急匆匆走进去，刘女士正在戴着手套撕鸡皮，她朝着刘女士喊了一声，"孃孃，你过来我和你说。"刘女士不明所以地跟到钟盼扬旁边，问："啥子事？"钟盼扬指了下窗户外面，说："有个投资人过来，想投我们的项目，她想找你。"刘女士诧异道："找我干啥子？哎哟，莫不是骗子哦？"钟盼扬说："看着不像，多认真的。"刘女士擦了擦手，说："我说啥子啊，得不得把别个得罪了哦？"钟盼扬："不得，我觉得她可能是想找你谈心。"刘女士狐疑地问了句："谈心？"

不一会儿，刘女士就解了围裙慢慢走出来了。曾然很礼貌地想要和她握手，但是刘女士却缩手说："手上都是油。"曾然不以为然，还是握了手，然后说："我喜欢你在视频里的每一句话，想专程和你聊聊。"刘女士不敢相信地指了下自己，"我？哎哟，我都是打胡乱说的。"曾然说："乱说也说得很好，实不相瞒，我最近刚刚结束了长达十年的婚姻，在我看到你和你女儿对谈那个视频的时候，简直就像是专程对我说的。虽然我晓得你们多半有脚本，但是我还是真心被打动了。"

夸刘女士做菜做得好也就算了,这样当面夸她会说话还是第一次,钟盼扬也不好多插嘴,便退到一边,只听到曾然继续说:"我觉得女人真的不容易,到最后其实哪个都靠不了,只有靠自己。看到你和你女儿重新出来创业,我真的心头一燃,我妈妈是重庆人,但是她很早去世了,我从小在浙江那边长大,以前就很佩服重庆女人,骨子里有股劲。"刘女士说:"对头,女人只有靠自己,哪里靠得住别个哦。妹子,我和你说,离婚没得啥子,反而是给自己一次重新开始的机会,而且又不是说你结束了一段婚姻,就不可以开始下一段婚姻了。无所谓的,年头不一样,女性自主选择机会多了。"

钟盼扬原本以为投资人真的看上她们的项目了,结果聊天内容越来越偏,彻底变成了聊家常。刘女士也是热情,像一个过来人一样,妙语连珠地说自己的感想,对方听得频频点头,钟盼扬瞬间觉得自己有点多余,直到刘女士说:"欸,大妹子,你要不要吃点我们的鸡,最近卖得好惨了,我给你现做一份,你就在这里尝尝。"

说着,刘女士也不顾对方答应没答应,就往里屋走了。钟盼扬露出几分尴尬的微笑,曾然看她,也笑了笑,说:"你们怎么没想着做堂食呢?我看你们这里打造得很美,完全可以做成网红餐厅,再用线下带动线上,效果不是更好吗?"钟盼扬说:"我们不做堂食,就是因为考虑疫情的情况,线下不一定稳定,做网红餐厅也不一定是长久之计,最后可能拍照的人比吃饭的人多。"曾然问:"那你们有没有想过，长期只有一个产品，消费者可能也会腻味，你们有后续更新的产品吗？"钟盼扬说："产品是肯定要更新的，我们原本想做的，也是重庆的美食名片，所以不可能只做单一的一种产品。但目前来说，这是我们的招牌，我们以这个起家，也会把这个产品继续做下去。"刘女士端着一盘鸡匆匆过来，给曾然拿了双筷子，说："来，试一下，看看味道如何？"曾然夹了一块，试了下味道，过了好几秒，非常满意地笑了，说："这个味道，好特别，和我以往吃的口水鸡都不太一样。"

钟盼扬朝刘女士打了个眼色，曾然又夹了一块，像是细细地在尝到底里面加了什么，想来想去，最后作罢，只说："看也看了，吃了吃了，聊也聊完了，我对你们项目还是挺看好的。不过我有个想法，如果我要投，我想改个名字，'当燃鸡'有点太没有辨识度了。"她看了钟盼扬一眼，笑着说："你挺有想法的，我回头要单独和你聊聊。"她看了下手表，说："我晚上还有点事，就不多待了，随时保持联系。"

曾然走后，刘女士有点木然地看着钟盼扬，问："她是看起了还是没看起哦？她说话我都有点听不懂。"钟盼扬心里琢磨了下，对刘女士说："没事，没看上也没啥子，我本来也没抱啥子期望，我觉得她心里还是感兴趣的。"这话当然是安慰刘女士，回想曾然模棱两可的态度，钟盼扬心里多少有点失落。

当晚，侯一帆没有回家，程斐然出于关心还是给他打了个电话。

侯一帆只是简单说了两句，喊她不要担心，就挂掉了。后续发生了什么，程斐然仿佛无权过问了，念及两人相处的初衷，她也不希望自己过问太多对方家庭的事情。直至睡前，侯一帆才发来一条信息，说他把他妈妈带到了自己那边住，打算这几天带她去看下心理医生，就暂时先不回来了。程斐然以为只是一次爆发性事件，却没想到要到看心理医生的地步。程斐然心里有千句话呼之欲出，但想到不应在这个时候添乱，也只是下意识地说："我陪你一起嘛。"侯一帆却没什么心思，讲："你最近不是忙嘛，先忙工作嘛，应该也不是啥子大事。"程斐然想了想，说："那好嘛，有啥子事情，你随时和我说。"

之后数天，程斐然每天都在跟着刘女士面试。招工这件事，刘女士私下颇有微词，对于侯妈妈不再来上班这件事，她不止嘀咕了一次："她不来了，搞得像是我的错一样，我现在都不敢请人了，未必遇到问题，我还一句话都说不得了。"

程斐然晓得刘女士是气话，该说她肯定还是会说，就她那性子，管得住自己的嘴才怪了。所以程斐然也只是安慰道："那你不请人，就一个人累死累活嘛，产量上不去，我们最后还不是赔钱。"

刘女士不说话了，间歇来了好些人，没一个她看得上眼的，中间不乏好几个奇葩孃孃，有个简历看来是在菲佣培训机构拿过证的，程斐然还好奇她干啥子不去有钱人家当月嫂，就听她说："我不喜欢打扫房间啊，就喜欢做菜，你以为那些有钱人家里当月嫂很轻松啊？啥子事都要做干净，我本来有洁癖，遛狗喂猫我都不得行，看到猫砂我都要打干呕，我就做菜好吃啊，我看你们这个合适。"

还有一个孃孃，带了娃儿来，说："每天带孙儿太无聊了，我看到你们有个大院子，就想放他在这里跑起耍嘛，我正好干活儿赚点钱。"

有个孃孃，说自己会杀鸡，随手逮了只鸡，表演给她们看，结果抹鸡脖子的时候没拿稳，血飙出来，弄得整个院子到处都是血，鸡还没死，开始到处乱跳。刘女士站在旁边一言不语，血溅到了她的裙子上。

见了十来个孃孃过后，刘女士只能打脑壳，这年头，请到靠谱的人实在不容易。程斐然揶揄一句："现在晓得侯一帆他妈妈好了噻，别个任劳任怨的，做事也麻利。"方晓棠说："有一说一，孃孃不在的时候，猴子妈妈确实顶了半边天。"刘女士打白撒气地说："那嘟个办嘛，别个现在不来了的嘛，要不然就请临时工，找人先来做到起。"

刚提这嘴，侯一帆就打电话过来，程斐然接起来，听到那边声音有点沉重："你现在方便不？"程斐然讲："方便，孃孃检查如何？"侯一帆顿了下，像是转了个步，背过身去，说："我妈情况比我想象中恼火得多。"程斐然心一紧，连问："具体怎么回事？"侯一帆呼了口气，讲："医生说我妈有重度抑郁，加上早发性的阿尔茨海默病，而且……"侯一帆像是把后面半句吞下去了，过了很久才吐出来，"医生说我妈有轻生的想法。"

听完侯一帆的描述之后，程斐然突然不晓得该怎么开口。侯一帆说:"我现在都不放心把她一个人放在家里了,但是我更不放心让她住回去,哎,头痛。"程斐然说:"你有没有想过孃孃这个病,和叔叔有很大关系?"

侯一帆说:"这个事情,我也想到了。我在的时候还能劝几句,但我也不可能一直在他们身边。几年前,我就建议我妈老汉离婚,当时他们之间已经很多矛盾了,但是我妈还是忍过来了,如果当时他们分开了,可能她现在也不至于这样。要我老汉改变态度,太难了,他五十多岁马上六十岁的人了,秉性早都定了。我刚刚和我老汉打电话说这个事情,他说现在动不动就抑郁症,他们那个年代,从来没听过这些,说我妈就是装的,不想照顾奶奶。我也是不晓得啷个和他说。"

程斐然知道,很多健康的人对于抑郁症向来无法感同身受,但侯一帆爸爸说这番话,也实在太自私了。这段时间对侯妈妈的了解让她不得不说:"侯一帆,我觉得今天这个结果,和你也有很大的关系,你想过没有?"侯一帆觉得诧异,想辩驳点什么,结果侯一帆说:"我妈过来了,我先不和你说了,晚点再跟你讲。"

挂了电话,刘女士注意到女儿脸上神情凝重,便问:"哪个打的电话来,啷个了?"程斐然暂时不想把侯一帆家的私事说给这么多人听,摇了头,说:"没啥子事。"刘女士当然不信,但看程斐然不想说,也就不问了。

这天晚上，程斐然陪着刘女士加班，包完最后一包，彻底累瘫，在椅子上歇了好一会儿。程斐然准备去发动车，刘女士说："不急到走，陪我在旁边逛一下，我累了一天了，想走走。"

自从开始创业过后，母女俩确实极少有这样独处的时间散步了。刘女士挽着程斐然手，夏日晚风，池塘蛙鸣，两人走了好长一段路，程斐然问："你是不是有话和我说？"刘女士低沉走了几步，小心翼翼地问："小侯他妈妈是不是在生我的气，故意不来？"程斐然说："没有，你想多了。"刘女士不信："那她啷个不来？要真的说家里有事，我也是不信，未必之前屋头就没得事了吗？"

程斐然没说话，借着路灯灯光看了下刘女士的耳发，说："妈，你都有白头发了。"刘女士有点紧张地摸了摸耳发上面，说："又有了啊？哎呀，人老了欸，真的没得办法，特别是女人，最后都要变成老太婆，想想就没得意思。"

程斐然伸手去帮刘女士拔，一边轻声说："侯一帆她妈妈生病了。"

刘女士微微颤抖了下，不晓得是程斐然用力了点，还是她听到这个事情的本能反应，只问："那是啥子病啊，很严重啊？"程斐然把拔掉的头发丢掉，然后挽着刘女士，说："重度抑郁症，还伴有早发性阿尔茨海默病。"刘女士皱了皱眉，问："阿尔茨海默，不就是那个老年痴呆的嘛？早发性啥意思？"程斐然说："简单说，一般都是六十多岁之后才可能患这个病，但可能因为重度抑郁，激发得这个病更早地出现了。"

刘女士长长叹了口气:"哎呀,造孽哦。我就是说,她做事情还是利索,就是经常搞忘一些东西,我本来以为是人老了记性不好,现在想来还真不是恁个简单。"程斐然说:"如果是我遇到这个事情,我也不晓得啷个办。"

刘女士"呸"了一声,说:"你妈我身体好得很。"说完她又问道:"那会不会她以后跟电视里演的那样,出去找不到回家的路啊?"程斐然说:"这些都说不定,侯一帆说,她还和医生透露了轻生的想法。"刘女士也吓了一跳:"啷个恁个严重啊?我看她平时还是多正常的啊,和我吹牛这些都没感觉她消极啊。"

刘女士也不问了,只觉得可怜,但又无法感同身受。在刘女士这辈子的人生经历里,离抑郁症最近的一次,就是班组里有个大姐声称自己有抑郁症,后来跳楼了。那是九七年还是九八年,整个厂区都报道了那条新闻。大姐早上还在上班,和大家有说有笑的,晚上回家就从九楼跳下来了,一点征兆都没有。

晚上回去的路上,刘女士突然说:"明天我想请一天假。"程斐然说:"看到人手都不够……"刘女士懒得解释,说:"我后天给你们补回来,明天我有事。"程斐然没好气地说:"啥子事嘛?"刘女士也有点不耐烦了,说:"哎呀,你妈还不能有点自己的事情了哦?给你说了有事就是有事嘛。"刘女士一点也不肯透露,程斐然也就没问了,只能气鼓鼓地答应她。

3

送完刘女士，程斐然把车停在侯一帆楼下。侯一帆正好在阳台抽烟，看到她的车，一个电话打了过来，问："来了啷个不上来啊？"程斐然抬头朝阳台那里望了下，然后下车，说："结果你看到我了嘛。"侯一帆笑了笑，像是恢复了不少元气，说："其他人的车看不到，你的车倒是一眼就看到了。"程斐然说："你现在方便吗？"侯一帆说："我妈睡了，要不然我下来找你嘛。"

程斐然没等两分钟，侯一帆套了件衬衫就跑下来了，程斐然说："下个楼还要耍帅，不热啊？"侯一帆说："不热啊，走嘛，去买杯奶茶。"程斐然看侯一帆脸上已经没有那种烦恼的表情了，不晓得他是已经调整过来了，还是只是伪装。程斐然选了一杯不甜的果茶，然后问他："孃孃的事情……"侯一帆又打断她，对老板说："我要去冰，糖也要最少。"然后和程斐然移步到边上，给其他人让路。

侯一帆有一种没太当回事的样子，说："我妈的事情，你就不用担心了，我自己会解决。"程斐然说："其实之前孃孃……"侯一帆不等程斐然说完，直接打断道："斐然，就像以前你说的那样，我们就只管我们自己的事情，我不想我家里那些乱七八糟的事情打扰你。昨天让你看到那出戏，我都觉得很丢脸，我妈从来没有像昨天那样发疯过，我觉得我老汉也很过分。哎，算了，不说他们了。"

程斐然有点生气地说:"侯一帆,你为啥子要说孃孃是发疯啊?你可能根本就不了解她!"侯一帆看着激动的程斐然,没再多说。奶茶老板说他们的奶茶好了,程斐然气鼓鼓地过去拎过来,突然也不是很想喝了,把奶茶丢给侯一帆。

侯一帆拎着奶茶跟在程斐然后面,程斐然又往前快走了两步,侯一帆才喊了她一声:"你等一下。"侯一帆把奶茶插好吸管递给她,说:"先把奶茶喝了,等心情凉下来再说。"

两个人不知不觉走到了滨江路上,侯一帆找了个路边的休闲凳坐下,拍了拍旁边的空位示意她过来,说:"其实我是怪我自己。今天在医院的时候,医生让我妈做简单的思维训练,那种连小学生都可以反应过来的东西,我妈做了两个多小时,才勉强做完。你知道她出来之后对我说啥子?她说那些东西恁个难,她哪里会嘛。我站在旁边,突然觉得很心痛。医生让我平时多给她做一些练习,但是我工作一忙起来,真的没有时间。不是我不想和你说,而是我自己都不晓得啷个办了。"侯一帆把头沉下去,江风吹在他的衬衫上,他看起来比实际年龄更小一些,但此刻像是生活的重担全部压在他身上一样,直不起腰来。

程斐然坐到他旁边,拉起他的手,侯一帆摇了摇头,声音一下有点哑:"我妈总不可能一直住在我这里,我老汉下午还喊我让我妈回去,说只要把奶奶照顾好,就既往不咎。都这样了,他还是没理解我妈到底病得有多严重。"程斐然给了侯一帆一个拥抱,说:"我陪你。"侯一帆轻轻脱离了程斐然的拥抱,说:"我不想让你也心烦,谈个恋爱,不至于要去为对方家庭承担啥子。"程斐然摇了摇头,说:"不是帮你,是帮孃孃。这是我们女人之间的事情,你不要管了。"

钟盼扬从楼下小卖部买了两盒酸奶,刚准备往楼上走,突然听到一声喇叭响。孔唯降下车窗,朝钟盼扬挥了挥手,钟盼扬也晓得躲无可躲,就此大大方方走过去,喊了一声"孔老师"。

孔唯下了车,伸过手来,说:"恭喜你。"钟盼扬还没懂,只能愣生生把手伸过去握住:"恭喜我啥子?"孔唯说:"我把你们那条视频转给长虹基金的曾总看了,她很喜欢。"

这时钟盼扬才觉得自己有点像个小丑,心里以为孔唯是追着过来想要入股投资的,结果曾然竟是孔唯这边搭的桥。钟盼扬不好意思地说:"结果是孔老师帮忙。"

孔唯说:"我和曾总是很好的朋友,那天她看过你们的视频过后,我也和她谈了你们的项目。说实话,原本我是打算自己来投的,但我看你似乎有所犹豫,我实在不想你们这么小打小闹,太可惜了。"

钟盼扬说:"我不是犹豫……"孔唯打断说:"我晓得。"钟盼扬讲:"不不,你不晓得。孔老师,对于你伸出橄榄枝,我本身是有压力的,我不想到时候我们弄得连朋友都做不成。你帮我们把养鸡场迁到南山的时候,我已经很感激了,欠你的人情够多了。"

孔唯拍拍钟盼扬的肩膀,说:"我晓得。"

钟盼扬继续讲:"你不晓得,孔老师。我喊你孔老师的时候,实际上就是想和你保持某种距离,我说不清楚这种距离是啥子距离。如果之前不是因为上海那件事,我们可能都会往前走近一步,但当我开始决定创业,我对感情的事情就没有再想太多了,这是我自己的事情,和你没有太大的关系。直到你又突然出现,帮我,我就变得很被动。一个人一旦被动,内心多少有点惶恐。我觉得我之前对你有误会,但是恰恰在有误会的时候,可能是我最接近你的时候,之后就远了,让我不得不保持距离。不管你是欣赏我本人还是欣赏这个项目,我都应该给你说一声谢谢,但接下来的事情,我就想靠自己了。不然我真的不晓得啷个偿还这些人情债。"

孔唯一下放松了,"听你这么说,我倒是放心了,至少没有给曾总介绍错人。"钟盼扬还想说点什么,孔唯却不让她说了,只叮嘱道:"如果你把我当朋友的话,就不要计较人情不人情了。我也不会平白无故当个冤大头,但既然是做生意,我也有做好随时面对风险的准备,所以你不用担心。"

两个人在小区门口站得有点久了,钟盼扬脚有点酸,孔唯问她如果没事的话,要不要去江边兜兜风。钟盼扬总不好再拒绝了。

半个小时后,孔唯的车停在江边的大桥下面,他打开车的顶棚,然后给钟盼扬开了一瓶啤酒。钟盼扬说:"原来你喜欢喝渝城。"孔唯说:"没有哪个重庆人不喜欢喝渝城吧?"孔唯和钟盼扬碰了下酒瓶,然后喝了一口,孔唯看到外面灯红酒绿的火锅店,说:"我以前上学的时候,江边到了夏天,晚上都是热闹得不得了,现在完全没得比了。"钟盼扬讲:"人又不可能一辈子活在过去。我觉得现在多好的,当年的山城真的就是座山城吧,提到重庆,就觉得土、烂、脏,爬坡上坎的是棒棒,弯弯拐拐的路也难走。现在说起重庆,倒是个个都晓得了,洪崖洞啊,李子坝啊,解放碑啊,人山人海。打开手机就看得到各种关于重庆的'传说',一下子变成网红城市,基建设施也上来了,烟火气少是少了,但是热闹还是热闹嘛。"孔唯迎面吹着江风说:"你晓得你们仨最好的一点是啥子?"钟盼扬问:"是啥子?"孔唯讲:"就是特别爱自己的家乡。"钟盼扬笑道:"只是习惯了而已,重庆的吃的、喝的、人、山山水水,除了天气让人心烦点,其他挑不出啥子问题。"

钟盼扬又喝了一口酒,觉得有点闷热,说想下车走走。孔唯拎了啤酒,两人一前一后走在江边。这一片还保留着"夜摊",搭四方桌子,立一盏白炽吊灯,几个小马扎,旁边烟火袅绕,炭火独有的香气喷鼻,喝夜啤酒的和吃烧烤的随便拉把小凳子坐。前一秒还在说笑,下一秒钟盼扬就突然停了下来。孔唯顺着钟盼扬的视线望过去,问:"遇到仇人了?"十米开外,张琛坐在靠马路边的凳子上,对面坐着一个钟盼扬不认识的女人,两人有说有笑,看起来不像是刚认识的,行为举止相当亲昵。孔唯看了张琛一眼,问:"认得到啊?要不要过去打个招呼?"钟盼扬摇了摇头,说:"不用了,我们走嘛。"

孔唯指了指前面,说:"还有一半的路没走啊。"钟盼扬有点泄气,也不知是不是自己想多了,说:"不想走了,回去吧。"

4

都说秋老虎又恶又毒,在重庆更甚。出门的时候,刘女士才洗了个澡,就站在门口打个车,后颈就已经出了一抹的汗了。

出租车差不多开拢目的地,刘女士匆匆付了钱,就急着跑下车,生怕等她的人先走了。刘女士找了家小火锅店,走进去,冷气扑面,燥热一下子少了一半。刘女士左顾右盼,才瞧到背身坐在角落的侯妈妈,喊了一声:"谭妹儿。"侯妈妈看到刘女士来了,缓缓笑了笑,刘女士招呼道:"菜点了没有?吃毛肚鸭肠噻?"侯妈妈说:"都可以,刘姐。"

刘女士刚坐下,侯妈妈开门见山地问:"刘姐,你找我啥子事啊?要是是喊我回去跟你做事,我可能不得行,我确实太笨了,尽给你们添麻烦。"刘女士说:"哎呀,先吃饭,边吃边说。"想到程斐然前一天和她说那些话,只道:"谭妹儿,你喊我一声刘姐,我也把你当自己人。斐然给我说,你有心病,我觉得正常,这个年头,哪个女人没得心病,不是为了生活,就是为了男人、娃儿,操心的向来是我们这些女人。想的事情多了,总归心里不通畅。心里头有事,才更要说出来。"刘女士瞧了瞧侯妈妈的反应,"等下,我想带你去见我一个朋友,当年我离婚的时候,心碎完了,差点爬不起来,全靠我这个朋友。她是重庆特别有名的心理医生,我觉得她肯定帮得到你。"侯妈妈瞧了刘女士一眼,多是感激,也有无奈,眼泪一个不留神就落下来,赶紧扯了张纸巾擦了擦,说:"刘姐,你的好意我心领了。我心头的事情,解决不了,是我自己的问题。这么多年了,我一直晓得,完全因为我自己,就算见了你那个朋友,估计说得也差不多。"刘女士摆了摆手,说:"凡事没得绝对,谭妹儿,你先跟我去,有没得用,去了才晓得。"

徐姐前年退休了,在渝北买了个大院子,平时热爱绿植,把院子打理得像个小花园一样,撑天一般的春羽和稀稀落落龟背,周围的无尽夏成群簇拥。旁边有一大瓷缸子,上面飘着睡莲,蜻蜓偶尔低飞,错落有致。

刘女士好久不来这个院子,如今草木都已亭亭如盖了。这会儿徐姐从二楼下来,给她们开门,招呼刘女士道:"进来进来。"刘女士介绍侯妈妈说:"这是谭妹儿。"然后凑到徐姐耳边嘀咕了一句"我女儿她对象的妈妈",徐姐一下开朗地笑起来,说:"女儿没嫁过去,亲家先接起了嗦。"刘女士拍了下徐姐,说:"进去说进去说。"

徐姐给她们一人倒了一杯水,然后在沙发对面的椅子上坐下来,说:"你啷个今天想起来看我啊?"刘女士说:"好久没来了嘛。"徐姐不时看看侯妈妈,发现她只是笑,也不搭话。

"不要拘谨，我和红英都是好多年朋友了，你就当自己屋头。"徐姐讲。

侯妈妈点点头。刘女士直言不讳地对徐姐说："我拉谭妹儿来，就是想找你开导下她，她最近心情不好。"徐姐是老医生了，一眼看出来了，壶里煮着茶，还要一会儿时间，她和刘女士说："红英，你要不帮我看到茶壶，我和谭妹儿进去聊两句。"刘女士说："要得要得。"刘女士推了推侯妈妈，侯妈妈还是有点拘谨。徐姐说："没得事，你就当聊天就是。"

而后过去了半个小时，茶也煮好了，又有点冷了，刘女士在院子里坐了一会儿，觉得蚊子多，进门关了纱窗，自己给自己倒了一小杯。终于，侯妈妈跟着徐姐从房间里面出来了，气色看起来好了不少，人也轻松了。徐姐说："茶好了啊？来喝茶。"侯妈妈点头坐在沙发上面，接过一小杯，抿了一口，说："还有点甜欸。"

随后三个人又随便聊了些家长里短，侯妈妈才晓得徐姐和她老公常年分居两地，已经七八年了，提出分居的人是徐姐。据她说，两个人在一起久了，矛盾也多，分开反而更好。他们娃儿在北京，三个人，三个地方，各自也都过得自在，每年过年聚一次，平常都是自己过自己的生活。这种婚姻，侯妈妈没见过，但觉得新奇。以前的人，合不来就离婚，要么就勉强彼此住在一起，可像徐姐这种，继续维持婚姻却不需要住在一起的关系，实在过于超前。

刘女士说:"那也是你嫁了个好男人,你说啥子,他都愿意。换了其他人,听到这种需求,简直要翻天。"

刘女士说完,徐姐就笑了,说:"你说得恁个容易,我们闹得最凶的时候,你又不是不晓得。"

转眼黄昏,徐姐本想留饭,刘女士说晚上还要跳舞,只能先走了。回去的路上,两人走了相当长一段路,末了,侯妈妈对刘女士说:"刘姐,我想来上班。"刘女士一下愣了,问:"啊,你想通了啊?"侯妈妈点点头,说:"刚刚徐姐和我聊了很久,其实她说得对,我觉得我抑郁的最主要原因,就是没得啥子朋友,没得啥子可以说话的人。帆帆老汉平常也不喜欢和我说话,久了总是要生病的。过来跟你一起做事,至少你经常跟我吹牛,我心情好很多。"刘女士牵起侯妈妈的手,说:"谭妹儿,你恁个想真的太好了。其实我也一直想和你说,如果一个女人不肯走出自己家门,总是要疯的。以前我不觉得,现在我完全同意这句话。我们又不是啥子大家闺秀了,大门不出二门不迈的,说得难听点,女人嫁过一次,就更不怕啥子抛头露面了。啥子娃儿的事情啊,老公的事情啊,婆婆妈妈的事情啊,你不要管了。活到我们这个岁数了,要是还不肯为自己多活一点,那真的是白活了。"侯妈妈泪眼婆娑,倒把刘女士吓到了,说:"欸,你莫哭啊。"侯妈妈说:"刘姐,我真的不晓得啷个谢谢你。还有徐姐,我回头肯定要专程过来谢谢她的。"刘女士说:"谢啥子嘛,你莫谢我,我们都好好做,做出点东西来,让那些臭男人看一下,我们这些老太婆一样不得差。"

刘女士当晚赶紧打电话过去谢徐姐:"我说你是活神仙欸,你还一直不信,你是给她吃了啥子灵丹妙药哦,感觉她一下子像活过来了一样。"徐姐说:"你不要一天给我戴高帽子,你这个亲家病得多严重的,我就只是做了几分钟的心理辅导,她一直在哭,我好久没看到这种客户了,我倒是让她多哭一点,释放下情绪。她其实一直有自己的想法,但是就是老公啥子都不支持,又喜欢冷暴力。这种家庭我见得多了,我就和她讲,只管当男人的话都是说给自己听的,人要是心里有了朋友啊,工作啊,其他重心,烦恼也就转移了,稀释了。说来说去,始终是要多认识点人,多做点事,特别是为自己。你看你,生活丰富得很欸。"刘女士笑了,讲:"我给你说,我这个人就是怪,想拉一个人一把,就偏偏要用力,拉不起来也要拉。谭妹儿这个事情,我就打算帮到底了。"

次日清早,刘女士刚刚坐上程斐然的车,就让程斐然先不急着上山。程斐然说:"不上山走哪里去啊?昨天你都罢工一天了,今天还不搞快点。"刘女士慢条斯理地说:"你往小侯家开,去接下侯一帆他妈妈。"程斐然疑惑,刘女士瞧她一眼,说:"接起一路上班啊。"程斐然诧异又惊喜:"啊,你昨天是去找侯一帆他妈妈了啊?"刘女士得意地点了点头,说:"不然欸,你以为我想丢那么一大烂摊子在那里，钱都不赚啊。招不到合适的人，那我不是要快点把合适的人找回来，浪费一天时间都是在烧钱。"程斐然嘴都笑得合不拢，说："妈，你也太能干了哦，你啷个说动的哦？"刘女士说："你妈总归有办法，你以为像你恁个，软磨硬泡有用啊？"程斐然踩了油门，一下心情好了不少，说："你这次还真的是，还故意不说。"刘女士说："我也不确定一定喊得动啊，万一失败了啊，我啷个和你说嘛。"程斐然的车开到侯一帆家楼下，侯妈妈已经在那里坐着等了，和前几天程斐然见到时候的样子完全不一样。上了车，程斐然说："孃孃今天看起精神好了好多哦。"侯妈妈笑着看了刘女士一眼，说："还是要多亏你妈妈。"

上了南山，前几天面试过了的两个孃孃也过来了，钟盼扬又招了一个专门做设计的实习妹子，村屋一下子热闹起来了。方晓棠看到侯妈妈跟着刘女士回来了，挺着个肚子走过去，说："哎呀，孃孃你终于回来了。"侯妈妈说："感觉还是在这里做事情比较自在。"程斐然跟侯妈妈介绍了下另外两位来做事的孃孃，戴眼镜的是郑孃孃，胖点的那个叫曹孃孃，面试了一个星期，挑三拣四，最后刘女士也就看上她们两个。原本已经空了一天没做事了，匆匆介绍完，刘女士就赶紧带她们进工作间了。新来的设计妹子姓高，钟盼扬就喊她高妹妹，穿蓬蓬裙，扎个马尾，像个学生，但是程斐然看过她设计的东西，确实厉害。

钟盼扬紧急找她们俩开个会,把前一天和孔唯见面的事情说给她们听了,然后讲:"现在的问题是,我不晓得到底是找孔老师合作,还是找曾总合作,我觉得我需要你们的意见。"方晓棠说:"就我来看,那个曾总虽然有钱,但是我们也不了解啊,到时候丢掉话语权也是分分钟的事情。孔老师再啷个说,我们至少还是认得到,有点了解嘛,加上你们的关系,总不至于骗我们。要我选的话,我肯定选孔老师啊。"

程斐然想了想,说:"如果扬扬你觉得长虹基金是个机会,我觉得我愿意跟你去冒这个险。"钟盼扬讲:"我也不晓得算不算冒险,说实话,我心里没得底。以前在渝城,我从来不和老板打交道。我觉得曾总不是那种好接近的人,虽然有了长虹这个大靠山,我们的影响力肯定不一样,但是也像晓棠说的,一个不留神,我们被老虎吃了也说不定。现在长虹还没有投钱,曾然已经想让我们改名字了,'当燃'是我们一起想出来的名字,如果换了,总感觉这东西就不是我们的了。"

程斐然问:"如果不选长虹基金,扬扬你会后悔不?"钟盼扬说:"不晓得。"

会开到一半,方晓棠说要先去处理下客诉,剩程斐然和钟盼扬留在会议室。程斐然也不遮掩地说:"扬扬,你是不是心里并不想选孔老师?虽然你不说,但我晓得你啷个想的。"钟盼扬点了点头,讲:"我就怕到时候存在利益纠葛,闹卯了,心里不舒服。"程斐然讲:"那就选长虹,我支持你。"钟盼扬说:"这个事情我仔细想了想,其实最精明的还是孔唯。我选他,等于是又一次接受了他的慷慨解囊。我不选他,一方面心里对他有亏欠,另一方面又是他在中间给长虹搭的桥,等于欠他更大的人情。"程斐然一摆手,说:"你要恁个想,恰恰就更好办了。既然不管选哪个,都是欠他人情,那就随你心去选好了,除非你现在还有第三个选择,你说欸?"钟盼扬耸耸肩,说:"我没得选择,所以才纠结。"

钟盼扬转个步,想起前一夜在路边看到张琛的事情,正犹豫要不要开口和程斐然说,外面突然打起了雷,一阵飓风把门窗吹得砰砰作响,一个不留神,哗哗大雨就下了下来。方晓棠连忙跑过来,说:"哎呀,对面的鸡遭吓起跑了。"程斐然和钟盼扬连忙拿了伞出去,看到旁边养鸡场一阵鸡飞狗跳,好几只刚刚受到惊吓,飞扑跑出圈地了。雨落得稀里哗啦,凶凶一下就积水了,两人踏脚都踏不过去。

眼见孔唯的车停下来了,工人眯着眼睛朝孔唯说:"老板,鸡跑了!"孔唯也顾不及体面与否,脱了衣服,打着赤膊,就跟着去抓鸡。钟盼扬说:"要不然,我们也去帮下忙嘛。"刚走了两步,程斐然问:"你敢抓鸡嘛?"钟盼扬说:"哎呀,顾不得了,本来鸡就不够了,快点!"

夏日暴雨的午后,几个人围着三四只鸡到处跑,最后孔唯还一脚踩到泥巴地里,皮鞋全脏了。钟盼扬好不容易要抓到那只鸡了,刚刚伸手,鸡就飞起来了。她吓得往后退了一步,差点踩滑,孔唯一把把她托住,才没摔倒。但是后面是块石头,孔唯一下把脚崴了。

还好工人眼疾手快，一下把鸡拧到手头。程斐然跑过来的时候，看到孔唯一身狼狈，有点想笑。钟盼扬赶紧蹲下，问孔唯脚怎么样。孔唯摆了摆手，说："还好，就是崴了下。"他刚要站起来，结果走不到两步，看起就恼火。钟盼扬说："我扶你嘛。"程斐然看到这湿淋淋的一男一女，心里倒给他们鼓了鼓掌。

一个下午就这样湿漉漉地过去了，夏天的雨，来得快，去得也快，转眼就艳阳高照了。四个人做事就是不一样，平常刘女士一个人累死累活地做也就三十来单，这下一个下午基本上把前面缺漏的都补齐了。

方晓棠从里面拿了套男士睡衣给孔唯换了，原本是当时要搞民宿的时候买的，结果后来不做了，也都全部带过来了。吹风机毛巾也都齐全，只是孔唯穿着睡衣看起来和他日常装扮格格不入，程斐然更想笑了。这时工人把刚刚淋湿的鸡杀了拎过来，问要不要现在煮来吃了。孔唯说看到客人要的鸡都不够，哪里还有自己吃的份儿哦。工人觉得自己说错话了，怕老板到时候怪自己刚刚没把鸡看管好，丢了鸡就走了。孔唯对钟盼扬说："刚刚让他一个人去抓就好了啊，你们完全没必要，冒恁个大的雨。"钟盼扬说："我看他当时已经手忙脚乱了，想着鸡本来少，能帮就帮了嘛。这个时候，鸡比人重要。"方晓棠插嘴道："结果个个变成落汤鸡，只有杀来吃的份。"说完，在旁边的高妹妹哈哈大笑起来。

钟盼扬吹干头发，看到孔唯在庭院抽烟，过去招呼了他一声，说：

"我想好了。"孔唯看钟盼扬过来,灭了烟,没懂钟盼扬的意思,问:"啥子想好了?"钟盼扬说:"我决定放弃长虹了。"孔唯诧异,问:"啷个欸?怎个好的机会?"钟盼扬说:"因为我想和你合作。"孔唯没想到钟盼扬会怎个说,有点高兴,又有点不可思议,只问:"啷个怎个突然?等下,我想一下,你不会以为我是故意拉曾总出来,以至于你怕欠我人情,才放弃长虹那边的吧?如果你是怎个想的,那我觉得你想多了。"

钟盼扬说:"我要真的这么想,我就不会放弃长虹了,选你选她,都是欠你人情,我何不找个大点的靠山。"孔唯说:"那我搞不懂了。"钟盼扬不想讲,就是刚刚看到孔唯脱了衣服去追鸡的那一幕打动了她,她也不想讲,之所以选择他,是她觉得孔唯应该会更尊重自己的创意和想法。钟盼扬只说:"女人做决定,有时候就是一瞬间的事情,和买东西一样,喜欢就买了。"

说完,钟盼扬又意识到自己说得有歧义了,赶紧补了句:"我只是打个比方。"孔唯笑得一下子不晓得说啥子了。孔唯伸了手,钟盼扬笑说:"好形式主义哦。"孔唯说:"不啊,应该的。"钟盼扬握住孔唯的手,温热的,细腻的,然后便听到孔唯说:"合作愉快。"

忙活完,一群人都累了,程斐然照例开车送刘女士和侯妈妈回家,直至楼下,侯妈妈还笑着和她们告别。程斐然说:"刘红英女士,你好久变得怎个热心肠了哦?我都快要重新认识你了。"刘女士说:

"少来，每天开你妈的玩笑，我平时不热心肠嘛？我要看对哪个热心肠噻，未必我个个都要笑脸相迎啊，我没得恁个多时间。"程斐然说："你这次还真的让我对你刮目相看欸，希望孃孃可以因为这次慢慢好起来。"刘女士说："那肯定可以好起来啊！"刚说完，刘女士手机就响了，看到是侯妈妈打过来的，以为她啥子东西拿落了，接起来就说："啷个，谭妹儿？"程斐然只听到刘女士语气一百八十度大转变，说："啊，要得，要得，你等到！"挂了电话，刘女士喊程斐然马上调头，程斐然问："啷个了？"刘女士说："小侯他老汉跑过来了，在门口坐到起，要逮谭妹儿回去，现在又在扯皮了！"

第十二章

1

程斐然和侯一帆在一起，已经是好些年前的事情了，那个时候，有个算命先生说，程斐然注定有一个劫。程斐然一直以为2014年的那场家变，就是她人生中的那个劫了。张琛家一夜之间，倾家荡产，张琛老汉欠了一屁股债，转身就跑了。追债的人连翻上门，他们不得不搬家换地儿。程斐然每天晚上都在做噩梦，接到各种威胁电话，她和刘女士的母女关系也处于最低谷。程斐然就是那个时候开始喜欢抽烟的。看到才一岁多点的涛涛，刚刚会叫爸爸妈妈，她最后不得不妥协把他们这个家给拆了。

纵然多年之后，程斐然时常劝解其他朋友关于分手的问题，都会说："哎，喜欢有啥子用嘛，爱也没得用，有时候就是命中相克，就像我和张琛。"而后很长的时间里，程斐然也一直这么认为，不是不爱，是命中宿敌。

程斐然原本已经做好了去当空姐的打算，但遇到张琛之后，她决定从空中落地，而后，面试上了去上海的公关公司。但碍于张琛不想异地恋，她也果断拒绝了那份offer。之后，她做好了和张琛一起去澳洲留学的打算，又因为怀孕而最终搁浅。程斐然所有向上的道路全部被爱情和婚姻封死了。在当时的程斐然看来，放弃应该获得理所应当的另一种结果，至少是家庭幸福，直到她搞清楚"命中宿敌"这个词，已经是她和张琛离婚之后。

侯一帆的出现，对于程斐然来说，算是一颗定心丸。在遭遇过一场失败的婚姻过后，程斐然觉得那个所谓的劫终于结束了。程斐然是在那一年和刘女士冰释前嫌。也是那一年她丢了工作，但拿到了相当多的一笔赔偿金。同样是那一年，程斐然的生活终于从脱序的轨道上慢慢走回正轨。在一切看起来慢慢顺利的时候，程斐然却没有考虑过另外一个问题：如果侯一帆是她渡劫的终点，她会不会是侯一帆人生劫数的开始？

程斐然和刘女士刚赶到侯一帆家门口，就看到侯一帆妈老汉剑拔弩张地站在那儿。侯一帆老汉声音跟打雷一样问："你是不是不回去？"侯妈妈始终没有说话，站在门口一动不动。刘女士紧着走上前去，说："欸，哥子，谭妹儿不想回去，你就让她住在这里嘛。她现在也在生病，需要时间休息。"侯一帆老汉盯了刘女士一眼，问："你是哪个哦？"程斐然连忙走上去，拉到刘女士对侯一帆老汉说："叔叔，这是我妈妈。"

侯一帆老汉看到程斐然，脾气稍微收敛了一点："哦，是程妈妈啊，我想你可能不了解我们家情况，就不要在这里掺和了。"

刘女士说："我觉得可能是你不太了解情况，你老婆现在生病了，你可不可以关心一下她，你喊她回去是干啥子，家务事没得人做了唛？"程斐然扯了下刘女士的手肘，觉得她说话确实有点太冲了。

侯一帆老汉上下打量了刘女士两眼，然后讲："我管我老婆，是我们屋头的事情，和你有啥子关系啊？"侯妈妈轻轻拍了拍刘女士，说："刘姐，我自己来说嘛。"侯妈妈站在侯一帆老汉面前，认认真真地说："我实在不想和你吵架。我只是现在不想回去。我心头不舒服，想在儿子这里住一段时间。等我心情好些了，我自然会回来。"侯一帆老汉面色凝重，只逼问："啥子叫心情好点，我妈这两天又生病了，一直在床上的，你觉得你心头愧疚不？"

侯妈妈低头不说话，程斐然也有点看不下去了，想要开口说两句，刘女士却抢在她前面，讲："哥子，我觉得你刚刚说的话确实有点太自私了，侯一帆奶奶病了，是你们共同的责任，你为啥子要把这种压力全部压在谭妹儿一个人身上啊？"

侯一帆老汉冷笑了下，问："那我问你，一个媳妇是不是应该尽孝道？屋头老的病了，媳妇该不该管？斐然妈妈，说句不好听的，我晓得你离婚了，不存在对你前夫家里尽孝道，但是你总不能把这种思想教坏其他人嘛。"刘女士听侯一帆老汉说话，就气得不行，直说："我好久在说不该尽孝道，我说这个是你们两个人的事情，不应该光是你老婆来负责。老的病了需要照顾，那你老婆病了，是不是也应该需要被照顾，被体谅，被理解？这个时候，该照顾你妈妈和你老婆的人，难道不该是你吗？"

侯一帆老汉指了指侯妈妈说："你给我说，她现在能走、能跑、能吃、能喝，是哪门子病了？病了的人会像这个样子唛？我看她是装模作样，无病呻吟。"

程斐然也觉得侯一帆老汉说得太过分了，眼看着火药味越来越重，恐怕再说下去，真的要打起来，赶紧给侯一帆发了一条信息，喊他快点回来。侯妈妈也不是偬，只是清楚自己回去过后，要面对的一切，心情一下就沉重了。侯一帆老汉只顾扯到侯妈妈的手，说："你现在跟我回去，有啥子事情，关到门在屋头说，你今天要是不回去，我们就离婚算了。"

侯一帆老汉说完，所有人都沉默了，男人非要以离婚来威胁，所有的商量就变得寡淡。就在侯一帆父母僵持不下的时候，程斐然的电话响了，侯一帆在电话那头急匆匆地问："我妈老汉在干啥子？我老汉哪个不接电话？"程斐然别过身，小声说："他们在吵架，你快点回来。"侯一帆火急火燎地说："还在吵啥子架？刚刚我老汉楼下邻居打电话，说我奶奶倒在电梯间的，没得人敢管，给我老汉打了无数个电话没得人接。我现在刚刚打到车，你喊他们不要吵了，马上回去！"

程斐然挂了电话，马上冲到前面，说："叔叔孃孃先不要吵了。侯一帆刚刚给我打电话，说奶奶在电梯间晕倒了，邻居都不敢扶，你们快点先回去,他也过去了。"侯一帆老汉听到,二话不说,放了侯妈妈就准备跑。程斐然喊住他,说:"叔叔,我开车带你们去。"刘女士扯了下程斐然,说:"我就不去了,免得尴尬,那边啥子情况随时和我说。"

开往侯一帆老汉家的路上,侯妈妈像失了魂一样,双目无神地低着头。侯一帆老汉只阴沉沉说了一句:"我妈有个三长两短,谭月芬,你看到起!"

程斐然只觉得后颈火辣辣一片,像是侯一帆老汉的话里带刺,把她后颈啮得发痒发烫。接下来的相当长的一段时间里,程斐然都有点游离,她跟着侯一帆,连同侯一帆妈老汉,找了轮椅,把奶奶推上车。到医院的时候,侯一帆奶奶的脸已经完全卡白了。进门前,繁复的报备,所有人必须先扫码才能进去。侯一帆老汉急火攻心,朝着保安大吼了两句,说:"我妈等下有个三长两短,我绝对要找你们医院扯皮。"保安觉得他无理取闹,只淡淡说:"所有人都要按程序来,医院不是只有你们家一个病人。"

侯一帆阻止他老汉继续嘶吼,劝阻道:"你就晓得吵,解决问题不嘛?"

随后,担架抬了奶奶去急救室,所有人被挡在外面。漫长的等待中,程斐然站在侯一帆的身后,看不到他脸上的表情。苍白墙面上面,钟表指针不停往前。旁边输液的人走了,才好不容易腾出个坐的位置来，程斐然拉了侯妈妈一下，轻声说："孃孃，你去坐一下嘛。"

抬头的时候，差点吓了程斐然一跳。侯妈妈满头大汗，双眼全是红血丝，嘴唇发白，看着非常难受。她赶紧让她坐下来，然后喊侯一帆："侯一帆，孃孃好像不舒服。"侯爸爸漠不关心地朝这边瞥了一眼，侯一帆赶紧把她扶到座位上。

医生从急救室里出来了，问："哪位是黄碧穗的亲属？"侯一帆和他老汉一起凑上去，程斐然来不及听，打算去帮他们买瓶水。折返时，刚推门进去，就看到里面乱哄哄的，侯一帆抱着他妈妈从人群里挤出来，慌忙地找医生。程斐然还没搞清楚到底发生了什么，就听到侯一帆老汉站在人群那头斥声喳："谭月芬，你少在那里给我装，我妈就恁个不明不白地走了，你现在给我装病，装，你继续装！"

程斐然以为自己听错了，紧接着就看到护士把侯一帆奶奶推出来，已经盖上了白布。看到侯一帆老汉趴在那里，程斐然却愣住一步也走不动。人群摩肩接踵，程斐然像个浮漂被推来推去，耳鸣得厉害。程斐然站在那里，不晓得应该是帮侯一帆老汉料理已经过世的奶奶，还是跟着侯一帆照顾他妈妈。

程斐然站在过道，听到侯一帆开口讲："斐然，你累了就回去吧。"程斐然听出侯一帆略带抱怨的语气，说："我再陪你一下吧。"侯一帆说："不用了，你走嘛，我在这里就行了。"程斐然问："奶奶她……"侯一帆没说话，程斐然也就不再问了。

侯一帆没得心力再去管程斐然走不走的事情，最后只说："你要不然带我妈回去吧,不然我老汉看到她,又要在那里发火。"程斐然点了点头,看到侯一帆就这样背着身走了。

　　侯妈妈的精神一直恍惚,程斐然也不知道怎么安慰,送她回家过后,程斐然说:"孃孃,你要不早点睡吧,我看你人也不舒服。"过了半晌,侯妈妈才缓缓开口道:"侯一帆老汉要嗐死我了,他这辈子都不得原谅我的。"程斐然坐在侯妈妈旁边,牵着她的手,说:"这个事情哪个都不想的,侯一帆奶奶当时说不定只是想下楼,刚好……"
　　侯妈妈摇头,自责道:"帆帆他奶奶平时都不下楼的,如果不是有啥子必要的事情,她肯定不会出门。帆帆他老汉出门太久了,她肯定是心里着急,才想出门的。如果当时我就跟他回去,帆帆奶奶说不定就不会走了。"
　　程斐然抓紧侯妈妈的手,说:"孃孃你所有的想法也只是猜测。奶奶已经走了,你要是再因为这个事情病倒了,侯一帆才真的是要崩溃了。"侯妈妈始终摇头,说:"我以后都不晓得啷个面对他老汉,今天的事情确实是我的错。"程斐然晓得劝说无效,只能陪着,顺手发信息给侯一帆,问那边情况如何,但侯一帆却一个字也没有回。
　　侯妈妈突然惊醒般站起身来,说:"落地钱,三斤半,还没人买,那两爷子肯定啥子都不懂,我还是要去一趟。"程斐然没听懂侯妈妈说啥子,就看到她往外面奔,她拉到程斐然说:"斐然,你帮我给帆帆打个电话,问下殡仪馆联系的哪里,我买了落地钱好送过去。"

程斐然打了好几通电话,侯一帆终于接了,语气冷淡,略有急躁,问:"哪个了?"程斐然还是第一次听到侯一帆这么和自己说话,原本想要关心两句,也就作罢,只问他现在在哪里,孃孃非要去找他们。侯一帆说:"你喊我妈先不要过来了。"程斐然说:"那你们两个忙得过来吗?要不要我过来帮忙?"侯一帆说:"等我处理完这边再和你说吧。"说完他挂了电话,侯妈妈只两眼望着她,程斐然舒了口气,轻声细语对侯妈妈说:"孃孃,侯一帆喊你先休息,等他那边弄好了再叫你过去。"侯妈妈说:"人落地,要先烧落地钱。那斐然,你先开车带我去买纸钱,我在路边烧。"

程斐然说不动侯妈妈,半夜三更,到处找钱纸香烛店,全都关门了。侯妈妈非要下车自己去找,程斐然说:"你去哪里找嘛。"侯妈妈也不管,开了车门,步履蹒跚,一个人在黑夜里面跌跌撞撞。程斐然紧追上去,走了半天,侯妈妈终于问到地方,敲门叫老板非要卖三斤半黄纸给她,然后拎着一叠黄纸,恍惚地走在路上。一路走,也不停,她的脚步比平常还要快,像是着了魂,突然走到路口,不走了,整个人发怵,面容可怖。对面已经没得啥子行人了,红绿灯交替变换,三三两两的车划过去,剩下一片死寂。路灯照在两个人中间,侯妈妈突然说:"搞忘带打火机了。"程斐然说:"我去小卖部买一个,孃孃你在这里等我。"程斐然冲到旁边卖烟的小店要了个打火机,眼睛一刻不敢离开侯妈妈,只是付钱那十来秒的工夫,转个步,侯妈妈就不在了。程斐然急忙跑过去,一个没踩稳,鞋跟拐了下,右脚崴了。

程斐然急得到处喊"嬢嬢",才看到她蹲在路边,拆黄纸,几张几张揉散,堆成一堆,程斐然一身冷汗都吓出来了,说:"嬢嬢,你真的吓死我了,我还以为你走不见了。"侯妈妈像是自顾自地说:"我先把黄纸拆开啊,我刚刚像是看到帆帆他奶奶了,肯定是怪我没去给她送终。"

程斐然左右看了下,根本一个人都没得,只说:"嬢嬢,你莫吓我。"侯妈妈不说话,接了打火机,点了火,她一下子就被火光包围住,整个人看起来变得小小的,脆弱得不行。侯妈妈望着烧掉的纸钱,像是万事万物都烧成灰了,一点念想都没得的样子,突然眼泪止不住地流。程斐然从口袋里掏出包纸巾,她只是摇头,也不接,心里像是空落落的,说话都有回声,只讲:"以前的人经常讲,家里的老人走了,家就要散了。刚刚帆帆奶奶像是来给我托话了,她还是怪我,她连他儿子孙子最后一面都没见到,我是大罪人啊。"侯妈妈哭得一点力气都没得了,整个人瘫滑到地上,程斐然伸手拉也拉不起来,莫名锥心一般痛,手足无措。

2

侯一帆奶奶的葬礼在翌日举行,一切都行进得太快。前几天侯一帆奶奶还在医院抓到程斐然的手说话,转眼就进了灵柩里。侯一帆从来没有办过丧事，早年爷爷和外公都去世得早，依稀记得小学时候参加过外婆的葬礼，但时间久远，已经记不大清楚了。侯一帆只好依靠想象，联系殡仪馆，运送奶奶遗体过来，打电话给亲戚朋友，给公司打电话请假，然后安排三天吊唁事项。侯一帆老汉自己坐在殡仪馆的院坝里头，生闷气，不说话，一杆老烟枪，把自己眼睛熏得张不开。大男人，哭是哭不出来的，何况到了这个岁数，只张口闭口嗟侯一帆妈妈。侯一帆有时候听不下去，和老汉差一点吵起来，最后索性跑到外面路边抽烟。

　　他看到程斐然打来的电话，一个也没有接，不晓得该说啥子，又怕心里有火迁怒于她。深夜两点，两个发小急急忙忙赶过来，帮忙在院坝搭桌子。重庆人办白事，兴打三天三夜麻将，碰吃碰吃，越热闹越好。到了送殡那天早上，亲人送行，吊唁的人直接散场。发小找殡仪馆要了十来张桌子，全部搭好，又帮忙联系了饭店，后两天早中晚各一餐。其中一个人坐在小台子前面，收吊唁金。侯一帆喊发小帮忙看到他老汉，匆匆打了车回家翻找奶奶的照片，选一张做遗像。

　　侯一帆打开门，才真觉心累了。房间里还有奶奶的气息，窗户开着，他找出相簿，打开台灯，一张，两张，三张，从奶奶年轻时候到最近两年的全家福。侯一帆心里堵得慌，想不通，一个人怎么说没就没了。

　　程斐然扶着侯妈妈站在殡仪馆的院坝里面，正巧侯一帆回来，见到侯妈妈，只问："不是喊你在屋头休息吗？"侯妈妈朝里面望了望，说："这个时候我啷个可能在屋头，我进去看一下。"侯一帆一把把他妈妈拉住，说："先莫进去了。"

刚说完，侯一帆老汉就从里面冲出来，对到侯一帆妈妈吼："你还晓得来啊，你不是生病了的嘛，你去养病噻，这里哪里劳烦得了你哦。"

原本都在打麻将的人，全部停下来了，纷纷盯到侯妈妈，侯妈妈脸唰的一下红了。侯一帆转头说："老汉，你就少说两句嘛。"侯一帆老汉不肯罢休，指到侯妈妈手都在抖，说："你滚，你没得资格来参加这个葬礼，你给我滚。"

说着他就推了侯妈妈一把。侯一帆一把护住侯妈妈，指着老汉说："你差不多行了。"侯爸爸气头也来了，指着侯一帆说："你崽子是不是也要造反！"侯妈妈低声说："你让我进去看妈一眼嘛。"侯一帆老汉说："你有啥子资格看？你不是不想尽当媳妇的孝嘛？你有你的世界，你有你要追求的东西，现在没得人管你了，你走，听到没有，我喊你走！"

程斐然拉起侯一帆妈妈的手，说："孃孃，我们走嘛，反正叔叔也不让你进去，守到这里遭人嫌弃。"侯一帆突然拉住侯妈妈的手，对着程斐然开口道："程斐然，你嫌我们屋头还不够乱吗，还要火上浇油？"程斐然看着侯一帆布满血丝的双眼，问了一句："侯一帆，你啥子意思？你再说一遍。"侯一帆住着气，淡淡地说："我现在不想说话。"

程斐然只觉刚刚还有力气的手瞬间就软了，但还是想拖着侯一帆妈妈往外面走。面对刚刚侯一帆莫名其妙的怒火，她心里一百个想不通，自己到底做错了啥子。侯妈妈纹丝不动，说："斐然，我不走了。他老汉脾气发完了，也就算了。我现在走了，就再也回不去了。"

程斐然还就着刚刚侯一帆的那份火无处宣泄，看到侯妈妈如此软弱，心里火更是烧得不行，放了手，大声侉气地说："孃孃，你是不是也觉得我程斐然在这里多管闲事，对你们侯家的事情参与太多？"侯妈妈摇了摇头，说："斐然，我晓得你是为了我好，但是家家都有本难念的经。虽然侯一帆奶奶不是我亲妈，但我们也同一屋檐下生活了几十年，作为长辈，她走了，我无论如何都应该去看一眼。不然，我算是一点良心都没得了。"程斐然站在殡仪馆门口，好像所有的人都用异样的眼光看着她，她还是松开了手，什么也不想管了，反身朝马路对面走去。

程斐然回到村屋的时候，整个人又气又不知如何是好。钟盼扬出去了，方晓棠正在忙着下单，她只有朝厨房里头走，看到刘女士跟郑孃孃、曹孃孃在死命剔鸡骨头，猛喝了一口水。曹孃孃才推推刘女士，说："刘姐，你女儿来了。"刘女士朝程斐然望了一眼，没办法停下手里的刀，说："你啷个回来了啊？小侯那边事情弄完了啊？"程斐然说："没有啊，他不要我在那边，嫌我碍手碍脚。"刘女士说："那倒是，你一个大小姐在那边确实碍手碍脚。"

程斐然就晓得刘女士要说风凉话，倒气不气地说："你都要联合外人来欺负你女儿了是不是嘛？"刘女士看程斐然脸色不对，晓得玩笑开过头了，放了刀，扯了手套，和曹孃孃交代了两句，然后解了围裙走过来，问："你又啷个了嘛？"程斐然说："没啷个，我把孃孃送回去，没得人待见她，我说喊她走，侯一帆就凶了我一顿，莫名其妙。"刘女士拉着程斐然往外面走了几步，开导道："你啷个还像个小娃儿样哦，别个是死了奶奶，说你两句你还要放心上了？具体情况具体分析嚓，他未必是平白无故凶你一顿嘛？恁个多人看到，你要扯他妈妈走，哪个下得了台嘛？"

程斐然不解道："欸，刘红英女士，你那天可不是恁个说的哦，当时叔叔找过来，你还不是理直气壮地在维护孃孃。"刘女士说："你才是盯不到着头①哦，那天和今天能一样唛？当时又没得外人，而且场合也不对啊。哎哟，你这个女儿哦，才真的是笨。"程斐然问："那依你说，我现在里外不是人了哦，我还要去给侯一帆道歉？"刘女士说："你看你嘛，小气吧啦的，多学下你妈我嘛，不至于生恁个多气。"刘女士这么一说，程斐然倒是笑了，刘女士说："哎呀，三十岁的人了，总归自己想清楚，我要去忙了，我现在是车间主任，不是知心大妈。"

3

侯一帆来找程斐然的时候，她正在漫无目的地翻一本过期杂志。

---

① 盯不到着头：重庆话，看不清形势。

程斐然没想到侯一帆会来找她，何况那时候天已经黑透了，各家都准备熄灯的时刻。侯一帆没有用钥匙开门，而是给她打个电话，问程斐然能不能帮他把平常穿的那两件外套拿下楼，顺道聊聊天。程斐然是那种特别容易心软的人，但凡有台阶可以下，就不会僵在上面不动。

路灯只照出他半张脸，几天不剃胡子，男人就越发憔悴。程斐然把衣服递给他，然后说："你还想得起我啊。"侯一帆浅浅一笑，没说话，讲在花园转转吧。飞蛾在路灯边缘徘徊，周围都静得不成样子，程斐然抽了两口烟，跟在后面。走了几分钟，侯一帆平淡开口："斐然，我们要不然先分开一段时间吧。"程斐然一口烟呛在喉咙里，咳了好一阵，问："分开一段时间？啥子意思？"程斐然捏着电子烟，双目静视着侯一帆，说："你是还在生我的气喽？"侯一帆说："我家里太乱了，像是好久好久没有收拾的那种，连我自己踏脚都踏不进去，现在这副样子，我啷个好意思邀请你去我家嘛。"程斐然没懂，却又像是懂了。她看着眼前的侯一帆，突然觉得陌生。那个凡事都顺着她，答应即使一辈子恋爱都不结婚的小男友，好像一夜之间变成了另外一个人。程斐然忍住脾气，只说："侯一帆，你今天专程跑过来就是和我说这些吗？我不晓得从头到尾我做错了啥子，要分手可以，如果你想好了，我马上就走。"

侯一帆双眼发红，心里明显有另一番说辞，但却如鲠在喉，只道："我现在心里头乱得很，或者你跟我说，我现在该啷个办？当作啥子事情都没有发生,继续嘻嘻哈哈每天和你谈恋爱?"

程斐然哑然,她晓得在这个节骨眼上,侯一帆心头郁闷起的。程斐然长长舒了一口气,说:"我不想分手,至少我不想在这种不明不白的情况下分手。"侯一帆顿了顿,低声说了句:"对不起,我心情太差。"程斐然牵了牵他的手,侯一帆没有抬头看她,只是望着程斐然的脚尖,讲:"我一开始也想着要和别人不一样,我可以不结婚,可以只谈恋爱,但是我现在有点不确定了。可能是我的问题。"

程斐然没有说话,只听侯一帆继续说:"奶奶走了,我妈需要有人照顾,我老汉岁数也大了,我家里现在一团糨糊,我需要有一个人和我一起来承担这些东西。我马上三十岁了,让我继续不管不顾地只顾恋爱,我可能做不到。但我晓得你有你的顾忌,我不可能强迫你。"

程斐然的手搭在侯一帆手背上,慢慢就失去了力气,她轻轻地"嗯"了一声,然后收起电子烟,说:"不怪你,你说的也是事实。"

侯一帆淡淡地苦笑了一下,说:"我也不是你刚刚认识我那时候的小年轻了,如果真的是想谈恋爱,现在比我好看、年轻、有魅力的小弟娃太多了,我已经没得啥子竞争力了。"程斐然有点愤怒地调侃道:"所以你觉得我是因为你年轻才想和你恋爱的?侯一帆你把我看得也太肤浅。"程斐然转个身,冷静了下,问:"侯一帆,其实我一直想问你,你到底喜欢的是我哪一点?我没钱,又有娃儿,每天不着边际，但你还是愿意和我在一起，那时候是为啥子？"

侯一帆抿了抿嘴，说："因为我在你身上，看到另一种女人的样子，和我妈完全不一样的样子，你懂吗？"侯一帆望着自己脚尖，轻声说："如果你一开始就不管我们家的事就好了。"程斐然看着侯一帆的眼睛，想着他最后那句话的意思。当侯一帆说出这个理由的时候，程斐然内心又突然感到绞痛。她不屈地说："好，我答应你。如果你已经想好了的话。"

天要下雨了，先是一颗两颗的雨滴落在她脖子上，当她走回单元门的时候，雨一下就哗哗落下来了。回头望那鬼魅一样的花园，空荡荡而无声响，像是变成了抽象的色彩画，她看到侯一帆站在那里，淋着大雨，一动不动地望着她这边。当时的情景过于像言情小说的桥段，以至于程斐然觉得如此不真实。侯一帆刚刚说的那些话，程斐然想了想，并没有什么大问题，有问题的仿佛是自己，有了大病。她突然想到刘女士时常对自己的人生指点，男人可以大大方方说自己只谈恋爱不结婚，女人不行，不是说这样的女人不能存在，而是愿意配合她的男人从不存在，仿佛主导权回到了女人手里，男人就不会乐意。刘女士讲，小侯说不结婚，你就这样一辈子拖着他啊？可能不嘛？现在想来，还是刘女士看得通透。

程斐然就这样看着雨里的侯一帆，扪心自问，如果是这样的男人，值不值得嫁？换了过去，如果是头婚，或者程斐然再年轻一点，她肯定是义无反顾地扑向侯一帆，说，有啥子我们一起承担。但是现在呢，程斐然已经不敢说这种大话了。张琛家里出事的那个晚上，程斐然信誓旦旦地说，有啥子一起承担，但最后，虽然逃跑的人不是她，但她确实被张琛推着先走一步了。侯一帆最后还是默默地走了，程斐然拿起电话，想给侯一帆打过去，才发现手机已经没电了。程斐然曾想过无数次她和侯一帆分手的场景，但都绝对不是今天这种。她甚至想过真正来临的那天，她会以什么样心碎的姿态去面对，事实上，也没有。她好像突然感知到了内心坚硬的那部分，是她从来没有体会过的一种感觉。

第二天下班过后，程斐然没有回家，而是跑到了方晓棠家里"避难"。方晓棠端了樱桃过来，放在程斐然面前。钟盼扬拿了一颗放嘴里，问："所以小侯现在确定要和你分手吗？"方晓棠又端了盘西瓜过来，钟盼扬说："哎呀，不要忙了，你过来坐到，我看到你大起个肚子转来转去心慌。"方晓棠说："好不容易来一趟，多吃点。"钟盼扬接着说："你真的也是冲动，说答应就答应了，也不挽留下。"程斐然不服气："我凭啥要挽留？"

方晓棠说："听小侯的意思，他也就是想结婚嘛。"程斐然怒气道："他分明是怪我多管闲事！"方晓棠接着说："那是你想多了，但是别个说的也是实话，就算现在不出这些事情，等到他该承担家里事情的那一天，总归老的老，走的走。我们这种独生子女，一个人负担确实累啊。"

钟盼扬说:"说到底还是独生子女的问题。如果但凡小侯有个哥哥姐姐,有个人搭把手,那他放心大胆地耍朋友,也不存在现在这种压力。我也觉得不算是小侯的错吧。"

程斐然说:"你们说的这些都是后话。现在问题不就摆在面前吗?如果我要想继续,就只有结婚,然后回到婚姻生活的轮回中,每天柴米油盐酱醋茶。紧接着肯定又是想再要个娃儿。再然后,生活没有了浪漫和激情。最后一切回归平淡。我等于把之前的生活重新再过一遍,有意思吗?"

方晓棠突然惊乍道:"对头,不是还有卫子阳的嘛!"钟盼扬说:"别个生活里头是消防员,感情里头也要当消防员啊,过来灭火。"方晓棠一下笑了,说:"你啷个还职业歧视欸?"

程斐然白了一眼,说:"不要再开我玩笑了。"转眼看了下方晓棠,她问:"魏达呢,都九点钟了还没回来?"方晓棠说:"他平常都是快半夜才回来,最近生意不好做吧,基本在外面应酬,想多认识点人。"钟盼扬说:"你也放心。"方晓棠讲:"我有啥子好不放心的?就魏达那个样子,哪个看得上?"

这时,魏达醉醺醺地开门进来,脚趴手软地往地上滚。方晓棠赶紧跑过去,程斐然和钟盼扬也来帮忙,三个女人扶不动一个大男人,钟盼扬忍不住说:"你该喊达哥减下肥了!"魏达一下作呕,吐了方晓棠一身,一股带着酒气的恶心瞬间弥漫了全屋。方晓棠嫌弃地扯着湿巾用力擦裙子,说:"吐吐吐,隔三岔五回来给我搞脏一件衣服!"

方晓棠看到魏达狼狈的模样，眼泪鼻涕混在一起，十足心酸。钟盼扬问:"达哥平时还多能喝的嘛，啷个醉成这副样子？"方晓棠说:"哎，莫说了，最近隔三岔五回来都这样，恼火得很。"程斐然说:"谈生意是恁个，以前张琛跟他老汉在外面陪人吃饭，回来还不是恁个。"

程斐然说完，又觉得自己这例子举得不够妥当。魏达撕心裂肺地吼了一声，方晓棠却是真的生气了，说:"让他吐，让他吐，莫管他，烦死了。"看到魏达好不容易缓过来，钟盼扬帮忙扶上床。程斐然碰了下钟盼扬的手，小声说:"我们先走了算了。"方晓棠说:"水果都没吃完，多吃点嘛，浪费！"钟盼扬拍拍方晓棠说:"你多吃点。"

见程、钟二人走了，方晓棠坐到魏达旁边，魏达迷迷糊糊搭着方晓棠的手，说:"对不起……"方晓棠又心软，语气温柔下来，说:"你讲这些干啥子嘛？"只听到他丧声丧气地讲:"今天晚上接到电话，刚谈成的项目又黄了，从我回来过后，就一直不顺。"方晓棠晓得魏达也不容易，说:"现在是大环境不好，人人都难，你就不要想恁个多了。"魏达牵住方晓棠的手，愣了半天，然后说:"有点事，我想和你商量一下。"方晓棠心里有预感，正脸看着魏达，说:"你讲。"魏达沉了沉肩，望到天花板说:"我还是想出去做。"

方晓棠表情并不惊诧，像是早有心理准备，只问:"走哪点？"魏达说:"之前在外地的老板最近联系上了，这段时间他们好多厂开到越南柬埔寨那边去了，喊我跟着过去。其实喊了几次了，但是我想到你这还大起肚子的,走不到。只是现在恁个僵起也不是办法,想到这一大一小同时落地,光我们现在这点钱,哪里够嘛。"

魏达说完,方晓棠也不好说啥子了,魏达说的,她都懂,没有说的,她也懂。但是,魏达这一走,又不晓得要走好久。当初没得娃儿还好,无非方晓棠一个人,吃喝拉撒都不让人操心。但今非昔比,这边"当燃鸡"的生意才刚有点起色,马上肚皮腾空,又是两张嘴要吃饭,她一个人更是带不过来。身边没得个男人,长久不是办法。

魏达说:"其实我心头也犹豫,你也晓得做生意看机会,你不要,别个抢了就抢了,我回来马上一年了,等于走回头路,连老本都吃不下去。你也看到的,本来想一家团聚,生意得过且过了,恰恰这个时候你怀了孕,现在想来完全不行。所以我在想,要不然我过去了,等那边稳定下来,就接你过去。"

方晓棠把魏达的手从自己手背上拿下来,说:"你去嘛,你和我商量,无非心里也有决定了,就想听我说句话。"

魏达当方晓棠生气,又不晓得啷个劝慰,只说:"哎,你要是不想我走,我就不走了。"方晓棠说:"不不不,你千万不要为了我,或者说为了娃儿,放弃你想要的东西。到头来,老了,你又说,当初我为了你们,啷个啷个,我承担不起。魏达,我就恁个说,反正从我们结婚到现在,真正住一起都没得几天,两地夫妻习惯了。你现在真要走,我也能接受。但是我是不打算离开重庆的了,其他地方东西难吃,说话难听,生活习惯完全不同,你也晓得我是少了顿海椒咸菜都吃不下饭的人。你发展好了，赚了钱，能回来就多回来。发展得不好，回来至少还有个家，娃儿老婆至少是你半个盼头。我有我自己的事业，做好了，是你的后盾。做不好，也不牵连你，但我至少自己安心。"

魏达不开腔，方晓棠也不说了，两个人就恁个默默坐了会儿，方晓棠突然起身，说："哎，和你说话，我都搞忘了，我去给你煮点稀饭，润下胃。"

方晓棠走到厨房，舀了半罐米，接了水，淘干净，一边淘一边发愣。电饭煲加好水，按了按钮，听到里面水和米滋滋翻腾的声响，又着腰，她的心情一下就跌进谷底。她觉得太阳穴突然一阵一阵地痛，转过头去，看到魏达抱着沙发抱枕，累得已经眯眼睛了，原本心里多少有点生气，却在看见魏达那张疲惫的脸时，又彻底放空了。

4

侯一帆奶奶出殡的那天早上，程斐然没有出席，侯一帆也没有和她联系，只是早上开车的时候，刘女士问了嘴："谭妹儿那边如何了，她好久回来上班啊？"程斐然有点不高兴地说："不晓得，别个的家事，我们哪里管得了恁个多哦。"刘女士大致听出了点东西，说："你和小侯还在吵架啊？"程斐然说："没有啊，就是觉得少管点闲事，人也轻松点。"刘女士说："话是恁个说，但是我还是有点不放心，你记得之前在精神科那个孃孃不？前段时间，我带谭妹儿去看了下她，她说像谭妹儿这种情况，最好还是多出来和人交流沟通，找点事情做，在屋头关起反而要不得，不是你妈多管闲事……"

程斐然突然刹了车，差点让刘女士撞到头，吓得三魂六魄都丢了，脾气一下上来了："开慢点嘛！"程斐然吸了口气，说："妈，我和侯一帆分手了，以后他们屋头的事情跟我们也没得啥子关系了，至于她还回不回来上班，看孃孃她自己的想法。"刘女士诧异地盯了程斐然一眼，问："啷个就分手了啊？你们这些娃儿哦，有啥子话不能好好说嘛，又不是啥子大事。"程斐然挂着脸，说："对你来说不是啥子大事，但是对侯一帆来说，可能就是天大的事情啊。别个奶奶走了，他想找个稳定的人传宗接代了，我不能耽误他。"

刘女士轻笑道："这是小侯和你说的？"程斐然说："不管是哪个说的，事情已经是这个样子了。"刘女士沉着气，说："你不要怪我话说得难听，本来你就恁个吊到侯一帆，迟早不是办法。我就说了，要么你们就把婚结了，要么就算了。这好了，相当于直接给了你一个结果。这几年我看小侯确实对你好，但按你之前那个要求，不如就找个年纪大点的，有车有房、娃儿独立的那种，单纯享受恋爱。"程斐然说："想得倒好了，有车有房、娃儿独立，还轮得到我？"刘女士最后就说了一句："再熬下去，过两年，那倒是真的轮不到你了。"

一整个早上，钟盼扬就觉得整个办公室气氛不对，起先以为是因为程斐然，随后才发觉不光是她。方晓棠大早过来就挂脸色，随后接了通电话，七七八八聊了半个小时左右，再走进来，脸色更差了。钟盼扬看着不太对劲，像是出了事，又不好多问。方晓棠伸手去扯电源线，一下差点触到电，吓了钟盼扬一跳，直叫她慢点，怎么一早上魂不守舍的，才听方晓棠说："刚刚周雪给我打电话来，说之前那个沈老板被抓了，当时公司好几笔进出账都和周雪有关系，包括那套房子。她现在就只有和我哭，问我怎么办。本来他们一家要搬，房子要卖，现在卖不成了，一堆事情都出来了，我能啷个办嘛？我又不是神仙。"钟盼扬问："就这个啊？本来也不该你管啊。"方晓棠顿了顿，说："还有个事，我和魏达可能要分开了。"程斐然吃惊地问："啥子啊，啷个回事啊？"

这时高妹妹朝她们三个这边望了一眼，方晓棠摇头说："魏达又要去外地了。"程斐然才缓了口气说："哎哟，我还以为是啥子大事，搞半天，也就是工作嘛。"

方晓棠说："话是恁个说，但是关键在于今时不同往日了啊。当时我没怀孕，也不存在要考虑娃儿的问题。那时候，他不担心我，我不担心他。马上娃儿生了，还是两个，我拖家带口，他又长期不在，心头始终不是滋味。"

钟盼扬说："你不想他走，就喊他不走噻，恁个大个重庆，还怕找不到份事情做哦？"

方晓棠说："我也不晓得是重庆不旺他，还是我不旺他，回来过后，生意确实不顺畅。要说，不在乎也就算了，偏偏他骨子里倔得就是想向我妈证明点啥子。我想说，证明啥子嘛，等老了，是我和他过，这一辈子该啷个样就啷个样，到时候我妈在土头还能说他啥子嘛。"

程斐然讲："我们两个真的是同病相怜，还是说夏天一过完，人人流行分手、分别、分居？我都不觉要怀疑，是不是我们这里风水不好了。"钟盼扬说："不至于，人生不如意之事十之八九，感情这回事，讲缘分，和风水有啥子关系？"程斐然想了下，说："那倒是，你和孔老师恰恰因为这个地方结缘。"方晓棠瘪了瘪嘴，说："其他不说，我怕之后有了娃儿，真的要靠你们两个干妈帮忙了。"

正说着，孔唯敲门进来，程斐然扯了扯钟盼扬，说："真的是说曹操曹操到。"钟盼扬迎上去，叫了一声孔老师，孔唯看她们在那里吹牛，也有点不好意思，说："我把盖了章的合同给你拿过来，然后想和你们简单开个会。"钟盼扬说："那到会议室里面说。"

孔唯点点头，程斐然和方晓棠跟着钟盼扬进去。孔唯两手撑在大圆桌的一端，拿一支记号笔，在白板上简单涂画，钟盼扬不觉有种错觉，像是回到了十七八岁的教室，听孔唯在讲一堂数学课。孔唯说："我希望接下来，我们可以扩大生产，也希望广告能够彻底打出去。我仔细想了想，既然我们口味本来就符合重庆本地人的口味，为啥子不在重庆本地也做起来。另外我有个想法，光是靠之前的视频和话题来做新消费远远不够，我想花钱请专门的团队来给嬢嬢她们做短视频，开直播，时刻保持热度，甚至联动直播大号来帮我们推商品。"

孔唯说完,发现三个人眼神各异,并非许可,程斐然先开了口:"扩大生产我没什么意见,但如果还要兼顾拍视频、开直播,我想我妈对产品的把控就会有问题。一方面是时间,一方面是她容易沉溺在自我欣赏上面,所以我觉得还得再商量一下。"

钟盼扬说:"着力本地市场并不是不行,但是竞争太激烈,不说口水鸡、冷吃兔,就是这种麻麻辣辣的口味,重庆一抓一大把,我们的优势不一定凸显得出来。"

方晓棠也讲:"孔老师,我也提个想法啊。你看我肚子,再过两个月就要生了,要是真的扩大生产,我估计也同时要招客服人员,不然根本对接不过来。"

孔唯没想到自己的想法一下就让她们提出这么多异议,他想了想,说:"生产这方面,始终不可能让孃孃一直做的,她只需要把控口味就好了。她重点是成为我们品牌的形象代言人,拍视频只是我想到的一个方式,肯定还有其他的方式,到时候肯定也要根据孃孃的具体时间来分配。另外,我并不觉得本土化和对外名片是冲突的事情。至于客户,那是必须的。我的计划里,差不多半年后,我们的规模就应该是现在的二到三倍,所以当务之急,我想先招一个人事过来。如果你们有合适的人选也可以推荐给我。"

随后散了会,钟盼扬拉孔唯到外面庭院小坐,钟盼扬给孔唯倒了杯茶,说:"我没想到孔老师恁个上心。"孔唯说:"既然投了钱,我肯定要当成自己的事情来做。"钟盼扬说:"但我以为你只是投资人。"钟盼扬晓得自己说得过于直接了,孔唯端着那杯茶,顿了下,问:"所以你的意思是,让我少管一点?"钟盼扬点点头,说:"我只想要一笔投资,需要有人在背后支持,但并不等于我想把主动权交出去,所以我想孔老师可能有误会。我希望我们只是合作关系,不是上下级关系。"孔唯沉默了一小会儿,说:"我想你也有所误会。我既然希望你们能把这个品牌做起来,就必然要提出我认为对你们有用的意见,我不是那种甩手掌柜的投资人。"钟盼扬直接说:"那我宁愿你是甩手掌柜。"两人坐在那里,气氛一下就僵了。孔唯表情一下严肃起来,讲:"可以,如果你希望我一点都不管的话,我以后闭嘴就是。"

孔唯起身要走,钟盼扬也不留,刚刚电光石火的那段交流里,钟盼扬第一次可以铆足底气和孔唯对峙,钟盼扬回想起来觉得自己也有些可怕。孔唯上了车,用力甩了车门,扬长而去。钟盼扬拎着茶壶走进去,方晓棠问:"孔老师欸?"

钟盼扬不冷不热地说:"走了。"

方晓棠还觉得纳闷:"啷个看起他气鼓鼓的啊?"

钟盼扬岔开话题说:"其实他说得也不是全无道理,我们确实要招一个能干点的人事了。"程斐然走过来讲:"确实是,第一波营销的效果已经差不多要用完了,孔老师说得倒也不是没得道理。只是做直播,做短视频,门槛过低,这些玩法都有些太普通了。我们是不是可以去外地的那些创意集市上做一些概念性的东西？前几天我看到杭州那边有一个专门兜售咖啡的创意集市，我在想，不如我们也联合重庆、成都这边其他的风味品牌，做一个美食创意集市，在我们客户群集中的城市来一个巡回。"

钟盼扬打了个响指，说："有搞头，我可以回头去联系下渝城啤酒那边的同事。每年搞啤酒节其实也没啥子意思，如果渝城那边愿意牵头，其他品牌联系起来也就方便了。这种川渝特色集市，确实可以搞起来。"

程斐然说："重点是要够潮，要够年轻，不能是以前那种美食节的搞法，土土地摆几个摊，没得意思。要么就彻底复原九十年代的江边码头，做一个创意夜市，吃的都要有文化标签，我们可以沿着长三角挨个做，把川渝文化完全打出去。"程斐然喝了口水，越讲越兴奋："有一年我和张琛去日本旅游，在原宿那里见到过一个非常有意思的美食街，所有的美食都会有一个故事，串联出那条街的文化，不是那种导游的讲解，而是真的融入包装、设计和口味之中。我当时觉得很有趣，有点像集邮，最后可以把这些包装拆开收到集子里，这个点完全可以用。"

钟盼扬拍了下手，说："概念太好了，我们可以直接和重庆这边的文化局联系，说不定能得到一些支持。"高妹妹看她们越说越兴奋，也讲道："我可以在大学生名校联盟的社群里帮忙宣传，大学生最喜欢吃了。"这时候刘女士从里面走出来，问："哪个最喜欢吃？个个都是好吃狗。"这一说，大家都笑了。

5

一周之后，是涛涛六岁的生日，往常都是张琛定好餐厅，程斐然直接过去，后来变成了侯一帆包办所有事务。但是今年，侯一帆没有提这个事情，程斐然却先想到了。侯一帆已经一周没和她说过话了，程斐然在中间问候过他一次，说起涛涛的生日，得到的依旧是沉默，最后她干脆提前三天找了一家儿童餐厅，然后开车去给涛涛买了一台他一直想要的Switch。

在和侯一帆交往的第一年里，程斐然与张琛的许多次不得已的重逢都让她羞于讲述侯一帆的出现，直到涛涛那年的生日，侯一帆主动提出了，他想和张琛见一面，也想让孩子见见他的想法。程斐然纠结许久之后，妥协答应，而那个生日夜里，侯一帆却春风化雨一般让涛涛自然而然地接受了他——小侯叔叔的存在。紧接着，侯一帆就像是弥补程斐然夫妻之间那道裂痕的黏合剂，让原本分崩离析的两个人重新建立起了关系，不仅快速和张琛成了朋友，也化解了程斐然长久以来的困扰。用侯一帆当时的话来说："我又不是中途撬的墙角，不至于深仇大恨，我不在乎你多一个亲人。"

程斐然脑海里都是侯一帆的影子，坐在车里一直发蒙，这或许是涛涛习惯了侯一帆之后，第一次没有侯一帆参与的生日。如果涛涛或者张琛问起,她应该怎么去解释?程斐然坐在车里很长的时间,抽了好一会儿烟,直到张琛牵着涛涛在外面敲了敲她的车窗,她才回过神来。程斐然开了车门走下去,把 Switch 的盒子递给涛涛,摸了下他的头,说:"幺儿,生日快乐。"涛涛接过来立马兴奋地说:"谢谢妈妈!"然后他朝着车上望了一眼,问:"小侯叔叔欸?"

程斐然原本打算随意编了句谎话搪塞了过去,突然听到旁边侯一帆说:"来了来了,小侯叔叔去给你拿蛋糕去了。"程斐然转头去看侯一帆的时候,侯一帆还是礼貌地朝她笑了笑,程斐然看不懂那抹笑容背后的意思,程斐然想到后备厢里那个贴着冰袋的另一个蛋糕,却只声不语。看侯一帆牵着涛涛的手,说:"走走走!给涛涛过生。"

张琛走在程斐然旁边,问:"你和侯一帆吵架了啊?"程斐然愣了下神,说:"没有啊?啷个突然怎个问?"张琛说:"以前你和我吵了架,就是刚刚那副样子啊。"程斐然问:"啥子样子?"张琛说:"神不守舍,强颜欢笑。"

程斐然瞧着张琛那张迅速沧桑的脸,心绪一下复杂起来。张琛的眉间早已经没了少年气,取而代之的是深邃而柔和的目光。两人行走的过程中,张琛的手偶尔间碰到她的指尖,程斐然竟依旧会有触电的感觉,随即拉开一点距离。看着涛涛在侯一帆面前蹦蹦跳跳的样子,她又陷入沉思。她以为侯一帆突然叫了她一声,但却是听错了。上楼坐定,程斐然去洗手间,侯一帆过来端茶水正好撞见,程斐然问:"你啷个来了啊?"侯一帆平淡地说:"你不是给我发了信息吗?"程斐然说:"我看你也没有回。"

餐厅专门为涛涛响起了生日歌,涛涛闭着眼睛许愿,侯一帆等涛涛吹完蜡烛,说:"小侯叔叔等下要赶回去加班,就不陪涛涛了。"张琛拍拍涛涛说:"跟小侯叔叔说再见。"涛涛有点不高兴,说:"妈妈买了Switch,我还想和你打游戏欸。"侯一帆说:"有的是时间打,乖哈。"程斐然送侯一帆出去,走到半路,侯一帆说:"你回去吧,不用送我。"程斐然说:"我想晓得你到底啷个想的。"侯一帆说:"我妈住院了。"程斐然惊了下,侯一帆接着说:"医生建议她住院观察一段时间,我最近工作上也遇到很多问题,暂时顾不过来她。奶奶走了过后,我老汉也像变了一个人。你真要问我啷个想的,我只能说,我想安静一段时间。还有,程斐然,其实琛哥多好的。"

程斐然拉住侯一帆的手,专注地看着侯一帆,略有愠怒地说:"如果你铁了心分手,今天就不该来,结果你来了,和我说恁个一堆莫名其妙的话,是啥子意思?侯一帆,就因为我多管闲事,所以我就该死?"

侯一帆一本正经地说:"没得人说你该死,我只想说,我的生活已经乱麻了,我只想安静一段时间。"程斐然问:"然后呢?"侯一帆说:"没得啥子然后,我的车到了,我要走了。程斐然,你照顾好你自己。"

程斐然回到座位上,张琛正在给涛涛擦嘴巴,看到她有点失落的表情,问:"没事吧?"程斐然说:"没得啥子事。"张琛朝着餐厅的儿童区那边望了望,有几个小孩正在那里堆乐高,他点了点涛涛,说:"你要不要过去耍一会儿?"涛涛看了一眼,点点头,然后跳下座位,朝着儿童区跑去。程斐然看他匆匆忙忙的,紧着喊了声:"慢点!"

她回头看张琛,张琛把切好的蛋糕递给她,说:"我最近遇到个人。"程斐然挑眼看他:"嗯?"张琛接着说:"小我两岁,人比较淳朴,江津的。"

程斐然觑着眼睛盯着张琛,像是不晓得张琛在说些什么,"我也没想好啥子时候和你说,你也晓得我这个情况,有人喜欢已经很难得了。"

程斐然手里的叉子不自觉地搅坏了蛋糕,奶油分层被全部捣碎,她吸了口气,说:"也好啊,免得你一个人,有上顿没下顿的,是该找个人了。"张琛苦笑,说:"是啊,那天照镜子,我自己都快认不出我自己了,邋遢得一塌糊涂。"程斐然喊了声:"张琛……"张琛看着她,程斐然捂着嘴努力让自己看起来开心点,说:"其实这两年,我一直担心你一个人,就怎个过下去了。"张琛说:"不至于,我今天之所以还是想和你说,就是想你可以好好地和侯一帆在一起了,不要再想我的事情了。"儿童区那边,涛涛和几个小孩嘻嘻哈哈笑得实在开心,每一声都像在程斐然心头挠一下,每一把都很用力。张琛说,人不要去想那些退路,就可以正大光明地往前走了。

结束的时候,程斐然问要不要送他们两爷子回家,张琛说:"算了,我开摩托车带他回去一样的。"转头的时候,涛涛已经戴好安全帽了,手里抱着游戏机,问:"妈妈,你记得帮我提醒下小侯叔叔,喊他来陪我打游戏哦。"张琛说:"你到家也和我说一声。"

程斐然看着他们消失在黑夜中,终于,大街上又只剩下她一个人了。程斐然打开后备厢,冰袋已经全部化了,水洼洼的中间,冰激凌蛋糕东倒西歪,上面捏的小马已经不成样子了。程斐然从后座抽了几张纸巾,使劲擦了两下,但是水太多了,浸得到处都是。她无力地看着狼狈的后备厢,终于轮到她想哭的时候了。她恍然拿出手机,不晓得啥子时候,方晓棠打了七八通电话过来,紧接着,钟盼扬的电话接踵而至。程斐然还没回过神来,听到钟盼扬那边焦急地说:"达哥好像出事了,晓棠在家一直哭,你忙完了吗?"程斐然支支吾吾地说了声"好",一手撑在那摊冰水里,凉涸涸的,彻底打湿了。

第十三章

1

程斐然与钟盼扬陪着方晓棠在公安局门口等了一晚上。破晓，三三两两的大爷大妈推起早餐车路过。程斐然手脚都被蚊子咬了好几个包，起起坐坐一晚上，来回绕着走，心情更焦躁。钟盼扬逛一圈带回三碗油茶，只得将就吃。方晓棠倒是越吃越饿，又在旁边要了两笼包子。钟盼扬看着她狼吞虎咽，怕要哽着，赶紧叫她慢点吃。

方晓棠咬了两口，彻底没脾气了，说："周雪卖房子的时候，我就应该留个心眼，总不至于现在一点力都使不上。"钟盼扬讲："你不要着急，我已经找过律师朋友了，现在具体情况还没确定。达哥底子干净，总不会有啥子大事。"程斐然附和道："对啊，那个沈老板被抓，肯定会牵扯一些和他有资金来往的客户，调查也是正常的，你就不要太担心了。"方晓棠始终心神不宁，包子也不吃了，看到远处的鱼肚白，说："进去一晚上了，该问的也问完了吧，紧到不出来，急死了。"

临近七八点，公安局门口有动静，铁门开了，有人出来，方晓棠远远看到是魏达,也不顾拉扯,赶紧冲上去。被训了一夜,魏达出来脸色不好看,油腻泛白,没吃两顿饭,简直饿瘪了。方晓棠上手一抓,说:"出来了,出来就好了。"程斐然和钟盼扬心也落了一半,带着魏达和方晓棠上车。方晓棠说:"走走,先回去洗个澡,换件衣服,看你现在像从垃圾堆里捡起来的样。"

在车上,魏达一直捏着方晓棠的手,说:"我啷个都想不到,查沈劼会查到我头上来。"方晓棠这才仔细问:"到底啷个回事嘛!"魏达说:"当时和沈劼合作的时候,因为他帮忙介绍单子,我就帮他走了一笔账,想着之后再补票,结果后来不就出了周雪那事情,我也把补票的事搞忘了。"方晓棠说:"走了好多啊?"魏达伸手比了个三,方晓棠问:"三十万啊?"魏达摇头,说:"三百万。"方晓棠冷汗都吓出来了,钟盼扬和程斐然在旁边一言不发,又听到方晓棠咋呼道:"恁个多!那啷个办啊?现在钱呢?"魏达说:"当时钱是分批转出去的,其实只有最后那笔十万没有补票。但现在他们的意思是,由于那十万没开票的部分,怀疑前面的也是非法交易。总归来说,现在这笔钱是找不回来了。"钟盼扬问:"那警察打算怎么解决?"魏达说:"沈劼已经被抓了,让他交代情况,挨着点名字,我就是被他点的。事情和我一点关系都没有,那时候完全是为了走关系,想着他帮忙介绍门路,哪晓得!"方晓棠急得不得了,只问:"那啷个说,是不是放你出来,就等于没事了嘛?"魏达说:"如果只是偷税漏税还好说，问题是沈劼涉嫌非法集资，所以我帮忙走账那笔钱就更说不清楚了。现在我也是一头雾水，啷个都想不到会牵扯到这种事情里面。"方晓棠彻底慌了，只问："不会坐牢吧？"钟盼扬赶紧稳住方晓棠的情绪，说："达哥对那个沈老板的事情毫不知情，肯定不会坐牢，你不要乱想了。"魏达低头不语，一整车上人心惶惶，方晓棠说："我觉得还是要去找南山上的大师看一下。"钟盼扬紧着说："找啥子大师，先找律师才是，你也是迷信到家了。"方晓棠说："律师要找，大师也要找，等下回去，先把火盆跨了。哎，啷个恁个晦气啊。"

又是两天，方晓棠统共没睡够五个小时，整个人看起来又憔悴又焦躁，但手上事情多，又逃不开。魏达暂时不去公司了，随时听候电话，配合调查。方晓棠在办公室，心绪不宁，隔半小时要给魏达打一通电话，确保他没事情。魏达也神经紧绷，听到电话响就跳起来，发现是自家老婆，又放心一点，但实在精神折磨。

钟盼扬已经托朋友找了重庆最好的律师，就魏达这个情况，也讲了个大概。原则上，魏达不知情，不属于从犯，但是涉及赃款的转运，所以难免有嫌疑。即使最终实在找不到什么证据，法官的判决也不一定会让魏达坐牢。如果有切实有效的证据，魏达可以早点提出来。

魏达最先想到的是聊天记录，里面提到帮忙走账的事情，但律师说，这不能证明他完全不知情。方晓棠病急乱投医想找周雪帮忙，如果周雪可以说服沈劼，可能事情就解决了。方晓棠刚提出来，钟盼扬就否决了："事情可能现在没有那么复杂，如果周雪的事情再牵扯进去，性质又不一样了。而且你吃不准沈劼对周雪的态度，万一周雪出面让他更生气，那不是弄巧成拙。"方晓棠说："这也不是，那也不是，那唥个办嘛，我未必看到我老公坐牢啊？"

钟盼扬讲："我也托律师去问了，这次涉及的人和事范围广，不是一天两天就结束了的。晓棠你还是先打起精神来，要是你觉得状态不好，就先休息几天，正好之前面试的那两个小客服明天过来上班。"方晓棠垂头丧气地说："现在就上班还能让我分散下注意力了，你喊我回去待到，跟魏达两个人大眼瞪小眼，我更抑郁。"程斐然劝解道："她想上班就让她上嘛。"

虽然方晓棠士气低迷，但是办公室这几天却相对活跃。孔唯的钱一到账，钟盼扬就快速招兵买马，先是找了个干练的人事马大姐，又陆陆续续面了不少人，办公室从零星的三个人，也慢慢变得有规模起来了。钟盼扬首先扩张了客服部门的人数，考虑到方晓棠临盆在即，一个人管理已经严重超出负荷。另外增加人数的就是在程斐然下面配了两个营销，一个产品的市场效果必须是多个人头脑风暴的结果，好的创意和好的执行都可以帮产品增加知名度和影响力。除开这两个部门，钟盼扬还专门招了两个人来负责食品安全问题，越是在订单扩增的情况下，产品质量越不能有漏洞。比起孔唯提出的那套华而不实的方案，钟盼扬的配置似乎更落地。

钟盼扬并没有对孔唯的意见置若罔闻，新媒体的传播是必要的，但没必要重复去做之前类似的营销。对于程斐然提出的川渝复古潮流聚集地，她倒是觉得很有意思。钟盼扬想到那天晚上和孔唯在江边的对话，听他描摹起九十年代的重庆夜市江边小摊的来来往往，是种情怀，一去不复返，往往让人惦记。而且，绝不只他一个人有这种想法。

在程斐然提出这个想法过后没两天，钟盼扬就回了一趟老东家，不过一段时间没来，渝城啤酒也从国际楼搬到了渝北财富中心附近的办公楼里。钟盼扬也觉得好笑，当初业绩再好，怎么和老板提换地方也提不动，感觉观音桥像是什么风水宝地。结果她人一走，掉头就换了地儿，像是故意在跟她作对一样。

钟盼扬也没太大忌讳，大大方方往办公室一走，以前老同事当是看稀客，说："咘，钟老板来了啊。"钟盼扬对于这种玩笑照单全收，说："只晓得叫老板，鸡买过没有？"老同事连忙说："啷个没买啊，好吃惨了。"钟盼扬转头就看到小陈，小陈仔细盯了一眼，说："哎呀，钟姐的嘛！"钟盼扬仔细打量一番，小陈也不是当时的小陈了，一身职业装，有模有样的，抱起一沓文件，踩起高跟鞋像在乘风。钟盼扬回应说："小陈啊，看起来精神了嘛。"小陈招呼道："我还要去跟老板过下合同,钟姐你先耍到啊。"见小陈一走,老同事才说:"别个现在是陈部长了,升得快吧?"

钟盼扬对于这个结果一点都不意外,只扯着老同事到一边,小声问:"最近公司业绩如何?"老同事讲:"还可以,不然你以为啷个搬公司嘛。但是话说回来,现在年轻人到酒吧喜欢喝调酒,喝精酿,喝那些稀奇古怪的酒。就说九街上面嘛,有的酒吧就打着重庆特色酒,放些花椒海椒在里面,外地人觉得新奇,本地人觉得好耍。反而像我们这种老字号,现在还在喝的,都是些中年老辈子些。好在超市火锅店定期销量没有减少太多,但要再突破一点就不得行了。"

钟盼扬心里大致有个底了,在旁边站了一小会儿,看到小陈从办公室里出来了,才慢慢走过去敲门。大老板以为是小陈东西忘拿了,看也不看,就轻声细语地说:"啥子拿落了啊,看你粗心的哦。"结果抬头,他发现是钟盼扬,表情都来不及整理,尴尬得红了半张脸。钟盼扬赶紧打了个招呼,算是缓解下气氛,大老板才清了清喉咙说:"小钟啊,你啷个今天有空回来看我哦,你现在当老板生意好得很嘛。"钟盼扬说:"今天找大老板肯定是有好事,不然我也不好意思回头来找你了。"大老板张大眼睛看着钟盼扬,问:"好事?还有好事轮得到我啊。"钟盼扬笑道:"其他我不晓得,但至少我第一时间想到的还是大老板你。"

大老板放下手里在看的文件,说:"讲来听一下啊。"钟盼扬说:"我们打算做一个川渝复古潮流聚集地,有点像是现在年轻人追捧的音乐节,在每个城市选一片广场草地,打造九十年代川渝复古的场景,做川渝吃喝名片。"

大老板兴趣一下下去,说:"等于美食节,不新鲜了。"钟盼扬接着说:"不是美食节。长沙的文和友做得很好,说味道,其实一般,但是复古风做得扎实,有本土风味,外地人来打卡,本地人来逛起耍,人气高得不得了。但是文和友的局限,在于它动不了,只能在那个地方。我们想做的,类似于川渝的文和友,但是更像快闪店。疫情大环境,短暂扎营,算是一种新耍法。"

大老板想了想,问道:"你们准备在哪些城市搞?"钟盼扬一听,晓得对方来了兴趣,钟盼扬说:"重庆成都暂时不搞,本土东西太多,凸显不出来特别。武汉长沙不搞,靠得太近,口味雷同,不觉新鲜。广东深圳不搞,当地人大部分吃不得辣,稍微一点川味都可能吃不下去。东北、西北太远,人少,不是我们的目标……"钟盼扬还没说完,大老板立马插进来,说:"这儿不搞,那儿不搞,你总不会搞到外国去了嘛?"钟盼扬看大老板着急,心头就有底了,反而慢条斯理地说:"我们打算第一站落地上海。"

大老板有点诧异,问:"上海?"钟盼扬点了下头,说:"对头,就是上海。我记得我当时走的时候,大老板说渝城已经在上海那边布局了,如果我没记错的话,这绝对是一个极好的宣传机会。"

大老板目不转睛地看着钟盼扬,眼前这个女娃儿是厉害啊,凡事都记在心里头,步步为营,难怪能成事。大老板说:"小钟啊,你的如意算盘打得好哦。拉渝城入伙,做好了,你们那个啥子鸡沾光。做得不好,锅都是渝城背下来了,到时候你们可以拍屁股走人。"

钟盼扬对着老狐狸一点不躲闪地说:"那大老板啷个不换个角度想,如果做好了,渝城等于在上海的宣传打响第一炮,后面的城市如法炮制,省时又省力。如果失败了,也无非是在大池子里丢一块石头,溅水溅到岸上,看到的人看到了,没看到的人没看到,渝城未必还有啥子名誉口碑的损失嘛?"钟盼扬不等大老板思考,紧着说:"我在公司的时候,每年投出去的宣传经费少说也是六位数起。但是我们这个潮流地,说起来,算是川渝文化名片,完全可以找相关部门帮忙背书,经费未必要投多少进去,最关键的是,渝城直接就变成了重庆名片的头行代表。你说我算啥子如意算盘?"钟盼扬口灿若莲,大老板倒被她说动心了,沉吟了一会儿,说:"你想我具体做啥子?"钟盼扬说:"我有计划书。"

钟盼扬从渝城办公室出来之后,立马给孔唯打了个电话,想第一时间把好事说给他听。但是拿起电话的时候,她突然又顿住了。这么大的事情,她都没有和孔唯商量一声,似乎有点太过于独裁了,现在这样先斩后奏,孔唯也未必高兴了。想到这儿,钟盼扬决定先缓一缓,只是这一缓,缓来了个程咬金。陈松一个电话打给她,说要紧事商量。

钟盼扬不指望陈松说出个啥子要紧事,可还是想去听下他说屁话。陈松见钟盼扬来,赶紧倒杯茶,一副舔狗嘴脸,说:"扬扬,过来坐,这边凉快。"钟盼扬问:"啥子事,非要见面说?欸,你今天一个人啊?"陈松说:"哎呀,你还在生上次的气啊,我这不是请你出来吃饭赔礼嘛。"钟盼扬不想听这些过场话,直接问:"讲嘛,要求我啥子,莫又是啥子作奸犯科的事情找我当挡箭牌哈!"陈松讲:"我在你眼里现在都恁个不堪了嘛!是恁个的,最近我跟到几个兄弟伙去参观陵园,觉得是个商机,想和你说下,有钱嘛,一起赚噻。"

钟盼扬听到"陵园"两个字就打脑壳,问:"你莫不是想买墓地来炒钱哦?"陈松一击掌,说:"哎呀,还是你聪明。我给你说,现在墓地涨价比房子还快,现在入手绝对是好时机。"钟盼扬直接劈头盖脸地啫过去:"陈松你这个人真的是有点过余了哦,每天就想到这些投机倒把的事情,活人的钱没赚到,开始要去赚死人的钱了!你真的有点好笑哦。"

陈松还是一本正经地说:"你恁个说就难听了噻,啥子死人活人哦,这是投资的一种形式,和你买基金买股票买期货一样的性质。我又没有触犯啥子规章法律,啷个不可以嘛!"

钟盼扬讲:"不要说了,你要买就自己买,找我来做啥子?"

陈松讲:"这不是打算和你商量嘛,我自己能买得到几块嘛。你现在做生意,越做越大了,借点钱给我,到时候涨价了我马上还给你。"

钟盼扬说:"想都不要想,当初你要炒房的时候,我都已经警告过你了。现在来搞墓地投资,我听到都觉得晦气。"钟盼扬起身要走,陈松一把把她拉到,说:"扬扬,我觉得你这个人啷个就是不晓得变通欸,我把恁个好的事情给你说了,欸,等下,你是不是想自己偷偷去买哦!"钟盼扬只觉得陈松完全疯了,手也甩不开,只朝他吼了一句:"你莫在这里发疯!陈松我和你说,你要买,你就去和你屋头那个女人说,不要来找我,我们又没得啥子关系了。"陈松讲:"哦,我晓得了,你搞半天还是在吃醋。"钟盼扬心里是又好气又好笑,说:"我吃醋?我要吃醋还有她啥子事?你放不放手?"陈松像小娃儿一样扭到不放,说:"你就帮我一次嘛。"钟盼扬伸手一耳光扇过去,啪的一声,整个饭店的人都看到了。钟盼扬也不觉得尴尬,只是陈松一下子彻底蒙了,耳鸣得厉害。钟盼扬扬言:"陈松你个人扪心自问,我帮你还不够多唻,自己清醒一点!"

陈松看钟盼扬脸色严肃、高傲、不屑,晓得多说无益,换了面容,讲:"行,今天是你自己说的,到时候莫后悔。"钟盼扬笑道:"我这会儿过来见你才觉得后悔。"点的菜开始上了,钟盼扬也不想吃,转身走了,没给陈松一点面子,算是最后一次,之后陈松的死活和她再也没得关系了。

2

下午的会议,钟盼扬把和渝城那边商量的结果简单和所有人共享了一下。方晓棠精神状况始终不是很好，所以基本只是与会，也没有什么意见。相反新来的几个年轻人都很积极，也忙于集思广益，大家七嘴八舌说了一通，其中一个叫小黄的姑娘说："为什么我们不找江小白？比渝城更有年轻市场。"钟盼扬说："没得为啥子，因为熟。江小白虽然更有年轻市场，但是渝城更有代表重庆的意义。"另一个叫麦子的男孩说："那我们是不是要联系一下秦妈啊、桥头啊这种老火锅牌子？"程斐然说："我正要说这个，我这里拟了一份名单，是我觉得大概可以去联系的品牌方。如果渝城确定加入的话，那一切都好办了。"钟盼扬说："目前商量下来倒是没有问题，只是我骗大老板的时候把文旅局搬出来了，其实还没有去联系，我们有没得哪个同学是做这个相关的或者可以帮忙介绍的？"

程斐然想了下，说："印象中好像没得人在相关部门上班。"钟盼扬仔细盘算了下，打了个响指，说："有个人倒是可能认识，不过可能要你出马。"程斐然问："哪个哦？"钟盼扬说："卫子阳啊。"程斐然惊讶："他？"钟盼扬说："你搞忘了当时他调到厂办子弟中学的时候，就是他舅舅帮忙搞的啊，当时都说他舅舅是管文化口的小领导的嘛。"方晓棠倒是把这句话听进去了，说："对头，我都晓得，我记得那会儿家长都说卫子阳是关系户的嘛。"程斐然说："你们记性好好，我一点印象都没得，完全不晓得这些。"

钟盼扬问："要不你就单独约下卫子阳？"程斐然有点犹豫，想了想，还是说："我可以去联系，但是我不能打包票卫子阳的关系一定到位。"钟盼扬说:"没得事,你先联系,也不完全寄托在他身上,我这边也问问我妈老汉。这种时候,就是人托人,重庆又不大。"

礼拜天,程斐然约了卫子阳吃猪肚鸡,卫子阳欣然应约,见到程斐然的第一句话是:"你居然还想得起我,看来是分手了。"程斐然不晓得他是开玩笑,还是纯属第六感,倒也不遮掩地说:"奉你吉言,确实分手了。"卫子阳说:"等于我的机会来了?"程斐然点菜,没看他,像是自顾自说:"分手了,就更不想谈恋爱了,索性当朋友,不存在分手,随时可以见面。"卫子阳看程斐然一本正经,也收起玩笑话,讲:"都行,我也赞同。"程斐然说:"算老同学吃饭,毕竟在我需要钱的时候,你还算帮了忙,本来就该请你一顿的。"卫子阳说:"说实话,好像还没有哪个女生主动请我吃过饭,你算第一个,要不我破例,答应你?"程斐然开门见山讲:"我是有事找你,这顿我请。"

卫子阳眼瞅着程斐然和前段时间见到完全不同了,搞事业的女人,面相上会有一种自然的清冷,等于把感情先放到一边,自然成熟不少。卫子阳有点出神,沸腾汤锅随即端上来,程斐然放下菜单抬头,四目相对。程斐然说:"你晓得我们几个现在在创业嘛,然后想要和文旅局合作一个项目,所以想找你帮帮忙。"

卫子阳停下了抖动的腿,轻轻笑了下,说:"我帮得到啥子忙?我就是个消防员,八竿子打不到关系啊。"程斐然说:"哎,这种事情,我本来也觉得不好意思说,但确实也没有其他人可以问了,我记得当时你舅舅不是在文化部门的吗？能帮忙介绍一下吗？"

卫子阳叹了口气，说："是啊，我舅舅原先是在文化部门，但是他早就调走了啊，而且你们要做文旅项目，也不是完全归他之前的部门管，你们应该找文旅局。这次我还真的帮不到你啥子忙了。"程斐然倒也不失望，原本她也没有抱太大的信心，听到说卫子阳帮不上忙，她心里反而松了一口气。

卫子阳顿时开口讲："程斐然，你现在好能干哦。"程斐然对于这样的恭维的话倒不晓得说啥子，只讲："这个时代，男女都一样，总归靠自己，又有哪个比哪个能干嘛。"卫子阳托着下巴，饶有兴趣地望着程斐然说："要是十年前，我都不敢相信你会说出这种话。其他人我不晓得，就你程斐然，向来是衣食无忧的小公主，现在都要出来找关系了，我真的觉得很难相信。"

程斐然说："都像你说的了，十年前，还小，总还觉得自己是个公主。现在三十岁的人了，小也不小了，自然不得做梦了。以前学《陈涉世家》，'王侯将相宁有种乎？'长大越发觉得，哪有真的吃不完的金山银山，纯属做梦。"卫子阳说："以前觉得你纯属长得好看，现在完全是另一番味道了，反而有点不敢靠近。但你啷个会分手了啊？"程斐然说："换用托尔斯泰的话来说，相爱的原因基本相似，分手的理由各不相同，三言两语说不清楚。"卫子阳不问了，安静吃东西，两个人之间的气氛又松弛了不少。末了，卫子阳说："文旅局那边我也不是完全没得关系。"程斐然吃到一半，差点呛到，卫子阳递过去一杯水，起身拍了拍她的背，说："你也不用恁个激动啊。"

程斐然呛了好久，才缓过来，说："你不是说你舅舅都调走了的嘛，骗我嗦。"卫子阳说："我舅舅确实调走了，而且他也确实不是文旅局的。但是我有个哥们儿在做商业地产，和各地文旅局都在打交道，只是得不到好处的事情，他多半不干。但如果你们和他们商业地产合作，收益分成的话，可能事情就好办了。甚至索性可以找他们直接提供场地，也不失为一种方式。"

程斐然说："分成倒不是不行，关键是你哥们儿靠谱不。如果是商业地产，我想先要一份资料参考了解一下，回去开会和他们商量商量。"卫子阳说："这些都是小事，不过，我想问你一个问题。"程斐然说："你讲。"卫子阳说："如果今天你找我这事没得结果，之后你还会联系我吗？"程斐然想也没想就说："会啊，我们又没得啥子仇。到了我这个年龄的女人，能有异性朋友也是一种幸福了吧。"卫子阳打了个响指："就凭你这句话，我决定牵这个线。我等下回去就找他要一份资料给你。"

夜里三人加班，程斐然坐在电脑前认真研究卫子阳发来的资料。钟盼扬则对程斐然提出的品牌名单进行筛选和联系。方晓棠倒想早点回去陪魏达，只是一想到推开那扇门，就觉得压抑，不如在办公室多待一会儿，做点事分散下注意力。实习生看到三个老板一个不走，倒也个个不敢随便动。

最近刘女士完全成了曹孃孃和郑孃孃的领导，这两天又多来了一个皮孃孃，四个女人完全可以凑一桌麻将了，每天厨房里头热闹得不得了，家长里短吹个不停。特别是新来的皮孃孃，是个天生的耍娃儿，年轻的时候当过销售，当过秘书，开过餐馆，经历之丰富令人咋舌，但天性爱耍，啥子事情做不长久，人活得豁达。最近她找曹孃孃耍，净找不到人，才晓得她跑到南山上来剔鸡骨头了。一打听刘女士背景，简直膜拜，出于对独立女性的瞻仰，她非要跟到曹孃孃过来一起上班。看到她手脚麻利，能说会道，刘女士二话不说就招了。

这天忙完，皮孃孃就轻轻捅下刘女士，说："我觉得你这几个女儿都好能干哦，想到我那个儿，每天只晓得喝酒打麻将，屁用没得。"刘女士说："这年头，养得活自己就不错了，你还希望恁个多。看女儿二十出头的时候，就盼她快点嫁了，嫁个靠谱的男人，有个家，把娃儿生了，到底是安稳。后来我才想通了，有啥子意思嘛，女人一辈子结婚生子，又想自己的女儿结婚生子，到头来，哪个盼到点好？说到底，女人靠得到父母男人都是福气，靠不到，只有靠自己。之前她离婚，等于完全步我后尘，我都怕她跌倒了爬不起来，最近看到她重新找到生活的动力，我真的啥子都不想了。"

皮孃孃说："我真的太赞同你那句话了，女人靠得到别人是运气，能靠自己才是福气！"刘女士被说得都不好意思了，只讲："皮妹儿，我们就大哥莫说二哥，你还不是能干，今天就你一个人剔的骨头打的包最多！"

皮孃孃讲："莫说了，我完全是为了找人摆空龙门阵。"

钟盼扬把整理好的品牌拿在手里，击了下掌，说："我们开个会吧。"程斐然扣上电脑，说："正好我也研究完了，准备和大家说一下。"几个人齐齐掉头，朝着钟盼扬站的白板位置，听钟盼扬讲："我仔细研究了一下重庆和成都的本土品牌，大概列出几个类型。我觉得火锅一定要有，就像九十年代朝天门江边那种棚子火锅。然后烧烤串串必须要有，这个基本等于是特色了。加上渝城的啤酒、新晋的江小白、梯坎边上的冰粉凉虾、酸辣粉小面豆腐脑，再加上成都的兔头、钵钵鸡和钟水饺。但是光有这些，确实和一般美食节区分不开，所以我还想找人来排一组江边号子，还有棒棒军，以及变脸师傅，我想打造完全沉浸式的体验。"

高妹妹说："那还要加上李伯清的电台！还有专门说言子儿的！"

钟盼扬说："完全可以。目前我的想法是，既然现在年轻人喜欢去那种沉浸式的剧本杀，我们就按这个标准来布景，真正还原川渝本色。"程斐然接话道："那我觉得我们确实可以和某个商业地产合作，让他们来提供场地。我研究了卫子阳发给我的那份资料，这两年文旅地产在各个城市都在做项目，但真正做好的其实不多。我们最初的构想就是那种快闪店，其实占用场地的时间并不长，但如果我们第一个项目效果好的话，不仅可以复制到其他城市，我们也可以随时更新内容,来实现一个场地的多次利用。"

方晓棠说:"我越听越觉得,我们像是要开迪士尼乐园一样,我们做得起来吗?得不得搞太大了?"

钟盼扬说:"做起来就做起来了,做不起来,我们也没得啥子损失。既然要做,就一鸣惊人。"

程斐然点头,讲:"这一点上,我虽然也有点没底气,但是我觉得只有规模起来了,才会有效果。小打小闹,确实成不了啥子气候。"

钟盼扬说:"虽然我们这次要联系的品牌很多,但其实我们最关键的,还是把我们'当燃鸡'的名声打响。所以我打算在和其他品牌谈的时候,说我们可以多让利一点给他们,但我们必须占据最好的位置。"

程斐然突然想到什么:"对了,这个方案,孔老师晓得吗?"钟盼扬摇头,说:"不晓得。"方晓棠和程斐然同时惊诧道:"啥子欸?"程斐然立马说:"恁个大的项目计划,你一点都没和他说啊?"钟盼扬讲:"现在方案不是还没定下来吗?我打算一切都确定了再去找他。"方晓棠问:"会不会不太好哦?毕竟别个现在是我们的投资人。"钟盼扬说:"没得哪个老板喜欢半成品,放心吧,我会说的。"

下班的时候,方晓棠回头看灯火通明的办公室,顿然已经小有规模了,她托着下巴,自言自语说:"我们真的说做就做起来了欸,一点一点地。"钟盼扬顺着方晓棠的目光望着里面看,说:"这才哪儿到哪儿哦,才刚刚开始欸。"方晓棠说:"希望这次可以做起来,最近真的太倒霉了，多希望可以借此冲冲喜。"

在律师的强烈辩护下，法官最终有了结论，魏达涉嫌转运赃款，但由于暂无确切勾连证据，所以给予偷漏税款部分三倍的罚款处理，并予以警告。尘埃落定当天，方晓棠算是松了口气，跟着魏达从法院出来，去了一趟公司。那里查封已久，地上满是灰，彻底颓败的样子。魏达心有不甘，一直不说话，在台阶上坐了半个小时。方晓棠说："你看下还有啥子东西要带的没有。"魏达讲："没得了，该拿的早拿完了，下午通知了人过来回收桌子椅子，电脑也都变卖了，里面也没啥子之前的东西了。"方晓棠望了望整间办公室，魏达刚回来重庆开张的时候，那副热闹景象还像是昨天的事情，心里一片戚然。方晓棠坐到魏达旁边，语气一下子落下来，讲："你心头啷个想嘛。"魏达摇头，说："不想了，想啥子嘛。"方晓棠说："我晓得你在想啥子。"魏达说："你不晓得，算了，讲这些没得意义。"

两人稍微收拾了点东西，锁了门，刚要往回走，方晓棠差一点没有踩稳滑倒在地上，还好魏达眼疾手快，一下抓住她。方晓棠说自己头晕眼花，走不动路了，把魏达吓了一跳，赶紧叫了车把人送到医院。检查过后，医生说孕妇最近太操劳了，加上精神状态不好，长期没有休息导致的，没得啥子大问题，只是看了下预产期，也就还有一个多月了，实在不宜太过动荡。

魏达听完才松口气，方晓棠脸色苍白，抓到魏达的手，说："真的啥子都没得了。"魏达说:"钱没得了,还可以赚嘛,只要人没得事,已经是最好的结果了。"方晓棠说:"话是恁个说,本来这几年做民宿,手头存了点钱,想着等娃儿生了,换套大点的房子,这次等于全部赔进去了。你公司也要停了,彻底破产。以前在电视上看到那些做生意的破产,都觉得是电视剧演的,现实落在自己身上,心里头真的不是滋味。"

魏达看着窗外的树,迟疑了会儿,说:"我看你这个样子,一时半会儿我也放不开手走。我和那边说了,等你把娃儿生了,再过去。"

方晓棠轻轻咬了下嘴唇,像是下了决心一样,说:"老公,你不要走了,我来给你发工资。"魏达愣了一下,问:"啥子意思?"方晓棠说:"我这段时间也想了很久,晚上一直睡不着。我其实不想你走,你说要是你真的走了,我们目前这个情况,短则五年,长则十年,又是聚少离多。娃儿生来就看不到各人的老汉,我心头也没得着落。如果你真的要赚钱,我宁愿你就在重庆找个工作,不足的,我每个月发给你,我来养你。"

魏达说:"你在讲啥子哦,我哪个可能让你养啊?"方晓棠着急了,说:"你哪个就不可以让我养啊,未必规定了胸口碎大石的只能是男人唛?我们结婚恁个多年,一直是你在外面奔波打拼,我妈老汉的闲言碎语,你也是一个人在扛。我不想恁个了,我不想你总是为了证明给他们看。我们有我们自己的生活、自己的家,我们马上有自己的儿子女儿,他们需要一个不缺席的爸爸。而且我相信,我可以把你们都养得很好。"

魏达松开了方晓棠的手,这一切似乎也都在方晓棠的预想之中,她说得太直白,伤害了他大男人的心。方晓棠说:"我晓得你心里啷个想的,我就恁个说嘛,这小祖宗一来就来两个,总归我妈或者你妈过来都带不过来,到时候家里矛盾更多。你也不想总是看到我妈吧?要说请保姆是肯定请不起了,那啷个办,也只有自己带,你想想是不是?"

魏达说:"我可以不走,养不养我另说,但是你让我当全职爸爸,带娃儿这个事情,我一个大男人啷个搞得来?"

方晓棠突然有点生气:"你一个大男人搞不来,我一个女人就天生要会这些吗?我还不是第一次当妈,你以为带娃儿是女人天生都会的嘛?!"

方晓棠这一怒,魏达倒有点怵了,说:"我不是这个意思。"

方晓棠直问:"那你是啥子意思?我当妈的未必就不学不带不教了吗?就当我请你来当男保姆,你就说你愿意不嘛!"魏达看着方晓棠一脸认真的样子,赶紧坐到她身边,说:"我不是不愿意,是怕带不好嘛。"

方晓棠瞅着魏达的表情,晓得是委屈他了,但方晓棠也是横了心,眼下钱是没了,人再一走,倒真是人财两空了。方晓棠软了语气,又劝慰道:"说养你,也是给我自己定一个目标,施一点压力。我这个人,你又不是不晓得,就是好强,就是想过得好。这几年,我赌输了,但是不怕嘛，总还有拼的余地。只要还在这牌桌子上，总有和牌的时候。"

魏达伸手摸了摸方晓棠圆鼓鼓的肚皮，叹了口气，说："会不会给你的压力太大了？"方晓棠说："我现在除了你，啥子都没得了，我还怕这点压力嘛？"魏达低头说："我再好好想想嘛。"方晓棠说："想啥子想，不要想了！"

次日，方晓棠挺着大肚子过来，整个人精神焕发，不仅面带微笑，而且见人就打招呼。程斐然和钟盼扬面面相觑，不晓得到底发生了啥子，想着前一天刚刚结束官司，莫不是受了刺激。方晓棠坐在椅子上，大大地呼了口气，对程斐然和钟盼扬讲："魏达不走了。"

程斐然靠过来问："啊，哪个说？"方晓棠讲："我和他摊牌了，他要真的走了，我可能会产后抑郁，彻底崩溃，再拖儿带女的，不晓得哪天可能就出事了。昨天我和他商量好了，以后我来主外，他来主内，在屋头做个兼职，顺道带娃儿。"

钟盼扬觉得幽默，问："达哥这五大三粗的人，你喊他在屋头带娃儿啊？！真的是想得出来哦。"方晓棠说："这个有啥子嘛，你看猴子和琛哥，不一样把涛涛带得很好。我看斐然也没操心啥子啊，娃儿活蹦乱跳的，乖得很。"

程斐然立马解释道："我不是啥子好榜样哈，你莫拿我做比较。"

方晓棠接着说："未必就准男人在外面赚钱啊？我和魏达说了，

他只要把娃儿带好了，我给他发工资，我养他。"

钟盼扬说："好霸气。但你有个观点我是认同的，你肯做出这个决定，肯定是想了百二十遍了，只要是自己确定要做的事情，总不会后悔。看到你恢复元气了，我也放心了。"

方晓棠说："今天我心情好，社群里头搞活动，我自己来买单，顺道扩充一下会员人数。"

钟盼扬朝程斐然使了个眼神，妥当放心了，走到茶水间又讲了两句小话。钟盼扬说："我看晓棠这回是置之死地而后生了，我听我那个律师朋友说，达哥这次等于全部出脱，一点余钱都没得了。"程斐然说："但是晓棠敢说出她来养老公这种话，是真的下了大决心了。经她这么一说，我倒觉得这次只能成功不能失败了。"

钟盼扬说："当然要成功，我这几天每天晚上做方案做到三四点钟！"程斐然开玩笑地摸了下钟盼扬的眼角，说："是的嘛，鱼尾纹都出来了。"钟盼扬紧张地推开程斐然，照了下镜子，说："是不是哦？"程斐然说："骗你的啊！"两个人一下子又嘻嘻哈哈笑起来。

3

太阳不晓得是哪个时候就闷着了，接连几天落大雨。卫子阳介绍的朋友，程斐然约了好几次，才终于在一个雨过天晴的下午约上了。

武凯坐在地下广场的咖啡厅等她，见面先客气一番，讲了卫子阳和他的一点故事。两个人在部队的时候,确实是好到穿一条裤子的程度。程斐然听这些场面话也只能笑着应和,直到武凯问:"据说你是卫子阳的初恋啊?"程斐然心想卫子阳占这种口头便宜真的也是不要脸,但或许是为了拉近他们的距离,也就应了说:"十几年前的事情了,那会儿都是小娃儿,啥子初恋不初恋嘛。"武凯说:"卫子阳退伍过后,没得大事不得联系我,那天给我打电话,我还以为他要结婚了欸。"程斐然说:"可能他长情嘛。"说完自己也笑了,只心想既然被占了便宜,倒偏偏要占回来,也无伤大雅地开起玩笑来了。武凯说:"那确实,他常年不耍朋友,我都怀疑他是不是取向变了,今天看到你,我就放心了。"

随后,两人才慢慢过渡到程斐然这次的项目上,武凯说:"项目书我看过了,我觉得还是很有意思的。但是我看你们目标城市是上海,还是有点疑问,这种市井气的东西放在上海是不是有点不合适,不晓得你们考虑没有。"

程斐然说:"我们有自己本来的客户群,说实话,也是经过背调过后才确定的城市。上海一样是一个实验性很强的城市,我觉得有很多突破性的玩法,都可以落地试试。"武凯讲:"我不晓得你对这几年的音乐节有没有了解,其实年轻人会因为乐队啊、偶像啊这些,专门跑去二、三线城市玩。举个例子,去年我们承办过一次音乐节,在陵水黎族自治县做的,效果非常好,而且成本也相对比较低。"

程斐然算是听出了对方的顾虑,上海的投入过大,场地费过高。

又听武凯继续说:"就是重庆和成都这样的地方,这两年也很多玩法,或者长沙武汉,都是热门选择的地方。"

程斐然想了想说:"武总,你说的这些城市我们都考虑过,但我们这个项目和音乐节有个本质的区别,音乐节是有明星乐队加持的,本来就有一定的传播度,但是我们要做的是快闪消费场景,没有办法按照音乐节的模式来复制。我们之所以选择上海,就是因为我们想打破一些常规的东西。策划案里面也写得很清楚,我们就是想做国潮的新形式,传统地方文化加上时尚潮人的玩法。如果放在小地方,我觉得效果反而会大打折扣。"

武凯对于程斐然的构想并没有表现出足够的认同:"你的意思我明白,但是我必须和你说,我看了下你们的构想,如果真的要一比一还原,上海的造价可能比其他城市要高三到五倍,整体成本可能都要上去,这个你们考虑过吗?"

程斐然见武凯摊牌直说了,也不遮掩什么,讲:"如果武总觉得投入成本过高,我还有个方案,就是我们和其他品牌方自行承办就是了,只要麻烦你帮我们和当地文旅局牵下线。"

武凯摸了摸下巴:"程美女,因为卫子阳的关系,我也就和你明说啊,上海那边的文旅项目,一般都是做高端线的,像这种川渝文化反扑,你直接去谈,也未必谈得下来。我也是当你自己人,才给你建议,我们参不参与倒是其次,问题是我介绍了你们最后成不了事,不等于浪费时间嘛?"

程斐然说:"武总,我们都是重庆人,我也和你明说,我觉得川渝文化之所以这么难走出去,很大程度上,还是因为大家太畏首畏尾了。这几年,越来越多的人开始想要了解重庆,我觉得这是一个特别好的机会。疫情之前,甚至上海、北京各大一线城市的小年轻,都愿意专门跑到重庆、成都来过个周末,享受美食。但重庆本地人欸,却反而害怕把这张脸面摆到大城市去,总觉得像是刘姥姥进大观园,见不得人,怕别个不感兴趣,怕川渝的东西太土,其实是我们自己先给自己设限了。"

程斐然的这番话,倒是把武凯说动了一些,武凯低头沉吟片刻,问:"我想问下,一线城市北上广深,为啥子你们就偏偏执念于上海啊?"

程斐然望着窗外,雨又渐渐下了起来,她转面,看着武凯说:"以前我上班的时候,领导和我说,做产品,需要一点情绪。初创品牌要一点愤怒,低端品牌要一点快乐,而越高端的品牌越需要一点伤感。上海这个地方,对我们创始人中的每一个人都有一份含义。我们其中一位叫方晓棠的妹子,当年报大学的时候,是想报上海的,但是因为家里的原因,她最后留在了重庆。而我,刚毕业的时候,第一份工作的 offer 就是去上海,但那个时候我为了我当时的男朋友,现在已经是前夫了,放弃了上海的那份工作。最后就是我们的另一位钟盼扬,她的第一段婚姻也是因为上海结缘,她前夫执意想要带她去上海,但是她却拒绝了。可以说,我们三个人对于上海的情绪都各有复杂,但我们觉得这是一个表达的机会。简而言之,虽然我们都没有去往上海,留在重庆,却活成了另一番自己,现在就是想和上海证明一下的时刻。"程斐然说完之后,又觉得自己讲得有点多了,眼眶略微有点温热。武凯思考了一小会儿,颇有感慨地说:"原来如此。"

也不知道程斐然的情怀是不是打动到了他,他忍不住开口讲:"这些年做的,人做套路了,就首先会想到利益。但是就像你刚刚说的,重庆文化的输出很多时候是因为我们望而却步,总觉得大城市的东西都好,我们比不过。但这个世界每一天都在变,我想起我刚加入地产,到深圳那边去的时候,一说起重庆,心中却五味杂陈,又爱又恨。好多人对重庆不了解,想证明给他们看,却又站在高楼大厦下面羞于出口,后来慢慢形成思维定式,就觉得自己做不过别个了。哎,恁个,你们最好能够有一个详细的预算报价单,我们也要核算一下成本能不能做下来。我还是和你说,如果你们自己做,大概率很难,除非文旅局自己牵头。但如果我们牵头,成效又不一样,你懂我意思吧?"

程斐然点头,说:"武总的意思我晓得了,还是很感谢。"

武凯说:"不要叫我武总了,叫我武哥或者大凯都可以,都是朋友。另外,我和你说啊,卫子阳,你真的可以考虑下,等你恁个多年了,是吧?"

程斐然笑而不语,真的佩服这个武大哥,最后还不忘来撮合别个当下月老。

　　钟盼扬正坐在办公室等程斐然的消息，外面大雨不停，雨打在玻璃上，焦急得让人有点心烦。她突然回头，看到孔唯面色凝重地站在庭院门口，上衣肩边都湿了，但因为门锁最近换了指纹密码，孔唯在那儿进不来，一脸尴尬。钟盼扬赶紧过去开门，领孔唯进来。孔唯看到办公室一下多了好多人，只压低声音和钟盼扬说："我不进来了，就和你说两句。"钟盼扬瞧了瞧雨，说："进来说啊。"

　　钟盼扬把孔唯带进会议室，便听到他气愤地说："你在搞新项目为啥子都不和我先商量一下？"钟盼扬连忙解释道："我是觉得都没想好，就贸贸然……"孔唯打断她说："没想好，方案都做了快一百页了，你和我说没想好？！"

　　钟盼扬第一次看到孔唯发这么大的脾气，声音大到外面原本还在聊天的几个人突然都安静了下来。钟盼扬一手撑在桌子上，目不转睛地看着孔唯，心里还在纳闷他是哪个看到方案的，就听到孔唯说："你是不是还在想我哪个晓得的？你可能自己都没注意，发送群邮件的时候，把我也放进去了。"钟盼扬才恍然大悟，夜里加班太晚脑袋不清楚，那个打包群组里面也有孔唯的地址。

　　钟盼扬也不躲避地说："孔老师，我觉得你也没得必要发这么大的火，只是我们做事方法不同。你可能觉得啥子事情都要和你商量汇报，但对我来说，只有一个事情确定好了，我才会过来找你。我不希望事情都没确定下来，就空谈一些天马行空的东西，那不现实。"

孔唯说："现在的问题是，我一个投资人，对公司的任何事情都毫不知情。还是说你根本就打算先斩后奏，全部板上钉钉了，所有都安排完了，最后来知会我一声完事？"

钟盼扬疑惑道："难道不该是这样嘛？"

孔唯收敛了脾气，问："钟盼扬，我觉得我们的合作模式出了问题，可能这不是我最开始想要的样子。"

钟盼扬问："那你想要的样子是啥子？"

孔唯不说话，钟盼扬也跟着沉默在那里，雨水和窗台比他们争吵得更厉害，孔唯冷静之后，说："方案我看过了，里面的一些问题我帮你找出来了，发到你邮箱了，估计你还没看。"钟盼扬"哦"了一声，孔唯接着说："这个项目要是我不同意，你打算啷个办？"

钟盼扬说："这个项目你不会不同意的，如果你真的不同意，那只能说我选错了投资人。"

孔唯说："你这种态度，让我觉得很危险。"

钟盼扬说："孔老师，简单说，合作这种事情，向来每个人有每个人的想法。我做事情，力求完美，做好了，自然会找你汇报，做不好，我也会主动承担责任。但我唯独不喜欢在行动的过程中束手束脚，会影响我的思考和判断。这次没有主动和你说，确实有我某方面的私心。我觉得一旦和你讲了，你就会插手进来，所以我才会有所保留。"

孔唯走到钟盼扬身边，伸手搭在她的肩上，她下意识地退了半步，孔唯说："未必我们就不可以好好相处，把这些事情都做好吗？"钟盼扬斜眼凝视了孔唯片刻，说："孔老师，我觉我们必须先考虑我们是啥子关系，再考虑我们应该怎么相处。"孔唯疑惑，问："啥子意思？"钟盼扬讲："我们现在是投资人和合伙人的关系，所以事情自然是公事公办。在合适的时候我会汇报，在需要你帮忙的时候我会主动要求，但是所谓的商量，只有在我自己拿不定主意或者希望你给意见的时候，才会出现。如果因为我接受了你的投资，让你产生了一些不必要的误会，那是我的问题，先向你道歉。"

孔唯看着眼前的钟盼扬，果然已经不是他认识的那个小女生了，他也不是那个一笔一画告诉她怎么解题的老师了。孔唯放下了自己的手，对于自己猛然越轨的行为说了声"对不起"。钟盼扬避开了尴尬的气氛，说："具体的方案，我会在统筹完之后发给你，如果没得其他事情，我就先出去了。"孔唯清了清嗓子，说："先等一下，我看你们这次的项目需要联系文旅局，需要我这边帮忙吗？"钟盼扬说："我们暂时有自己在联系，如果遇到问题我会第一时间和你说。"孔唯点头，不再说话了。

程斐然赶回来的时候，孔唯已经走了，办公室里还在为刚刚孔唯的突然出现窃窃私语。程斐然身上快要淋湿了，赶紧换了件衣服，然后把下午聊的事情和钟盼扬、方晓棠讲了一遍。方晓棠倒没有第一时间回应程斐然，而是过去把房间的门锁了，然后对钟盼扬说："孔老师来发啥子火啊？刚刚整个办公室都听到了。"

程斐然惊诧道："孔老师来了？"

钟盼扬说："哎，小事，不重要，不过就是我没有把我们这次的项目给他说。"程斐然问："你真的没有和他说啊？！"钟盼扬说："我说了我有我的进度，是他太大惊小怪了。"

方晓棠站在中立的立场说："那我晓得了，说实话，扬扬你确实有点太不重视别个孔老师了。"

钟盼扬说："我没得觉得有啥子问题啊？"

方晓棠讲："那你是太不懂男人的心意了，孔老师恁个帮你，未必你一点感觉都没得嘛？"

钟盼扬有点生气地说："如果他真的恁个想，我倒有点看不起他了。公是公，私是私，我正是觉得孔老师是可以分得清楚的人，我当初才选他的。早晓得他这个样子，我都有点后悔了。"

方晓棠说："公私分明是一回事，但是得到重视是一回事啊。说到底，别个还不是想博点存在感。"

钟盼扬不是不解风情，只是对她来说，孔老师已经不是孔老师了，是孔老板、孔领导、孔总，所以她应该用更成熟的姿态来面对这个熟悉而又陌生的男人。钟盼扬从来不是那么迟钝的女人，反而因为太明白孔唯的心意，才更要用正确的方式来对待两个人之间的关系。

程斐然算是极少看懂钟盼扬的人，只说："你现在和孔老师，反而是最脆弱的关系。"这句话说到点子上了。金钱关系，说散就散。

情感关系，更是如此。现在是又谈钱又谈情，一言不合，一拍两散，不要说日后再相见了，等于现在事业全部摧毁，一点不剩。就为了这点，钟盼扬才故意和孔老师保持距离。

钟盼扬催着程斐然说正事，程斐然才拍下脑袋，把下午和武凯说的那些都说给了她们两个听。听到最后，方晓棠笑道："我当年也没有非要考上海呐，考北京也可以，我纯属为了追星，你真的是会说哦。"

钟盼扬说："我有一个疑问，因为这种商业地产做活动，他们一般都会安排在他们的文旅项目当中，其实有利也有弊，因为他们的选址都会比较偏远，大致都在郊区，所以流量往往不会很高。"

程斐然说："这个问题我也考虑过，所以我想是不是可以由他们牵头，但是项目还是放在他们人流量比较大的一些商业地块来做。"

方晓棠说："虽然你们都觉得有信心，但是我心里还是很虚。毕竟要搞这么大一个东西，我们就这么点人。"

"我们人是不够，但是总还有其他品牌，只是说我们牵头而已。晓棠你就不要想这么多了，具体的我会安排好，你就负责在社群里宣传就好了。"钟盼扬的话给方晓棠吃了颗定心丸。

4

再见大老板的时候，基本的策划方案已经差不多落实了。文旅地产这边谈得七七八八，只差没有过合同。钟盼扬捆绑了几个概念之后，大老板也没有什么多的意见，于是牵头把几个老品牌的老板都拉过来谈了一遍。钟盼扬就此组了个饭局，一方面认识这些老板，另一方面也当做东还大老板一个人情。

大老板提了三洞桥那边的一家活鱼馆，靠江边，看南岸，吃河鱼。包厢设在餐厅外围，用布包裹一层，里面摆十二把椅子，大圆桌，冷气十足。

到场人员，除了大老板，便是重庆老南山火锅的钱老板、山壁麻辣烫的董孃孃、重庆好吃街老字号小吃老板周幺妹，还有以前重庆老文工团的齐老师。此外，还有大老板喊来的几个陪客。每个人都像是大老板的老客户样，进来就是："李老板，现在生意做得大的嘛，做到上海去了。"大老板就当弥勒佛一样笑不出声，然后和他们介绍："这是小钟，以前在我手下做事，现在别个自己出去创业搞了个'当燃鸡'，卖得好得很。"

原本几个老板还没注意到钟盼扬，看她专程打扮，以为是大老板新招的秘书，一听也是个老板，态度又马上不一样了。大老板紧着说："我和你们说那个事情，就是小钟提起的。像我们做来做去，只有在重庆这个山旮旯里面转，别个都是做全国生意。"钱老板插话讲："年轻人有胆量噻，之前我们火锅店在上海根本做不走，放点点海椒都喊辣。"董孃孃给自己倒了杯茶，讲："钱哥你那会儿是太早了，我给你说，这两年上海人也喜欢吃辣嘞，奇怪不嘛？我弟娃在那边做川菜，生意好得很！"周幺妹抓了董孃孃一把，说："欸，董孃孃，我们可以合作噻。"董孃孃说："是我弟弟，又不是我，我回头给他说一下看看。"

几个人在那里你一言我一语的，闹麻了。大老板让服务员倒酒，一杯递给钟盼扬。白酒刺鼻气味冲得钟盼扬难受，大老板说："上海这个项目，我也没有给其他人说，就找了你们几个，完全是让你们占便宜了，要多谢别个小钟，敬酒敬酒。"

钟盼扬一下被扛到焦点位上，举起酒杯就闷一口。钟盼扬喉咙一阵辛辣，以前不喜欢和大老板应酬，到头来，自己当老板，还是躲不过这一茬。钟盼扬说："李总就是太抬举我了，这次项目主要是群策群力，后面的事情还需要大家多多帮忙。"董孃孃朝着周幺妹看了一眼，笑了笑说："哎呀，钟妹儿，我以茶代酒，敬你一杯，后面有啥子要帮忙，你就和我董孃孃说一声，没得问题。"周幺妹也紧着说："李总介绍的人未必还有错嘛！欸，李总，我们明年还是继续合作噻，多少给我打点折哦。"大老板没理会，只顾和钟盼扬讲："董孃孃都发话了，快点加个微信。"钟盼扬拿出手机把桌上的人都加了个遍，然后说："回头我把合同发给各位，大家再看看有没有什么问题。"齐老师突然插话道："妹儿，我听说你们还要用演员，我们那些老演员，我给你说，个个得行得很！"钟盼扬说："那就拜托齐老师了哦。"

之后，餐桌上众人又聊开了，讲起彼此做生意上的逸闻趣事，紧着又是互相吹捧。七八瓶白酒下肚，几个老爷们也扛不住了，好在钟盼扬好几次借水当酒蒙混过去了，才没醉得厉害。大老板倒是稳若泰山坐在那里。个个散席走人，独独剩她和大老板两个人还干坐在那里了，钟盼扬以为大老板有啥子话要单独和她说，走拢了仔细看，大老板已经醉得眼睛都眯起了，嘴里还叨咕："搞起，搞起！"大老板往后一仰，整个人倒下去，还好钟盼扬清醒，一把抓住他衣领，才不至于头着地。只见大老板一记恶心，翻身就是一呕，吐了一地，两眼无力，双目一闭，酒气熏人。大老板误以为她是小陈，伸手去抓，几近动手动脚，钟盼扬一把推开烂泥一样的大老板，看他瘫在呕吐物上面，又觉得脏，却也不好放他一个人在这里。本就狼狈，一抬头看见小陈正端着手在不远处看着他们俩，凝视已久，钟盼扬朝着小陈喊了一声，小陈才缓缓走过来，钟盼扬说："快来把李总抬走。"谁料小陈阴阳怪气地说："我还以为钟姐要送李总回去呢，就没我什么事了。"大老板彻底疯癫，朝着钟盼扬身上扑，小陈却一手把李总揽过来，抱怨道："是谈多大的生意嘛，要喝这么多。"钟盼扬也不想解释了，和小陈打了声招呼赶紧打车走了。

接下来的半个月里，三个人开始正式落实项目的各项所需，钟盼扬又凑了几次饭局，把武凯拉到了这群老板面前，几场宿醉之后，基本尘埃落定。中间钟盼扬和程斐然去了一趟上海，向武凯争取到了一块位置不错的文创园，然后找了重庆本土的设计师过去勘景踩点。天气逐渐转凉，上海一下子阴湿起来，再回重庆，也进入了恼人的雨季，隔三岔五阴沉着天。

该准备的也准备差不多了，上海的场地基本确认清楚，设计师的设计图也正常出来了，物料逐次准备妥当，就差各个老板的合同签字回来确认了。

会议室里，钟盼扬把设计师传过来的3D预览效果展示给所有人看，既还原了山城本貌，又带着成都的特色，将重庆成都两座城市结合得极为妥当，加上各个摊位的口号、标签，还有宣传语，连在一起就是一本川渝百科。展示完之后，钟盼扬问："你们觉得还有啥子要改的没有？"大家一致认为已经非常完美了，但程斐然还是补了一句："除了重庆和成都的地标缩影，我觉得还应该加上两地各自独特的方言，比如'打望①'，'吆不到台②'，'吃粑和③'这些词，都还是多有意思的，有一种没到重庆，却像到了重庆的感觉。"钟盼扬点头记录了下来。方晓棠接着说："我觉得重庆恁个多吃的，我们现在这点是不是太少了哦？"钟盼扬讲："因为是首场，所以我们不可能一次性全部放出，而是要像探宝地图一样，慢慢打开。我们也设置了收集美食地图的环节。重庆暗藏了九开八闭的城门，每一处我们都设置了特别有代表性的美食，从朝天门出发，到枇杷山下的通

---

① 打望：重庆方言，指看帅哥美女。

② 吆不到台：重庆方言，了不起。

③ 吃粑和：重庆方言，占便宜。

远门截止。我们的首站就开放四个城门，之后再其次补齐。这样每一次快闪都会有稍微不一样的东西，大家也觉得新奇。这也是我们和文旅局上报的方案。"

方晓棠说："就是打怪升级，一点点打开地图呗。我觉得有意思。"

散会过后，钟盼扬回到座位上看了看时间，财务突然过来找到她，说："钟总，有个事我想和你说一下。"钟盼扬瞧了她一眼，问："啥子事？"财务说："最近我们垫付的钱太多了，可能有点麻烦。"钟盼扬说："没事，只要他们合同回来了，我就可以去找武总那边批款，也就这两天的事情。"

念及合同，钟盼扬走到前台问有没有快递过来，得知并没得东西寄来。钟盼扬不禁纳闷，正常三四天了，各个老板签完合同都应该寄回来了。她又给大老板打了个电话，一直忙音在通话中。她无奈只好挨着给董孃孃他们打，董孃孃是没接，钱老板的电话关机了，直到周幺妹才接了电话。钟盼扬问："欸，周姐，我是小钟，我们这次那个项目的合同，打算好久寄过来啊？"周幺妹惊诧："啊，我不是寄给李总了吗？"钟盼扬以为她搞错了，说："不是，那份合同是我寄给你的，不是李总寄给你的，是不是你寄错了？"周幺妹说："啊，不是啊，李总和我们说重新订了一份新合同。你之前那份不是说有问题，不用了吗？"

钟盼扬愣了下，说："没有啊，好久说的哦？"

周幺妹突然一惊一乍的，说："哎呀，搞错了啊？！我也不晓得。啊，你问下其他人嘛，我这边忙得很，先不说了啊。"周幺妹电话一挂，钟盼扬仔细想了下，意识到不太对了，一手电话打到武凯那边，依旧没得人接。钟盼扬在群里直接问了大老板一句——到底是哪个回事？群里已经鸦雀无声了，像是个个换了新号，早已经不在这个群里了。

钟盼扬拉了程斐然立马出门，让她开车载她去找武凯。程斐然还没搞清楚哪个回事，就听到钟盼扬说："我们可能遭摆了一道。"程斐然一边慢跑一边拿车钥匙，问："啥子意思？"钟盼扬说："我们可能遭截和了，我怀疑大老板拿了我们的策划案自己去搞，把我们踢出局了。现在我要马上找到武凯！"

钟盼扬顿时如芒在背，心乱如麻。她只希望是自己想多了。刚刚坐上车，顿时想到还有一个人可以联系，她急着给小陈拨了个电话过去。电话果然接通了，钟盼扬问："李总在哪里？我找他。"小陈没有立马回答，像是在和其他人交代工作，让钟盼扬一直等着，半响，才回说："哦，钟姐啊，不好意思，我这边太忙了，李总不在，你有事直接打他电话嘛。"钟盼扬不想和她扯东扯西的，直问："李总是不是去上海了？"小陈一下不说话了，钟盼扬就全晓得了，立马挂了电话。看着还在努力加速的程斐然，她泄气地说："我们可能白忙一场了。"

第十四章

1

时至当夜九点，南山其他商铺尽已打烊，还有零星的民宿像星群围绕，忽明忽暗，唯独"当燃"小院灯火通明，卫子阳坐在三个女人中间，手机已经打至发烫，依旧联系不到武凯，最终只得叹气，和程斐然讲："我想不到嘞娃恁个不靠谱，枉费这些年的交情了。"

这事说起来不怪卫子阳，于他而言，只是搭桥，没得好处费，更不要说得罪两边人，现在倒成了猪八戒照镜子。程斐然看向钟盼扬，只听她说："在利益面前，交情也只有让步。"说的是实话，但刺耳不好听，像是完全否定了卫子阳这次的帮忙。程斐然只圆了一句："实在不行，我们就另想办法，总归要解决这个事情。"

方晓棠原以为这桩事是救命稻草，谁料到只落得竹篮打水一场空，不由多问一句："物料、食材、各种费用支出，哪个来给我们买单？真的是遇得到哦！"

卫子阳推门出去抽烟，程斐然跟在后面，行至院子，程斐然拉亮了挂灯，拿了烟灰缸。卫子阳吞吐云雾，微微眯着眼睛，说："你们损失的钱,我来赔吧。"

程斐然差点遭电子烟呛到,推了卫子阳一把,说:"你讲些啥子话哦。"卫子阳说:"我说真的啊,虽然我积蓄没得好多,但是应该够赔你们。"程斐然推脱道:"你莫和我扯这些啊,本来都是找你帮忙,哪有喊你赔钱进来的道理哦。真的吃亏了,也是我们自己的问题,毕竟防君子防不住小人。"

吊灯把程斐然的脸映得特别亮,卫子阳似有出神,有点不好意思地别过头,清了清喉咙:"要是再联系不到武凯,我就到上海去堵他。"

说时,外面汽车鸣笛,程斐然朝马路边望去,看到是孔唯的车,见他款款走下,大步流星地往屋里走。程斐然起身立马跟了进去,看到孔唯对钟盼扬直接问:"啷个回事?"钟盼扬毫不避讳地把问题都说了一遍。方晓棠走到程斐然旁边,扯了扯她的手,示意要不要回避一下,正准备往外走,孔唯说:"你们不用出去,现在我们先一起想办法,总归把问题解决了。现在账上填了好多钱进去?"

钟盼扬看了下财务递过来的表,说:"倒不算太多,目前是十万五,还有一些东西没到,可以先退。"

孔唯说:"不用退,一切照常。"

钟盼扬以为自己听错了,只听孔唯振振有词地说:"这点钱不至于打退堂鼓,方案已经做到这个程度了,如果放弃,不是很亏吗?"钟盼扬疑惑问:"但是……"孔唯说:"没了渝城,我们还可以找国宾。没得老南山,那我们就找李子坝。现在无非比哪个速度快。场地方面,我来想办法。"方晓棠和程斐然对视了一眼，心里一下安稳不少。

卫子阳从外面走进来，说："既然赔钱不要我赔，那我来出把力，重庆几家大的餐饮老板我还是认得到的，我也回头问下他们。"孔唯朝卫子阳盯了一眼，问："这是？"钟盼扬解释说："以前的初中同学。"孔唯朝卫子阳点了点头，然后说："我们现在就以最快的速度，马上把新的品牌联系起来，赶在他们之前把新场地确认下来，钱的事情不用担心。"钟盼扬看着孔唯坚定的眼神，心里多少有些愧疚。钟盼扬有点不好意思地叫了他一声"孔老师"，孔唯抬起头，"嗯"了一声，钟盼扬小声说了句："对不起。"孔唯说："还好，现在还不是最惨的时候。这件事也不是你一个人的问题，我也有问题。当时你提出的时候，我也意气用事，忘了提醒你要注意合作方的心眼，毕竟你们还是太年轻。"

钟盼扬说："不不，这次确实是我刚愎自用的下场。"孔唯说："那你接下来就好好做，将功抵过。"

天一亮，钟盼扬和程斐然就兵分两路开始联络新的老字号品牌，卫子阳也请了一天假，竭尽所能联系他认识的人。虽然有熟人，但是一天下来，对程斐然她们这个项目有兴趣的人并不多。几家老牌子的老板大部分都上了年纪，一来嫌难折腾，二来也不像程斐然他们几个年轻人的思维方式，基本听不进去。钟盼扬那边找了当时渝城合作的几个老客户，也都没有明确的回应，她甚至怀疑大老板早已经和这些家打过招呼了,等于白跑。

最后两人在观音桥集合,又热又累,实在没得战斗力了。钟盼扬烦躁困顿,冰咖啡都喝了两杯。程斐然说:"我怀疑一开始,他就只是假意答应我们,然后想借我们之力,把盘子攒起来,再釜底抽薪。"钟盼扬想了下,说:"我和你想法一样。"程斐然说:"全重庆恁个大,总不至于一点办法都没得嘛,还有时间,我觉得只要他们那边没敲定没开始宣传,我们就有机会。"

这时候一个老婆婆挑着两个担子过来,问:"冰粉、凉虾、酸辣粉,妹儿要不要一碗?"钟盼扬喝咖啡喝得有点燥,问:"有没得凉糕嘛?"老婆婆说:"凉糕卖完了,冰粉也好喝。"程斐然看了一眼,说:"桂花冰粉啊?那我也要一碗嘛。"老婆婆放了挑子,拿出两个碗,揭开盖子,里面晶莹剔透的,然后放红糖,放枸杞,放芝麻,再撒几颗花生碎,最后盖一层桂花。程斐然接过来,舀了一口,味道确实不错,比起一般店里的冰粉,这碗入口即化,冰粉质地不至于老。钟盼扬也尝了一口,说:"欸,好喝欸。"老婆婆笑道:"好喝啊,我每天冰粉都是卖完了才回去的。"老婆婆又重新挑起担子,慢悠悠地往前走了。程斐然看着那个渐行渐远的老婆婆,笑着说:"重庆真的是个很特别的地方,就是这种随便坐下来买一碗的冰粉都觉得好喝。"钟盼扬说:"那可不是,像我们那些外地同学后来都说,来了重庆,随便在路边找一家不知名的小店,越是楸楸角角的越好吃。"

程斐然突然一个激灵,打了个响指,说:"哎呀,我啷个没想到啊，我们为啥子非要找老字号品牌啊？又花时间又花钱，别个还不一定看得起我们。我们这个项目最重要的是味道，又不是牌子！"钟盼扬也像是反应过来了一样，说："哎呀，对头哈！"程斐然说："就像我们'当燃鸡'一样，并不是啥子老字号，但是我们的味道好啊。美食最让人感动的地方不就是口味嘛，像刚刚我们随便坐在路边，买了一碗不知名的冰粉，但是味道也特别好，这就是重庆的感觉啊！"钟盼扬和程斐然一拍即合，掐了掐她的脸，说："哎呀，你啷个恁个聪明，我啷个早没想到啊！"程斐然镇静地说："等下，虽然话是恁个说，但是这些路边小吃的真正美味，反而要靠嘴吃出来，可能更花时间。"钟盼扬说："这个完全不是问题，你搞忘了我们里面哪个最爱吃了啊？"程斐然说："对头！晓棠对重庆那些乱七八糟的苍蝇馆子最熟悉的嘛！"钟盼扬说："是啊！"

　　傍晚程斐然回去之后，钟盼扬倒没有立马回家，而是绕道去了渝城的办公室。钟盼扬看到小陈和几个员工从楼上下来，收起手机走了过去，远远地朝小陈叫了一声。小陈原本还在谈笑风生的脸一下子就僵住了，然后勉强笑着说："钟姐的嘛！"几个小员工不熟悉钟盼扬，想到陈主任有事，就先走了。

　　钟盼扬缓缓走到小陈面前，说："好高兴哦小陈。"小陈讲："哎呀，本来生活都苦了，不自己讨自己开心一下，还啷个过嘛。"钟盼扬看小陈眼神闪烁，不敢直视她，便晓得她心里有事，随口一说："欸，和你一吹,差点把正事搞忘了,大老板喊我来问你要一下其他人的合同。"小陈有点发愣,问:"啊,他没和我说啊。"钟盼扬朝小陈望了一眼,说:"他下午给我打的电话,不信你打电话过去问。"小陈顿了顿,说:"那我先和他确认一下。"她转个身,拿起手机,给大老板打过去,电话刚刚接通,小陈便别过身去,向前走了几步,语气并不友好地小声说:"你啷个回事啊,不是说了钟盼扬那边换掉了吗?啷个又喊她过来拿啥子合同?"钟盼扬轻轻一挑眉,耳里倒是把话都听见了,两步走过去,把手机一下抢过来,吓了小陈一跳。

对着电话那头,钟盼扬言之凿凿地说:"大老板,你也不用躲我了,明人不说暗话,有啥子就摆在台面说好了。你不想我参加这个项目,我现在可以选择退出,但是如果你敢用我的方案,我明天就找律师给你递律师函。你晓得我钟盼扬做事的风格!"

大老板愣了一下,小陈过来抢手机,钟盼扬直接别开她,捂着手机对小陈怒喝道:"你的事情,我等下再和你讲!"钟盼扬看到小陈气愤又略微狰狞的脸,听着大老板在那头解释道:"不是的,小钟,你听我说嘛,你误会了。"钟盼扬笑了笑,讲:"呵,我误会?那大老板来解释下嘛!"大老板略有迟疑:"小钟,你啷个不想一下,武凯他的想法可能和你们本来就相悖,还是硬撮合。别个想赚钱,看重低成本高利润,你们做得太复杂了。而且选址也让别个为难,又强势。说换掉你们,也不是我一个人可以说了算的哦。"钟盼扬就晓得大老板要这么说,直接说道:"好,是武总的意思是吧,那我问你,为啥子其他人重新签的合同全部寄到你这里,而不是寄到武凯那里?"大老板一下子语塞,钟盼扬轻笑道:"好了,不用多说了,具体的细节我也不想晓得,我借小陈电话只想和你说,如果你们盗用我的方案,后果自负。"

钟盼扬收了线,把手机扔给小陈,然后说:"你有啥子意见,现在就说出来吧。"小陈一脸惶恐地说:"钟姐,你在说啥子哦,我一句都听不懂。"钟盼扬专注地看着小陈,说:"当时大老板想把我的位置让给你,我无所谓,我临走的时候也专程和你说了我的想法。但是小陈,你以为李总就是坐享一辈子的金山银山,保你的如来佛啊,串通李总一起整我有意思?"小陈惊愕,解释说:"我没有啊,钟姐,你是听到哪个小人在背后中伤我哦。"钟盼扬说:"这次踢我出局,是不是你的意思?"小陈急忙讲:"我一个小员工,还可以决定得了老板的事情啊?钟姐你也把我想得太得行了点哦。"钟盼扬讲:"小陈,你总不会觉得李总跟我有一腿吧?"小陈讲:"钟姐,你说起来也好笑,李总和哪个有一腿,与我有啥子关系嘛!"钟盼扬讲:"要得,既然你恁个说,那有些关于李总的事情我就不讲了。你以为渝城就你一个人奈得何李总是不是?"

小陈苦笑道:"钟姐今天和我讲这些话,我真的是,不晓得该啷个回答。"钟盼扬讲:"我比你进公司早,门路行道比你摸清得多,你以为薛飞飞啷个被逼走我不晓得嘛,你觉得我不知道被派去上海的原因吗?那天李总攒局,没带你过去,后来你来接他看我的眼神,我就晓得有问题了。一个人装模作样再出色，眼神骗不了人。"

小陈眼睁睁地盯着钟盼扬，也不虚伪地假笑了，索性坦诚道："对头，是我喊李总想办法把你除落的。你有时候阴魂不散真的太烦人了，你要走就走远点，莫回来。回来了就老实本分点，非要搞些事情，显得自己多能干，有意思唛？以前你在渝城的时候我就看不惯了，搞得各人很有想法的样子，一点不合群，啥子都要提意见，啥子都要摆谱儿，我看到都恶心。"钟盼扬看到小陈真实的样子，笑道："这就对了嘛，把你想说的都说出来，憋起难受不嘛？行了，我都晓得了。"钟盼扬转身要走，小陈突然叫住了她，说："钟姐，女人又不是越厉害越讨人喜欢，你何必？"钟盼扬讲："呵，小陈，'女人'这两个字，就是本身太想变得讨人喜欢，才失去了价值的。"钟盼扬走到路边拦了辆出租车，头也不回地让司机开走了。对她而言，渝城啤酒，彻底成为历史了。

2

第二天，方晓棠把这几十年在重庆吃过的最好吃的店铺全部列了个表，然后给钟盼扬和程斐然看了下。方晓棠说："我这份单子，绝对是全重庆最好吃的苍蝇馆子排行。先说九龙坡老巷子里头那家何姐餐馆，干煸肥肠简直好吃惨了。四公里那边有家毛大哥酸菜米线，市公安局背后有个二食堂，我记得带你们去吃过的。观音桥坡坡上面巷子里头，有家背篼烧白，门面感觉都要垮了，别个卖了二十几年了。还有古道的豆花饭、黄桷坪的蹄花汤、马家堡那边的耳朵面……哎呀，我数都数不完。"

程斐然和钟盼扬相视一笑，就晓得这个事情找方晓棠一点问题都没得。从小到大，最爱吃的一张嘴非她莫属。

钟盼扬接过话说："恁个，今天我和斐然就去跟这些馆子小摊都联系一下，但是我们肯定用不到恁个多家，多少还是要做个筛选。"刚说完，孔唯从外面进来，风驰电掣地说："上海那边的场地我已经落实了，这两天要过去看一下，你们谁有空和我一起去吗？"

程斐然推了下钟盼扬："扬扬，你陪孔老师去嘛，重庆这边的事情就我来负责，你去把上海那边的情况落实好。而且整个布景最想做成啥子样子，你应该最清楚。"

钟盼扬和孔唯对视了一眼，气氛略微有点尴尬。孔唯清了清嗓子，说："随便一个人跟我去就可以，明天早上出发。还有你们后面的计划，记得同步一份给我。"

钟盼扬顶着压力说："我跟你去，明早几点？"孔唯说："我想订最早那班飞机，现在每一分钟都很关键。"钟盼扬说："好，就最早那班，我明天在机场等你。"

和她们仨简单开完会之后，孔唯有其他事先走了。程斐然见孔唯的车彻底开下山，才和钟盼扬说："你和孔老师有隔阂了。"钟盼扬讲："我晓得。"程斐然说："仔细想下，孔老师真的还多好的，这次捅了这么大的篓子,他都没有怪我们。而且你确实做得不对,他也息事宁人。我觉得他对你还是上心。"钟盼扬叹气,说:"就是因为这个,我才难做,我倒宁愿他把我骂一顿。你晓得孔老师最厉害的一招是啥子嘛?就是让你觉得你始终欠他的。不是我以小人之心度君子之腹,而是他做的每一件事都让我不得不往那方面想。"

方晓棠说:"那又啷个嘛,关键是他为啥子要让你觉得欠他的啊?还不是喜欢你!说来说去,你总要把别个往坏处想。"钟盼扬说:"好了,你们也不要在那里撮合了,我自己犯的错我自己来收拾。"

这边,实习生敲敲方晓棠,示意她朝电脑荧幕一看,社群人数已经超过六位数了。方晓棠激动得差点没站稳,说:"哎哟,我眼睛是不是花了哦,让我数一下。"程斐然凑过去,看了一眼,说:"没看花,看你高兴得哦!"

另一边,刘女士跟皮孃孃端着鸡出来,也是兴奋得不得了。刘女士说:"快点快点,尝下这个鸡!"程斐然问:"啥子新板眼哦?"皮孃孃在旁边说:"尝下尝下!"程斐然吃了一小口,一下望向刘女士,说:"好吃欸,不过感觉味道和以前不一样了啊,放了啥子哦?"方晓棠一下把筷子抢过来,吃了一口。刘女士看她们反应,然后朝皮孃孃对了个眼神,说:"皮妹儿,你和她们说一下。"

皮孃孃清了清喉咙,假装郑重其事地说:"我们用了两只老鸡,然后用柠檬泡了一会儿。"程斐然有点惊讶地说:"还是只老鸡公啊,肉不柴啊。"刘女士笑道:"说起来好笑哦,今天杀鸡的时候,那边说有只鸡有点大，我就想说干脆一起做了给你们吃，柴就柴点。后来皮孃孃说她之前买这种老鸡公，把肉泡在柠檬里面，泡一会儿，肉质就好很多。我就想说，那来试一下啊，但是又想泡了柠檬，肉要酸的嘛，所以就放了点小苏打，中和了下，再过了下锅。嘞，结果没想到做出来，又是另一番味道了。我和皮孃孃两个在那里笑了好大一阵。"方晓棠高兴道："顾客多了，菜又出新的了，真的是双喜临门。"大家立马招呼那几个实习生过来吃。钟盼扬看到这一窝蜂的热闹，几个孃孃也站在那里笑逐颜开，像是一切终于在朝好的方向前进了。

上海吴江路一带，过去都是小吃遍地，等于重庆某条好吃街。之后新修，都市感极强，倒失去了那种市井气。

两人随处而坐，吃生煎。钟盼扬说："上海有上海的风格，其他城市确实学不来，我现在倒有点担心水土不服，到时候做不起来。"孔唯放了筷子，看着钟盼扬讲："这不像你说的话啊。之前不是还信誓旦旦，一定要在上海搞吗？"

钟盼扬说："锁定上海自然有在上海做的原因，一来是消费高，二来是差异性引起好奇，三来是顾客基数。最重要的点，是因为渝城确实在这边开了分部，想拉动它，定位上海也是很主要的原因。但是现在一切都有变化。虽然我警告了他们，但他们真的要换个花样继续搞在我们前面，我们就一点也没得办法。"

孔唯说："事在人为，既然选择了，你就应该坚定点，拿出你当时怼我的态度。"

钟盼扬一下尴尬,说:"我没有怼你,我只是就事论事。"

这时,店铺门口走进来一个姑娘,岁数和钟盼扬差不多大。孔唯站起身来,一下改用普通话,说:"这边!"钟盼扬朝着对方望去,柔软的小波浪,小巧的五官,眉宇之间带着几分英气,虽然个子不高,但气场逼人。孔唯和钟盼扬介绍道:"这是 Evelyn 吴小姐,我上海的朋友,现在是广告公司大老板。"然后他对着吴悠说:"这是小钟,钟盼扬,我的合伙人。"吴悠轻轻推了下孔唯,说:"不要给我戴高帽子,叫我 Evelyn 就好了。"

钟盼扬还没有习惯叫人英文名,只是伸手过去,握手问好。孔唯讲:"我们的项目已经给 Evelyn 看过了,她觉得很有意思,所以场地这边,也帮我们联系好了。像这种时候,找广告人比找什么都靠谱。"

吴悠说:"做了十年广告了,我也是第一次遇到这种项目。快闪店之前我们倒是接触过,但是像这种本土地方性质的不多。你们联系得真的是时候,早一点时间,我之前那家公司只做女性品牌,刚好最近公司重组,重新定位了方向,我才有空来帮你们,不然资源完全没有办法共享。看了孔唯给我的项目书,我觉得真的有意思。"

吴悠转向钟盼扬问:"是你想的吗?"钟盼扬点头说:"是我和我的另外两个闺蜜一起想的。我们这家公司说起来也很好笑,全都是女人,从二十几岁到五六十岁,无一例外。"

吴悠眼睛放光,说:"那我真的要去重庆拜访一下!"

钟盼扬说："那你一定要试一下我们的鸡。"

说着两人都笑了起来，一下轻松不少。吴悠拿出iPad，然后放在孔唯和钟盼扬面前，说："这边有三块场地是我们之前合作过的，很熟，所以我可以想办法去帮你们敲定下来。其中一个是室内，两个室外，看你们的需求。"钟盼扬问："哪里的人流量会比较好呢？"吴悠笑了笑，说："在上海做活动，我们都不会考虑人流量的，这个东西比较难以估计，比如天气、当天参与者的心情，或者临时的意外，都可能导致流量是个变量。而且上海的节假日，哪儿哪儿都人多，只要大家有目的。"钟盼扬不是太理解，问："什么意思呢？"吴悠解释道："上海这边做活动，我们会先找有流量的KOL来网络平台上铺一波宣传，然后在一些社群里发放物料。物料很关键，上海这边的年轻人，会根据主题、形式，还有物料的精致程度来决定要不要去。所以比起天然的流量，我们更在乎能够确定的目标人群。"钟盼扬若有所思地点了点头，低声说："原来如此。"孔唯左右比较了下，说："徐汇滨江现在很热门，日常也有很多外国人和年轻人在那边野餐和喝咖啡，还有一些户外运动。我觉得是个可以打造这种本土潮流的胜地。"吴悠点了点头，说："其实我也推荐徐汇滨江这一块，因为地方够大。之前咖啡集市也在这边做过，效果很好。当然，我还有个想法，选择五角场也可以，那边有天然的学生群体，我大学四年都在那边，所以很熟，但是环境可能就不如徐汇滨江这样好发挥。两边有利有弊，看你们的选择。"吴悠看了看他们，慷慨道：

"你们可以今天商量一下，最迟明天告诉我。然后，孔唯你这边具体还有什么需要，也和我说一下。"

吴悠下午还有会，暂行告辞。钟盼扬和孔唯决定把两个户外的场地都看一下。当下，惠风和畅，车停在滨江路旁，两人下车，当是边散步边考察。沿江的草地下面，是后工业风的建筑，磨石板路上，年轻人大多在玩滑板，也有很多闲暇的人坐在旁边的咖啡屋里聊天。

孔唯低头问钟盼扬："你觉得这里如何？"钟盼扬说："我觉得多好的，只是有点担心，不晓得这里日常的人群对我们这个活动感不感兴趣。"孔唯笑，说："要不然现场做一下调查？"钟盼扬也笑，说："可以啊，我就怕别个以为我们是骗子。现在路上但凡有个人说来做啥子调查，听到的人马上就跑了。"孔唯一下大笑起来，想了想，说："我倒有个办法。"

半小时后，孔唯找打印店打印了一部分调查问卷，然后拉着钟盼扬进了一家流量最大的咖啡店，问店员找到了店长，然后说明了情况，他想让每一位买咖啡的朋友都帮忙填一下问卷。钟盼扬和孔唯坐在靠窗的位置，看那些买咖啡的人，倒是很认真在填写，疑惑地问："你是给他们灌了迷魂药嘛？个个恁个听话。"孔唯说："你猜。"钟盼扬不懂，孔唯指了指店长，说："你猜他哪个答应我的？"钟盼扬问："你给广告费了？"孔唯讲："你提钱，就有个标准了，别个帮你宣传，收好多钱合适？"钟盼扬问："那是哪个？"孔唯说："我和老板讲了，下午有人买咖啡，只要他填了问卷，我就同价格买一杯客人的咖啡，他一下就答应了。"钟盼扬望着孔唯认真的脸，说："孔老师，你确实有点生意头脑。"孔唯说："对于老板来讲，直接收钱，多少都不好开口。但你买他们家的东西，他想方设法都会达成你的要求。今天可能是他们客单消费最高的一天了。"钟盼扬很快又有疑问："如果今天有一百个人来买咖啡，一杯三十，那你就要给三千出去呢。"孔唯说："要真的有一百个调查基数，我们就可以大致晓得这个地方适不适合我们，而且大概其中有好多人会来，等于直接得到了确切的比例。三千块钱，无非是两张来回机票的钱，跟咱们这个项目比，不算贵。"

这一刻，钟盼扬大致能够明白孔唯让人踏实的直接原因。睿智只是一方面，最关键的，是有效。做事有效，等于做人落地得体。

他们最后拿到了四十多张调查问卷，钟盼扬真的佩服。去往杨浦的路上，钟盼扬一张一张仔细看，然后在手机上做记录。孔唯转头看钟盼扬认真工作的样子，不免微笑欣赏。

3

程斐然举头望天，爬坡上坎，弯弯拐拐走了好些路，背已经湿透了。卫子阳打电话来问她有没有时间一起吃晚饭，程斐然压了压头顶的太阳帽，说："我在忙到起找店店，哪有时间吃晚饭啊。"刚说完，她抬头看到正在跑单的外卖员，正想问个路，对方把帽子取下来，才发现是张琛。程斐然挂了电话，说："先不讲了啊，回头聊。"随即挂了电话。张琛把帽子挂在小车上，抹了下额头的汗，问："你哪个在这里啊？"程斐然喘着气说："我在找胡老幺蛙蛙。"张琛皱眉，程斐然解释说："美蛙鱼头啊！"张琛一下笑了，拍了拍车，说："上来，我开车带你去啊。"程斐然问："你不忙啊？"张琛说："少接一单也没多少钱。"

程斐然坐在后座，简单和他讲了下最近的事情，张琛笑说程斐然越来越能干了。风吹在他俩脸上，很快到了定位的地方。看到一个倒挂起的牌牌，上面字都脱落完了，程斐然下车走过去，仔细看了眼，确实是"胡老幺"三个字，但是拉帘门关起的，不像做生意的。程斐然说："可能是倒闭了。"

张琛看到旁边小卖部开着，走过去问里面拿着蒲扇的老板。老板指了指那边门牌，说："胡老幺啊？早换地方了，这边马上要拆了，我们都准备要搬了。"程斐然看着这一壁重庆的老房子，确实都上年月了。随着重庆这两年城市化进程迅速推进，好多原本极富重庆特色的老楼都逐一改建了，程斐然心里多少有些不是滋味。

程斐然回头望了一下那些旧楼，说："哎，老重庆消失得好快哦。"张琛望向她说："老重庆不吸引人啊。"程斐然说："不是老重庆不吸引人，是现在的重庆总想用新东西吸引外地年轻人，但其实这些外地人来了就愿意探索老重庆。虽然晓得拆旧楼、盖新楼是历史必然，但人嘛，总怀念那些有温度的东西。"

张琛推着车，和程斐然往下走了一小段路，突然听到张琛问："你和小侯真的分手了啊？"程斐然突然感受到鞋子里进了石子，问："他和你说的啊？"张琛说："前两天遇到妈，她和我讲的。"过去这么久，张琛对刘女士还是没有改口。程斐然假意洒脱地说："谈恋爱分手很正常吧，有合适的再谈了，最近工作忙也没时间想这些。"张琛说："上个星期小侯还来接涛涛出去耍，我以为你们只是吵吵架，他也没有特别和我说啥子。"

程斐然也没想到，侯一帆还会定期去接涛涛出来耍，但想通这件事也不难。却又不想多谈这个。她转了话题问："你欸，你和那个江津妹儿怎么样了？涛涛见过她了吗？"张琛低头说："不是时候，过段时间再说吧。"

张琛手机的订单提醒响了，程斐然说："你要是忙就先忙。"张琛说："那天小侯送涛涛回来，突然问我，结婚到底是啥子感觉。我说了句话，不晓得说得对不对。我说很多人以为结婚就是两个人终于可以松口气，安稳下来了，像是一种长期静止的状态。但其实结婚反而是要携手打一场更大的仗。对于现代婚姻来说，很多人没有准备，所以基本全军覆没，逐一被击溃了。听我说完过后，他就走了，我当时没想太多，现在回想起来，是不是你们讨论过类似的问题？"

程斐然没有说话，半响，才道："张琛，你有没有仔细想过我们当初离婚的事情？"张琛疑惑："啥子事情？"程斐然讲："这些年我一直在想，为啥子我们最后选择了离婚，为啥子那个时候不可以一起抵抗一起承担，虽然我们把该保住的都保住了，但是最重要的也失去了，说到底，是你当初对我不信任，你不信任当一切发生过后，我还会留在你身边。"

张琛微微叹了一口气，不晓得是不是程斐然说中了他的内心，片刻，张琛讲："既然说到这个事，那我也多想问你一句，当初你对我是不是也不够信任，所以才接受了我提出假离婚的要求？"

长长的坡道上，两人都像是失去了言语的力气，所谓的信任，讲起来那么轻松，可在那一刻，选择退缩的，又何止是一个人？

程斐然望着张琛的眼睛，良久才说："你说得很好啊，可能我们都是自私的人吧。但是就你刚刚那番义正词严的言论，我只想说，对于我这种打过败仗的人，要重新拿起兵器参加新的战役真的不是简单地有勇气就可以。"张琛说："斐然，你有没有想过，可能只是上一场战斗中的战友不行，拖累了你。话再说回来，任何一场战役，最怕的，恰恰是有经验的士兵。"

张琛的手机又响了，他索性关掉了手机，说："上来嘛，我再载你一程。"

这一次，程斐然静静地把头靠在了他的背上。风啊，就这样拂过她的头发。原来张琛也是这样可以依靠的人，时间快到她已经忘记了他们拥抱时的感觉了，可良辰美景又如何呢？他也只能送她这一程而已了。隐隐约约，她仿佛听到张琛说，斐然，✕蛋的生活总归要过去的，我一直相信。

程斐然联系完店铺回到南山的时候，脑子里还回荡着张琛的话。远远看到方晓棠大起肚皮疾步走过来，程斐然赶紧迎过去，说："恁个慌忙慌事地干啥子？"方晓棠指了指里面，说："侯一帆妈妈来了，在里面坐起的。"程斐然"啊"了一声，一点准备没有，问："嬢嬢啷个来了啊？"方晓棠说："不晓得啊，给你发信息也不回，就赶紧出来和你说一声。"程斐然说："我有啥子尴尬的，走，进去看看。"

推开玻璃门，也是相当长一段时间没看到侯一帆妈妈了，程斐然主动喊了声"嬢嬢"。侯妈妈回头，脸色松弛，笑了笑，说："斐然回来了啊？"刘女士起身对到程斐然讲："谭妹儿专程来看你的。"程斐然走过去，说："嬢嬢最近精神看起来好多了。"侯妈妈："还好，最近医生喊我多走动，我就想说好久没到南山上面来了，专门来看下你们。"刘女士朝程斐然递了个眼神，说："最近我们这里变化还是大，搞得很漂亮，你带谭妹儿去参观一下。"程斐然一下晓得刘女士的意思，起身说："嬢嬢，我们出去走下嘛。"侯妈妈朝刘女士笑笑，然后起身，说："要得，我也坐了好久了。"

两个人绕过院子，走到后面的湖边，蛙声已经没有了。程斐然和侯妈妈并排走了几步，两个人都不说话，一说话，两个人又抢着说，程斐然说："嬢嬢你先说嘛。"侯妈妈拉着程斐然的手，说："你和帆帆的事情都怪我，接下来真的就不和好了啊？"

程斐然洒脱一笑，讲："和孃孃有啥子关系，这个是我和他迟早要面对的问题。我觉得侯一帆的想法也没得错，我总不好一直拖累他。"

侯妈妈叹了口气，讲："谈不上啥子拖累不拖累，两个人喜欢就在一起，缘分到没到头，也不是你们说了算的。你们分开这段时间，帆帆像变了一个人一样。以前遇到啥子事情，他都不骄不躁的，最近火气也大，经常在家和他老汉发脾气。我觉得他还是在意你。哎，只是我没想到，我的事情，倒把你们两个影响了。"

程斐然望着湖里月亮的倒影，说："孃孃，其实这段时间我也想了很多，我觉得之前确实是我太偏执了，总觉得这个世上所有女人都应该独立自主。但我现在想通了，为啥子每个女人最后都要变成同一个样子欸，不是家庭主妇就是女斗士，未必就不可以有各种各样的生活和选择嘛。所以现在你和我说这些，我完全能理解了。但我也必须说，这是我和你之间的事情，跟我和侯一帆之间没得任何关系。即使现在我和侯一帆和好了，依旧要面对那个问题。在我没有想好之前，我觉得我们都没有办法和好。"

侯妈妈还想说啥子，又觉得徒劳，索性不说了。倒是程斐然走了两步路，又开口："只不过有件事，我其实一直想说，不管我和侯一帆还在不在一起，我都不觉得我们非要搞成现在这个样子。我还是希望可以和他正常说话、交流，哪怕变成朋友，甚至某种程度的亲人。当然，我晓得我的想法很理想化，但我还是恁个认为。"

侯妈妈问："那你有和他好好聊过这个事情嘛？"

程斐然摇头，说："我给他发信息，他基本已经不回了。他如果想通了，自然会来找我。"

侯妈妈晓得他们都是脾气倔的人，哪个也劝不动哪个，没有在这个话题上继续斡旋，只讲："斐然，今天我来，主要是和你说，我打算提前住到养老院去了。"

程斐然听木了，问："啷个欸，叔叔还没原谅你啊？"侯妈妈说："不不，他没生我气了。前段时间他出门没看路，遭摩托车撞了，帆帆也没得时间照顾他，我就去守了他半个月。开始他还生气，也不和我说话，但毕竟人心是肉做的嘛，慢慢也就原谅我了。老夫老妻了，哪还能真的当仇人的嘛。"

程斐然问："那你啷个还要住到养老院去啊？"

侯妈妈说："我现在脑壳越来越不行了，帆帆老汉和我说的事情，经常早上说，我晚上就忘了。有天我无意间看到他在哭。一个大男人，我和他结婚到现在，都没看到他恁个哭过。结果那天他才和我说，我前一天走出去，差点找不到路回来了，找了一晚上，他脸都白了。但是这些事情，我一点都记不到了，像是完全没发生过一样。我只记得那天我下楼去买菜，正好看到张鸭子开了，就说买点回来给他下酒。他说张鸭子哪里开了嘛，十年前就已经不做了。你看我，真的就像电视里头演的那种老年痴呆。他说他看到我现在这个样子，就觉得都是他害的。我听了也伤心嘛，想来想去，觉得去养老院是最好的，有人照顾，至少不得随便走丢嘛。"

程斐然心里不是滋味，问："那叔叔和侯一帆同意啊？你一个人去养老院，还不如在家里头呢。"侯妈妈说："我已经和他老汉说了，他老汉肯定是不同意，说如果真的要去，就和我一起住进去。我说那不是浪费钱嘛，他一个正常人，好好在家要不得嘛。至于帆帆那边，他之前说要请个保姆来照顾我。我算了那笔钱，真的不如直接去养老院，还每天有人一起有说有笑，心情至少好些。我可能今天和你说了这些，过两天又不记得了，我这个脑壳现在真的装不下啥子东西。但是斐然，我今天特别高兴地来见了刘姐一面。"

程斐然问："我妈又说了些啥子花板眼哦？她尽是打胡乱说。"

侯妈妈说："刘姐说，她早就做好以后去养老院的打算了，还没有和你说。但她觉得这可能是我们这一代人最后最开心的方式，所以在听到我要去养老院的时候，她没有表现出像你们的这种担忧，反而支持。我觉得刘姐每次都可以给我一种力量，她也特别理解我的想法。其实我也好想继续和刘姐一起做事哦，但是我确实心有余而力不足了。"

程斐然拉侯妈妈在湖边的椅子上坐着，说："孃孃，我妈说啥子，你听听就好了。她也是想一出是一出，没得准的，也不要因为她的一时想法，来决定了你的选择。"

侯妈妈说："斐然，你不了解你妈妈。我和你说这些，就是想和你说，我去了养老院，帆帆就再也不用担心了，不用在我身上花时间，你们的阻碍又少了一个。我觉得他是真心喜欢你，但是我太折磨人了。千万不要因为我，你们就恁个断了。"程斐然这次算是彻底听懂了，侯妈妈来找她，等于是在了去她和侯一帆的后顾之忧。但是越是恁个，程斐然又嘟个可能答应啊，她说："孃孃，你恁个，我才真的不晓得嘟个办了。"

侯妈妈说："我说了，你好好去和帆帆谈谈，他肯定也想和你谈谈。"

那天送侯妈妈回家到楼下，程斐然就看到侯一帆老汉坐在小卖部门口等她，那种担忧急迫的眼神，是瞒不住任何人的。看到侯妈妈下车走过去，他才彻底松口气，就听到侯妈妈说："哎呀，我说了去刘姐那里，她肯定要送我回来嘛，你嘟个点都不放心。"侯一帆老汉朝车这边望了一眼，正好和程斐然四目相对，但和之前的眼神完全不一样了，一下子柔和了不少。程斐然伸出窗户，喊了一声"叔叔"。侯一帆老汉朝她点了点头，然后就和侯妈妈一起往小区里面走了。

程斐然看了副驾座上的刘女士一眼，问："你又和孃孃乱说啥子。别个屋头的事情，我们就不要多管闲事了。"

刘女士不以为意地说："大小姐，上次的事情，我也没有觉得我们有啥子错，问题不是出在我们身上。另外，今天谭妹儿过来找我的时候，说起她的情况，我觉得她的情况已经很糟了。在这种时候，当然是她想做啥子，就去做啊，我不应该多说两句支持她的话，未必要泼冷水嘛？何况就我觉得，真的去养老院也没得啥子啊，又不丢人。为啥子你们都恁个排斥养老院啊？搞不懂。"

程斐然说："你觉得没啥子，但当儿女的嘟个想嘛。别个晓得你妈老汉在养老院，心里对你是啥子看法嘛。"

刘女士一下笑了，说："这个话从大小姐你嘴巴说出来，我都有点不相信。你以前不是和我说，不要在乎别个的眼光嘛，不是说每个人都有自己的活法嘛，啷个现在转过头来倒像个老古董了哦。"

经刘女士这么一说，程斐然倒无话可说了。换作以前，她肯定不是眼下这番说辞。程斐然扳了两把方向盘，重新上路。刘女士晓得她说到程斐然心上了，只听程斐然问："你真的想过以后住到养老院去啊？"

刘女士"嗯"了一声，然后说："你看你妈我这一辈子的感情，来来回回等于就这么回事了，还遇不遇得到靠谱的人也说不定。你以后总有你的生活、你的事业、你的人生，也不该和我捆绑得太死。我也想通了，毕竟还有恁个多朋友，叔叔孃孃，住一起。重庆到处爬坡上坎的，也走不动，索性每天打打麻将，吹吹牛，不好耍嘛？"

程斐然说："住家里一样可以经常和他们见面啊，何必要去养老院哦。"

刘女士说："到时候路都走不动了，出门都懒得出，一个人关在屋头，哪会儿死的都不晓得。"刘女士说完，程斐然彻底默然了。

程斐然打转向灯，没多说话，只想到九四年还是九五年，外公走了没两年，外婆想要住到山里的养老院去。全家人跑到外婆家开会，阵仗等同于分财产。当时刘女士是第一个不同意的，如果程斐然没记错，当时刘女士只撂下一句话："如果儿女都没得能力也罢了，现在是哪个对你不好吗？大房子住起，保姆请起，我们隔三岔五过来看你，还不满足！"外婆也很干脆，只说了一句话："一个人老了，连自己做主的权力都没得了。我说我一个人住在这一百多平的大房子觉得孤独，你们哪个又帮得到我？"之后是程斐然的老汉、舅舅、舅妈还有各种表亲来回劝阻，刘女士却是一句话都不说了，站在阳台边上生闷气。程斐然至今记得那时候刘女士落泪的表情。转眼，外婆去世已经快十年了，程斐然在猛然的一刻，感受到一种身份的继承和调换。不晓得是刘女士这些年想通了太多事情，还是程斐然这些年越活越像曾经的刘女士了。

刘女士下车的时候，和程斐然讲："谭妹儿说到底还是为了小侯，哪个当妈的不会将心比心嘛。她为她儿子考虑，我不也要为你考虑？大小姐，我讲恁个多，无非只想说，你妈差不多到老就一个人了，但你还有恁个长的日子，我不想你最后变成跟我一样啊。"

4

清晨八点钟，钟盼扬被电话震醒，听到电话那头说："他们开始搞了，在浦东那边的文创园，你要不要去看看？"钟盼扬反应过来，才意识到电话那头的声音是之前联络过的渝城那边的老同事专门过来通风报信。钟盼扬来不及把孔唯喊醒，就自己赶紧换了衣服出门了。

钟盼扬快马加鞭赶到浦东的时候，正巧和武凯还有大老板撞了个正着。大概连大老板也没想到钟盼扬真的亲自跑到上海来算账，那两个人面面相觑，猛然一呆。

钟盼扬笑着说:"搞得快嘛。"

文创园里面已经大张旗鼓地开始布置了。之前由钟盼扬选好的那片空地彻底地腾出地方来,各个摊位开始正儿八经地架台子,横幅散在地上,定做的宣传物料也都堆在那里。大老板迎步上前,赶紧说:"小钟啊,你还有空来视察工作哦。"武凯和钟盼扬本来不熟,倒也不畏惧,直说:"钟小姐,买卖不成仁义在,到时候还是欢迎你过来耍。"

钟盼扬瞪了武凯一眼,心里只觉得恶心,亏他不要脸可以说出这种话。钟盼扬左右看了下,说:"我记得之前我已经警告过你们了,如果你们最后用了我那套方案,我们直接法院见。"武凯听了只是漫不经心地咧嘴大笑,说:"就你那几页PPT,我随便找个策划就可以写出一百个来。钟小姐,你觉得这个就可以把我告上法庭,那你就随便去告,我好怕你哦。"钟盼扬就听不得这种油腻男人在那里耀武扬威,大老板也笑着说:"小钟,不要动不动就是告这个告那个,我们现在这些东西全部换了,和你那会儿弄得完全不一样了。"

钟盼扬真想一摊口水啐到他脸上,冷静一想,也不必了,反倒心平气和地问了嘴:"你们定好几号了吗?"武凯看钟盼扬不生气,也觉奇怪,说:"钟老师有兴趣过来?"钟盼扬不说话,旁边的物料板上已经写了时间,只是瞄一眼就看到了,但她还是在等武凯和大老板亲自说。大老板说:"下个星期六和星期天,也就还有十来天了。"看到对方得意扬扬的笑,等于是在她脸上直接扇了两耳光。钟盼扬稍微盘算一下,就晓得时间根本来不及了。

钟盼扬看着那些写着山城各个地标的牌子，心里多少有点悔恨。如果他们真的先一步搞完了，搞好了，等于钟盼扬他们在模仿。如果搞砸了，合作方没得信心，自然更不愿意把场地借给他们了。只要时间赶不到他们前面，钟盼扬这次等于完败。

这个时候，她听到背后一个熟悉的声音说："我们也是下周六的活动，两位老板有时间也可以过来参观指导。"钟盼扬转过头，看到孔唯一身正装站在身后，向前走了一步，朝着武凯打了个招呼，"我是钟老师的合伙人。虽然渝城牵头整个美食节还是很有看头，但是我们还是打算做一个更年轻的东西，钟老师过来就是想亲自邀请你们，我们地方定在徐汇滨江的营地。毕竟在市区，距离你们还是有点距离，但依然随时欢迎。"

孔唯漂亮的反击让钟盼扬一下子说不出话来，看到那两个老男人似笑非笑的尴尬样，心里一下痛快了。孔唯绕着场地简单地走了一圈，然后笑着说："钟老师，我觉得也不必非要在意方案的事情了，原本那套方案就送给武总他们，我们又不是非要这套方案不可，是不是？"

孔唯的一个眼神让她一下子安心下来，她揣起手，故意反着调子说："为啥子要送啊，别个武总他们又看不起我的方案，自己弄得好得很，孔老师你才是说笑哦。"孔唯故意抬杠说："武总看不起，那说明别个做得更好，我倒是有点期待。"

两个人阴阳怪气地说了半天，弄得武凯和李总反而不晓得说啥子，最后孔唯留了两张名片给他们，再次邀请他们务必过来看一眼。

两个人上了车,钟盼扬才真正急躁起来:"啷个来得及?!到下周六只剩十天时间了,就算不眠不休,我都想象不出来该怎么办。现在场地场地没确定,资金资金没到位,我还不晓得斐然那边和那些店店摊摊联系得如何,简直一点头绪都没得。你还一本正经地邀请他们过来,过来看笑话嘛?!"

钟盼扬一股脑地把刚刚憋在肚子里的话全部说出来了。孔唯一下抓住她的手讲:"你啥子都不用担心,既然我敢承诺下来,就必定做得到。"钟盼扬没有抽出那只手来,就这样静静地让孔唯握着,但她突然反应过来,问:"你啷个晓得我来这边了欸?"孔唯说:"一大早找不到你,我想如果是看场地,你肯定叫我一起,单独行动只有去找武凯他们。之前你方案里面不是写了文创园的位置吗,我就直接找过去了。"钟盼扬仔细一想,不晓得是说孔唯聪明还是说他令人害怕,学数学的人逻辑思维就是异于常人。孔唯继续说:"上海这边的所有事宜,我来负责,你今晚赶紧回重庆,确认那边的合作。如果没有问题,我们这周末之前就开始布置。"钟盼扬肯定地点了点头。

当天下午,钟盼扬坐最快的航班从虹桥机场飞回江北,抵达的时候,天已经半黑了。程斐然和方晓棠坐在车里等她,看她风驰电掣地跑过来,还没来得及说工作,只要求落地的第一件事就是到火锅馆吃一顿,随便啥子火锅都可以。她大叹一口气说:"上海的吃的真的太难吃了,还好当年我没有发疯和陈松一起去上海,不然我肯定活不出来。"

方晓棠看到她火急火燎的样子,说:"你才是叫好笑哦,别个从上海回来都是风风光光地说上海多好,你一回来就是要吃火锅。"

钟盼扬说:"笑是笑不出来了,现在简直是火烧眉毛。不管了,边吃边说,我饿惨了。"

一到火锅店,三个人齐刷刷坐下,红油锅一端上来,油碟打起,钟盼扬就立马恢复活力了。她伸筷子夹了两块刚炸好的酥肉,说:"我们没得时间了。"钟盼扬把上海经历的零零碎碎全部都说给了她们两个听。听完,三个人沉默了一小会儿,方晓棠感慨道:"孔老师是真的上心,我现在彻底对他倒戈了。扬扬,这个男人可以。"

钟盼扬拍了下她手,说:"在和你讲正事,你净想这些乱七八糟的事情。"

方晓棠反驳:"啷个儿女情长就不是正事了嘛?!偏见。"

钟盼扬不理她,程斐然问:"孔老师怎个肯定我们办得下来啊?这个时间也太紧了!"钟盼扬说:"我心里头也是恁个想的。但是刚刚在回来的飞机上,我又仔细想了下,如果下周六我们搞不起来,确实就不用搞了,直接摆烂,还搞啥子欸,再做都是捡别个吃剩的。"方晓棠说:"话是恁个讲,但是现在啥子都没准备的嘛,我心好慌哦,要是最后弄不好,那不是我们搞恁个久的努力就全部白费了嘛。"

钟盼扬烫了片毛肚,说:"我只能说,拼尽全力去赌了,赌赢赌输就看这一扳手了。"

三个人坐在火锅边上，一下子满腔热血，方晓棠找服务员说："给我来一瓶啤酒，不要渝城！"程斐然和钟盼扬拉到她说："你现在敢喝酒啊？"方晓棠说："都到这个时候了，没得一杯啤酒，都对不起这个气氛。我就抿一口，至少要干个杯嘛！"紧接着火锅沸腾，碰杯清脆，热热闹闹的火锅店里，三个人又有说有笑起来。

早上十点，程斐然的车飞驰开上南山，下车，门口已经站了一坝坝人。刘女士从车上下来，远远就听到有人喊："刘红英来了！"程斐然还没搞清楚啷个回事，就看到刘女士一下拥入人群里面，对着程斐然说："这个是李嬢嬢，最早我们住油库那会儿在我们楼下住。这个是罗伯伯，原来妈妈的同事。那个是蔡叔叔，还有陈嬢嬢、戚嬢嬢、陶嬢嬢。这边几个你认得到噻，华嬢嬢、刘伯伯，还有……"刘女士一个个地挨着介绍，转眼看到徐老师，立马拉到程斐然说："徐嬢嬢，还记得到噻！"徐老师牵起程斐然的手说："好多年没看到了哦，女儿都恁个大了，完全变了个人。"

程斐然一边热情问好，一边满脸茫然，她轻轻拉刘女士到一边，问："你把这些叔叔嬢嬢喊来干啥子啊？过来参观唉？"旁边陶嬢嬢说："斐然，我们这些退休老头老太婆准备和你们一起走上海去啊。"程斐然更不懂了，刘女士才解释道："昨天晚上跳坝坝舞，正好和他们说到我们要去上海搞美食节的事情，他们个个有兴趣啊，就说干脆全部组团去，给我们扎起！"

程斐然惊讶又好笑，这七七八八加起来也有二十来个人了，等于刘女士大半生的交情了，想不到这次一下把夕阳红老年团都牵动了。罗伯伯说:"我们就是跟到刘嬢嬢走欸，反正最近也好久没出去耍了，正好去看你们搞活动！"李嬢嬢应和说:"那不是，刘姐现在生意做得好，都做到上海去了，要发大财，快点趁还没红抱下大腿。"刘女士解释说:"不是开到上海，我们这个叫，叫啥子欸，哦，快闪店，是那种全国各地到处巡回那种。"蔡叔叔说:"晓得了，巡回演唱会，邓丽君那种！"这人东说一句，西说一句，说得刘女士和程斐然都不好意思了。这会儿方晓棠和钟盼扬正好过来了，看到乌泱泱的一帮人，还以为是闹事的，连忙问:"啷个回事哦？"程斐然才简单解释了下，方晓棠一下笑出来，说:"恁个好耍啊，嬢嬢的号召力真的是可以哦，难怪我妈一直说刘嬢嬢以前是厂区一枝花。"

刘女士不说了，像个领班带着一群老友在周边逛起来。钟盼扬说:"斐然，你明天通知你联系的那些老板来我们这里开个会，把具体的注意事项和需求都和他们说一下。"方晓棠笑道:"别个斐然前两天就已经喊过来开过会了，该说的都说完了。你不在这段时间，她才是真的累惨了。"

钟盼扬确实没想到，说:"你这速度，可以啊！"

程斐然说:"不说这些了，昨天晚上我回去就和厂家确认过物料进度了，最快最快也要下周三才能运到上海。"钟盼扬问:"那有没得办法在重庆这边找厂加班做，我们直接带去上海。"程斐然被点醒，说:"对头啊,我啷个没想到!"钟盼扬说:"我们原本想的码头号子,可以改个方式。因为确定了徐汇滨江的那片营地,正好旁边就是黄浦江和码头。我想到体院找一群体育生,刚毅有型的那种,穿黑色长裤、绑红色头绳,就在那里一排就是风景。"方晓棠花痴地笑了下,说:"你这个算是出卖色相哦!"钟盼扬讲:"在合法尺寸内出卖都不算犯法。何况,我是为了凸显重庆汉子的阳刚之美,啷个就不可以了。"程斐然说:"我还想复刻一下朝天门批发市场的那种集市,实在太怀念了。"方晓棠揶揄道:"要不要加个索道嘛,上海没得索道。"

三个人越扯越远,眼看那群叔叔孃孃已经转了一圈回来了,刘女士招呼说:"今天你们都先不要急着走了,我来做东,去吃南山火锅。"

方晓棠从来没感受过一周的时间恁个快,快到她还没有好好收拾行李,第二天就要起飞了。魏达说啥子也不放心她一个人去,本来孕妇就不好坐飞机,但方晓棠说,恁个重要的时刻,她啷个可能不在场。好说歹说,最后魏达说陪她一起去。

刘女士才是真正的整装待发,大包小包收拾了四五个箱子。程斐然看到都头痛,说:"你是去出差,不是去旅游。"刘女士才不管不顾地说:"出差也要带衣服啊,要去恁个多天。上海欸,又不是重庆,至少穿得洋气点嘛。而且恁个多叔叔孃孃都要去,我总不好意思穿得像个煮饭婆啊。都说上海的天气说变就变,我都看了,一会儿冷一会儿热的,长袖短袖肯定都要带啊,还有……"

程斐然立马打断她，说："好好好，我先说我不帮你拿啊，你要拿自己拿，我本来带的东西就多。还有啊，你带三四瓶香水去是啥子意思啊？"刘女士说："我哪个晓得到时候是啥子环境啊，不同的环境肯定香味要不同啊，这个恁个小点点，不占地方。"程斐然捂了捂头，实在想不到好些年不和刘女士一起出行外地，她的麻烦劲倒是一点都没变。和刘女士相比，曹孃孃、郑孃孃她们就简单多了，真的像是去出差的。但说起来她们都是第一次去上海，还专门跑去商场买了个拉杆箱。唯独皮孃孃带了个LV的皮袋子，提起是洋气，但是真正到了机场，一走起路，手换来换去彻底提麻了。

就这浩浩汤汤的一群人到了江北机场，叽叽喳喳像麻雀一样，程斐然都怕她们随时被保安架出去。方晓棠觉得又滑稽又激动，她说："我们哪像是出差嘛，电视上头的综艺都没得我们好看。"钟盼扬注意到社交平台上已经在推送他们的活动了，Evelyn的执行力可见一斑。上飞机之前，卫子阳专门发了条信息来给程斐然打气，用自己傻了吧唧的自拍做了个表情包。程斐然前一秒还在笑，下一秒就刷到了侯一帆的朋友圈，此时此刻，他也在江北机场候机。同一个时刻的玻璃窗，外面的太阳都呈现在同一个角度上。程斐然在聊天框里打了几个字，最后还是删了，还没想好怎么问，工作人员已经开始检查登机牌登机了。

比起登机前咋咋呼呼的一群人，落地之后，竟一下子噤若寒蝉了。

直到上洗手间的时候，曹孃孃才悄悄和程斐然说："我们说不来上海话的嘛，遭不遭排挤哦？"程斐然才晓得为啥子她们几个不开腔了。程斐然说："现在都啥子年代了，哪里还有恁个排外哦。"

在去酒店的大巴上，曹孃孃、郑孃孃真的是一句话都不敢讲，皮孃孃倒是和刘女士在哪里用倒洋不土的普通话聊天，非要假装自己很会说普通话的样子，听起来又别扭又好笑。孔唯在上海这边把一切都安排好了。刘女士像个导游一样，非要带几个孃孃去外滩散步，吹嘘她九几年的时候跟领导来过一次上海，当时住在外滩边上的招待所，引以为傲。

于是众人兵分两路。程斐然也见到了钟盼扬口中的 Evelyn，几个年轻人一起喝了场酒。夜里的巨鹿路，好多更年轻的人站在路边东倒西歪，外国人骑着单车穿行其中。程斐然抓着钟盼扬的手，靠在腆着肚子的方晓棠肩上，说："好难相信哦，我们三个有一天在上海的路上。"钟盼扬说："为了事业啊，干杯！"方晓棠扯过杯子，说："为了友情，干杯！"程斐然挽着姐妹们的手，大步大步地走在路上，说："以前周星驰的电影说，走路像只鸭，今年一定发。快，跟我走起来。"钟盼扬笑说："神经病！"方晓棠紧跟着学起鸭子摇头晃脑地走。钟盼扬没法，酒精上头，一起发疯。程斐然说："发发发！"魏达跟在后面，只喊她们几个慢点。钟盼扬调侃道："达哥真的是这辈子都不放心你。"方晓棠说："就是啊，烦得很！"说完，几个人都笑出了声。

5

冰粉、凉虾、凉面、酸辣粉、豆腐脑、蹄花汤、爆炒腰花、老火锅、毛血旺……程斐然一大早到机场接机，拿着手里的菜单挨着点一遍。个个老板排成一队，哪个想得到，这群大部分其貌不扬的人，个个手艺大厨，技多不压身。程斐然数了两遍，还是少一个人，问："卖豌杂面的肖孃孃欸？哪个没看到她啊？"还提起佐料的梅大伯说："肖孃孃发烧了，来不到了。"程斐然问："哪个没和我说啊，啥子时候的事情哦？恼火不哦？"旁边的一个大姐说："恼火也不恼火，但是就是浑身酸痛。嘞又有疫情，她不敢动啊，怕来了要遭隔离。"程斐然想了想，说："那好嘛，我们先走，我回头打电话问下她。"肖孃孃不来，确实让整个川味少了一抹点睛之笔。她家的豌杂面可以说是全重庆一绝，找不到第二家恁个好吃的，但是现在临时换其他人也来不及了。

等所有人放好东西，程斐然就赶紧带他们到现场布置自己的摊位。就只有一天时间了，加班加点也要搞完。程斐然到的时候，钟盼扬正在培训那几个体育生。方晓棠行动不便，只能安排几个实习生挂牌子，搭搭桌子。营地被彻底圈起来了，有个民工和孔唯正在用红白蓝编织袋搭老火锅的棚子，刘女士和曹孃孃几个在立牌子。周围好多年轻人过来看，问是要搞什么？程斐然主动过去和他们讲解了下明天要举行的活动。好几个年轻人都是四川的，听到起有点激动说："我们也算半个老乡！明天过来耍！"

程斐然突然听到江边的货船开过，发出轰鸣，回头听到身边的人都在说重庆话，突然有种错位的感觉，好像他们还在重庆，又确实不是重庆。刘女士吆喝道："这边棚棚搭起，晚上得不得遭人偷哦？"孔唯说："我们已经安排了人晚上过来检查。不过在上海，治安还是很好，孃孃你可以放心。"程斐然说："你觉得好笑不嘛，桌子板凳有哪个偷嘛，偷去卖得到几个钱哦？"刘女士说："那嘟个晓得啊，我们在这里辛辛苦苦弄一阵，万一晚上遭偷了欸。"钟盼扬想了想，刘女士说的倒是不无道理，对孔唯说："孃孃说得也对，万一有人故意来偷，让我们搞不成，也是有可能的。"孔唯点点头，说："我和这边场地的保安说过了，晚上会帮忙看看，市区应该不至于有人胡作非为。"

前前后后一直搞到晚上十点多，整个场地终于搞得差不多了。刘女士和几个孃孃真的累到腰酸背痛，程斐然几个也瘫在地上不想动了，但看到已经基本成型的"老重庆缩影"，大家又都觉得满足。回程路上，又是一大帮人，深夜游走上海，像是梦游，又有一种整齐队伍的感觉。旁的，人行稀少，车行松散，高楼林立之间，是宽旷的街道和通明的路灯。再转一个街道，是居民区，梧桐成荫，和前排高楼形成两种风格。东拐西拐，赫然是上海真正模样。这种夜游，和程斐然记忆中的上海重叠。有繁华闹市，又有灯火人家。想起以前有人说，要到一个城市的破落地方看几遭，才算是真正了解过这个城市，面子里子都要兜一圈。挨至末尾，刘女士又不免感叹："哎呀，嘞是上海啊，破破烂烂的，和重庆差不多嘛！"皮孃孃说："那不是，你说一样嘛，外地人就觉得，上海破烂都破烂得稀奇，是种文化。你说怪不怪。"刘女士说："重庆的破烂也是文化啊，都是文化，哪个比哪个差嘛！"

那夜众人是真累了，一觉睡到大天亮，好在钟盼扬上了两个六点的闹钟，一起床就把所有人全部叫醒了。刘女士那群"老年亲友团"昨晚上也到了，正好住在他们附近的酒店，一大清早旗子、横幅统统拿起，像是奥运会啦啦队的阵仗，风风火火地朝着徐汇滨江走去。罗伯伯突然起了高调，要唱《上海滩》，结果孃孃们都一起应和起来。清早七八点的上海街头，一群老年团意气风发。程斐然钟盼扬和方晓棠都觉得自己输了，除了干笑，还有努力保持距离，她们也不晓得会不会随时被路过的警察带走。李孃孃说："刘姐，你等下有没得表演哦，跳个舞噻，平常跳坝坝舞你最得行了！"刘女士说："我等下做事都来不及，还跳舞，跳六哦！"罗伯伯说："跳噻，你们一起跳，重庆坝坝舞还不是很有特色，跳起来！"几个不怕羞的孃孃边走边跳，风把她们的裙子全都吹鼓起来。郑孃孃说："上海的风才叫大哦。"皮孃孃说："江边的嘛，风嘟个不大哦！"一群人前一秒刚还在捧腹大笑，下一秒全部站在路边不动了。大家望着原本要去的营地，一街之隔，全部崩塌。钟盼扬和孔唯脸色一下变了。程斐然急匆匆地跑过去，一股强风吹在她的脸上。

来来往往的人都在旁边围观，指指点点的。所有人都忘了看天气预报,昨晚的强风把场地上所有的布置全部撂翻,摧枯拉朽,东倒西歪,不堪入目。不管是棚子,还是标志牌,所有规划好的路线营地,全部横七竖八地倒着。钟盼扬心里一紧,念道:"完了……"她完全不敢扭头看孔唯,只见他三步跨作两步往前跑。

刘女士的得意模样一下没了,脸唰的一下白了半截。叔叔孃孃们都彻底愣了。原本准备好看热闹,这会儿是真的看热闹了。方晓棠挺起大肚子,哒哒地往前走,几辆车差点轧到她。魏达在后面心子把把都捏紧了,说:"你慢点啊!"

方晓棠才不管不顾,走过去说:"还早的嘛,怕啥子!"一下子罗伯伯带头说:"刘孃孃,我们去帮你!把台子架起来,恁个多人,两下就搞完了!"蔡叔叔也说:"刘姐,走起啊,恁个多人帮你!"刘女士也不晓得哪里一下来了力量,也不顾面子了,两边袖子一挽,说:"走,搞起!"

一下子三四十个人乌泱泱地往街对面冲过去,全部都是四五十岁的人了,个个又变得生龙活虎的。吼起,叫起,彻底的重庆人,嘴巴咧得老大,重庆话一喊,走哦!程斐然她们回头的时候,"夕阳红"们已经穿过街道抵达,几个人被裹挟其中。钟盼扬捡地上的喇叭,说:"谢谢叔叔孃孃,谢谢叔叔孃孃!"几个孃孃扭头就说:"妹儿,谢啥子,人多力量大欸。"

风依旧狂躁地吹拂在每个人脸上,叔叔孃孃一人负责一块,原本已经烂成一团的营地,一下子全部规整起来。程斐然抬头的瞬间,突然看到了江边尽头的阳光。她想起了初三那年最后一次参加运动会，被选去跳高的她，就是在最后一跳的时候，也看到过这种光。那天早上，刘女士和她老汉站在台子下面，对她跳出的那一杆校记录鼓红了手掌，台下全场欢呼。钟盼扬拿着喇叭，找了一个高一点的台子，对着所有人说："我们复古重庆集市十点半照常开始！"

在程斐然后来的回忆里，那天应该是她这辈子最热血澎湃的一天。虽然最后营地并没有如愿还原成原本的样子，但是整个集市依旧热闹非凡，光是伤心凉粉就一下子卖了一百碗，其他的自然不用说。刘女士站在最中心的摊位，看着那些津津有味地吃着他们鸡肉的年轻人，突然大哭。程斐然一下拉住她，说："你啷个了哦？"刘女士捂着眼睛说："我就晓得我们肯定得行！"程斐然赶紧拍拍她肩膀，说："哎呀，恁个多人看到的，莫恁个！"最主要的是，"当燃鸡"彻底找到了市场，就是那天下午，社群的会员数一下暴增。后来钟盼扬才知道，原来孔唯那么有信心是因为他早就打听好了，同时间旁边正好是一个平台的网红会员日，邀请了各个KOL到场打卡。两天之后，长虹基金再次向她们发出了邀请，但是这一次，她们有了更多的选择。钟盼扬和孔唯坐在江边吹了会儿风，回头望已经彻底热闹起来的集市，钟盼扬说了一声："谢谢你，孔老师。"孔唯莫名地看着钟盼扬，问："为啥谢谢我？"钟盼扬说："谢谢你，这次成全了我们所有人的一个梦。"

当天晚上说是要摆个庆功宴，孔唯牵头，定了个餐厅，算是给叔叔孃孃们接风，接下来几天再找一个导游安排行程，逛外滩城隍庙东方明珠一站式服务。刘女士再一次被众星捧月要求唱首歌，刘女士不好意思地说："唱啥子嘛，有啥子好唱的嘛。"最后点了梅艳芳的《似是故人来》，刘女士硬被塞了个话筒。

相隔十几年，程斐然再一次听到刘女士唱歌，声音已经完全变了。程斐然记忆中的刘女士，还是清亮高调的喉咙，这些年说话不觉得，但一唱歌，就全暴露了。但是刘女士还是唱啊：

　　同是过路　同做过梦
　　本应是一对
　　人在少年　梦中不觉
　　醒后要归去
　　……

程斐然拎起酒杯，满脸通红，斜望着刘女士，随后又是下句：

　　俗尘渺渺　天意茫茫
　　将你共我分开
　　断肠字点点　风雨声连连
　　似是故人来

……

刘女士的川味粤语又是另一番风味,几个孃孃在下面跟着哼曲,窗外是月影婆娑。

程斐然听着刘女士的歌,一升一降,一起一落,大起大合,突然想起最近的梦。梦里面张琛和侯一帆走在她的前面,突然之间,两个人都不走了,各自喊程斐然的名字。但是风太大了,又听不清他们在说啥子了。突然黑白,抽了声音,像是默片。

刘女士放了话筒,端起酒,说:"各位哥哥、姐姐、弟弟、妹妹,今天我刘红英在这里敬大家一杯,一来敬你们捧场,二来敬你们不离不弃,三来敬我们老当益壮!"

随后又是一阵觥筹交错,叔叔们起兴,孃孃们助乐。程斐然突然起身,拎起包往外走,不及其他人发现,拿起手机买了最晚的一班飞机飞回重庆。于程斐然而言,不管是过去还是现在,她都不是那种喜欢拖泥带水的人。深夜一点,回到江北,星星也已经快要睡着了,她还是一身酒气,但头脑已经清醒不少。走出机场的时候,她抽了十分钟的电子烟,仔仔细细明明白白地想清楚了一些事。即使生活的一切都和早上被风刮乱的现场一样兵荒马乱,但只要还有重拾的信心,就还是最好的结果。

当她敲响侯一帆家大门的时候,几乎是用尽深夜疲惫的最后一点力气。而当侯一帆看到她站在大门口的那一刻时,程斐然毫不顾忌地亲了上去。侯一帆还没有从睡梦里清醒过来,就听到程斐然斩钉截铁地说:"我们为啥子非要纠结结不结婚的事情啊?"侯一帆的手还别在程斐然的腰间,说:"程斐然,你是不是喝多了?"程斐然摇了摇头,说:"从头至尾,我对结婚太恐惧了,不是因为我不想承担责任,是因为我打过败仗,所以我不想再输一次了,我真的不想赌。侯一帆,你懂我的意思吗?"侯一帆说:"我……懂,所以我从来没有强求过你啥子。"程斐然摇头,说:"你不懂,你只晓得我不想结婚,但是你不晓得,我根本不可能因为这个原因和一个人说分手就分手。侯一帆,如果你真的想结婚,想和我结婚,不是因为你要承担家里的琐碎,不是因为你觉得一个人太累,而是你真的觉得我就是你该结婚的那个人。这才是我们结婚的理由。"侯一帆轻轻松开了自己的手,正正经经地看着程斐然,说:"程斐然,如果我要找一个人结婚,只能是你了。但是如果我没有想清楚为啥子要和你结婚,我也不会去找你的。"程斐然问:"那你好久想得清楚,一年,两年,十年,还是一辈子都想不清楚?"侯一帆说:"我现在想清楚了。就在你刚刚敲门的那一刻,我就想清楚了。"侯一帆的双手撑在程斐然的肩上,说:"对不起,是我想太久了。程斐然,我都不晓得,我为啥子恁个喜欢你。"

是日当晚,聚餐结束,钟盼扬和孔唯走在滨江路上,突然风又大了起来,孔唯把外套脱下来披在钟盼扬身上。两人都有些微醺,却又和往常不同,钟盼扬主动牵起了孔唯的手。孔唯微微愣了下,钟盼扬说："你当是朋友也好，或者别的什么也好，这会儿我就想牵你的手走走。"孔唯没有说话，只是微微握紧了那只手。钟盼扬说："还好有你在啊。"孔唯笑道："我一直都在啊。"

半个月后，钟盼扬他们正式开始准备第二个城市的快闪计划，南山的小楼一下成了众多媒体采访的聚集地，"重庆之味"也获得了正名。

也是在这个月月底，方晓棠比预产期早了两天，生下了一对儿女。

生产那天，方晓棠一点预兆也没得，还准备给新来的实习生培训，早上特地弄了下发型，结果刚刚到了南山，肚子就痛得不行。程斐然有经验，一瞧是马上要生了，立刻发动车子就往医院里面送。医生建议把她先推进产房，手续后办就好。

方妈妈急急忙忙赶过来，护士们过来正起手要把她往产房里推，方晓棠却大叫了一声："不得行！"吓得所有人都停了下来，医生疑惑不解地问："啥子不得行？"方晓棠捏着程斐然的手，问："几点了？"程斐然也很疑惑，拿出手机看了一眼，说："马上十二点了。"方晓棠按住推车护栏，说："不行不行，时间还没到！"

方妈妈看到一群人卡在那里不动，慌忙慌事地走过来，问："哪个不动欸！"方晓棠一下痛得披头散发的，大汗直流，还咬起牙说："时间没到。"方妈妈问："啥子时间嘛？"方晓棠说："我帮幺儿看了的，要三点出生，是金命，赚钱。"

方妈妈翻了个白眼，说："你疯了哦，快点推进去，莫管她。"

结果护士、医生一群人又匆匆把她往里送。程斐然和钟盼扬听到方晓棠叽叽哇哇死活不干的声音，无奈地相视一笑。三个小时后，儿女落地，一锤定音，儿子还真的就是三点出生。方晓棠一脸苍白笑出了声。

又是几天，钟盼扬和程斐然过去医院的时候，魏达真的变成了一个奶爸。方晓棠卧在床上，指挥他一会儿把女儿抱过来看一下，一会儿把儿子抱过来看一下。钟盼扬和程斐然都觉得好笑，方晓棠却说："那不是他带哪个带啊？我马上下周就跟你们去南京了的嘛。"程斐然说："你还在坐月子的嘛！"方晓棠说："坐啥子月子哦，正好娃儿落地了，我一身轻松得不得了，躺到啷个赚钱哦。"钟盼扬说："你怕还是要注意到点哦，又不急这一时。这几天我们又招了几个新人，顶得到几天。"方晓棠说："外国女人生了娃儿马上就可以工作，我啷个不可以？！"之后又是方晓棠和魏达的一顿互相辩论，但那已是平凡生活中最甜蜜的争执了。

出发去南京的前一个夜里，程斐然挽着刘女士的手，在小区门口边上散步，此时朗朗夜风，月朗星稀。刘女士抬头，闻到一阵花香，转个步，看见墙角支出来的桂花树丫，惊叹一句："好久栽了桂花树哦，我都不晓得，好香哦。"程斐然说："种了好久了啊，我记得去年来你这边的时候就有了。"

两母女走过刚搭的一座小桥，对面茶馆里面，麻将声声声入耳。刘女士说："万芳芳和她老公离婚了。"程斐然笑道："你又晓得了。"

刘女士说："前两天碰到钟志娟啊，看她垂头丧气的。之前万芳芳结婚，她不是还说我们两母女的风凉话唛，那天看到我，直接喊我刘老板，把我吓一跳。她的脸色全变了，一点傲气不起来了，我听说她也晓得那个女婿是个假洋人了。活该！"

程斐然不言不语，这种陈谷子烂芝麻的消息，她也不待见听了。刘女士问："对了，你和小侯和好了，那个卫子阳啷个办啊？"程斐然就晓得刘女士放不过自己的八卦，说："和他讲清楚了，想再续前缘，让他再等等了。"刘女士白了个眼，说："你这种吊起别个，不好的哦。"程斐然说："说要等是他说的，我可不敢说，怕负责。好了，逗你的，卫子阳只和我说了声恭喜，我就和他说了声发财。"

两个人又转到嘉陵江边上，程斐然突然问："妈，我一直想问你一个问题。"刘女士说："你讲嘛。"程斐然说："你是不是从来就没想过再结婚的事情了？"刘女士说："结婚？我现在连恋爱也不想了。"程斐然说："我不是说现在，我是说你和老汉离婚过后，你是不是就没想过再结婚了。"刘女士一下哑住，程斐然继续说："你不仅没想结婚，那会儿是不是还想过轻生？"刘女士停下了脚步，问："你在说啥子哦？"程斐然说："我啥子都晓得，我都晓得，只是你不说而已。有一天我回你那边，你不在家，我等了你很久你都没回来。我问老汉，他说你出差了，其实你是割腕了，只是没死成。"刘女士变了脸色，问："你听哪个打胡乱说的哦。"程斐然继续讲："外婆走的时候，悄悄和我说的，喊我以后都不要和你吵了，让我劝你再找个好男人嫁了。"

刘女士慢慢放开了程斐然的手,怅然地笑了下,说:"结果是你外婆……"她往前走了两步,程斐然说:"那几年我一直不晓得你心里到底在想啥子,但是这两年我好像又都懂了。"刘女士说:"人嘛,没死成,等于重新活一次了。既然要重新活,就必然不要和以前活得一样了。你妈我,看透的都看透了,潇洒的也尽量潇洒了,感情早就不是我必须在乎的东西了。看书上讲,面对这个社会,笑一笑,事情就过去了。再难,也是铆起劲往前跨一步,还是过去了。那天你问我为啥子劝谭妹儿,我想说,女人活到最后,和不和男人在一起,都是一种孤独。只是有的人身体上孤独,有的人心灵上孤独。何不做点想做的事,来消减一下这份孤独。"程斐然重新挽上刘女士的手,说:"所以啊,你活成了我的榜样,我希望的那个样子。"这时,刘女士手机响了,不晓得是哪个叔叔又打电话来邀请她去跳舞,只听刘女士说:"哎呀,最近忙得很,没得时间没得时间,再说哈。"程斐然问:"新对象啊?"刘女士说:"房产中介,问我买不买房!"两母女嘻嘻哈哈又笑了一路,路边一个小女娃儿牵起妈妈的手,指到刘女士她们两母女问:"妈妈,她们在笑啥子?"只听女孩妈妈说:"肯定是遇到了啥子大喜的事情,笑得恁个开心哦!"

一稿　北京 2022 年 8 月 4 日
二稿　北京 2023 年 9 月 7 日
定稿　北京 2023 年 12 月 4 日